Née en Écosse dans les années 1950, Val McDermid est, à 17 ans, la première élève issue d'une école publique à fréquenter la célèbre université d'Oxford. Elle travaille comme journaliste pendant quinze ans, notamment à Glasgow et à Manchester, avant de vivre de sa plume. Elle est désormais critique de littérature policière pour la presse et participe à des programmes sur BBC Radio 4 et BBC Radio Scotland.

Auteur de trois séries policières d'une grande noirceur, notamment celle mettant en scène l'inspectrice Carol Jordan et le profileur Tony Hill dans *Le Chant des sirènes* ou encore *La Fureur dans le sang*, elle développe dans ses romans ses thèmes de prédilection de femme engagée et féministe.

Elle a reçu de nombreux prix littéraires anglo-saxons, dont le Gold Dagger Award en 1995 pour *Le Chant des sirènes*, le Anthony Award pour *Au lieu d'exécution* en 2001, premier polar anglais à remporter cette récompense américaine, et le Barry Award pour *Quatre garçons dans la nuit* en 2004.

Elle a reçu le prestigieux Diamond Dagger Award 2010 pour l'ensemble de son oeuvre.

Châtiments

Du même auteur
aux Éditions J'ai lu

Les enquêtes de Carol Jordan et Tony Hill

La dernière tentation
N° 7409

La fureur dans le sang
N° 8391

Le chant des sirènes
N° 8392

La souffrance des autres
N° 8672

Sous les mains sanglantes
N° 9545

Fièvre
N° 10311

Le tueur des ombres
N° 6778

Au lieu d'exécution
N° 6779

Quatre garçons dans la nuit
N° 8025

Noirs tatouages
N° 8964

Sans laisser de traces
N° 9655

Comme son ombre
N° 10707

Val McDERMID

Châtiments

*Traduit de l'anglais (Écosse)
par Perrine Chambon et Arnaud Baignot*

Titre original :
THE RETRIBUTION

Éditeur original :
Little, Brown

© Val McDermid, 2011

Pour la traduction française :
© Flammarion, 2014

Pour Mr David, qui m'a rappelé
à quel point tout cela était amusant,
qui a stimulé mon imagination
et qui a cru en moi

« *Némésis est boiteuse, mais elle est d'une stature colossale, et quelquefois, tandis que son glaive n'est pas encore sorti du fourreau, elle étend son bras gauche et saisit sa victime. La main puissante est invisible, mais la victime chancelle sous sa rude étreinte.* »

George ELIOT,
Scènes de la vie du clergé.

1

S'évader, c'était comme exécuter un tour de magie. Le secret résidait dans l'illusion. Certaines évasions nécessitaient de planifier chaque détail ; d'autres s'avéraient être de véritables tours de force, requérant audace et souplesse, d'un point de vue physique et mental ; d'autres encore étaient une combinaison des deux. Mais quelles que soient les méthodes employées, l'illusion jouait un rôle primordial. Et pour ce qui était de faire illusion, il n'avait de leçon à recevoir de personne.

La meilleure des illusions étant celle que le spectateur ne soupçonnait même pas. Pour la réussir, il fallait faire en sorte que le tour de passe-passe soit complètement indiscernable.

Certains environnements rendaient les choses plus compliquées que d'autres. Par exemple un bureau où tout fonctionnait avec la précision d'une horloge. Il vous fallait de l'ingéniosité pour passer inaperçu dans un endroit comme celui-ci parce que tout ce qui sortait de l'ordinaire sautait aux yeux et restait ancré dans les mémoires. Mais en prison, il y avait tellement de paramètres, d'individus imprévisibles ; une hiérarchie complexe ; des querelles pour des petits riens qui pouvaient se transformer rapidement en violentes disputes ; et des frustrations refoulées qui n'étaient jamais loin d'éclater comme un bouton mûr. Tout pouvait basculer à n'importe quel moment, et personne ne pouvait dire d'un incident s'il s'agissait d'une mise en scène ou d'un banal accrochage qui avait dégénéré. L'existence de tous ces paramètres en décourageait certains. Mais pas lui. Pour lui, toutes ces possibilités étaient autant d'opportunités à saisir, d'options à étudier jusqu'à trouver la parfaite combinaison d'individus et de situations.

Il avait d'abord envisagé d'orchestrer une fausse bagarre en soudoyant deux types. Mais c'était trop risqué : plus il y avait de personnes au courant de ses projets et plus il y avait de risques d'être trahi ; et puis, la plupart de ses codétenus étaient ici parce que leurs précédents projets avaient échoué lamentablement. Ils n'étaient sans doute pas les mieux placés pour mettre en place un numéro convaincant. Par ailleurs, on ne pouvait jamais écarter la possibilité d'un acte stupide. Mettre en scène une bagarre était donc hors de question.

Cependant, ce qu'il y avait de bien avec la prison, c'était l'éventail de possibilités qu'elle offrait.

Les détenus s'inquiétaient pour leurs proches : ils avaient des maîtresses, des épouses, des enfants et des parents qui pouvaient être soumis à la tentation ou à la violence. Ou qu'on pouvait tout simplement menacer.

Il avait observé et attendu, réunissant les données avant de les évaluer, calculant lesquelles lui offriraient les meilleures chances de succès. Heureusement, il n'avait pas eu à compter sur ses seules capacités d'observation. Un complice à l'extérieur lui avait fourni des informations qui l'éclairaient sur certains points demeurés obscurs. Il ne lui avait pas fallu longtemps pour trouver le maillon faible.

À présent, il était prêt. Cela se passerait cette nuit. Demain soir, il dormirait dans un grand lit confortable, avec des oreillers en plumes. La conclusion idéale d'une soirée parfaite. Un steak saignant accompagné de röstis et de champignons à l'ail et une bouteille de bordeaux qui se serait bonifiée pendant ces douze années qu'il avait passées enfermé. Une assiette de crackers Bath Oliver et du stilton Long Clawson pour enlever le mauvais goût de cet ersatz de fromage qu'on mangeait en prison. Ensuite, un bain chaud, un verre de cognac et un cigare cubain Cohiba. Il savourerait chaque instant.

Une cacophonie de voix vint troubler sa rêverie : une banale dispute au sujet d'un match de football éclata à l'étage. Un gardien leur ordonna de faire moins de bruit et ils se calmèrent un peu. Le grésillement lointain d'une radio meublait le silence entre les insultes ; ce qui serait encore mieux que le steak, l'alcool et le cigare pensa-t-il alors, ce serait de ne plus subir le bruit des autres.

C'était la seule chose dont personne ne parlait en évoquant la prison : on mentionnait toujours l'inconfort, les privations, la peur des codétenus, le manque d'intimité. Mais jamais l'horreur d'être privé de silence.

Demain, ce cauchemar serait terminé. Il pourrait faire autant de bruit qu'il le souhaiterait. Ce serait ses bruits à lui.

Enfin, presque rien qu'à lui. Il y en aurait d'autres. Ceux qu'il attendait avec impatience. Ceux auxquels il aimait penser quand il avait besoin de réconfort. Ceux dont il rêvait avant même d'envisager de s'évader. Les cris, les pleurs, les gémissements réclamant une pitié qui ne viendrait jamais. La bande-son de la revanche.

Jacko Vance, meurtrier de dix-sept adolescentes, assassin d'un officier de police, élu un jour le présentateur le plus sexy de la télévision britannique, n'en pouvait plus d'attendre.

2

Le type baraqué déposa sur la table deux pintes remplies à ras bord d'une bière rousse.

— "Pisse dans le trou", lança-t-il, en installant sa silhouette massive sur le tabouret qui disparut sous ses cuisses.

Le Dr Tony Hill leva un sourcil.

— Un défi ? Ou est-ce que c'est ce qu'on appelle un trait d'esprit à Worcester ?

L'inspecteur Alvin Ambrose leva son verre pour trinquer.

— Ni l'un ni l'autre. La distillerie où on brasse cette bière se trouve dans un village baptisé Wyre Piddle[1], alors ils se sont dit qu'ils avaient bien le droit de lui donner ce nom.

Tony avala une longue gorgée de sa bière avant de la considérer attentivement.

— Pas mal. C'est une bière tout à fait convenable.

Les deux hommes se turent quelques secondes pour savourer leur pinte avant qu'Ambrose ne reprenne la parole.

— Elle fait royalement chier mon chef, ta Carol Jordan.

---

1. Village situé dans le comté du Worcestershire ; le verbe *piddle* signifie « pisser ». (*N.d.T.*)

Même après toutes ces années, Tony peinait à rester impassible quand il était question de Carol Jordan. C'était nécessaire : il devait prendre garde à ne pas se compromettre. Surtout, il ne savait pas exactement la place qu'occupait Carol dans sa vie et il n'avait aucune envie que d'autres se fassent des idées à ce propos.

— Ce n'est pas ma Carol Jordan, répondit-il calmement. Elle n'est la Carol Jordan de personne, pour tout dire.

— T'as dit qu'elle vivrait chez toi si elle avait le boulot, répliqua Ambrose sur un ton de reproche.

Tony aurait dû garder ça pour lui. C'était sorti durant une de ces conversations nocturnes qui avaient cimenté cette amitié improbable entre deux hommes méfiants qui n'avaient pas grand-chose en commun. Tony avait confiance en Ambrose, mais ça ne signifiait pas qu'il voulait lui faire partager les complications et contradictions de son semblant de vie sentimentale.

— Elle loue déjà mon appartement en sous-sol. Ça ne changerait pas grand-chose. C'est une grande maison, répondit-il sur un ton évasif, la main crispée sur son verre.

Ambrose plissa les yeux mais le reste de son visage demeura impassible. Tony eut l'impression que son collègue policier se demandait si ça valait le coup de continuer sur ce sujet.

— Et c'est une femme très séduisante, ajouta finalement Ambrose.

— C'est vrai, répondit Tony en levant son verre en guise d'acquiescement. Bon alors, pourquoi le capitaine Patterson est si remonté contre elle ?

Ambrose haussa une épaule, ce qui froissa la couture de sa veste. Il se détendit à présent qu'il se trouvait en terrain connu.

— Le problème habituel. Il a effectué toute sa carrière dans la West Mercia, surtout ici à Worcester. Quand le poste de commandant s'est présenté, il a pensé qu'il était le mieux placé pour l'avoir. Et puis ta... je veux dire, le commandant Jordan a fait savoir qu'elle souhaitait quitter Bradfield.

Il fit une moue.

— Et comment pourrait-on lui refuser ce poste dans la West Mercia ? reprit-il.

Tony secoua la tête.

— À toi de me le dire.

— Avec un CV comme le sien ? D'abord la Met[1] suivi d'un poste mystérieux à Europol ; elle dirige ensuite sa propre brigade anticriminalité dans l'une des plus grosses divisions du pays et réussit à battre ces connards du contre-terrorisme à leur propre jeu... Il y a très peu de flics dans le pays avec ce genre d'expériences qui souhaitent encore se retrouver sur le terrain, plutôt que de se la couler douce derrière un bureau. Dès qu'il a eu vent des rumeurs, Patterson a compris que c'était foutu.

— Pas forcément, objecta Tony. Certains hauts gradés pourraient voir en Carol une menace. La femme qui en sait trop. Le loup dans la bergerie.

Ambrose émit un gloussement, une sorte de grondement souterrain.

— Pas ici. Ils se croient sortis de la cuisse de Jupiter. Ils se pavanent comme des paons devant ces connards de bouseux de l'ouest du Midlands. Ils voient le commandant Jordan comme un gentil toutou qui rapplique aussitôt qu'on le siffle.

— Très poétique.

Tony but une gorgée de bière et savoura l'amertume du houblon.

---

1. Metropolitan Police (Londres). [*N.d.T.*]

— Mais ce n'est pas comme ça que ton capitaine Patterson la voit, lui.

Ambrose liquida quasiment toute sa pinte avant de répondre. Tony était habitué à attendre. C'était une technique qui marchait à tous les coups. Il n'avait jamais compris pourquoi les gens à qui il avait affaire dans son travail étaient appelés « patients » alors que c'était lui qui devait faire preuve de patience. Quiconque envisageait de devenir psychologue clinicien ne devait pas trop montrer d'empressement à obtenir les réponses qu'il désirait.

— C'est pas facile pour lui, dit finalement Ambrose. C'est dur de savoir qu'on est passé à côté d'un boulot parce qu'on était le deuxième sur la liste. Il a donc besoin d'inventer un truc pour retrouver confiance en lui.

— Et qu'est-ce qu'il a inventé ?

Ambrose baissa la tête. Avec l'éclairage tamisé du pub et sa peau sombre on distinguait à peine le contour de son visage.

— Il raconte des trucs au sujet de ses motivations. Par exemple, il prétend qu'elle en a rien à battre de cette région ; qu'elle a quitté Bradfield sans regret pour te suivre dans cette grande maison dont t'as hérité...

Ce n'était pas à lui de défendre les choix de Carol Jordan, mais ne rien dire n'était pas une option satisfaisante non plus. Rester silencieux n'aurait fait que confirmer les conclusions de Patterson. La seule chose à faire était de donner le change pour qu'Ambrose mette fin à ces rumeurs.

— Peut-être. Mais ce n'est pas pour moi qu'elle a décidé de quitter Bradfield. C'est de la politique interne, rien à voir avec moi. Elle a hérité d'un nouveau chef qui lui a fait savoir que son équipe coûtait trop cher. Elle avait trois mois pour lui prouver qu'il avait tort.

Tony secoua la tête en affichant un sourire triste.

— Je ne vois vraiment pas ce qu'on peut lui demander de plus : elle a épinglé un tueur en série, résolu deux affaires non élucidées et démantelé un trafic d'enfants dans les milieux pédophiles.

— C'est un beau palmarès, commenta Ambrose.

— Pas suffisant pour James Blake. Les trois mois sont bientôt écoulés et il a déjà annoncé qu'il fermerait la brigade à la fin du mois et que les membres de l'équipe rejoindraient la section générale de la PJ. Elle avait anticipé la situation et savait qu'elle allait devoir quitter Bradfield. Elle ne savait simplement pas où elle allait atterrir. Et puis le poste dans la West Mercia s'est présenté et elle n'avait même pas besoin de changer de propriétaire.

Ambrose lui lança un regard amusé et vida son verre.

— Partant pour une autre ?

— Je n'ai pas encore terminé la mienne. Mais c'est ma tournée, lança Tony à Ambrose tandis que celui-ci retournait au bar.

La jeune barmaid jeta un coup d'œil dans leur direction, fronçant légèrement les sourcils. Ils devaient former un drôle de duo, lui et Ambrose. Un Black bien charpenté au crâne rasé et au visage de boxer, cravate desserrée, costume sombre mettant en valeur sa puissante musculature ; l'allure impressionnante d'Ambrose correspondait tout à fait à l'idée qu'on pouvait se faire d'un garde du corps. Tony, au contraire, donnait l'impression qu'il n'était même pas capable de défendre son propre corps, alors celui d'un autre... De taille moyenne et plutôt maigre (étonnamment maigre pour quelqu'un dont la principale activité physique consistait à jouer à *Rayman contre les lapins crétins* sur sa Wii), veste en cuir, sweat à capuche, jean noir. Au cours des années, il avait appris que la seule chose que les gens retenaient de lui, c'était ses yeux, d'un étonnant bleu électrique qui contrastait violemment avec la pâleur de sa peau. Les yeux d'Ambrose ne laissaient pas indifférent eux non plus parce qu'ils suggéraient une certaine douceur qui n'était visible nulle part ailleurs chez lui. Beaucoup de gens passaient à côté de ça, pensa Tony. Trop aveuglés par les apparences. Il se demanda si la barmaid avait remarqué.

Ambrose revint avec une pinte toute fraîche.

— T'as pas envie de boire ce soir ?

Tony secoua la tête.

— Je rentre à Bradfield.

Ambrose consulta sa montre.

— À cette heure-ci ? Il est déjà vingt-deux heures passées.

— Je sais. Mais il n'y a pas de circulation à cette heure. Je peux être chez moi en moins de deux heures. J'ai des patients à voir demain à Bradfield Moor. Les dernières consultations avant de les refiler à un collègue qui s'occupera de ces cas désespérés comme il convient, du moins je l'espère. Rouler de nuit est beaucoup moins stressant. Route déserte et musique en fond sonore.

Ambrose lâcha un petit rire.

— On dirait les paroles d'une chanson country.

— J'ai l'impression parfois que ma vie entière est une chanson country, grogna Tony. Et pas une de celles qui donnent le moral.

Tandis qu'il parlait, son téléphone se mit à sonner. Il tapota ses poches avant de le trouver dans son jean. Le numéro qui s'affichait sur l'écran ne lui disait rien mais il lui donna le bénéfice du doute. Quand le personnel de Bradfield Moor avait des difficultés avec un de ses cinglés, ils utilisaient parfois leur propre téléphone pour le joindre.

— Allô ? répondit-il avec circonspection.
— Docteur Hill ? Docteur Tony Hill ?

C'était une voix de femme qui lui rappelait vaguement quelqu'un mais il n'arrivait pas à se rappeler qui.

— Oui ?
— C'est Penny Burgess, docteur Hill. Du *Evening Sentinel Times*. Nous nous sommes déjà parlé.

Penny Burgess. Il se souvint d'une femme portant un trench-coat, le col remonté pour se protéger de la pluie, le visage sévère, de longs cheveux noirs détachés. Il se rappela également que les portraits qu'elle faisait de lui n'étaient pas toujours très flatteurs, oscillant entre le sage omniscient et le parfait imbécile.

— Moins que vous ne le prétendez dans vos articles, répondit-il.
— Je fais juste mon job, docteur Hill.

Son ton était plus amical que ne le méritait leur relation.

— Une autre femme a été tuée à Bradfield, continua-t-elle.

Elle ne s'embarrassait pas de préambules mais Tony n'avait pas envie d'être embarqué dans cette discussion. Comme il ne disait rien, elle ajouta :

— Une prostituée. Comme les deux du mois dernier.
— Je suis désolé de l'apprendre, répondit-il en choisissant ses mots avec précaution.
— La raison pour laquelle je vous appelle... Mon informateur affirme que le meurtre rappelle les deux précédents. Qu'est-ce que vous en pensez ?

— Je ne sais pas de quoi vous parlez. Actuellement, je ne collabore sur aucune affaire avec la brigade criminelle de Bradfield.

Penny Burgess émit un petit bruit, une sorte de gloussement.

— Je suis sûre que vos sources sont aussi fiables que les miennes, reprit-elle. J'ai du mal à croire que le commandant Jordan ne soit pas au courant et si elle est au parfum, vous l'êtes également.

— Je ne sais pas d'où vous tirez vos conclusions, répondit Tony avec fermeté. Je ne sais pas de quoi vous parlez.

— Je parle d'un tueur en série. Et dans ce domaine, vous êtes la référence.

Tony raccrocha brusquement avant de remettre son téléphone dans sa poche. Il releva la tête et croisa le regard d'Ambrose qui le dévisageait avec curiosité.

— Une fouille-merde, lui lança-t-il.

Il avala une gorgée de bière.

— Enfin, j'exagère un peu. L'équipe de Jordan l'a humiliée plus d'une fois mais elle s'obstine malgré tout.

— Sont tous pareils..., commenta Ambrose.

Tony acquiesça.

— Oui, mais on peut faire un effort pour les respecter sans vouloir pour autant leur révéler quoi que ce soit.

— Qu'est-ce qu'elle voulait ?

— Des infos. Deux prostituées ont été assassinées à Bradfield ces dernières semaines. Il y en a une troisième maintenant. D'après ce que je sais, il n'y a aucun lien entre les deux premières : procédés complètement différents.

Il haussa les épaules.

— Enfin, je dis ça, mais je ne suis au courant de rien officiellement. Carol ne travaille pas sur ces affaires et même si c'était le cas, elle ne me dirait rien.

— Et qu'est-ce qu'elle dit, ta fouille-merde ?

— Elle affirme qu'il y a des similitudes. Enfin, moi, ça me regarde pas. Même s'ils cherchaient à obtenir un profil psychologique, ce n'est pas à moi qu'ils feraient appel.

— Les abrutis. T'es pourtant le meilleur.

Tony termina son verre.

— Peut-être bien. Mais James Blake préfère que ça reste en interne pour pouvoir contrôler la situation, expliqua-t-il en affichant un sourire ironique. Je peux le comprendre. Si j'étais à sa place, je n'aurais sans doute pas fait appel à moi non plus. Ça cause trop de problèmes.

Il se leva.

— Sur ce, j'y vais.

— Il n'y a pas une partie de toi qui aimerait bien être sur les lieux du crime ?

Ambrose vida sa seconde pinte avant de se lever à son tour.

Tony réfléchit à la question.

— C'est vrai que j'éprouve une certaine fascination pour les gens qui font ce genre de choses. Plus ils sont tordus et plus j'ai envie de comprendre ce qui les anime. Et de trouver un moyen de les aider.

Il soupira.

— Mais je n'ai pas le courage pour ça ce soir, Alvin. Je rentre chez moi, et crois-moi, il n'y a pas d'autre endroit où je voudrais être.

3

Le meilleur moyen de cacher quelque chose, c'est de le mettre en évidence. Les gens ne voient que ce qu'ils s'attendent à voir. C'était une des vérités qu'il avait apprises bien avant de se retrouver confiné dans une cellule. Il était intelligent, déterminé et n'avait pas arrêté d'apprendre sous prétexte que son environnement s'était restreint.

Certaines personnes ne faisaient plus d'efforts aussitôt qu'elles se retrouvaient derrière les barreaux. Elles étaient séduites par une vie moins chaotique, trouvaient du réconfort dans le train-train. Un des aspects les moins connus de la vie carcérale, c'était le taux important de troubles obsessionnels compulsifs. Les prisons étaient remplies d'hommes et de femmes qui trouvaient du réconfort en répétant les mêmes gestes ; ce qui ne leur était jamais arrivé à l'extérieur. Dès le début, Jacko Vance avait refusé la routine.

Il n'avait pas eu tellement le choix, de toute façon. Les prisonniers n'aimaient rien davantage que de pourrir la vie d'un codétenu célèbre. Quand George Michael s'était retrouvé en prison, tous les détenus avaient pris soin de l'empêcher de dormir en gueulant ses plus grands succès, troquant un mot pour un autre suivant l'humeur de chacun au cours de la nuit. En ce qui concernait Vance, aussitôt que tout le monde s'était retrouvé enfermé pour la nuit, ses codétenus s'étaient mis à siffler sans relâche le générique de son émission, comme un morceau de musique qui tourne en boucle. Et puis quand ils s'étaient lassés du générique de *Vance vous rend visite*, ils avaient commencé à scander des trucs sur sa femme et sa petite amie à la façon des supporters de football. Ç'avait été pénible comme entrée en matière mais ça ne l'avait pas contrarié. Le lendemain matin, il était apparu aussi calme et posé qu'il l'avait été la nuit précédente.

Il y avait une bonne raison à cela. Dès le début, il s'était mis en tête de sortir de prison. Il savait que cela prendrait des années et il s'y était préparé. Il y avait encore certains recours juridiques à explorer et il n'était pas sûr que ça marche. Il avait donc besoin de trouver très rapidement un plan B pour pouvoir se concentrer sur quelque chose. Pour viser un but.

Garder son sang-froid était capital. Il devait montrer qu'il méritait le respect sans avoir à jouer les caïds, et ce tout particulièrement depuis que les autres savaient qu'il avait tué des adolescentes, ce qui faisait de lui un pédophile. Rien de tout cela n'avait été facile et il y avait eu quelques faux pas le long du parcours. Mais Vance avait encore des relations à l'extérieur qui croyaient dur comme fer à son innocence. Et il avait bien l'intention d'en tirer profit autant que possible. Soigner ses relations à l'extérieur permettait souvent de se protéger des mâles dominants à l'intérieur. Vance avait encore un paquet de relations.

Se tenir à carreau à l'intérieur du système était un autre point fondamental du plan. Quoi qu'il fasse, il devait s'arranger pour ne pas attirer l'attention. Sa bonne conduite, voilà ce qu'il voulait que le personnel de la prison remarque. *Supporte tout ce merdier et sois un bon garçon, Jacko.* Mais ça aussi, c'était jouer avec les apparences.

Des années plus tôt, il avait regardé une émission de télévision que son ex-femme animait ; elle posait des questions au directeur d'une prison qui avait été le théâtre d'une violente mutinerie et au cours de laquelle les prisonniers avaient réussi à prendre le contrôle des lieux pendant trois jours. Vance se souvenait encore de l'air désabusé qu'avait affiché le directeur de la prison en prononçant ces mots :

— Quoi que vous mettiez en place, ils trouveront toujours un moyen de contourner l'obstacle.

À l'époque, Vance avait été intrigué et s'était demandé s'il n'y avait pas là matière pour un nouveau programme télévisé. Aujourd'hui, il comprenait très bien ce que le directeur entendait par là.

Évidemment, vos options en prison sont limitées quand il s'agit de contourner un obstacle. Vous ne pouviez compter que sur vos propres moyens. Vance avait un avantage de ce point de vue par rapport aux autres détenus qui ne pouvaient pas compter sur grand-chose. Les qualités qui avaient fait de lui le présentateur le plus populaire de la télévision britannique étaient parfaitement adaptées à l'univers carcéral. Il était charismatique, beau, séduisant. Et parce qu'il avait été un sportif d'envergure internationale avant l'accident qui lui avait permis d'embrasser ensuite une carrière à la télévision, il pouvait se vanter d'être un homme, un vrai. Et puis, il avait été décoré de la Croix de George pour avoir risqué sa vie en sauvant des enfants après un carambolage sur l'autoroute. Ou peut-être lui avait-on remis cette distinction afin de le consoler d'avoir perdu un bras en tentant vainement de sortir de sa cabine le chauffeur d'un camion accidenté. Quoi qu'il en soit, il ne devait pas y avoir d'autre détenu dans le pays ayant été distingué pour son courage. C'était un bon point pour lui.

Son projet reposait sur un élément fondamental : mettre dans sa poche les gens qui avaient le pouvoir de changer son destin. La direction de la prison ; les gardiens qui décidaient qui avait droit aux petits avantages ; le psychologue qui gérait l'emploi du temps de chacun. Il finirait par trouver le personnage-clé dont il aurait besoin pour parvenir à ses fins.

Il avait préparé son évasion petit à petit. Le rasoir électrique, par exemple. Il s'était volontairement tordu le poignet pour invoquer l'impossibilité de se raser avec un seul bras. Grâce à la Cour européenne des droits de l'homme, il avait obtenu le nec plus ultra des prothèses. Parce que l'argent qu'il avait gagné avant que le masque ne tombe n'était en rien lié à ses crimes, les autorités ne pouvaient pas y toucher. Ce bras artificiel était ce qu'il pouvait s'offrir de mieux et lui permettait un contrôle intuitif de chacun de ses doigts. La peau synthétique était si criante de vérité que les gens auraient eu du mal à croire qu'elle n'était pas vraie. Si on ne savait pas que c'était une prothèse, on ne la remarquait pas. Ce qui comptait, c'était d'avoir le sens de l'observation.

Il avait cru à un moment que tous ses efforts avaient été vains. Puis, à la surprise quasi générale, la cour d'appel avait cassé le verdict de sa condamnation. Il avait cru un instant qu'il allait être libéré de prison. Mais ces connards de flics lui avaient collé un autre meurtre sur le dos avant même qu'il ait quitté le box des accusés. Et celui-là pesait lourdement sur ses épaules. Et on l'avait donc renvoyé à la case départ.

Être patient, s'en tenir à ses objectifs s'était révélé très difficile. Les années avaient passé lentement, sans grande distraction. Mais il en avait vu d'autres. Se remettre du terrible accident qui lui avait coûté son rêve olympique et supporter le départ de sa femme qu'il aimait avaient été très éprouvants et l'avaient rendu plus fort. Ces années à s'entraîner pour atteindre le sommet dans sa discipline sportive lui avaient enseigné la valeur de la persévérance. Ce soir, il serait récompensé. Dans quelques heures, il pourrait savourer le fruit de ses efforts. Il lui restait juste à mettre en place les derniers préparatifs.

Ensuite, il pourrait donner à certains une leçon qu'ils ne seraient pas près d'oublier.

4

C'était difficile de voir clairement la victime à cause des techniciens de la police scientifique qui travaillaient sur le lieu du crime. Pour le commissaire Pete Reekie, ce n'était pas une mauvaise chose en soi. Non pas qu'il fût sensible : il avait vu assez de sang au cours de sa carrière pour ne presque plus avoir envie de vomir. Il pouvait supporter n'importe quel type de mort violente. Par contre, quand il était confronté à la perversion, il faisait tout pour éviter de regarder les victimes dont les corps suppliciés se graveraient dans sa mémoire. Le commissaire Reekie n'aimait pas que des esprits dérangés hantent ses pensées.

C'était déjà assez pénible comme ça d'avoir dû écouter son capitaine passer tous les détails en revue au téléphone. Reekie profitait d'une excellente soirée devant son écran plasma géant, une canette de Stella dans une main, un cigare dans l'autre, à regarder Manchester United mener d'un point seulement ses farouches adversaires dans le championnat d'Europe, quand son téléphone avait sonné.

— Capitaine Spencer à l'appareil, avait annoncé la voix dans le combiné. Désolé de vous déranger, commissaire, mais on est tombés sur quelque chose de pas joli ici et j'ai pensé que vous souhaiteriez être informé.

Dès qu'il avait pris ses fonctions à la tête de la brigade criminelle de Bradfield, Reekie avait indiqué très clairement à ses sous-fifres qu'il voulait qu'on le tienne informé des affaires à fort potentiel médiatique. L'inconvénient, c'était ça : se voir arracher d'un match-clé où il restait encore quinze minutes de jeu.

— Ça ne peut pas attendre demain matin ? avait demandé Reekie, en sachant la réponse avant même d'avoir terminé sa question.

— Je crois vraiment que vous devriez venir, avait insisté Spencer. Un nouveau meurtre de prostituée ; même tatouage sur le poignet, selon le légiste.

— Est-ce que vous êtes en train de me dire que nous avons affaire à un tueur en série ?

Reekie n'avait pas caché son incrédulité. Depuis Hannibal Lecter, tous les flics rêvaient de traquer un tueur en série.

— Difficile à dire, commissaire. Je n'ai pas vu les deux premiers meurtres, mais le légiste affirme qu'il y a des points communs. Par contre...

— Crachez le morceau, Spencer !

Reekie avait posé à contrecœur sa canette de bière sur la table près de sa chaise et écrasé son cigare.

— Le mode opératoire... Heu, est plutôt extrême comparé aux deux autres meurtres.

Reekie avait poussé un soupir, était sorti à reculons de la pièce, son attention fixée sur l'avant centre qui s'apprêtait à faire une passe décisive.

— Plutôt extrême ? Qu'est-ce que je suis censé comprendre, Spencer ?

— Elle a été crucifiée avant d'être suspendue la tête en bas et égorgée. Dans cet ordre, selon le légiste.

Spencer avait parlé sur un ton saccadé. Reekie ne savait pas si c'était parce que Spencer était lui-même choqué ou parce qu'il essayait de le faire réagir. Quoi qu'il en soit, ça avait fait son effet sur Reekie. Il avait senti la remontée acide dans sa gorge, le cigare et l'alcool transformés en bile. Il avait su avant même de sortir de chez lui qu'il ne voudrait pas voir ça.

Reekie tournait à présent le dos à l'horrible spectacle et écoutait Spencer échafauder un semblant de théorie malgré le peu d'éléments qu'ils avaient en leur possession pour le moment. Quand ce dernier commença à être à court d'idées, Reekie l'interrompit.

— D'après le légiste, ce serait la troisième victime d'un même tueur, c'est bien ça ?

— Apparemment. Mais il pourrait y en avoir d'autres.

— Ouais. Un sacré merdier, quoi. Sans compter que ça va creuser un trou dans le budget.

Reekie haussa les épaules.

— Ne le prenez pas mal, Spencer, mais je pense que c'est une affaire pour les spécialistes.

Le capitaine le regarda d'un air entendu. Ça lui convenait très bien ; il éviterait ainsi de cumuler des heures supplémentaires non payées, d'avoir les médias sur le dos et de subir le stress de ses collègues. Spencer n'était pas un tire-au-flanc mais tout le monde savait à quel point ce type d'affaires étaient usantes pour les nerfs. Pourquoi s'embêter alors qu'il y avait des gens qui étaient attirés par ce genre de merde ? Il était clair que les enquêtes comme celle-ci devaient être confiées aux personnes compétentes. Spencer acquiesça.

— Je suis d'accord avec vous, commissaire. Je connais mes limites.

Reekie approuva d'un signe de tête et s'éloigna du lieu du meurtre où s'activaient les techniciens de la police scientifique. Il savait qui contacter.

5

Le commandant Carol Jordan ouvrit le dernier tiroir de son bureau. C'était le prix à payer pour avoir décidé de quitter Bradfield. À la fin du mois, son équipe d'experts n'existerait plus. D'ici là, tous les tiroirs, tous les placards, tous les classeurs de son bureau devaient être vidés. Il y avait des affaires personnelles qu'elle voulait garder : des photographies, des cartes, des messages de collègues, des dessins humoristiques arrachés aux pages de magazines ou de journaux qui les avaient fait sourire, elle et son équipe. Il y avait des documents à classer et à ranger quelque part dans les archives du commissariat de police de Bradfield. Il y avait des notes gribouillées qui, en dehors du contexte inhérent à l'enquête, deviendraient incompréhensibles. Et il y avait également de quoi alimenter le destructeur de documents : tout un tas de paperasses qui ne seraient d'aucune utilité à personne. Voilà pourquoi elle était restée après le départ de ses derniers collègues : pour commencer à faire le tri.

Mais la tristesse l'avait envahie aussitôt qu'elle avait ouvert le tiroir du bureau. Il était plein à craquer, des piles de dossiers formant différentes couches comme des strates géologiques ; des affaires qui avaient été éprouvantes, effrayantes, douloureuses et déroutantes. Des affaires telles qu'elle n'en reverrait probablement jamais. Ce n'était pas une tâche qu'on devait entreprendre sans un petit fortifiant. Carol pivota sur son siège et ouvrit le tiroir central de son bureau renfermant des effets plus personnels. Elle saisit une des mignonnettes de vodka qu'elle avait récupérées dans les minibars de différents hôtels, dans des wagons-restaurants ou lors de vols en classe affaires. Elle vida dans la poubelle les dépôts de café que contenait sa tasse, l'essuya avec un mouchoir avant de verser la vodka. Il y en avait très peu. Elle prit une autre petite bouteille et ajouta son contenu. Il n'y avait toujours pas grand-chose à boire. Elle descendit la vodka d'un trait qu'elle sentit à peine passer. Elle versa deux autres mignonnettes dans sa tasse qu'elle déposa ensuite sur le bureau.

— Au plaisir de boire un petit coup ! annonça-t-elle à haute voix.

Quoi qu'en pense Tony Hill, elle n'avait aucun problème avec l'alcool. Elle n'était pas accro. Ç'avait failli être le cas à un certain moment, mais tout ça, c'était derrière elle à présent. Se relaxer en buvant un ou deux petits verres ne constituait pas un problème. Ça n'affectait pas sa vie professionnelle. Ça n'affectait pas non plus ses relations avec les autres.

— Si on peut parler de « relations »..., marmonna-t-elle en tirant du tiroir un paquet de dossiers.

Elle s'en était coltiné suffisamment pour apprécier d'être dérangée par la sonnerie de son téléphone. L'écran affichait un numéro de portable qui ne lui disait rien.

— Commandant Jordan, répondit-elle en prenant sa tasse qu'elle ne s'attendait pas à trouver vide.

— Commissaire Reekie de la Division nord, fit une voix bourrue.

Carol ne connaissait pas Reekie, mais ça devait être important pour qu'un haut gradé l'appelle si tard.

— Que puis-je faire pour vous, commissaire ?

— On a quelque chose ici qui, je pense, correspond tout à fait aux genres d'affaires sur lesquelles votre équipe travaille, expliqua Reekie. J'ai pensé qu'il valait mieux vous prévenir au plus vite. Tant que la scène de crime est encore chaude.

— C'est préférable, en effet, répondit Carol. Mais vous savez, mon unité est sur le point d'être dissoute.

— Oui, j'ai entendu dire que vous alliez donner votre démission. Mais pour le moment vous êtes toujours en fonction, non ? Je pensais que vous seriez peut-être intéressée de travailler sur une dernière affaire particulière.

Ce ne sont pas les mots qu'elle aurait employés mais elle comprenait ce qu'il voulait dire. Ils connaissaient tous la différence entre les affaires de violences domestiques banales qui constituaient la plupart des homicides et les meurtres perpétrés par un vrai tordu. Les enquêtes qui comportaient une part de mystère étaient relativement rares. Qualifier un meurtre de « particulier » n'était peut-être pas si bizarre, après tout.

— Envoyez-moi l'adresse par texto. Je serai sur place aussi vite que possible, conclut-elle en rangeant les dossiers qu'elle n'avait pas examinés dans le tiroir avant de le refermer.

Elle regarda sa tasse vide. Techniquement, elle avait dépassé la limite autorisée. Cependant, elle se sentait parfaitement apte à prendre le volant. C'était le genre de discours qu'elle avait entendu des dizaines de fois tout au long de sa carrière, tenus par des ivrognes en garde à vue. De toute façon, elle ne préférait pas débarquer toute seule sur les lieux du meurtre. Si elle et son équipe devaient s'occuper de cette enquête, il y avait un certain nombre de mesures à prendre sur-le-champ et, à cette heure, elle n'était pas au meilleur de sa forme. Elle passa mentalement en revue les membres de son équipe. Chris Devine avait énormément travaillé ces derniers temps pour préparer le dossier d'une affaire importante qui allait passer devant le tribunal et Kevin Matthews, lui, fêtait son anniversaire de mariage. Reekie n'avait pas semblé trop inquiet ; ce n'était peut-être pas la peine de fiche en l'air sa soirée. Restait Stacey Chen, qui préférait les ordinateurs aux gens ; Sam Evans dont Carol pensait qu'il était davantage préoccupé par sa carrière que par le sort des victimes. Ne restait plus que Paula McIntyre. En tapant son numéro, Carol se dit qu'elle pouvait toujours compter sur Paula.

*
* *

Certaines choses ne changent pas, pensa Paula. À chaque fois qu'elle devait se rendre sur les lieux d'un meurtre, elle sentait monter l'adrénaline dans ses veines.

— Désolée de vous traîner dehors, s'excusa Carol.

Elle ne le pense pas vraiment, songea Paula. Cependant, Carol avait toujours pris soin des membres de son équipe. Les yeux de Paula ne quittaient pas la route. Elle conduisait largement au-dessus de la limite de vitesse mais en pleine possession de ses moyens. Aucun flic ne voulait qu'on se souvienne de lui pour avoir provoqué un accident de la route en se rendant sur les lieux d'un meurtre.

— Pas de problème, commandant, répondit-elle. Elinor est d'astreinte ; on ne faisait rien de particulier ce soir à part grignoter des sandwichs et jouer au Scrabble.

Carol n'était pas la seule à essayer de rassurer tout le monde.

— Peut-être, mais tout de même...

Paula afficha un grand sourire.

— J'étais en train de perdre, de toute façon. On est appelées pour quoi ?

— Reekie n'appelait pas depuis sa ligne personnelle, nous ne sommes donc pas rentrés dans les détails. Tout ce que je peux dire, c'est que d'après lui, c'est tout à fait dans nos cordes.

— Pas pour longtemps, répondit Paula avec une pointe de regret et d'amertume dans la voix.

— Ce serait arrivé dans tous les cas, que je reste ou non.

Paula fut surprise.

— Je ne rejetais pas la faute sur vous, commandant. Je sais qui est le responsable.

Elle jeta un rapide coup d'œil à Carol.

— Je me demandais...

— Oui, bien sûr, vous pouvez compter sur moi pour une recommandation.

— En fait, je voudrais vous demander autre chose.

Paula prit une grande inspiration. Cela faisait plusieurs jours qu'elle attendait le bon moment. Si elle ne saisissait pas cette occasion maintenant, qui sait quand elle se représenterait ?

— Si je me faisais muter dans la West Mercia, est-ce qu'il y aurait de la place pour moi ?

Carol fut prise au dépourvu.

— Je ne sais pas. Je n'ai jamais réfléchi au fait que quelqu'un pourrait...

Elle changea de position pour mieux la voir.

— Ce ne sera pas comme ici, vous savez. Leur taux d'homicides est insignifiant comparé à celui de Bradfield. Ce sera un travail d'investigation plus classique.

Paula esquissa un sourire.

— Je pourrais vivre avec. J'ai déjà pas mal donné dans le sordide.

— Je ne peux pas dire le contraire. Si c'est ce que vous voulez, je ferai tout mon possible pour que ça se fasse, répondit Carol. Mais je croyais que vous étiez plutôt bien ici. Et Elinor ?

— Elinor n'est pas le problème. Enfin, pas comme vous le supposez. Ce qui est sûr, c'est qu'elle veut avancer dans sa carrière médicale. Elle a appris qu'un bon poste allait être à pourvoir à Birmingham. Et depuis Bradfield, Birmingham n'est pas vraiment la porte à côté.

Paula ralentit en arrivant à un carrefour, regarda bien de chaque côté de la route avant de continuer.

— Si elle décide de faire ce choix, il faut que je réfléchisse aux différentes options qui se présentent. Et si vous allez dans la West Mercia, je me disais que j'avais tout intérêt à me servir de mes relations.

Elle regarda Carol en souriant.

— Je verrai ce que je peux faire. Vous êtes bien la seule personne que je souhaiterais avoir dans mon équipe, ajouta-t-elle, sincère.

— Je m'étais très bien entendue avec l'inspecteur qui travaillait sur l'affaire RigMarole, poursuivit

Paula pour enfoncer le clou. Alvin Ambrose. Je serais heureuse de retravailler avec lui.

— C'est enregistré, Paula, pas la peine d'insister. Et puis ça ne dépendra peut-être pas de moi au final. Vous êtes au courant de ce qui se passe en ce moment : l'heure est aux économies en ce qui concerne les créations de postes...

— Je sais. Excusez-moi, commandant.

Elle fronça les sourcils en regardant le GPS, tourna à gauche dans une petite zone industrielle constituée d'entrepôts préfabriqués aux toits légèrement inclinés qui bordaient la route. Elle prit un dernier virage et comprit qu'elle était arrivée au bon endroit. Plusieurs véhicules de police étaient regroupés autour du dernier entrepôt du site, gyrophares éteints pour ne pas attirer l'attention. L'entrée du bâtiment était délimitée par le ruban de police. Paula coupa le moteur de la voiture et se redressa.

— Je crois bien qu'on est arrivées.

Être un bon flic ne suffisait pas, se disait Carol dans des moments comme celui-ci. Arriver toujours après la bataille était de plus en plus difficile à supporter avec le temps. Elle aurait bien aimé que Tony soit avec elle ; et pas seulement parce qu'il aurait eu une autre lecture de la situation. Il comprenait son désir d'empêcher que ne se reproduisent des drames comme celui-ci, qui brisent la vie des gens et leur laissent un vide incommensurable. Carol avait soif de justice et, ces derniers temps, elle était rarement assouvie.

Le commissaire Reekie n'avait pas dit grand-chose et elle lui en était reconnaissante. Les mots étaient inutiles dans certaines situations. Trop de flics l'oubliaient. Des visions comme celle-ci se passaient de discours.

La femme était nue. Carol vit plusieurs coupures superficielles sur sa peau et se demanda si le tueur avait entaillé ses vêtements directement sur elle. Elle demanda au photographe de la police scientifique d'en faire des clichés afin de les comparer aux vêtements, si on les retrouvait.

Le corps de la victime avait été cloué à une croix à l'aide d'énormes clous d'une quinzaine de centimètres plantés dans ses poignets et ses chevilles. Carol essaya de ne pas grimacer en pensant aux bruits que ça avait dû faire : le son du marteau sur les clous, le craquement des os, les cris d'agonie se répercutant sur les murs en tôle. La croix avait ensuite été appuyée à l'envers contre le mur pour que les cheveux blond platine de la fille rasent le sol rugueux en ciment, laissant découvrir leurs racines brunes.

Ce n'était pas la crucifixion qui l'avait tuée, cependant. La profonde entaille au cou pouvait être interprétée comme une forme de pitié, mais c'était le genre de pitié qu'elle espérait ne jamais avoir à subir. La coupure avait été assez profonde pour trancher les artères. Avec la pression artérielle, le sang avait giclé sur un périmètre impressionnant ; on en voyait les traces sur le sol tout autour à l'exception d'un endroit.

— Il se tenait ici, murmura-t-elle. Il a dû en être recouvert.

— Il doit être sacrément costaud, remarqua Paula. Déplacer une croix en bois avec un corps dessus, ça doit pas être évident. Je pense pas que j'en aurais la force.

La silhouette en combinaison blanche étudiant le corps de la victime se retourna vers elles. Ses paroles étaient légèrement étouffées par son masque, mais Carol les entendit assez clairement malgré tout. Elle reconnut l'accent canadien de Grisha Shatalov, le médecin légiste.

— Le bois n'est pas très lourd. Et la victime n'a que la peau sur les os. La constitution classique d'une junkie bien qu'elle ne porte aucune trace d'injection. Je suis certain que vous pourriez la soulever et la remettre dans l'autre sens sans trop d'effort, inspectrice.

— Depuis combien de temps elle est morte, Grisha ? demanda Carol.

— Vous ne me posez jamais les questions auxquelles je peux répondre, répondit-il avec une pointe d'humour. Je dirais qu'à première vue elle est morte depuis environ vingt-quatre heures.

— L'entrepôt est vide depuis près de quatre mois, intervint Reekie. L'agent de sécurité n'avait pas remarqué que la porte de derrière avait été forcée, ajouta-t-il avec un certain mépris.

— Comment l'a-t-on découverte, alors ? demanda Carol.

— Un type en promenant son chien. Le clebs s'est rué sur la porte de derrière. Il a dû sentir l'odeur du sang, dit Reekie en fronçant le nez. Pas tellement surprenant. D'après le maître, le chien a foncé sur la porte qui s'est ouverte en grand, et il a disparu à l'intérieur. Il l'a appelé à plusieurs reprises mais le chien n'a pas réagi, alors il est entré, une torche à la main. Il a jeté un coup d'œil et nous a appelés aussitôt.

Reekie afficha un petit sourire narquois.

— Il aura au moins eu la bonne idée d'attraper le chien avant qu'il ne fiche complètement en l'air la scène du crime.

— Mais le docteur Shatalov pense qu'elle a été assassinée la nuit dernière. Comment se fait-il que le chien ne l'ait pas découverte plus tôt, alors ?

Reekie jeta un coup d'œil à son adjoint. Il était resté silencieux et calme jusqu'ici mais comprit ce qu'on attendait de lui.

— Ils n'ont pas fait le même parcours la veille, d'après le propriétaire du chien. Mais on vérifiera ça, expliqua Spencer.

— Ne jamais faire confiance à celui qui découvre le corps d'une victime, lança Reekie.

Comme si on ne le savait pas. Carol regarda le corps, observa chaque détail en se demandant comment cette jeune femme s'était retrouvée ici.

— Et son identité ? demanda-t-elle.

— Rien pour l'instant, répondit Spencer. Il y a pas mal de prostituées autour de l'aéroport. La plupart sont originaires de l'Europe de l'Est. Elle pourrait venir de là.

— À moins qu'il ne l'ait ramassée en ville. Sur Temple Fields, suggéra Paula.

— Les deux premières étaient du coin, affirma Reekie.

— Bon, espérons que Grisha arrive à lui redonner un peu de son apparence humaine pour tenter de l'identifier à l'aide d'une photo, fit Carol. Vous avez dit « les deux premières », commissaire. Vous êtes sûr qu'il s'agit du même meurtrier ?

Reekie se tourna vers le corps.

— Montrez-lui, docteur.

Grisha indiqua ce qui ressemblait à une sorte de tatouage sur le poignet de la victime. Il était en partie recouvert de sang, mais Carol réussit néanmoins à lire le mot : « MIENNE ». Un message répugnant, complètement tordu et provocant. Et cependant, quelque part dans la tête de Carol, une voix lui susurra : *Profites-en. Si tu pars dans la West Mercia, tu n'es pas près de revoir un cas aussi intéressant.*

6

Contre toute attente, des années d'un comportement apparemment sans histoires avaient permis à Vance d'obtenir une place dans le service thérapeutique de la prison d'Oakworth en plein cœur de la campagne du Worcestershire. On n'y imposait pas l'extinction des feux : le service étant séparé du reste de la prison, les détenus pouvaient éteindre la lumière quand ils le souhaitaient. Et la petite salle de bains privative offrait un confort dont il avait presque oublié l'existence.

Vance éteignit la lumière mais pas la télévision pour ne pas travailler dans la complète obscurité. Il étala un journal sur la table avant de se couper méticuleusement les cheveux avec une lame de rasoir. Une fois que ce fut assez court à son goût, il passa le rasoir électrique de long en large jusqu'à ce que son crâne soit le plus lisse possible. Grâce à son teint blafard de prisonnier, il n'y aurait pas de différence de couleur entre la peau de son crâne tondu et celle de son visage. Il se rasa ensuite la barbe qu'il avait laissée pousser ces dernières semaines, gardant seulement un bouc et une moustache. Au cours de ces deux dernières années, il avait changé de style à plusieurs reprises, de la barbe fournie au visage complètement rasé en passant par le collier à la moustache type Zapata, de façon à ce que personne ne s'étonne d'un énième changement de look.

L'étape ultime de sa métamorphose n'était pas encore venue. Il tendit la main vers la bibliothèque au-dessus de la table et en tira un livre grand format, une édition limitée de reproductions d'œuvres picturales d'artistes russes contemporains. Ni Vance ni le détenu lambda ne s'intéressaient à l'art ; ce qui faisait l'intérêt de ce livre, c'était la quantité d'épais papier qui le constituait, un papier si épais que les pages pouvaient être fendues et utilisées ensuite pour dissimuler à l'intérieur de fines feuilles de plastique recouvertes de décalcomanies.

Les décalcomanies avaient été minutieusement réalisées à partir des photographies que Vance avait prises à l'aide de son smartphone de contrebande. Elles étaient les copies exactes des tatouages élaborés et colorés qui recouvraient les bras et le cou de Jason Collins, l'homme qui dormait actuellement dans le lit de Vance. Parce que Vance ne dormait pas dans sa cellule ce soir. La diversion qu'il avait imaginée avait parfaitement fonctionné.

Tout ce dont il avait eu besoin, c'était une photographie de la femme de Damon Todd embrassant le frère de Cash Costello dans une boîte de nuit. Vance l'avait laissée tomber discrètement sur la table de ping-pong en passant devant un soir où les amateurs se réunissaient pour jouer. Comme il l'avait prévu, quelqu'un l'avait ramassée et en avait compris immédiatement la nature. Sifflements et railleries avaient suivi et inévitablement Todd avait perdu son sang-froid et s'était jeté sur Costello. Ce mouvement d'humeur incontrôlable avait provoqué la fin de leur séjour dans le service thérapeutique.

Mais Vance s'en fichait. Il n'avait jamais été inquiété par les dommages collatéraux.

L'accrochage avait détourné suffisamment longtemps l'attention des gardiens du service pour que Vance et Collins puissent échanger leurs cellules. Quand le calme avait fini par revenir et que les verrous s'étaient refermés sur chaque cellule, les deux hommes avaient déjà éteint leur lumière et faisaient semblant de dormir. Il n'y avait aucune raison de douter que l'un et l'autre ne se trouvaient pas là où ils étaient censés se trouver.

Vance se leva et fit couler de l'eau dans le lavabo. Il déchira la première page et décolla les deux feuilles de plastique. Il plongea le film plastique dans le lavabo et quand la décalcomanie commença à se séparer de son support, il l'appliqua sur sa prothèse. C'était un processus lent, mais pas aussi délicat que de l'appliquer sur son autre bras. Oui, son bras artificiel était remarquable. Mais pas aussi performant que son vrai bras. Et le moindre détail comptait pour la réussite du projet.

Quand il eut terminé, son front était couvert de sueur et la transpiration coulait en filet le long de son dos. Il avait fait de son mieux. Si on les avait mis côte à côte lui et Collins, ç'aurait été facile de distinguer les vrais tatouages des faux ; mais à moins que tout foire, ce n'était pas près d'arriver. Vance saisit la copie des lunettes de Collins que son complice à l'extérieur avait fait fabriquer avant de les chausser sur son nez. Le monde devint flou et tordu, mais il réussit néanmoins à s'y habituer. Les verres étaient beaucoup moins puissants que ceux de Collins mais pouvaient faire illusion si quelqu'un y jetait un coup d'œil superficiel. Chaque détail avait son importance.

Il ferma les yeux et se concentra sur l'accent nasal des Midlands de Collins. Pour Vance, c'était la phase la plus compliquée de son usurpation d'identité. Il n'avait jamais eu de dons particuliers pour l'imitation. Il s'était toujours suffi à lui-même. Mais pour la première fois, il allait devoir déguiser sa voix. Il essaierait de parler le moins possible mais devait se tenir prêt à répondre en changeant de voix. Il se rappela une scène dans *La Grande Évasion* où le personnage joué par Gordon Jackson se faisait démasquer en répondant automatiquement à une question en anglais. Vance devrait être beaucoup plus vigilant. Il ne pouvait se permettre le moindre relâchement. Pas avant d'être libre.

Ça lui avait demandé des années pour en arriver là. Il avait d'abord fallu être admis dans le service thérapeutique ; trouver ensuite quelqu'un ayant approximativement la même taille et carrure que lui et qui soit intéressé par ce que Vance avait à offrir. Jason Collins avait été dans sa ligne de mire depuis le premier jour où cet horrible petit pyromane avait rejoint la thérapie de groupe. Collins avait été payé pour mettre le feu à des entreprises. Vance n'avait pas besoin du psychologue pour lui dire que les motivations de Collins étaient plus sombres et profondes que ça. Rien que le fait qu'il soit dans le groupe en était la preuve.

Vance s'était lié d'amitié avec Collins. Ce dernier souffrait d'être loin de sa famille et Vance s'était proposé de subvenir aux besoins de sa femme et de ses trois enfants. Longtemps, Vance avait eu l'impression que rien n'avançait. Le principal obstacle résidait dans le fait qu'aider Vance pouvait coûter à Collins de nombreuses années de prison en plus de celles qu'il purgeait déjà.

Et puis Collins avait été condamné à un autre genre de peine : la leucémie. Le genre de condamnation à laquelle on avait seulement quarante pour cent de chances de survivre cinq ans après avoir été diagnostiqué. Cela signifiait qu'il ne pourrait probablement jamais offrir un meilleur avenir à sa femme et ses enfants. Même s'il obtenait la réduction de peine maximale. Collins rentrerait chez lui seulement pour y mourir.

— Ils te laisseront rentrer chez toi de toute façon si t'es à deux doigts de mourir, lui avait fait remarquer Vance. Rappelle-toi ce qui est arrivé à l'auteur des attentats de Lockerbie.

C'était une façon perverse d'obtenir le beurre et l'argent du beurre. Collins pouvait aider Vance à s'échapper et ça n'aurait pas d'incidence : ils le laisseraient sortir de toute façon quand il serait trop malade. Dans tous les cas, il passerait les derniers jours de son existence avec sa famille. Et s'il acceptait le plan de Vance, sa femme et ses enfants n'auraient plus jamais à s'inquiéter pour l'argent.

Ça lui avait demandé toute sa force de persuasion et beaucoup plus de patience qu'il ne pensait en avoir pour convaincre Collins du bien-fondé de son plan. « Vous avez tous perdu l'habitude qu'on soit sympa avec vous », avait affirmé sa psychologue un jour. Cette phrase avait constitué un outil de persuasion puissant pour Vance et finalement l'autre avait craqué. Le fils aîné de Collins irait dans la meilleure école privée du Warwickshire et Jacko, lui, sortirait de prison.

Vance remit un peu d'ordre : il jeta dans les W-C des petits morceaux du papier humide ainsi que de fines boulettes de papier-toilette contenant ses cheveux avant de tirer la chasse. Il forma de petites boules avec le film plastique qu'il coinça entre la table et le mur. Quand il en eut terminé, il se coucha dans le lit étroit. L'air froid et la transpiration le firent frissonner et il remonta la couverture sur lui.

Tout allait très bien se passer. Demain, l'équipe relâcherait Jason Collins pour son premier jour de liberté conditionnelle. Une permission de sortie était ce dont rêvait chaque détenu du service thérapeutique : franchir les portes de la prison pour passer une journée dans une usine ou dans un bureau. C'était vraiment pitoyable, pensa Vance. Le champ d'action des détenus était tellement restreint qu'une journée de corvées ordinaires suscitait l'envie. Tous ses talents de comédien avaient été nécessaires pour cacher son mépris envers ce système. Mais il avait réussi parce qu'il savait que c'était la clé pour retrouver la liberté.

Très peu de détenus du service thérapeutique étaient autorisés à sortir. Pour Vance et quelques autres, ç'aurait été un trop grand risque à prendre. Peu importe qu'il ait réussi à convaincre cette conne de psychologue qu'il était un homme différent de celui qui avait commis ce terrible meurtre pour lequel il avait été condamné, ou même ceux commis sur ces adolescentes qu'il n'avait techniquement pas tuées puisqu'il n'avait jamais été jugé coupable : aucun ministre de l'Intérieur n'aurait voulu prendre la responsabilité de libérer Jacko Vance, et ce malgré l'avis du juge. Vance savait qu'il n'y aurait jamais de retour officiel en société pour lui. Il comprenait cette position. Car lui seul savait de quoi il était capable, les pouvoirs publics, eux, pouvaient juste émettre des suppositions.

Vance sourit dans l'ombre.

Il avait prévu très bientôt de mettre fin à toutes les conjectures.

7

La voiture de police bifurqua lentement suivant les indications de Carol.

— La troisième maison sur la gauche, dit-elle d'une voix fatiguée.

Elle avait laissé Paula sur la scène de crime, en s'assurant que tout serait fait selon les règles de la brigade des enquêtes prioritaires (BEP). Avec une équipe triée sur le volet comme la sienne, déléguer ne posait aucun problème à Carol. Elle se demandait si ce serait encore la même chose à Worcester.

— Commandant ? fit le conducteur, un policier impassible d'une vingtaine d'années.

— Oui ? demanda Carol.

— Il y a un homme dans une voiture garée devant la troisième maison sur la gauche. On dirait que sa tête est penchée sur le volant. Est-ce que vous voulez que je vérifie son immatriculation ?

En arrivant à proximité, Carol regarda par la fenêtre et reconnut, à sa grande surprise, Tony dans la position qu'avait décrite l'agent de police, la tête penchée sur le volant.

— Non, pas besoin de lancer des recherches. Je sais qui c'est.

— Voulez-vous que j'aille lui dire un mot ?

Carol sourit.

— Merci, mais ce ne sera pas nécessaire. Il est parfaitement inoffensif.

Ce n'était pas tout à fait vrai, mais cette réponse convenait très bien à un agent de police qui débutait dans le métier.

— Comme vous voulez, dit-il en s'arrêtant devant la voiture de Tony. Bonne nuit, commandant.

— Bonne nuit. Pas la peine d'attendre, tout va bien.

Carol sortit de la voiture et se dirigea vers celle de Tony. Elle attendit que le policier s'éloigne avant d'ouvrir la portière passager et de monter à l'intérieur. En entendant la portière se refermer, Tony se redressa brusquement et suffoqua comme si on l'avait frappé.

— Putain, qu'est-ce qui se passe ? lâcha-t-il, effrayé et désorienté, avant de reprendre peu à peu ses esprits. Carol ? Qu'est-ce... ?

Elle lui tapota le bras.

— Tu es garé devant la maison de Bradfield. Tu t'es assoupi. Je rentrais du travail quand je t'ai vu. J'imagine que tu n'avais pas l'intention de dormir toute la nuit dans ta voiture.

Il se passa les mains sur le visage avant de se tourner vers elle, les yeux écarquillés.

— J'écoutais un podcast. L'excellente docteur Gwen Adshead de Broadmoor qui expliquait comment gérer nos patients ingérables. En arrivant ici elle parlait toujours et j'ai voulu écouter jusqu'au bout. Je n'arrive pas à croire que je me suis endormi : je n'avais pas entendu quelqu'un dire des choses aussi intéressantes depuis longtemps.

Il se mit à bâiller et se redressa.

— Quelle heure est-il ?

— Un peu plus de trois heures du matin.

— Eh ben, dis donc. Je suis arrivé ici tout juste après minuit, dit-il en frissonnant. J'ai vraiment froid.

— Ça ne m'étonne pas. Je ne sais pas ce que tu comptes faire mais moi, je vais me mettre au chaud.

Tony la rejoignit en hâte devant le portail de la maison.

— Comment se fait-il que tu rentres seulement à cette heure-ci ? Tu veux boire un verre ? Je suis complètement réveillé à présent.

Il agissait parfois comme un véritable enfant, pensa-t-elle ; excité et curieux tout à coup sans raison.

— OK, un petit verre et au lit, dit-elle en le suivant jusqu'à la porte d'entrée principale plutôt que d'emprunter l'entrée latérale qui menait vers son appartement en sous-sol.

Il faisait frais à l'intérieur de la maison.

— Mets le radiateur en marche dans le bureau, il chauffe plus vite que celui du salon, lança Tony en se dirigeant vers la cuisine. Vin ou vodka ?

Il connaissait suffisamment ses goûts pour ne pas lui proposer autre chose.

— Vodka, répondit-elle en essayant d'allumer le radiateur.

Combien de fois lui avait-elle suggéré de le faire réparer pour ne plus avoir à batailler pour le mettre en marche ? Mais ça n'avait plus d'importance, à présent. Dans deux semaines, la maison tout entière serait vendue et il aurait tout le loisir de ne pas s'occuper des problèmes de sa nouvelle maison. Mais ça ne durerait pas parce qu'elle vivrait également dans cette maison et ne tolérerait pas ce genre de trucs exaspérants.

Elle finit par allumer le radiateur au moment où Tony revenait avec une bouteille de vodka russe, une bouteille de calvados et deux gobelets qui ressemblaient à un cadeau offert par les stations-service dans les années 1980, quand ce genre d'objets étaient offerts aux clients après avoir effectué le plein.

— J'ai déjà rangé les beaux verres, s'excusa-t-il.
— Tous ?

Carol tendit le bras pour attraper la bouteille qui était glacée. Elle sortait de toute évidence du congélateur. L'alcool dégoulina lentement de la bouteille tandis qu'elle versait son contenu.

— Alors, pourquoi tu rentres après trois heures ? J'ai pas l'impression que tu sortes d'une fête.

— Le commissaire Reekie de la Division nord veut que je parte en beauté, dit-elle avec flegme.

— Ce doit être une affaire qui coûte cher alors, dit-il avec cynisme en levant son verre pour trinquer. Ils ont dû demander à tous les services de se cotiser. C'est incroyable le nombre d'affaires qui ont été estampillées « brigade des enquêtes prioritaires » depuis que le chef de la police a décrété que l'heure était aux économies.

— Et encore plus depuis que tout le monde est au courant que je pars, soupira Carol. En même temps, cette enquête-là... on se serait battus pour l'avoir.

— Une sale affaire ?

Carol avala une gorgée de vodka et remplit de nouveau son verre.

— Du pire genre. Ton genre. Une prostituée crucifiée à l'envers sur une croix et qu'on a ensuite égorgée.

Elle prit une profonde inspiration avant de continuer lentement :

— La Division nord pense que celui qui a fait ça n'en est pas à son premier meurtre. Pas dans le même genre évidemment, sinon on en aurait entendu parler. Apparemment, il y a eu deux autres prostituées assassinées, récemment. Selon différentes méthodes : l'une a été étranglée, l'autre noyée.

Tony était penché en avant sur son siège, les coudes sur les genoux, très loin d'avoir envie d'aller se coucher.

— J'ai reçu un appel de Penny Burgess dans la journée. Je crois bien que c'était à propos de ça.

— Ah bon ? Qu'est-ce qu'elle disait ?

— Je ne sais plus trop, je n'écoutais pas vraiment. Mais elle avait l'air de penser que j'étais au courant. Qu'il y avait une histoire de tueur en série.

— Elle n'a peut-être pas tort. Chacune des trois victimes porte un tatouage sur le poignet où on peut lire : « MIENNE ».

— Ils n'ont pas fait le lien avec les deux premières ? demanda Tony, incrédule.

— Pour être honnête, ils n'ont pu faire le lien qu'hier seulement. Celle qui a été noyée n'était pas en très bon état. Grisha vient seulement d'avoir le corps et ça lui a demandé du temps de trouver ce qu'il cherchait.

Carol haussa les épaules et passa les doigts dans ses cheveux blonds en bataille.

— Ça n'a pas été facile de repérer quelque chose de significatif sur le corps de la première victime : elle avait d'autres tatouages sur les bras et sur le torse et il n'y avait donc aucune raison de penser que le mot « MIENNE » revêtait plus d'importance que le nom « BECKHAM » tatoué au bas du dos.

— Et la dernière ? Elle a également « MIENNE » tatoué sur le poignet ? Intéressant.

— Apparemment. Il y a beaucoup de sang et la peau est gonflée, parce qu'il a cloué ses poignets sur le bois, dit Carol en frémissant. Mais il y a bien un tatouage. Reekie m'a donc appelée pour nous refiler cette affaire. Ils s'occuperont de la paperasse.

— Mais ça reste toujours sur ton budget. Et ça fait que c'est toi qui coûtes cher et pas Reekie. Les femmes, les victimes, elles étaient du coin ? Elles travaillaient dans un secteur comme Temple Fields et elles se sont fait assassiner à l'extérieur du centre-ville ?

— Les deux premières étaient du coin. Elles faisaient le trottoir.

— Jeunes ? Vieilles ?

— Jeunes. Toxicos, évidemment. Et bien sûr, du fait de leur métier, c'est difficile de dire si elles ont été victimes d'agressions sexuelles.

Elle leva une main.

— Je sais, je sais. Il y a de grandes chances que le sexe joue un rôle là-dedans.

— Pas toujours de façon évidente.

Tony huma sa boisson et fit une moue.

— C'est toujours meilleur là où on l'achète, non ? Ce truc sentait merveilleusement bon en Bretagne. Maintenant ça sent l'essence à briquet.

Il tenta une petite gorgée.

— C'est meilleur au goût. Est-ce que tu as l'intention de faire appel à un profileur ?

— Ce serait logique. Mais Blake ne voudra pas payer pour t'avoir, et moi, je n'ai aucune envie de travailler avec un de ses gars.

Elle leva les yeux au ciel.

— Tu te souviens de cet idiot qu'ils nous avaient envoyé pour l'affaire de RigMarole ? Il faisait autant preuve d'empathie et de sensibilité qu'un mur de brique. J'ai promis à l'équipe que je ne commettrais plus jamais cette erreur. Je préfère m'en passer que de laisser le chef de la police nous en imposer un autre dans le même genre.

— Tu voudrais de moi ? demanda Tony d'un air qui laissait planer une légère ambiguïté, mais Carol n'y prêta guère attention.

— Ce serait la solution la plus adaptée si on voulait obtenir des résultats rapidement.

Elle saisit la bouteille et se resservit un verre.

— Mais jamais on ne me donnera le budget nécessaire.

— Et si ça ne te coûtait rien ?

Carol fronça les sourcils.

— On en a déjà discuté. Je ne veux pas profiter de notre relation...

— Quelle qu'elle soit...

— Quelle qu'elle soit. Tu es un professionnel. Quand nous avons besoin d'une expertise, on doit payer pour l'avoir.

— Tout travail mérite salaire, dit-il avec un petit sourire. Nous avons déjà eu ce débat-là et aucun de nous ne changera de position sur la question. Tu dis noir et moi je dis blanc.

Il fit un geste de la main comme pour chasser un insecte.

— Je pense qu'il y a moyen que tu obtiennes mon expertise et que je sois payé pour ça.

Carol fronça les sourcils.

— Comment ça ?

Tony porta un index à ses lèvres.

— J'ai besoin de parler à quelqu'un au ministère de l'Intérieur.

— Tony, ça t'a peut-être échappé mais nous avons un nouveau gouvernement. Il n'y a plus d'argent dans les caisses. Rien, même pour l'essentiel ; alors se payer le luxe d'un profileur...

Carol lâcha un soupir de frustration.

— Je sais que tu penses que je vis sur une autre planète, mais je le savais déjà.

Il fit une mine de clown triste qui accentua les rides que son métier avait creusées.

— Mon bonhomme en question au ministère de l'Intérieur est au-dessus des querelles politiciennes. Et en plus il me doit bien ça.

Tony fit une pause et fixa du regard le plafond.

— Oui, sans aucun doute.

Il changea de position sur son siège et regarda Carol droit dans les yeux.

— Au cours de toutes ces années nous avons fait du bon boulot dans cette ville. Reekie a raison. Tu devrais partir en beauté. Et je serai à tes côtés, comme j'étais là la toute première fois.

8

L'aube se leva et il n'avait pas dormi. Jacko Vance n'était pas fatigué mais tendu. Il écouta l'étage s'animer peu à peu et fut ravi de penser que c'était la dernière matinée qu'il devait passer en compagnie de tant de gens. Toutes les cinq minutes, il vérifiait l'heure sur la montre de Collins, attendant le bon moment pour se lever et commencer la journée. Il devait jouer son rôle parfaitement. Collins aurait été impatient mais pas trop. Vance avait toujours su agir au bon moment. C'est ce qui lui avait permis de devenir un brillant athlète. Mais aujourd'hui, le timing était essentiel et pouvait lui rapporter beaucoup plus qu'une simple médaille.

Quand il jugea le moment opportun, il se leva du lit et se dirigea vers les toilettes. Il se passa de nouveau le rasoir électrique sur le crâne et sur le menton et enfila ensuite les vêtements de Collins, un jean miteux et un polo ample. Les faux tatouages étaient bluffants. Et puis les gens ne voyaient que ce qu'ils voulaient bien voir. Un homme avec les tatouages de Collins et portant ses vêtements ne pouvait être que Collins en l'absence d'éléments affirmant le contraire.

Les minutes s'égrenèrent très lentement. Finalement, on cogna contre sa porte et une voix retentit :

— Collins ? Habille-toi, c'est l'heure d'y aller.

En ouvrant la porte, le gardien prêta moins attention à l'homme qui sortait de la cellule qu'à la dispute qui éclata un peu plus loin à propos des résultats du match de foot de la veille. Vance connaissait le gardien, Jarvis, qui faisait partie de l'équipe de jour ; un type susceptible et irritable qui ne s'était jamais vraiment intéressé à lui. Jusqu'ici tout fonctionnait pour le mieux. Le maton jeta un coup d'œil par-dessus son épaule avant d'avancer dans le couloir. Vance resta un peu en retrait tandis qu'on ouvrait la première porte, prenant plaisir à entendre glisser le verrou. Il suivit ensuite le gardien jusqu'au poste de sécurité et essaya de respirer normalement pendant qu'une porte se fermait et qu'une autre s'ouvrait.

Ils quittèrent finalement le service thérapeutique et traversèrent les couloirs de l'administration de la prison jusqu'à la sortie. Vance, qui essayait de garder son calme en pensant à autre chose, se demanda qui avait envie de travailler dans un environnement avec des murs peints en jaune maladif et le reste dans des tons gris métalliques. Pour ne pas tomber dans la déprime quand on bossait ici, mieux valait ne pas avoir beaucoup de goût.

Encore un poste de sécurité avant le dernier obstacle : deux gardiens à l'air las assis derrière des vitres épaisses comme dans certains guichets de banque avec une ouverture pour faire passer des documents. Jarvis fit un signe de tête au plus proche des deux, un jeune homme maigre aux cheveux coupés en brosse et au visage couvert de boutons.

— Est-ce que l'assistante sociale est arrivée pour Collins ? demanda-t-il.

Ça m'étonnerait, pensa Vance. Du moins, si tout s'est bien passé comme prévu. Peu de femmes iraient travailler après avoir été réveillées en pleine nuit par quelqu'un essayant de rentrer par effraction dans leur maison. Surtout après que le supposé cambrioleur/violeur avait pris soin de crever les quatre pneus de la voiture de la victime et coupé sa ligne téléphonique. Elle avait eu de la chance : s'il avait fait le travail lui-même, il aurait tranché la tête de son chien avant de la clouer sur la porte d'entrée. Il y avait certaines choses qu'on ne pouvait pas sous-traiter. Avec un peu de chance, cela avait suffi. C'était vraiment fâcheux pour ce pauvre Jason. Il allait devoir sortir pour son premier jour de liberté conditionnelle sans être accompagné par quelqu'un qui le connaissait.

— Non, répondit l'homme derrière la vitre. Elle ne viendra pas aujourd'hui.

— Quoi ? maugréa Jarvis. Comment ça, elle ne viendra pas aujourd'hui ?

— Problèmes personnels.

— D'accord, mais qu'est-ce que je fais de lui ? lança-t-il en faisant un signe de tête en direction de Vance.

— Un taxi l'attend.

— On va le laisser partir tout seul en taxi ? Sans être accompagné ?

Jarvis secoua la tête d'un air incrédule.

— Qu'est-ce qu'y a de bizarre à ça ? Il va bien passer le restant de la journée tout seul de toute façon. Ça commence seulement un peu plus tôt.

— L'assistance sociale n'était pas censée l'accompagner dans certaines démarches ?

Le gardien aux cheveux en brosse pinça un de ses boutons, examina ses ongles avant de hausser les épaules.

— C'est pas notre problème. On en a parlé au directeur adjoint qui nous a dit que c'était bon. Il a dit qu'il n'y avait pas d'inquiétude à avoir avec Collins.

Il regarda Vance.

— Ça te va, Collins ? Sinon on annule.

Vance haussa les épaules à son tour.

— Maintenant que je suis ici, je ferais mieux de partir.

Il était plutôt satisfait de la façon dont il avait prononcé ces mots : c'était assez proche de la manière dont parlait Collins. Mais surtout, ça ne rappelait en rien sa façon de parler à lui. Il fourra les mains dans ses poches comme il avait vu Collins le faire des centaines de fois, en rentrant légèrement la tête dans les épaules.

— Ça me plaît pas beaucoup cette histoire et je me fiche de ce que pense le directeur adjoint.

Jarvis ronchonna en conduisant Vance jusqu'au portail sécurisé qui menait vers le monde extérieur. Il l'ouvrit et Vance le suivit jusqu'à une cour pavée. Une Skoda berline à l'air fatigué était garée sur le trottoir, le moteur ronronnant. Vance sentit la fumée du pot d'échappement, écœurante dans l'air frais du matin. Une combinaison d'odeurs qu'il n'avait pas sentie depuis longtemps.

Jarvis ouvrit la portière passager et se pencha à l'intérieur.

— Vous l'emmenez aux usines Evesham, OK ? Nulle part ailleurs. Même s'il vous dit qu'il est en train d'avoir une crise cardiaque et qu'il doit aller à l'hôpital ou bien qu'il va se chier dessus s'il ne va pas aux toilettes dans la minute. Pas de détour. Pas de retour à la case départ. Direction l'usine.

Le chauffeur de taxi eut l'air déconcerté.

— Détendez-vous, mon vieux, répliqua-t-il. Vous allez vous rendre malade. Je sais ce que j'ai à faire.

Il se retourna.

— Tu peux monter, mon gars.

— Devant, pour que le chauffeur puisse garder un œil sur toi.

Jarvis recula pour laisser Vance monter à l'avant. Ce dernier attrapa la ceinture de sécurité avec sa prothèse et espéra qu'on attribuerait son geste maladroit au fait qu'il n'était pas monté dans une voiture depuis longtemps.

— Tiens-toi à carreau, Collins, ordonna Jarvis en claquant la portière.

La voiture sentait un mélange de café et de désodorisant au pin. Le chauffeur, un Indien d'une trentaine d'années à l'air négligé, lâcha un petit rire en s'éloignant.

— Il est pas de bonne humeur.

— Ce n'est pas une humeur, c'est sa manière d'être habituelle, répondit Vance.

Son cœur battait la chamade. Il sentait la sueur lui couler dans le creux du dos. Il n'arrivait pas à y croire. Il avait réussi à sortir. Plus il s'éloignait de la prison d'Oakworth et plus son rêve de liberté se concrétisait. Certes, il y avait encore beaucoup d'obstacles entre lui et son steak, mais le plus dur était fait. Il avait toujours su qu'il mènerait une vie agréable. Ces années passées derrière les barreaux n'avaient été qu'une parenthèse et non pas une fin en soi. Une nouvelle fois, la chance lui avait souri.

Il n'avait qu'à regarder autour de lui pour s'en convaincre. La voiture était une automatique, ce qui lui faciliterait grandement la vie. Il n'avait pas conduit depuis son arrestation ; se retrouver derrière un volant serait déjà assez difficile comme ça sans avoir à se préoccuper de passer les vitesses.

Vance se détendit quelques secondes et sourit en embrassant du regard les prés verdoyants entourés de haies. De gros moutons paissaient en compagnie de leurs petits. Ils dépassèrent des vergers, des rangées d'arbustes en fleurs qui commençaient à flétrir. La route était tout juste assez large pour laisser passer deux véhicules. C'était la vision idyllique qu'un étranger se faisait de la campagne anglaise.

— Ça doit vous faire un choc de sortir, commenta le chauffeur de taxi.

— Vous n'avez pas idée, répondit Vance. J'espère que ce n'est que le début. La prison a été un mal nécessaire mais maintenant je suis un homme neuf.

Un homme neuf, au sens où il était déterminé à ne pas répéter les erreurs qui l'avaient mené en prison. Mais il restait un tueur ; il avait juste appris à être meilleur.

Il observa attentivement le paysage. Il savait, pour avoir étudié la carte des environs, qu'il restait encore douze kilomètres de routes tranquilles à travers la campagne avant d'arriver sur la grande artère qui menait à Birmingham.

Vance avait repéré trois endroits où mettre en œuvre la suite de son plan. Tout dépendait de la circulation. Il ne voulait aucun témoin, pas à ce stade de son évasion alors qu'il n'avait aucune arme pour se défendre. Jusqu'ici, ils n'avaient croisé qu'une camionnette mais maintenant il n'y avait plus rien à l'horizon tandis qu'ils grimpaient une côte. Il changea de position sur son siège afin de pouvoir jeter un coup d'œil dans le rétroviseur comme s'il était subjugué par la beauté du paysage.

— Sacré beau coin par ici, dit-il. On oublie vite en prison.

Il sursauta tout à coup, véritablement surpris.

— Qu'est-ce que c'est que ce truc ?

Le chauffeur de taxi se mit à rire.

— Depuis combien de temps vous êtes pas sorti ? C'est un parc d'éoliennes. Des sortes de moulins à vent géants. Elles le capturent et en font de l'électricité. Il y a pas mal de vent par ici et donc pas mal d'éoliennes.

— Merde, dit Vance. Elles sont gigantesques.

Leur conversation avait rendu le chauffeur moins vigilant. Le moment était parfait. Ils arrivèrent en vue d'un carrefour. Le chauffeur de taxi ralentit et fit une pause pour indiquer d'autres éoliennes à l'horizon avant de vérifier que la voie était libre pour traverser.

En une fraction de seconde, Vance écrasa sa prothèse sur la tête du chauffeur. L'homme poussa un cri perçant avant de lever les bras pour se protéger. Mais Vance était sans pitié et son bras artificiel était une arme bien plus solide que les os et les muscles d'un membre humain. Il l'abattit une nouvelle fois sur la tête de l'homme avant de le lancer violemment contre son visage, souriant en voyant le sang gicler de son nez. Vance détacha sa ceinture pour être plus à l'aise. Il se pencha en avant et répéta son geste, si violemment cette fois que le chauffeur se cogna contre la vitre. L'homme hurlait à présent, les mains agrippées sur Vance.

— Merde, grommela ce dernier.

Il passa la main derrière la tête du chauffeur et vint lui écraser le visage contre le volant. Au bout de la troisième fois, l'autre perdit connaissance. Vance lui détacha sa ceinture. Encore sous les effets de l'adrénaline, il sortit de la voiture et se précipita du côté du conducteur. En ouvrant la porte, l'homme tomba sur la chaussée. Vance s'accroupit et passa le bras sous son torse. Après avoir pris une profonde inspiration, il se redressa.

Toutes ces heures passées en salle de gym n'avaient pas été inutiles. Il avait pris soin de gagner en force et en endurance sans développer une musculature exagérée : il ne cherchait pas non plus à se faire remarquer.

Vance tituba jusqu'à la haie qui bordait la route. Haletant, le cœur battant à tout rompre, il hissa le chauffeur au sommet d'une clôture métallique avant de le faire basculer de l'autre côté. Les moutons qui paissaient là parurent surpris de voir atterrir dans leur pré le chauffeur de taxi ; Vance esquissa un sourire.

Il s'adossa un moment contre la clôture pour reprendre son souffle et évacuer la tension. Il retourna ensuite à la voiture mais monta cette fois du côté conducteur. Il arrêta le clignotant droit, appuya sur l'accélérateur et prit la direction opposée aux usines Evesham. Il calcula qu'il lui faudrait une quarantaine de minutes pour atteindre une aire d'autoroute et mettre à exécution la prochaine étape de son plan.

Il ne pouvait pas s'empêcher de se demander combien de temps cela prendrait avant que quelqu'un ne remarque que Jason Collins se trouvait encore dans le service thérapeutique et pas Jacko Vance. Avant qu'ils ne comprennent qu'un des plus célèbres et prolifiques tueurs en série que le Royaume-Uni ait jamais connus avait pris la fuite, impatient de rattraper le temps perdu.

Son sourire n'était pas près de s'évanouir.

9

Paula mit de l'ordre dans ses papiers et étouffa un bâillement.

— Je commence quand vous voulez, dit-elle en se rapprochant des tableaux blancs qui s'alignaient sur un des murs de la salle.

Carol se demanda si elle avait réussi à dormir un peu. Paula avait dû rester sur les lieux du crime pour vérifier que tout se passait selon le cahier des charges de la BEP. Elle avait dû ensuite se rendre au QG de la Division nord et définir avec l'équipe du matin un programme d'action selon les ordres de Carol. Et à présent, elle était chargée de faire le point avec ses collègues qui, au fil des années, avaient appris à bien se connaître.

Un groupe de personnes triées sur le volet et qui formaient la meilleure équipe avec laquelle elle ait jamais travaillé. Si James Blake, en qualité de chef de la police, n'avait pas pris la décision de réduire drastiquement les dépenses bien avant que le Premier ministre n'en ait l'idée, elle aurait été heureuse de travailler aux côtés de cette équipe jusqu'à la retraite. Au lieu de ça, elle allait devoir faire un nouveau grand saut dans l'inconnu. Seulement cette fois, elle allait sans doute devoir suivre et non diriger. Ce n'était pas une perspective très réjouissante.

— Briefing dans cinq minutes ! lança-t-elle, pour leur donner le temps de terminer ce qu'ils étaient en train de faire.

Stacey Chen, leur informaticienne, invisible derrière ses six moniteurs, grommela quelque chose. Sam Evans, en grande conversation téléphonique, fit un signe de la tête. Kevin Matthews et Chris Devine, eux, interrompirent leur conversation et levèrent la tête, attentifs.

— Vous avez tout ce qu'il vous faut ? demanda Carol.

— Je crois que oui.

Paula tendit la main vers son café.

— La Division nord m'a fait parvenir toutes les informations concernant les deux premières victimes, mais je n'ai pas eu le temps de tout regarder en détail.

— Faites de votre mieux, dit Carol en se dirigeant vers la machine à café où elle se servit un café crème.

Un autre truc qui allait lui manquer. Ils avaient cotisé pour acheter une machine à café italienne et satisfaire les besoins en caféine de chacun. À l'exception de Stacey qui ne jurait que par le thé Earl Grey. L'absence d'une bonne machine à café à Worcester serait dure à supporter.

À propos d'absence, il n'y avait toujours aucun signe de Tony. Il n'avait pas tenu parole malgré toutes ses belles promesses. Elle essaya de ne pas se laisser trop envahir par l'amertume ; après tout, c'était à prévoir. Ils devraient se débrouiller sans son aide sur cette affaire.

Carol revint vers les tableaux blancs devant lesquels toute l'équipe était réunie. Elle ne put s'empêcher d'admirer le charmant tailleur que portait Stacey. C'était visiblement du sur-mesure et du très coûteux. Elle savait que son as de l'informatique gérait une entreprise de logiciels en plus de faire son travail de flic. Carol n'était jamais allée chercher plus loin, pensant qu'ils avaient tous droit à une vie privée en dehors de ce qu'ils faisaient ici. Mais c'était évident, rien qu'à voir sa garde-robe, que Stacey gagnait largement mieux sa vie que le reste de l'équipe. Un de ces jours Sam Evans finirait par remarquer, à des signes presque imperceptibles, que Stacey était amoureuse de lui. Quand Sam le superficiel prendrait conscience de ça et du revenu qu'elle gagnait, rien ne l'arrêterait. Mais Carol serait partie depuis longtemps avant que cela ne se produise. Elle ne regretterait pas de manquer cela.

Paula s'éclaircit la gorge et se redressa. Son jean et son pull marron froissés, qu'elle portait déjà la veille quand elle était allée chercher Carol en voiture, n'avaient rien d'élégant.

— Nous avons été contactés la nuit dernière par la Division nord. Le corps d'une femme encore non identifiée a été retrouvé dans un entrepôt vide d'une zone industrielle.

Elle fixa deux photographies sur un des tableaux blancs, l'une montrant un corps crucifié, l'autre le visage d'une femme.

— Comme vous pouvez le constater, on a cloué la victime sur une croix en bois qu'on a ensuite appuyée contre le mur. À l'envers. C'est horrible, mais s'il n'y avait que ça, la Division nord n'aurait sans doute pas fait appel à nous.

Elle fixa trois autres photographies sur le tableau. Deux d'entre elles montraient un mot tatoué sur un poignet ; la troisième, des lettres tracées sur quelque chose qui n'était pas identifiable. Sur chacune des photos, on pouvait lire le mot

« MIENNE ». Paula se tourna pour faire face à ses collègues.

— Le point commun entre les victimes, c'est le tatouage qu'elles portent au poignet. Ça et le fait qu'elles aient toutes été retrouvées dans les quartiers nord, ce qui n'est pas nécessairement le coin où on s'attendrait à retrouver des corps de prostituées.

— Pourquoi ça ?

Chris Devine était le membre de l'équipe le moins familier avec la géographie sociale de Bradfield, ayant débuté sa carrière à Londres.

— La prostitution se concentre surtout autour de Temple Fields au centre-ville, expliqua Kevin. Il y a quelques poches de criminalité sur les principales artères autour du centre, mais en dehors de ça le secteur nord est plutôt tranquille.

— Mon contact à la Division nord est un inspecteur du nom de Franny Riley, reprit Paula. Il m'a appris que c'était plutôt chaud en ce moment autour du chantier de l'hôpital. Une demi-douzaine de femmes racolent dans le secteur où les ouvriers sont installés. Il pense que la plupart d'entre elles sont originaires de l'Est, victimes de trafiquants. Mais les deux premières victimes sont toutes les deux du coin et n'ont peut-être donc rien à voir avec ça.

Une autre photo : un visage aux traits tirés avec des pommettes proéminentes et des lèvres fines. Personne n'avait l'air sympa sur une photo d'identité, mais cette femme paraissait particulièrement antipathique.

— La première victime, Kylie Mitchell. Vingt-trois ans. Toxico. Condamnée cinq fois pour racolage et une fois pour détention de drogue. Elle bossait principalement autour de Temple Fields, mais elle a grandi dans les tours de Skenby, qui se trouvent en plein cœur des quartiers nord, Chris. Elle a été étranglée et retrouvée sous un échangeur du périphérique il y a trois semaines.

Paula indiqua Stacey de la tête.

— Stacey est en train de nous envoyer les pièces du dossier.

Cette dernière lança un sourire tellement furtif que quiconque clignait des yeux à ce moment précis l'aurait manqué.

— Elles seront disponibles à la fin du briefing, dit-elle.

— Kylie, c'est le schéma habituel. Sortie du système scolaire sans qualification ; goût prononcé pour la fête. A commencé à se prostituer pour pouvoir s'acheter de la drogue avant de se mettre à faire le trottoir pour subvenir à ses besoins en crack. Elle a eu un gamin à vingt ans, envoyé directement aux services sociaux ; il a été adopté six mois plus tard.

Paula secoua la tête et soupira.

— En ce qui concerne la prostitution, Kylie était vraiment tombée au plus bas. Elle avait atteint le point de non-retour. Pas de domicile fixe, pas de proxénète pour la protéger. Une proie facile pour un pervers en mal de sensations fortes.

— Combien de fois on a déjà entendu cette histoire ? soupira Sam.

— Trop de fois. Croyez-moi, Sam, personne ne serait ravi autant que moi de ne plus entendre ce genre d'histoires, répliqua Carol.

Le reproche était clair.

— Que sait-on de ses derniers déplacements, Paula ?

— Pas grand-chose. Les autres filles ne se souciaient pas tellement d'elle. C'était une tête brûlée notoire. Elle était partante pour tout et se fichait d'utiliser un préservatif ou non. Les autres filles l'ont finalement laissée tomber. Ou bien c'est elle qui les a laissées tomber, on n'en sait trop rien. La nuit du meurtre, on l'a vue aux alentours de vingt et une heures sur Campion Way, à proximité de Temple Fields. Des prostituées du quartier lui auraient demandé de dégager de leur secteur. Et puis plus rien, jusqu'à ce qu'on la retrouve sous l'échangeur.

— Et l'autopsie ? demanda Kevin.

— Des traces de sperme de quatre hommes différents. Aucun d'entre eux n'est répertorié dans nos fichiers, ils n'auront d'intérêt que lorsque nous aurons un suspect. À part ça, tout ce que nous avons, c'est le tatouage. A été effectué post mortem ; c'est la raison pour laquelle il n'y a aucune inflammation.

— Est-ce que ça signifie que nous cherchons un tatoueur ? Quelqu'un possédant un certain talent dans ce domaine ? demanda Chris.

— Nous avons besoin de l'avis d'un expert sur ce point, répondit Carol. Et nous avons également besoin de savoir s'il est facile de se procurer du matériel de tatouage. Interrogez les fournisseurs, voyez si on peut obtenir une liste d'achats récents.

Sam se leva pour observer de plus près les photos des tatouages.

— Ça ne semble pas avoir été effectué par un professionnel. Mais bon, ça pourrait être délibéré.

— Il est encore trop tôt pour faire des hypothèses, affirma Carol. Qui l'a trouvée, Paula ?

— Deux adolescents. L'inspecteur Riley pense qu'ils cherchaient un endroit tranquille pour picoler. Il y a une vieille camionnette abandonnée là-bas qui fait office de lieu de réunion pour les jeunes du coin. Son corps était à l'avant du véhicule, à l'endroit où il aurait dû y avoir un moteur s'il n'avait pas été retiré. Pas d'efforts particuliers pour dissimuler le cadavre. La Division nord a déjà fait du porte-à-porte dans les parages, mais les maisons les plus proches se trouvent à une bonne cinquantaine de mètres de là et c'est la façade arrière des maisons qui donne sur les lieux du crime. Donc, pas d'infos.

— Retournons-y, lança Carol. Elle n'a pas atterri dans cette camionnette en un claquement de doigts. Paula, voyez ça avec l'inspecteur Riley.

— Très bien.

Paula fixa un autre cliché sur le tableau.

— Voici Suzanne Black, connue sous le diminutif de Suze. Vingt-sept ans. Une demi-douzaine de condamnations pour racolage mais un peu mieux lotie que Kylie. Suze partageait un appartement dans une des tours de Skenby avec un jeune prostitué du nom de Nicky Reid. Selon Nicky, elle avait l'habitude de ramasser ses clients au *Flyer*...

— Qu'est-ce que c'est, le *Flyer* ? l'interrompit Carol.

— C'est un pub qui se trouve derrière l'aéroport, près de la zone de fret. Un genre de relais routier vieillot. Il date de l'époque où l'aéroport était encore un aérodrome pendant la guerre, expliqua Kevin. C'est pas le genre d'endroit où emmener femme et enfants pour le repas du dimanche ; mais c'est pas un bouge non plus.

— D'après Nicky, elle avait quelques clients réguliers, continua Paula. Principalement des bagagistes de l'aéroport. Comme Kylie, elle était toxico mais sa drogue de prédilection, c'était l'héroïne. Nicky dit qu'elle en prenait depuis des années mais qu'elle le gérait plutôt bien. Comme Kylie également, elle n'avait pas de souteneur. Nicky affirme qu'elle avait un arrangement de longue date avec son dealer : si quelqu'un lui causait le moindre problème, il s'en occupait. C'était une bonne cliente.

Elle s'interrompit et ajouta avec un sourire narquois :

— Et il le lui rendait bien, sans doute...

— Quand Nicky l'a-t-il vue pour la dernière fois ? demanda Carol.

— Il y a deux semaines. Ils sont sortis de l'appartement ensemble. Il est allé à Temple Fields, elle a pris la direction du *Flyer*. Le lendemain en se levant, il a remarqué qu'elle n'était pas là. Aucun signe suggérant qu'elle était repassée chez eux. Il a attendu quelques jours, au cas où elle serait partie avec un de ses copains ou un de ses clients, même si ce n'était pas son habitude.

Paula secoua la tête, légèrement déconcertée.

— La façon dont Nicky décrit tout ça donne l'impression qu'ils formaient un vrai couple.

— Qui sait ? répondit Sam avec un certain mépris.

— Au bout du troisième jour, Nicky a essayé de signaler la disparition de Suzanne. Le commissariat de police le plus proche de son domicile étant le QG de la Division nord. Dire qu'ils n'étaient pas intéressés par la question est un doux euphémisme. Nicky a pété un câble à l'accueil et a failli se faire coffrer. Mais personne n'a levé le petit doigt. Le corps a été découvert il y a quatre jours dans le Brade Canal lors d'un concours de pêche. Selon le médecin légiste, elle est morte noyée, mais pas dans le canal.

Paula appuya sur un bouton de la télécommande qu'elle tenait à la main et une fenêtre vidéo fit son apparition sur le tableau blanc. Le Dr Grisha

Shatalov, médecin légiste, en tenue de travail, leur souriait. Sa voix chaleureuse et son doux accent canadien étaient à peine audibles à cause des haut-parleurs de mauvaise qualité.

— Quand nous avons une apparente noyade, la première chose que nous vérifions, c'est s'il s'agit vraiment d'une noyade. Tout particulièrement si la victime est, comme celle-ci, une toxicomane. Quelquefois une overdose peut faire penser à une noyade à cause des poumons qui sont saturés de liquide. Je peux d'ores et déjà vous affirmer que malgré le fait que Suzanne était une toxicomane, celle-ci n'est pas morte d'une overdose. Maintenant il nous faut déterminer si la victime est morte noyée là où son corps a été découvert. Vous ai-je déjà parlé des diatomées ? Peu importe si je l'ai déjà fait, je vais vous en reparler. Les diatomées sont des créatures microscopiques, un peu comme le plancton. Elles ont des coquilles siliceuses et elles vivent dans l'eau. Dans les eaux douces et salées. Dans les lacs et les rivières. Chaque plan d'eau possède son type de diatomées. Ce sont comme des empreintes digitales et elles varient également selon le moment de l'année.

Son sourire s'agrandit.

— Fascinant, n'est-ce pas ? OK, je vais droit au but. Quand quelqu'un se noie, les diatomées pénètrent dans ses tissus. Dans ses poumons, ses reins, dans la moelle osseuse, ce genre de choses. Nous dissolvons donc le tissu avec de l'acide et ce qui reste nous apprend dans quel fleuve ou quelle rivière la victime s'est noyée. Bon alors, nous avons effectué certaines analyses et nous avons découvert qu'il n'y avait aucune diatomée dans le corps de Suzanne Black. Cela signifie une chose et une seule chose seulement. Elle n'est pas morte dans le canal.

Elle s'est noyée dans un contenant rempli d'eau du robinet. Ou bien d'eau filtrée. Nous avons effectué des tests sur ses poumons et nous avons trouvé des traces de savon, ce qui me fait pencher pour une baignoire ou un profond lavabo. J'espère que cette petite conférence a été utile.

Carol secoua la tête.

— Sacré Grisha ! Un de ces jours, je demanderai au tribunal qu'il passe une de ses joyeuses petites vidéos aux jurés. En tout cas, ces informations sont très utiles. Le meurtre n'a pas été commis près du canal. Nous devons trouver un endroit avec une baignoire où le meurtrier a noyé sa victime.

— Peut-être qu'il l'a fait venir chez lui, suggéra Kevin.

— Il semble plutôt prudent, répondit Carol. Je ne suis pas certaine qu'il aurait pris un tel risque. Nous devons découvrir où elle emmenait ses clients. Continuez, Paula.

— Elle était tout habillée quand on l'a découverte, enchaîna-t-elle. Son corps n'était pas lesté mais il s'est retrouvé coincé sous les débris du canal ; elle a donc passé pas mal de temps dans l'eau. Ils n'ont pas repéré le tatouage tout de suite parce que la peau était trop dégradée.

Carol fit une grimace en entendant ce dernier mot. Grisha aurait pu l'employer lui aussi mais peu importe : il restait que c'était un adjectif qui ne s'appliquait pas à un être humain.

— Est-ce qu'il subsiste encore des doutes à propos du tatouage ?

Paula fit non de la tête.

— Le Dr Shatalov est affirmatif. Il s'agit bien d'un tatouage effectué post mortem et il est similaire à ceux que portent Kylie et l'autre victime dont on ignore le nom.

— Si elle a été noyée dans une baignoire, il y a peut-être une chance que quelqu'un l'ait vue en compagnie du meurtrier. Il a bien dû l'emmener quelque part. Une maison, un hôtel ou autre, dit Chris.

— C'est juste. Diffusons sa photo dans les journaux et attendons de voir ce qu'il en sortira. Kevin, parlez avec Nicky, son colocataire. Voyez s'il n'a pas quelques photos d'elle.

Carol fronça les sourcils tout en réfléchissant.

— Pas un mot sur le lien entre les victimes, d'accord ? Penny Burgess a essayé de fourrer son nez dans cette affaire mais le docteur Hill l'a envoyée promener. Si elle tente de vous parler, faites de même.

Elle lança un coup d'œil appuyé à Kevin qui griffonnait ostensiblement sur son carnet.

— Nous demanderons au commissaire Reekie d'organiser la conférence de presse ; restons dans l'ombre pour le moment ; laissons croire aux médias qu'il s'occupe de cette affaire. Si notre tueur pense qu'il n'a pas attiré notre attention, ça peut le pousser à sortir de sa cachette.

— Ou à commettre un nouveau meurtre, ajouta Paula. En tout cas, pour le moment, nous n'avons pas vraiment de piste.

— Il n'y aurait pas moyen que Tony jette un œil là-dessus ?

Tout le monde se figea en entendant la question de Kevin. Sam arrêta de gigoter, Chris arrêta de prendre des notes, Stacey arrêta de tapoter sur son smartphone et l'incrédulité se lut sur le visage de Paula.

Carol secoua la tête.

— Vous savez aussi bien que moi que nous n'avons pas le budget nécessaire.

Elle parla avec un ton sévère qui ne lui était pas habituel.

Kevin se mit à rougir.

— Je me disais juste que... comme ils vont dissoudre l'unité, de toute façon... et que vous allez partir. Qu'est-ce que vous avez à perdre ?

Avant que Carol ne puisse répliquer, la porte du bureau s'ouvrit brusquement. Sur le seuil se tenait Tony Hill, les cheveux en bataille, un pan de chemise en dehors du pantalon et le col de sa veste de travers. Il regarda rapidement autour de lui avant de s'arrêter sur Carol. Il prit une grande inspiration et dit :

— Carol, il faut qu'on parle.

Elle lui lança un regard noir.

— Je suis au milieu d'une réunion concernant un meurtre, Tony, répondit-elle sur un ton sec.

— Ça peut attendre, dit-il en entrant dans la pièce sans avoir pris soin de refermer la porte derrière lui. Ce que j'ai à te dire est urgent.

10

Une heure plus tôt, Tony Hill était assis dans son fauteuil préféré, une manette de jeu vidéo dans les mains, les pouces jonglant entre les différents boutons, en attendant de pouvoir joindre avec certitude Piers Lambert dans son bureau du ministère de l'Intérieur. La sonnerie de son téléphone le déconcentra et sa voiture quitta la route dans un crissement de freins et de pneus. Il jeta un regard noir au téléphone à côté de lui. La chance de pouvoir arriver à la fin du dernier niveau lui avait filé entre les doigts. Il lâcha la manette, saisit le combiné et nota, ce faisant, qu'il était temps d'appeler Piers. Il lui passerait un coup de fil aussitôt qu'il aurait raccroché.

— Allô ?
— Allô, Tony ?

C'était une voix à l'accent aristocratique, genre ministre conservateur. Quelqu'un de plus impressionnable que Tony aurait pris peur. Tony éloigna simplement le téléphone de son oreille en fronçant les sourcils avant de le rapprocher.

— Piers ? C'est toi ?
— Exact, Tony. Tu n'es pas aussi perspicace habituellement.
— C'est que tu n'es pas toujours au centre de mes pensées, Piers.

— Et je le suis aujourd'hui ? Je prendrais ça comme un compliment si j'en savais moins sur la façon dont fonctionne ton cerveau. Pourquoi suis-je dans tes pensées ?

Il n'y avait aucune raison que Tony soit troublé par le coup de fil de Piers Lambert. Mais d'expérience, quand un membre de l'élite vous appelait personnellement, ce n'était jamais bon signe.

— Toi d'abord, répondit-il. C'est toi qui paies la facture.

— Je crains d'avoir de fâcheuses nouvelles, annonça Lambert.

Aïe. Quand des types comme Lambert employaient un mot comme « fâcheux », cela se traduisait généralement dans le langage de la plupart des gens par « horrible », « atroce » ou bien « épouvantable ».

— Je t'écoute ?

— C'est au sujet de Jacko Vance.

Tony n'avait pas entendu ce nom depuis des années, mais il parvenait toujours à le mettre mal à l'aise. Jacko Vance était un séducteur psychopathe sans la moindre conscience. Pour Tony, qui avait une certaine expérience des recoins sombres de l'âme humaine, ce n'était pas un cas exceptionnel. Mais son aptitude à faire le mal allait bien au-delà de ce qu'avait pu imaginer Tony dans un premier temps. Avant que sa véritable nature ne se révèle au grand jour, Vance avait déjà fait preuve d'un machiavélisme hors du commun. Tony avait toujours essayé de montrer de l'empathie et de la compassion dans sa vie professionnelle. Mais parmi tous les tordus dont les actes avaient failli réduire à néant ces qualités, Jacko Vance décrochait la palme. La seule nouvelle qu'était prêt à entendre

Tony au sujet de Jacko Vance était celle de son décès.

— Qu'est-ce qui s'est passé ? demanda-t-il d'une voix anxieuse.

— Il semblerait qu'il se soit échappé de prison, annonça Piers, embarrassé.

Tony l'imaginait en train de tripoter son nœud de cravate, mal à l'aise. Il avait envie de l'attraper et de la lui serrer bien comme il faut autour du cou.

— Échappé ? Mais putain, comment c'est possible ?

La colère le submergea en quelques secondes.

— Il a pris la place d'un autre prisonnier qui bénéficiait d'une permission. Il était censé passer la journée dans une usine. L'assistante sociale qui devait l'accompagner n'a pas pu venir. Vance a attaqué le chauffeur du taxi qui le conduisait à l'usine avant de s'enfuir au volant de la voiture.

— Nom de Dieu ! s'exclama Tony. Mais qu'est-ce qu'il foutait en compagnie de détenus pouvant bénéficier d'une permission ? Comment c'est possible ?

Lambert s'éclaircit la gorge.

— Il se trouvait dans le service thérapeutique d'Oakworth depuis plusieurs mois. Un détenu modèle aux dires de tous. Depuis des années.

Tony resta bouche bée.

— Rien ne laissait supposer qu'il avait planifié quelque chose, continua Lambert sur un ton calme.

Tony reprit finalement la parole.

— Piers, est-ce que tu peux m'expliquer ce que fichait Vance dans ce foutu service thérapeutique ? Il a été condamné à perpétuité, bon sang ! Comment a-t-il pu bénéficier d'un programme destiné à des détenus en fin de peine ? À des gens qui se préparent à réintégrer la société ? Des gens qui ont un avenir possible en dehors de la prison ? Réponds-moi, merde ! Qui l'a placé dans un endroit pareil, l'endroit rêvé pour un tordu comme lui ? Dis-moi ?

Lambert poussa un grand soupir.

— Il y aura une enquête, bien entendu. La psychologue qui le suivait a plaidé en faveur de son intégration au sein de l'aile thérapeutique. Il était en catégorie C depuis plusieurs années, tu sais.

— En catégorie C ? explosa Tony. Après ce qu'il a fait ? Après avoir mutilé et assassiné Dieu sait combien d'adolescentes ? Il est passé de la catégorie A à C ?!

— Techniquement, il a été condamné à perpétuité pour un seul meurtre...

— Sans oublier celui d'un policier, continua Tony, ignorant la réponse de Lambert. Un policier qui voulait empêcher que d'autres filles ne se fassent tuer.

— Peut-être, néanmoins on ne peut accuser que si l'on a des preuves. Et la cour d'appel a jugé qu'il n'y avait pas assez d'éléments à charge en ce qui concernait l'inspectrice Bowman. Comme je l'ai déjà dit, Vance était un détenu modèle. Le directeur de sa précédente prison a résisté aussi longtemps qu'il a pu, mais les autorités compétentes ont jugé qu'il n'y avait aucune raison de ne pas réduire son niveau de menace.

Tony entendit une pointe de frustration dans la voix de Lambert. C'était rassurant de savoir qu'il n'était pas le seul à être scandalisé par ce qu'il entendait.

— Son avocat a menacé de nous traîner devant la Cour européenne des droits de l'homme et nous savons tous les deux comment ça se serait terminé.

Vance est donc passé dans la catégorie C et a été transféré à Oakworth.

— *La* psychologue... C'était donc une femme ?

— Oui, apparemment, répondit Lambert quelque peu surpris. Tout à fait compétente, semble-t-il.

— Et sensible au charisme de Vance, ajouta Tony tristement. Si quelqu'un m'avait demandé mon avis, j'aurais insisté pour qu'aucune femme ne soit autorisée à entrer en contact avec Vance. Il est intelligent, il est séduisant et il a le don de faire croire aux gens, aux femmes en particulier, qu'elles sont uniques. Il aura exprimé des remords, se sera montré prêt à tout pour racheter ses fautes. Quel mal y avait-il dans ce cas à l'envoyer dans le service thérapeutique où il pourrait ainsi réfléchir à ses actes ? Même s'il était banni de la société, le système devait montrer un minimum d'humanité à son égard. Je connais ce genre de scénario par cœur, conclut Tony, amer.

— Je sais. Malheureusement, ceux qui permettent l'arrestation d'un criminel n'ont jamais leur mot à dire une fois que celui-ci se retrouve dans le système carcéral.

Tony bondit de sa chaise et se mit à marcher de long en large.

— Et il a réussi à sortir d'Oakworth en se faisant passer pour un autre détenu ? Comment c'est possible ? Vance est manchot. Il a un putain de bras artificiel. Sans compter qu'il a été une star de la télé. Des millions de gens le reconnaîtraient au beau milieu d'une foule. Comment se fait-il que les gardiens ne l'aient pas reconnu ?

— Tu ne te souviens pas, c'est ça ? Tu ne te souviens pas que Vance a déposé plainte devant la Cour européenne des droits de l'homme contre le ministère de l'Intérieur...

— Oui, il a expliqué qu'il était victime de discrimination parce qu'il ne pouvait pas avoir accès aux dernières innovations en matière de prothèses. Et le tribunal lui a donné raison. Très bien, mais ça reste une prothèse, Piers. Ce n'est pas tout à fait le même genre de bras que nous avons, toi et moi.

— Tu ne connais rien au nec plus ultra de la prothèse, n'est-ce pas Tony ? Je ne te parle pas de la prothèse ordinaire remboursée par la sécurité sociale. Le bras artificiel de Vance est presque impossible à différencier d'un bras comme le tien ou le mien. D'après ce que je sais, il a subi une opération afin que ses nerfs puissent envoyer des signaux aux composants électroniques présents dans le bras et la main. Il peut bouger ses doigts et son pouce indépendamment des autres. En plus de ça, son bras artificiel a obtenu les bons soins de la chirurgie esthétique et a été agrémenté d'une peau synthétique avec des taches de rousseur, des veines et des tendons. Tout ce bazar a coûté des milliers de livres sterling.

— Et on a payé pour ça ?

— Non. Il l'a financé sur ses propres deniers.

— Ça dépasse l'entendement, dit Tony. Il a été reconnu coupable d'assassinat et il arrive à obtenir une assurance médicale privée ?

— Il n'a pas volé l'argent qui a fait de lui un multimillionnaire. Il pouvait se l'offrir et le tribunal a affirmé qu'il avait droit au meilleur traitement possible. Ça paraît insensé mais c'est la loi.

— Tu as raison. Ça paraît complètement insensé. Tony frappa le mur de sa main.

— Je croyais que les familles des victimes l'avaient poursuivi en justice ? Comment se fait-il qu'il ait encore autant d'argent ?

— Parce qu'il a été malin, répondit Lambert avec une pointe de colère dans la voix. Aussitôt après avoir été arrêté, Vance a pris des dispositions pour mettre son argent en sûreté, à l'étranger, dans un endroit où nous n'avons aucun moyen de savoir ce qui se passe. La justice ne peut mener aucune action légale contre une société fiduciaire off-shore. Quand Vance a eu besoin d'argent pour son opération, il a été immédiatement disponible. C'est très choquant, mais il n'y a rien que nous puissions faire légalement contre ça.

— Incroyable, dit Tony en secouant la tête. Mais même si son bras artificiel était indétectable, comment a-t-il réussi à leurrer tout le monde ?

Lambert poussa un grognement.

— Dieu seul le sait. D'après mes informations, le détenu pour qui s'est fait passer Vance avait le crâne rasé, portait des lunettes et avait des tatouages distinctifs sur le cou et les bras. Vance a reproduit le moindre détail. Quelqu'un lui a apparemment procuré des décalcomanies faites sur mesure. La seule personne qui aurait pu remarquer que ce n'était pas le bon bonhomme, c'était l'assistante sociale qui n'a pas pu venir travailler ce jour-là.

Tony émit un rire sarcastique.

— Attends, ne me dis rien. Laisse-moi deviner. Quelque chose de complètement imprévisible lui est arrivé. Son petit ami s'est fait kidnapper, sa maison a pris feu ou un truc dans le genre.

— Je n'en sais rien, Tony. Tout ce que je sais, c'est qu'elle n'est pas venue et l'administration pénitentiaire, dans son infinie sagesse, a décidé de le laisser rejoindre tout seul l'usine en taxi. On m'a affirmé que c'était la procédure normale dans ce genre de cas. Il ne faut pas oublier que les détenus autorisés à travailler à l'extérieur sont en fin de peine. C'est dans leur intérêt de ne pas tout fiche en l'air.

— Je dois t'avouer que c'est la pire nouvelle que j'aie entendue depuis très longtemps. Il va y avoir des morts, Piers.

Un frisson parcourut l'échine de Tony.

— Et le chauffeur de taxi ? Il est encore vivant ?

— Il a des blessures à la tête mais ses jours ne sont pas en danger. Ce qui m'importe pour l'heure, c'est de tout mettre en œuvre pour retrouver Vance aussi vite que possible. Et c'est là que tu entres en scène.

— Moi ? La dernière fois que je lui ai parlé, c'était avant son premier procès. Je ne sais pas quelle idée il a derrière la tête. Vous avez une psychologue qui le connaissait apparemment assez pour décider de l'envoyer dans un service thérapeutique, parlez-lui.

Tony lâcha un soupir d'exaspération.

— Nous le ferons, bien entendu. Mais j'ai beaucoup de respect pour ton travail, Tony. Je n'occupais pas le poste que j'occupe aujourd'hui quand tu as participé à l'arrestation de Vance mais je me souviens combien tu as contribué à changer les mentalités sur le profilage au sein du ministère de l'Intérieur. Je vais t'envoyer les dossiers sur Vance pour que tu nous dises ce qu'il compte faire et où il compte aller selon toi.

Lambert avait retrouvé son assurance. Sa requête avait la force d'un ordre sans en donner l'impression.

— Ce ne seront que des hypothèses.

Tony savait que quand on avait affaire à l'administration, il valait mieux ne pas se montrer trop confiant pour éviter un quelconque retour de bâton.

— Tes hypothèses valent mieux que les opinions tranchées de la plupart de tes collègues.

Quand rien d'autre ne marche, songea Tony, il reste toujours la flatterie.

— Sans avoir les dossiers entre les mains, il y a au moins une chose que je vais pouvoir te dire...

— Je t'écoute.

— Je ne sais pas où vit Micky Morgan aujourd'hui, mais il faut absolument la retrouver et lui dire que Vance est dans la nature. Pour lui, elle est toujours sa femme. Même si ça n'a jamais été un véritable mariage et qu'elle l'a fait annuler. Dans sa tête à lui, elle l'a laissé tomber. Il n'aime pas être contrarié.

Tony arrêta de faire les cent pas et posa son front contre la porte.

— Comme nous l'avons appris à nos dépens la dernière fois. C'est un assassin, Piers. Tous ceux qui se sont dressés contre lui courent aujourd'hui un grand danger.

Il y eut un moment de silence. Quand Lambert reprit la parole, il y avait une douceur dans sa voix que Tony n'avait jamais entendue auparavant.

— Est-ce que cela ne s'applique pas également à toi, Tony ? À toi et au commandant Jordan ? C'est vous deux qui l'avez fait tomber. Vous et votre équipe de profileurs. Si tu penses qu'il va s'en prendre à ceux qui l'ont mis derrière les barreaux, vous êtes les premiers sur la liste.

Tony n'y avait pas du tout pensé, preuve s'il en était qu'il n'était pas narcissique. Il avait appris à enfouir si profondément sa vulnérabilité au cours des années qu'il l'avait presque oubliée. Quant à Carol Jordan, il connaissait ses faiblesses et avait toujours cru que son pire ennemi, c'était elle-même. À tel point qu'il avait presque oublié que la menace pouvait venir de l'extérieur.

— Je n'avais pas pensé à ça, répondit-il en secouant la tête, ne voulant pas accepter l'idée qu'il était une cible potentielle.

Parce que l'admettre, c'était laisser s'insinuer la peur en lui.

— Il faut que tu sois conscient de cette possibilité, dit Lambert. Je vais télécharger et t'envoyer tous les dossiers ainsi que leurs codes d'accès. Je te contacte dès que j'ai des nouvelles de la police du North Yorkshire.

— Je n'ai pas dit...

— Mais tu le feras, Tony. Tu sais très bien que tu le feras. On se reparle bientôt.

Et il raccrocha. Pendant une fraction de seconde, Tony songea à passer un coup de fil à Carol. Mais ce genre de nouvelles, il valait mieux les dire en face. Il prit ses clés de voiture et sa veste et se dirigea vers la porte. Il était à mi-chemin du commissariat de Bradfield quand il se rappela qu'il voulait contacter Lambert pour tout autre chose à l'origine. Si pour lui chaque vie se valait, celle de Carol Jordan avait tout de même plus d'importance à ses yeux.

C'était triste à dire mais c'était comme ça.

11

Tony avança dans la pièce, les yeux fixés sur Carol.
— Je suis désolé, dit-il. Mais je dois te parler maintenant. En privé.

Voyant à quel point il était sérieux, l'expression de Carol passa de la contrariété à la perplexité. Depuis qu'elle le connaissait, Tony n'avait jamais crié au loup. Quel que soit le problème, c'était visiblement très important.

— Mon bureau, dit-elle, en faisant un signe de tête.

Tony s'y rendit directement. Carol soupira et écarta les bras en signe d'impuissance. Ses collègues étaient habitués aux excentricités de Tony, mais c'était toujours exaspérant de le voir agir comme s'il était propriétaire des lieux.

— Bon, on fait comme on a dit : Kevin, allez parler au colocataire de Suze Black. Prenez Paula avec vous. Sam, demandez au Dr Shatalov s'il peut nous fournir une photo qu'on puisse utiliser pour identifier la victime. Chris, faites équipe avec Stacey pour mettre noir sur blanc tout ce qu'on sait. Et n'oubliez pas de vous renseigner sur le matériel de tatouage. Elle regarda derrière elle et vit Tony qui faisait les cent pas.

— Je reviens, soupira-t-elle avec lassitude.

Carol ferma la porte du bureau derrière elle mais ne prit pas la peine de baisser les stores. Elle n'en voyait pas l'utilité.

— Ça a intérêt à en valoir la peine, Tony, dit-elle en se laissant tomber lourdement sur son fauteuil. J'ai trois meurtres sur les bras. Je n'ai pas le temps pour le reste à moins que ce ne soit extrêmement important.

Tony arrêta de marcher de long en large, posa ses deux mains sur son bureau et la regarda droit dans les yeux.

— Ça tu peux le dire, annonça-t-il. Jacko Vance s'est évadé de prison ce matin.

Carol pâlit.

— Quoi ?

C'était une réponse automatique. Tony ne prit pas la peine de répéter. Elle le regarda un long moment avant de demander :

— Comment c'est possible ?

— Parce que Vance est plus intelligent que n'importe quel autre détenu de catégorie C, répondit-il avec mépris.

— De catégorie C ? Comment peut-il être un détenu de catégorie C ? C'est un meurtrier !

— Et également un détenu modèle d'après le ministère de l'Intérieur. Il n'a pas fait un pas de travers depuis qu'il est entré en prison. Ou plutôt, il a tellement bien caché son jeu que c'est l'impression qu'il a donnée à tout le monde.

Il y avait dans sa voix une colère qu'il ne prit pas la peine de dissimuler. Carol était la seule personne à qui il pouvait réellement montrer ses émotions.

— Il était non seulement catégorie C, mais il se trouvait également dans un service thérapeutique. Tu imagines ? Libre association entre les détenus, des cellules comme des chambres d'hôtel, des thérapies de groupe où il pouvait s'amuser à jouer son petit numéro.

Il s'écarta du bureau pour se laisser tomber sur une chaise.

— J'en pleurerais presque.

— Quelqu'un l'a aidé ? Est-ce qu'il a fait le mur ?

— Il a apparemment bénéficié de pas mal de complices, à l'intérieur comme à l'extérieur. Il s'est fait passer pour un détenu qui devait sortir en permission. Une de ces permissions censées préparer les prisonniers à se réinsérer dans la société avant d'être libérés pour de bon.

Il tapa ses deux mains sur ses cuisses.

— L'autre prisonnier devait être dans le coup. Tu sais comment est Vance avec les gens vulnérables ; il les séduit, gagne leur confiance, leur fait croire qu'il est la réponse providentielle à leur problème. Il avait quelque chose à offrir à son codétenu que ce dernier pouvait difficilement refuser.

Tony se leva et recommença à faire les cent pas. Carol n'arrivait pas à se rappeler la dernière fois qu'elle l'avait vu dans un tel état. Et puis ça lui revint. Dans un appartement à Berlin. Quand sa vie à elle avait été en jeu. Elle comprit à ce moment-là pourquoi il était si nerveux.

— Tu t'inquiètes pour moi, dit-elle. Tu penses qu'il va peut-être s'en prendre à moi.

Tony arrêta de marcher.

— Bien sûr que je m'inquiète pour toi. Je me souviens de ce qu'il t'a dit la nuit où tu l'as arrêté.

Carol sentit un frisson la parcourir. Les paroles menaçantes de Vance lui avaient glacé le sang à l'époque. Elles avaient ensuite resurgi dans des cauchemars pendant des mois. Elle avait cette faculté de se souvenir de tout ce qu'on lui disait et, parfois, c'était une véritable malédiction.

— « Tu vas regretter ce qui s'est passé ce soir », l'avait-il menacée.

Cette phrase l'avait profondément perturbée. Elle eut soudain la gorge sèche.

— Il ne va quand même pas chercher à se venger ? dit-elle en cherchant avant tout à se convaincre. Il va devoir trouver un endroit où se cacher. Un endroit sûr. Et ça ne sera sans doute pas dans ce pays ; loin de moi, en tout cas.

— Je ne compterais pas trop là-dessus, répliqua Tony. Souviens-toi de ce qu'il a fait à Shaz Bowman.

En se remémorant ce que Vance avait fait, elle repensa à la jeune policière qui se formait alors comme profileur aux côtés de Tony. Yeux d'un bleu profond, brillante psychologue, fonctionnaire zélée de la justice. Shaz avait sauvé de la mort plusieurs victimes potentielles d'un tueur en série, ce qui avait satisfait ses supérieurs. Elle avait également identifié la star de la télévision et le sportif émérite, Jacko Vance, comme l'improbable suspect. Malgré le manque de soutien de ses collègues, elle avait creusé cette piste et avait affronté Vance. Et il l'avait tuée de la façon la plus brutale et inhumaine qui soit.

— Elle représentait une menace pour lui. Pour sa liberté, reprit Carol en sachant que ce n'était pas une réponse convaincante.

Tony secoua la tête avec colère.

— Personne n'a écouté Shaz. Même pas moi, à ma grande honte. Les preuves qu'elle possédait n'auraient jamais persuadé un de ses supérieurs de lancer une enquête sur Vance, et encore moins de l'arrêter. Elle n'était pas de taille à l'affronter. Il l'a tuée parce qu'elle l'avait contrarié. L'ironie, c'est qu'il s'est retrouvé en prison à cause de ça. S'il ne s'était pas occupé de Shaz, personne n'aurait prêté attention à cette fille qui racontait de toute évidence n'importe quoi. Ce qui nous a secoués, c'est le fait qu'il l'ait tuée.

Carol acquiesça.

— Il n'est pas idiot. Il ne commettra pas les mêmes erreurs que par le passé. Il a dû préparer cette évasion depuis un bout de temps. Pourquoi prendrait-il le risque de se venger sachant qu'il peut se faire de nouveau arrêter ?

Elle regarda par la vitre l'activité et l'effervescence de la pièce à côté. Elle crevait d'envie de boire un coup, mais elle ne voulait pas que ses collègues la voient le faire en service. Elle regrettait de ne pas avoir baissé les stores et il était trop tard à présent.

— Il resterait dans les parages dans le seul but de se venger ? Avec tout le temps qu'il a eu, il a dû concocter un plan pour disparaître sans laisser de traces. Sans doute à l'étranger ; quelque part où il n'existe pas d'accord d'extradition, tu ne crois pas ? demanda-t-elle comme pour tenter de se rassurer.

— Il ne voit pas le monde comme nous le voyons, Carol. Vance est un psychopathe. Ce qui a donné du sens à sa vie pendant des années, c'est de séquestrer, violer, torturer et tuer des jeunes filles. Et on lui a retiré ce plaisir-là. Il doit être rongé par la frustration. Nous faire payer pour ça doit être sa priorité, tu peux me croire. Je connais Vance. Je me suis assis en face de lui et j'ai pu voir comment il fonctionnait. Il va vouloir se venger et tu es dans sa ligne de mire.

Tony se laissa tomber abruptement sur sa chaise et agrippa les accoudoirs.

Carol fronça les sourcils.

— Pas seulement moi, Tony. Moi, je n'ai fait que l'arrêter. Tu es celui qui a analysé son comportement, ses meurtres. S'il a une liste, tu es dessus aussi. Et pas seulement toi. Les jeunes profileurs qui se sont soudés pour venger la mort de leur collègue le sont également. Leon, Simon et Kay.

Carol fit un geste en direction de la salle.

— Mais aussi Chris. C'est à l'occasion de cette affaire que nous nous sommes rencontrées. Personne ne s'est montré aussi déterminé que Chris pour arrêter le meurtrier de Shaz. C'est une cible. Nous sommes tous des cibles potentielles. Et il faut les prévenir.

La colère s'empara soudainement de Carol.

— Pourquoi n'ai-je pas été prévenue officiellement ? Pourquoi est-ce toi qui me l'apprends ?

Tony haussa les épaules.

— Je n'ai pas de réponse satisfaisante à te donner. Peut-être que c'est parce que je ne leur ai pas encore transmis mon rapport d'expertise psychologique. Mais tu as raison. Il faut leur en parler. Même si je ne pense pas qu'ils aient joué un rôle suffisamment important pour se retrouver dans le viseur de Vance.

— Et son ex-femme ! s'exclama Carol. Merde ! Dis-moi qu'ils ont prévenu Micky Morgan.

— Je leur ai dit sur-le-champ qu'il fallait la prévenir. À ses yeux, elle l'a trahi. Non seulement elle ne l'a pas soutenu, mais elle a choisi de l'humilier. Voilà comment il voit les choses. Plutôt que de divorcer, elle a choisi d'annuler le mariage. Toi et moi, nous savons très bien pourquoi Vance désirait un mariage de pure convenance, mais pour le détenu moyen, par contre, ne pas consommer le mariage ne signifie qu'une seule chose...

Il lui lança un coup d'œil ironique.

— Que tu n'es qu'une pauvre merde, un impuissant, conclut-il.

Carol vit la souffrance dans ses yeux et son cœur se serra. Ce n'était pas seulement l'impuissance de

Tony qui avait compliqué la situation entre eux durant ces années, mais ça n'avait évidemment pas arrangé les choses.

— Tu n'es pas une pauvre merde, répondit-elle brusquement. Arrête de t'apitoyer sur ton sort. Je suis d'accord avec toi au sujet de Micky ; sa façon de se débarrasser de lui l'a ridiculisé.

— Et il pense qu'elle l'a fait exprès pour le faire souffrir, ajouta Tony. Mais je ne crois pas qu'il s'en prendra à elle en premier. Elle a seulement agi après coup. Les véritables coupables sont ceux qui l'ont privé de sa liberté.

— C'est-à-dire nous, conclut Carol.

Elle sentait l'angoisse monter en elle. Elle avait vraiment besoin d'un remontant.

— Je pense que nous avons une petite longueur d'avance, dit Tony. Vance n'a jamais été du genre à prendre des risques. Il aura besoin de se reposer et de réfléchir au plan qu'il a échafaudé en prison. Ça nous laissera le temps de faire le nécessaire avant de nous cacher.

Carol eut l'air déconcertée. Céder à la panique était hors de question.

— Se cacher ? Tu es sérieux ? On doit être sur le terrain au contraire, travailler de pair avec la brigade qui enquête sur lui.

— Non, fit Tony. C'est justement là où il ne faut pas être. Il faut aller là où il ne nous cherchera pas. Au beau milieu des montagnes galloises, ou bien dans une rue bondée de Londres. En tout cas pas en compagnie de l'équipe qu'il va précisément surveiller de près. Carol, je veux que nous en réchappions tous. Et la meilleure façon pour ça, c'est de nous tenir à l'écart jusqu'à ce qu'ils attrapent Vance et le remettent en prison.

Carol le dévisagea.

— Et s'ils n'arrivent pas à l'attraper ? Combien de temps on va devoir rester cachés ? Combien de temps allons-nous devoir mettre notre vie entre parenthèses avant de pouvoir sortir en toute sécurité ?

— Ils l'attraperont. Ce n'est pas Superman. Il n'est pas conscient du nombre de caméras qui ont fait leur apparition un peu partout depuis qu'il a été envoyé en prison.

— Tu crois vraiment ? demanda Carol, perplexe. Il n'est peut-être pas si déconnecté que ça. À mon avis, il est tout à fait au courant de ce qu'est le monde moderne. S'il était dans un service thérapeutique, il devait avoir accès à la télévision, à la radio ; et peut-être même un accès minimal à Internet. Tony, Vance sait très bien ce qu'il va devoir affronter et il aura tout prévu en conséquence.

— Raison de plus pour se faire oublier.

Il frappa les accoudoirs de son siège.

— Bon Dieu, Carol ! Je ne veux pas que quelqu'un trouve la mort encore une fois à cause de ce foutu cinglé !

Il avait l'air vulnérable et cela rappela à Carol à quel point il avait été affecté par la mort de Shaz Bowman. Pendant des années, il avait été rongé par la culpabilité, notamment parce que le tribunal n'avait pas reconnu Vance coupable de ce meurtre.

— Ça ne se passera pas comme la dernière fois, le rassura-t-elle. Les flics comme nous ne se font pas la malle quand ils ont affaire à des monstres dans ce genre ; on les traque, au contraire.

Comme il s'apprêtait à rétorquer, elle leva une main pour le faire taire.

— Je ne dis pas ça pour jouer les gros bras. Je dis ça parce que je le crois sincèrement. Si je laisse la peur s'emparer de moi, je ferais mieux de démissionner tout de suite ou de partir en retraite anticipée.

Tony poussa un soupir.

— Je ne peux pas te forcer la main, admit-il.

— Non, en effet. Et à moins que les autres n'aient beaucoup changé au cours de ces dernières années, tu ne peux pas les contraindre eux non plus. Nous devons être sur le terrain pour le retrouver.

Tony fit une grimace de douleur.

— Carol, je t'en prie, ne fais pas ça ! Préviens les autres et fais juste ton travail normal. Laisse la chasse à l'homme à ceux qui ne sont pas dans sa ligne de mire.

— Et toi ? C'est ce que tu vas faire ?

Tony évita de croiser son regard, bien qu'il n'ait rien à se reprocher.

— Je vais m'éloigner un petit moment de la ligne de front pour évaluer les risques : ce que Vance a l'intention de faire, où il a l'intention d'aller. Je pensais aller me cacher au beau milieu des montagnes galloises avec toi et profiter de tes lumières sur le sujet, mais ça ne se fera pas, n'est-ce pas ?

Il nota de nouveau une pointe d'agressivité dans ses propos. Mais cette fois, il se reprit et se força à être plus avenant.

— Je vais devoir trouver quelqu'un d'autre pour me remplacer auprès de mes patients à Bradfield Moor aujourd'hui et retourner à Worcester pour me mettre au travail.

Carol n'était pas franchement ravie par cette option. Elle préférait le savoir près d'elle.

— Je préférerais que tu restes ici, dit-elle. Si on ne va pas chercher à se cacher, du moins essayons de rester les uns près des autres. N'offrons pas à Vance une quelconque opportunité d'attaquer.

Tony eut l'air dubitatif.

— Tu es en plein milieu d'une enquête sur un tueur en série sur laquelle je ne suis pas censé travailler. Si ton chef adoré me voit traîner ici, il va faire une crise.

— À ce propos, tu ne m'avais pas dit que tu allais trouver un moyen de m'aider pour cette affaire ?

Tony continua d'éviter son regard.

— Je n'ai pas eu le temps. Cette histoire d'évasion m'a complètement accaparé l'esprit. Et maintenant je dois travailler sur ce dossier concernant Vance. Tu sais quoi : je vais travailler dans ton bureau, les stores baissés et une fois que j'aurais remis mon compte rendu au ministère de l'Intérieur, je m'occuperai de ça. OK ?

Carol lâcha un petit rire.

— Tu es désespérant, tu sais ça ?

— Mais tu dois me promettre quelque chose en retour...

— Quoi donc ?

— S'il s'approche de l'un de nous, tu vas te cacher quelque part.

— Je n'irai certainement pas me cacher dans les montagnes du pays de Galles, affirma Carol avec fermeté.

— J'ai compris. Mais j'ai toujours mon bateau amarré sur le canal de Worcester. Nous pourrions mettre les voiles. Ça nous sortirait Vance de la tête.

Carol fronça les sourcils. Ce n'était pas le Tony Hill qu'elle avait connu. Certes, il avait récemment affirmé avoir profondément changé après avoir découvert l'identité de son père biologique, compris pourquoi celui-ci n'avait joué aucun rôle dans sa vie et accepté son héritage. Mais elle était jusqu'alors restée dubitative car elle n'avait pas noté de grands changements à l'exception de sa décision de quitter Bradfield et d'emménager à Worcester dans une splendide maison de style édouardien. Bon, d'accord, ça voulait dire également plaquer son boulot à l'hôpital psychiatrique de Bradfield Moor. Mais Carol était convaincue qu'il ne tiendrait pas plus de quelques semaines sans travailler. Tony était trop impliqué dans ce travail d'exploration de la psyché humaine pour l'abandonner longtemps. Il trouverait bien un autre hôpital et de nouveaux patients.

Cependant, l'idée de partir à l'aventure en bateau ne lui ressemblait pas du tout et était de fait une preuve de changement. Elle n'arrivait pas à se rappeler la dernière fois qu'il avait pris ses congés annuels, et encore moins la dernière fois qu'il était parti en vacances. Peut-être que lui aussi était gagné par la peur.

— Ce n'est pas pour tout de suite murmura-t-elle en se dirigeant vers la porte. La première chose que j'ai à faire, c'est d'annoncer la mauvaise nouvelle à Chris ; ensuite, il faudra retrouver les autres et leur dire.

Tony se leva à son tour.

— Non, toi tu restes ici, dit Carol en baissant les stores.

— Je dois aller chercher mon ordinateur portable chez moi, protesta-t-il.

— Non. Tu peux utiliser le mien.

— Il n'a pas mes outils de travail.

Carol fit une moue.

— Si tu veux parler de ton modèle standard de dossier, tu n'as qu'à utiliser une de tes anciennes affaires. Tu les trouveras dans le fichier intitulé « Profils ». Désolée, Tony. Si c'est aussi sérieux que tu le prétends, tu dois faire attention à toi comme tu le ferais pour moi.

Il ne pouvait rien répliquer à ça, pensa-t-elle en rejoignant son équipe.

12

Vance avait trouvé une casquette de baseball des Boston Red Sox dans la boîte à gants du taxi. Ce n'était pas vraiment un déguisement, mais s'il y avait des photos de lui qui circulaient déjà, au moins cette casquette le camouflerait un temps. Ça lui laisserait un peu de répit. Il était agréablement surpris par la nouvelle station-service sur l'autoroute. Avant qu'il entre en prison, une station-service était un endroit vieillot où l'on s'arrêtait contraint et forcé. Mais celle-ci avait été transformée en un grand restaurant design avec une boutique *Marks & Spencer*, un café proposant une vingtaine de boissons chaudes et un motel. C'était un grand progrès, peut-être pas pour l'environnement, mais ça n'avait pas d'importance.

Vance se dirigea dans un endroit reculé du parking, aussi loin que possible du motel. Il étudia attentivement l'emplacement des caméras de surveillance et prit garde à se garer de façon à ce qu'on ne puisse pas repérer sa plaque d'immatriculation. Chaque détail avait son importance.

Abrité des regards indiscrets, il ouvrit le coffre. Dans un coin il y avait un vêtement. Il le saisit et le déplia ; il s'agissait d'un K-Way. Parfait. C'était un peu serré aux épaules mais les manches recouvraient ses bras tatoués qui étaient ce qu'il y avait de plus notable dans son apparence actuelle. C'était plus discret pour entrer et sortir du motel.

Après avoir laissé les clés sur le contact dans l'espoir que quelqu'un vole le taxi, il remonta en hâte le chemin pavé menant au motel, le col de sa veste remonté, pour dissimuler autant que possible son visage. Tandis qu'il marchait, il ressentait la tension dans son corps. Ce n'était pas de la peur ; il n'y avait aucune raison d'avoir peur pour l'instant. C'était un mélange d'appréhension et d'excitation. Pour mener à bien ses projets, il lui fallait avoir tous ses sens en alerte, à chaque instant.

Il longea la dernière rangée de voitures qu'il observa avec attention. Il repéra le break Mercedes bleu nuit qu'il cherchait. Un morceau de papier avec un numéro écrit dessus reposait sur le tableau de bord. Les trois derniers chiffres étaient 314.

Vance s'éloigna de la voiture et se dirigea vers le motel. Il poussa la porte d'entrée et traversa avec assurance le vestibule jusqu'aux ascenseurs. Aucune des personnes qui discutaient sur les sofas ou qui buvaient un café autour des tables ne lui prêta la moindre attention. Le réceptionniste, occupé avec un nouveau client, ne fit pas vraiment attention à lui non plus. Tout fonctionnait exactement comme prévu. Terry avait fait du bon boulot et avait parfaitement préparé le terrain en lui décrivant les lieux en détail. Vance appuya sur le bouton pour appeler l'ascenseur et entra tout de suite à l'intérieur quand les portes s'ouvrirent. Au troisième étage, il prit le couloir de gauche qui empestait le parfum synthétique. Il longea le couloir jusqu'à la porte qui portait le numéro 314. Il frappa trois fois avant de reculer de quelques pas, prêt à courir si nécessaire.

Mais il n'y avait aucune inquiétude à avoir. La porte s'ouvrit sans bruit et révéla le visage creusé et simiesque du fidèle Terry Gates qui avait toujours obéi aux demandes de Vance depuis son arrestation. Terry, dont les mensonges avaient laissé planer le doute sur la culpabilité de Vance lors de sa première inculpation pour meurtre ; Terry, qui avait toujours obéi à Vance sans poser de questions ; Terry, qui n'avait jamais douté une seule seconde de son innocence. Il hésita un instant puis afficha un grand sourire en découvrant Vance. Il ouvrit les bras pour l'accueillir et recula.

— Entre, mon pote, lança-t-il avec son fort accent du nord de l'Angleterre.

Vance franchit le seuil rapidement et ferma la porte derrière lui. Il poussa un grand soupir de soulagement et sourit à Terry.

— Ça fait plaisir de te voir, Terry, dit-il en reprenant sa voix habituelle.

Terry ne pouvait pas s'empêcher de sourire.

— Ça fait plaisir, Jacko. Ça a été tellement déprimant de te voir en prison pendant toutes ces années.

Il fit un geste de la main pour désigner la pièce :

— C'est pas mal, hein ?

C'était encore mieux que ce qu'espérait Vance pour cette première étape vers le luxe dont il rêvait. La pièce était propre, sans relents de tabac ou d'alcool. La décoration était simple : des murs blancs, un lit, du lambris et une table pouvant faire office de bureau. Les rideaux étaient couleur tabac brun. Seuls le tapis et le dessus-de-lit avaient des couleurs vives.

— Tu as fait du bon travail, Terry, lança-t-il en ôtant sa casquette et sa veste.

— Comment ça s'est passé ? Tu veux que je te fasse un thé ? T'as besoin de quelque chose ? J'ai déposé tous tes papiers et une pièce d'identité dans la mallette, ici. J'ai acheté des bonnes salades et des sandwichs au *Marks & Spencer*, dit Terry avec enthousiasme.

— Ça s'est passé comme sur des roulettes, répondit Vance en s'étirant avec délice. Pas d'imprévu.

Il donna une tape sur l'épaule de Terry.

— Merci. Pour l'instant, ce que je veux, c'est prendre une douche.

Il regarda ses bras avec dégoût.

— Je veux me débarrasser de ces horreurs. Je n'arrive pas à comprendre pourquoi les gens se font ça.

Il se dirigea vers la salle de bains.

— En même temps, ça tombait très bien que Jason en ait, remarqua Terry. Avec des tatouages pareils, personne n'est allé regarder ton visage de trop près, hein ?

— C'est vrai. Tu as un rasoir ? Je veux me débarrasser de ce bouc.

— Tout est là, Jacko. Tout ce que tu m'as demandé, tout ton nécessaire de toilette.

Terry lui sourit de nouveau, heureux de pouvoir lui faire plaisir.

Vance ferma la porte de la salle de bains et fit couler l'eau de la douche. Terry était un bon toutou. Quoi que Vance lui demande, il s'exécutait. Et il lui en demandait beaucoup mais ça ne semblait pas gêner Terry qui se sentait manifestement redevable. La raison en était simple : quand il était encore un héros national, Vance avait passé des heures au chevet de Phyllis, la sœur jumelle de Terry, qui était en train de mourir d'un cancer. Terry avait cru que Vance agissait par compassion. Il n'avait pas compris que celui-ci restait au chevet des mourants pour le seul plaisir de les voir mourir. Il prenait plaisir à les voir se vider de leur humanité jusqu'à ce qu'il ne reste plus rien qu'une coquille vide. Heureusement pour lui, ce n'était jamais venu à l'esprit de Terry que Vance était animé par autre chose qu'une profonde compassion. Phyllis avait toujours aimé *Un moment avec Vance* ; l'avoir en vrai, à ses côtés, tandis qu'elle mourait, avait été un immense bonheur.

Vance ôta sa prothèse et entra dans la cabine de douche ; il savoura le flot continu de l'eau dont il pouvait choisir lui-même la température. C'était un vrai plaisir. Il se lava de la tête aux pieds en utilisant un luxueux gel douche qui sentait bon le citron et la cannelle. Il frotta le tatouage sur son cou avant de se raser le bouc en laissant toutefois la moustache. Il resta sous la douche un long moment, savourant le plaisir d'être de nouveau maître de sa destinée. La décalcomanie finit par se détacher et dégoulina le long de son bras comme une montre de Dalí. Vance frotta son bras contre sa poitrine et son ventre pour le faire disparaître, effaçant les dernières traces des tatouages de Jason.

Il sortit de la cabine de douche et s'enroula dans une épaisse serviette de toilette. Elle était incroyablement douce contre sa peau. Il recouvrit ensuite la peau artificielle de sa prothèse de gel douche pour faire partir le tatouage et bientôt il n'en resta plus aucune trace. Tandis qu'il se séchait, il repensa à Terry. Il s'était parjuré pour Vance. Combien d'actes répréhensibles avait-il commis pour lui venir en aide ? Il lui avait procuré des faux papiers et avait blanchi son argent. Il s'était occupé de tous les côtés pratiques de l'évasion. Il n'y avait aucune chance que ce dernier trahisse l'homme qu'il idolâtrait. Et pourtant...

Terry en savait trop, incontestablement. Il gardait la foi parce qu'il croyait dur comme fer que Vance était innocent. C'était impensable pour lui que l'homme qui avait allégé les souffrances de sa sœur puisse être un assassin. Mais cette fois, c'était différent. Vance avait des projets. Des projets diaboliques. Et quand la terreur débuterait, quand son projet de revanche apparaîtrait au grand jour, il n'y aurait plus aucune place pour le moindre doute. Même Terry n'échapperait pas à la tempête. Ce dernier prendrait conscience de sa part de responsabilité dans le projet de Vance. Ce serait terrible pour lui. Terry était un homme de conviction. Quand il découvrirait son erreur, il se rendrait immédiatement à la police. Il ne pourrait pas faire autrement.

Terry en savait trop, indubitablement. S'il révélait ce qu'il savait, il mettrait tout en péril. Vance ne pouvait pas courir ce risque.

13

L'inspecteur Alvin Ambrose essaya de garder son calme tandis qu'on lui faisait subir tout un tas de contrôles de sécurité avant de le laisser pénétrer à l'intérieur de la prison d'Oakworth. Scanner corporel, détecteur de métaux, confiscation du téléphone et de son talkie-walkie. Si au moins ils avaient pris autant de précautions avec les gens qu'ils laissaient sortir, il n'aurait pas eu besoin d'être là aujourd'hui.

En principe, il n'aurait même pas dû être là, de toute façon : Oakworth se trouvant dans la West Mercia et à proximité de Worcester, l'évasion était du ressort de la police judiciaire de cette ville. C'est donc son chef qui aurait dû s'occuper de cette affaire. Mais depuis que la nomination de Carol Jordan au poste visé par son chef avait été officialisée, le capitaine Stuart Patterson donnait l'impression de s'être mis en grève. Ceci expliquait donc cela. Le peu d'espoir qu'avait Ambrose de voir son chef s'occuper de cette affaire s'était immédiatement évanoui à l'annonce de l'identité du criminel en fuite ; que Carol Jordan ait été initialement à l'origine de son arrestation n'avait fait qu'aggraver la situation.

Officiellement, c'était Patterson qui était en charge de cette affaire. En réalité, c'était Ambrose qui en assumait la responsabilité. Le directeur de la prison attendait sans doute un officier de police plus haut gradé qu'un simple inspecteur pour diriger la traque d'un criminel aussi dangereux que Vance. Ambrose allait devoir faire avec et ne compter que sur lui-même. Il pouvait toujours faire appel à Carol Jordan même si elle n'était pas encore arrivée à Worcester. Pour avoir déjà travaillé avec elle, il avait été très étonné par son professionnalisme. Et ce n'était pas facile de l'impressionner.

Finalement, après avoir subi un dernier contrôle, il longea un couloir jusqu'à un bureau où un homme étonnamment jeune était assis derrière une table désordonnée. Il se leva d'un bond, réajusta sa veste et tendit la main pour accueillir Ambrose. Il était grand, élancé et dynamique. En se rapprochant pour le saluer, Ambrose remarqua qu'il avait des rides. Il était plus vieux qu'il n'en avait l'air.

— John Greening, dit l'homme en lui donnant une poignée de main vigoureuse. Directeur adjoint. Mon supérieur est parti à Londres pour une réunion au ministère de l'Intérieur.

Avec ses yeux écarquillés, il lui rappelait *Doctor Who*[1] interprété par l'acteur David Tennant. Greening désigna une chaise, mais Ambrose resta debout.

— Pas surprenant, vu les circonstances, répondit le policier.

— Personne n'est plus embarrassé que nous par l'évasion de Jacko Vance.

« Embarrassé » n'était pas vraiment le mot adéquat pour Ambrose. Un tueur en série s'était échappé de cette prison. À sa place, il aurait été mort de honte.

---

1. Série télévisée très populaire outre-Manche. (*N.d.T.*)

— Oui, enfin, il y aura une enquête pour déterminer les responsables de ce fiasco, mais ce n'est pas la raison de ma présence.

Greening eut l'air contrarié. Ni en colère ni honteux, mais simplement contrarié, pensa le policier. Comme si quelqu'un avait juste critiqué sa cravate. Ce qui aurait été tout à fait justifié, par ailleurs.

— Je peux vous assurer que rien n'indique une quelconque complicité de la part du personnel, annonça-t-il.

Ambrose fit une moue.

— C'est presque pire, vous ne croyez pas ? Ça vous aurait évité d'être accusé d'incompétence. Enfin bon, je suis ici aujourd'hui parce qu'il faut que je parle avec Jason Collins.

Greening acquiesça avec raideur.

— La salle d'interrogatoire a été équipée du nécessaire audio et vidéo. Nous sommes tous très surpris de l'implication de Jason. Son comportement est irréprochable.

Ambrose secoua la tête, incrédule.

— Un détenu exemplaire, de toute évidence.

Greening fit un signe de tête au gardien qui avait escorté le policier.

— L'officier Ashmall va vous conduire jusqu'à la salle d'interrogatoire.

Ambrose suivit l'officier et traversa une nouvelle zone sécurisée puis un dédale de couloirs.

— Vous connaissiez Vance ? demanda le policier.

— Je sais qui c'est. Mais je n'ai jamais eu de contact direct avec lui.

Cette réponse mit un point final à la discussion. Ils bifurquèrent de nouveau avant de s'arrêter derrière une porte. L'officier l'ouvrit à l'aide d'une carte magnétique et lui céda le passage. Ambrose resta sur le seuil pendant un moment et observa avec attention l'homme assis à une table fixée au sol. Crâne rasé, bouc, tatouages. Comme il s'y attendait. Collins leva la tête et jeta un regard méprisant à Ambrose.

— Qu'est-ce que tu regardes ?

Le policier avait été si souvent confronté à ce genre d'attitude au cours de sa carrière qu'il n'y prêta pas attention.

Il ne répondit rien. Il regarda la pièce autour de lui, les murs gris, la lumière crue, le carrelage, comme s'il évaluait l'ensemble pour le compte d'une agence immobilière. La pièce sentait le pet et le renfermé. Ambrose en vint presque à regretter l'époque où l'odeur de cigarettes camouflait tout ça. Il s'assit en face de Collins ; le gardien se retira en montrant à Ambrose le bouton sur lequel appuyer une fois qu'il aurait terminé.

— Jason, je suis l'inspecteur Alvin Ambrose, officier de police de la West Mercia ; je suis ici pour discuter avec toi de ton implication dans l'évasion de Jacko Vance.

— Je sais pourquoi vous êtes ici, répondit Jason sur un ton irrité. Tout ce que je sais, c'est qu'il m'a demandé qu'on échange nos cellules l'autre nuit.

Ambrose se mit à éclater de rire, un rire profond et sonore qui résonna dans toute la pièce.

— Fais-moi plaisir, arrête tes conneries et dis-moi ce que tu sais.

— Je sais rien du tout. C'était juste censé être une blague. Il pensait pouvoir se faire passer pour moi, moi je pensais le contraire. Je savais pas que les choses iraient aussi loin.

Collins afficha un petit sourire narquois.

— Cette blague a dû demander pas mal de préparatifs, répliqua Ambrose sur un ton sarcastique.

Collins haussa les épaules.

— C'était pas mon problème. C'est lui qui voulait prouver qu'il pouvait berner tout le monde. C'était à lui de tout faire pour que ça marche. Et il s'en est sacrément bien sorti !

— Je te crois pas.

Collins haussa de nouveau les épaules.

— Croyez ce que vous voulez. J'en ai rien à foutre.

— Tu sais que ton séjour dans le service thérapeutique est terminé ? Tu vas retourner en catégorie A. Ça veut dire aucun avantage. Pas de couette confortable ni de salle de bains privative. Fini les sympathiques petites réunions de groupe. Pas de sorties. Pas avant que tu sois bien vieux. À moins que tu ne me dises ce que je veux savoir.

Collins eut un rictus de mépris.

— Je vais te dire un truc : j'ai un cancer, mon gros. Je vais aller à l'hôpital et ensuite je rentrerai chez moi pour mourir, exactement comme l'auteur des attentats de Lockerbie. Tes menaces m'impressionnent pas. Tu ferais mieux de te tirer.

Il n'avait pas tort, pensa Ambrose en se levant. Il se dirigea vers la porte. Tandis qu'on la lui ouvrait, il se tourna vers Collins en lui souriant.

— J'espère que le cancer sera aussi doux avec toi que Vance l'a été avec ses victimes.

Collins ricana.

— T'as encore rien vu, sale flic. Jacko m'a dit que ce qu'il avait fait avant, c'était du Walt Disney par rapport à ce qui va venir.

14

Chris Devine sentit la colère monter en elle. Elle s'était toujours considérée comme un flic assez solide. Elle n'avait jamais perdu son sang-froid. Longtemps, elle s'était crue inébranlable. Et puis Shaz Bowman avait été assassinée par Jacko Vance et Chris avait découvert qu'elle pouvait être bouleversée comme tout le monde. Mais elle n'avait pas craqué. Elle ne lui aurait pas donné cette satisfaction. Cette douleur l'avait motivée au contraire à engager le combat avec l'assassin de Shaz et à rejoindre l'équipe qu'avaient créée au pied levé Tony et Carol pour arrêter Vance. Rien dans toute sa carrière ne lui avait donné autant de satisfaction.

Pendant les six années passées à la BEP de Bradfield, Chris avait pensé à Shaz presque tous les jours. Elles avaient commencé à travailler ensemble quand Shaz avait rejoint les rangs de la police judiciaire. Elles formaient une bonne équipe à l'époque. Elles auraient été imbattables. C'était le genre de travail que Shaz avait rêvé de faire et elle aurait excellé.

En plus du regret, Chris ressentait de la culpabilité. Même si elle n'était pas la chef de Shaz à l'époque, elle s'en voulait néanmoins de ne pas avoir été assez attentive. Si elle n'avait pas été accaparée par ses propres soucis, elle l'aurait épaulée et aurait pu lui sauver la vie. Mais ça ne s'était pas passé comme ça et c'était un poids avec lequel elle vivait tous les jours. Paradoxalement, ça avait fait d'elle une meilleure collègue, quelqu'un sur qui on pouvait vraiment compter.

Aujourd'hui encore, sa haine pour Jacko Vance n'avait pas faibli. Son nom suffisait à la mettre en colère et seule la violence pourrait l'apaiser. En écoutant Carol Jordan, Chris sentit une nouvelle fois la rage la submerger. Ça ne servait à rien de se scandaliser. La seule chose qui comptait maintenant, c'était de remettre Vance sous les verrous, pour de bon.

— Comment s'organisent les recherches ? demanda-t-elle, en ravalant sa colère.

— Je n'ai aucune information à ce sujet, répondit Carol. Personne n'a jugé bon de m'informer officiellement de ce qui se passait. Si je suis au courant, c'est parce que le ministère de l'Intérieur a demandé à Tony de faire un rapport d'expertise des risques. Tony pense que tous ceux qui ont participé à l'arrestation de Vance courent un grave danger.

Chris fronça les sourcils. Elle comprenait l'inquiétude de Tony même si elle n'était pas sûre de partager son avis sur ce point.

— C'est possible. Il ne supporte pas qu'on se mette en travers de son chemin, dit-elle doucement. C'est la raison pour laquelle il a tué Shaz. Même si elle ne représentait pas une menace pour lui. Pas vraiment. Il était tout-puissant. Mais elle a eu le cran de s'opposer à lui et il ne pouvait le tolérer.

— Exactement.

— En même temps, je comprends pourquoi Tony pense que vous et lui êtes potentiellement en danger. Mais nous ? Je ne pense pas que nous soyons dans son viseur. Nous sommes du menu fretin et des types comme Vance ne font pas attention au menu fretin. Nous ne sommes pas des cibles intéressantes pour lui.

Carol eut un petit rire.

— C'est drôle, mais je ne vous avais jamais assimilée à du menu fretin, Chris. Je comprends votre point de vue, mais je préfère malgré tout prendre quelques précautions. J'aimerais que vous retrouviez la trace de nos trois collègues avec qui nous avions travaillé à l'époque pour les informer de l'évasion de Vance et les prévenir que leur vie est peut-être en danger.

Chris focalisa son attention sur un coin de la pièce et fouilla dans sa mémoire :

— Leon Jackson, Simon McNeill et Kay... C'était quoi son nom de famille, déjà ?

Sam Evans, qui traversait la pièce à ce moment précis, entendit les paroles de sa collègue et ne put s'empêcher de dire :

— C'est pas ton genre d'oublier le nom d'une jeune femme, Chris.

— Certaines personnes sont plus faciles à oublier que d'autres, Bill, ironisa-t-elle en haussant les épaules.

— Ha, ha, répondit-il de façon sarcastique en quittant la pièce.

— Elle était discrète. Pas du genre à se faire remarquer.

Chris opina du chef.

— Elle savait bien mener les interrogatoires. Différemment de Paula, mais tout aussi bien. Mais c'était quoi son nom ?

— Hallam. Kay Hallam.

— C'est ça, je m'en souviens maintenant. C'est marrant, mais après ce que nous avons vécu je m'attendais à ce que nous restions tous en contact, à ce que nous suivions le parcours professionnel des uns et des autres. Mais une fois le premier procès terminé, chacun est reparti dans son coin et n'a plus donné de nouvelles comme pour oublier au plus vite tout ce qui s'était passé. Et puis quand on s'est revus pour le procès en appel et le second procès, on était tous embarrassés comme si on ne se connaissait pas.

Carol hocha la tête.

— Comme lors d'un mariage ou d'un enterrement, quand on revoit des gens dont on était proche auparavant. Ça fait une drôle de sensation ; nous ne sommes plus les mêmes et il y a quelque chose d'un peu triste et douloureux à ça.

C'était difficile de dire laquelle des deux était la plus surprise du commentaire de Carol. Elles avaient travaillé ensemble suffisamment longtemps pour que Chris sache à quel point il était rare d'entendre Carol Jordan parler aussi ouvertement. Elles n'étaient pas du genre à s'étendre sur leur vie privée. Même si les membres de l'équipe étaient proches, ils ne se voyaient pas en dehors du travail. En tout cas, personne ne parlait de choses personnelles au bureau.

Carol s'éclaircit la voix.

— Kay m'a envoyé une carte de vœux il y a trois ou quatre ans, mais je crois que c'était surtout pour s'assurer que je fasse un bon rapport sur elle et non pas pour garder le contact. Je ne sais pas du tout où elle se trouve aujourd'hui ni si elle travaille encore dans la police.

Chris entra les noms sur son smartphone.

— Je vais chercher ça. Peut-être que le syndicat peut nous aider. Ils pourront sans doute me dire s'ils sont toujours policiers.

— Est-ce qu'ils donneront ce genre d'informations ? demanda Carol.

Chris haussa les épaules.

— C'est notre syndicat. Ils sont là pour nous aider, non ?

Elle eut un petit sourire malicieux.

— Et puis je sais comment obtenir certaines informations ; peut-être pas de la façon la plus légale qui soit, mais ça marche.

Carol ne chercha pas à polémiquer. Chris pivota sur son siège et commença à taper sur le clavier de son ordinateur avec l'énergie de quelqu'un ayant appris à taper sur une machine à écrire.

— Je ne veux pas en savoir davantage, dit-elle. Dites-moi ce que vous aurez trouvé quand vous aurez terminé. Ou parlez-en à Tony. Chris...?

Elle leva les yeux de son écran.

— Oui ?

— Faites attention à vous. Si Vance a établi une liste, vous êtes dessus également.

Carol se leva et se dirigea vers la porte.

— Et vous, chef, où est-ce que vous allez là toute seule ? lui lança Chris.

Carol se retourna, un petit sourire aux lèvres.

— Je me rends au QG de la Division nord. Je pense que je serai en sécurité là-bas.

— C'est pas sûr, marmonna Chris tandis que Carol refermait la porte derrière elle.

*
* *

C'était inhabituel pour Vanessa Hill de se retrouver seule à l'heure du déjeuner. Ce n'était pas parce qu'il était indispensable de manger qu'il ne fallait pas faire quelque chose d'utile par ailleurs. Les déjeuners de travail étaient donc très fréquents sur son agenda ; que ce soit à l'extérieur en compagnie d'un client ou bien au bureau avec un collègue, pour discuter stratégies commerciales et marchés potentiels. Elle dirigeait son propre cabinet d'expertise-conseil depuis trente ans et elle n'était pas devenue une des meilleures recruteuses du pays par hasard.

Mais ce jour-là elle se retrouvait toute seule dans le centre de Manchester. Le courtier en assurances avec qui elle devait déjeuner avait annulé à la dernière minute (sa fille s'était apparemment cassé un bras à l'école), et elle n'avait rien de prévu avant son prochain rendez-vous à quatorze heures.

Elle n'avait aucune envie de déjeuner en solitaire au restaurant. Elle s'arrêta donc devant un snack et commanda un café et un sandwich. Elle se rappela être passée devant une station de lavage de voitures en chemin. C'était le moment d'en profiter pour faire nettoyer la sienne. Par le passé, pensant que personne ne pouvait accomplir ce genre de choses avec autant de soin qu'elle, elle s'en occupait toute seule, mais à présent elle préférait payer pour qu'on le fasse. Et si ce n'était pas fait dans les règles de l'art, elle insisterait pour qu'on recommence.

Vanessa roula jusqu'à la station, donna ses instructions et patienta dans la salle d'attente où une télévision accrochée en haut d'un mur offrait aux clients une information en continu. Qu'est-ce qu'ils ne feraient pas pour distraire le client, songea Vanessa. Elle enleva la cellophane autour de son sandwich, consciente d'être observée par un type d'une cinquantaine d'années vêtu d'un costume tout froissé. Elle l'avait jugé sans intérêt dès qu'elle l'avait vu en entrant. Elle arrivait à évaluer quelqu'un avec une rapidité qui surprenait ses clients. C'est un don qu'elle avait toujours eu. Et comme tous les dons offerts par la nature, Vanessa avait appris à l'exploiter au maximum.

Elle savait qu'elle n'était pas la plus belle des femmes. Son nez était trop long, son visage trop anguleux. Mais elle s'était toujours habillée et coiffée de façon à tirer le meilleur parti de son physique et c'était plaisant de voir qu'elle attirait encore le regard des hommes. Même si elle n'était pas vraiment intéressée par eux. Cela faisait des années qu'elle n'avait pas pris la peine d'aller au-delà du simple flirt. Elle se suffisait amplement à elle-même.

Tout en mangeant, Vanessa regarda d'un œil distrait les informations. C'était toujours la même rengaine : troubles au Moyen-Orient, crises en Afrique, querelles politiciennes et la dernière catastrophe naturelle. Une de ses employées avait fait rire tout le monde autour de la machine à café l'autre matin, en jouant les fanatiques religieux menaçant des pires représailles quiconque ne triait pas correctement ses déchets.

La présentatrice s'anima :
— La nouvelle vient de tomber à l'instant : le meurtrier Jacko Vance s'est évadé de la prison d'Oakworth non loin de Worcester. Vance, qui a été reconnu coupable du meurtre d'une adolescente et soupçonné d'en avoir tué plusieurs autres, s'est fait passer pour un autre détenu qui avait obtenu une permission de sortie.

Vanessa eut l'air consternée. À quoi s'attendaient-ils ? Traitez les détenus comme les pensionnaires d'un hôtel et ils en profitent.

— Les autorités de la prison ont refusé d'en dire davantage pour le moment, mais il semblerait que l'ancien présentateur télé et athlète olympique

Jacko Vance ait détourné un taxi réservé pour un autre détenu. Une première réaction de la députée Cathy Cottison.

Une femme quelconque au décolleté peu flatteur apparut devant le palais de Westminster.

— Plusieurs questions restent en suspens, affirma-t-elle avec un fort accent des Midlands que Vanessa avait du mal à saisir. Jacko Vance était une star du petit écran. Il est amputé d'un bras. Comment diable a-t-il pu leurrer le personnel carcéral et réussir à s'échapper de cette façon ? Par ailleurs, comment se fait-il qu'un prisonnier comme Vance ait pu être en contact avec des détenus qui bénéficiaient d'une permission ? Comment se peut-il qu'un détenu puisse prendre un taxi comme ça, sans le moindre accompagnement ? Comment un homme privé d'un bras a-t-il réussi à détourner un taxi sans posséder d'arme ? Toutes ces questions, je ne manquerai pas de les poser au ministre de l'Intérieur à la première occasion.

Vanessa fixait l'écran avec intérêt maintenant. Des têtes allaient tomber. Et quand des têtes tombaient, c'était bon pour son business. Les informations revinrent ensuite sur le parcours sportif de Vance, puis sur sa carrière à la télévision avant d'évoquer ses meurtres. L'attention de Vanessa commençait à se relâcher quand un visage familier apparut à l'écran.

— Le Dr Tony Hill, profileur, en compagnie ici d'un collègue policier, a joué un rôle décisif dans la découverte des crimes perpétrés par Vance et dans son arrestation.

Elle avait complètement oublié que Tony avait été impliqué dans cette affaire. La plupart des mères auraient été fières de voir leur enfant apparaître aux informations nationales. Mais Vanessa

Hill n'était pas comme la plupart des mères. Son fils lui avait pesé comme un fardeau avant même qu'il ne naisse et elle ne lui avait jamais montré la moindre preuve d'amour. Elle le détestait et méprisait sa profession. Il était loin d'être bête, elle le savait très bien. Il était aussi perspicace qu'elle. Il aurait pu mettre à profit ses talents, réussir dans la vie.

Mais au lieu de ça, il avait choisi de passer son temps en compagnie de meurtriers, de violeurs, de tous les rebuts du genre humain. À quoi bon ? Franchement. En se rappelant que son bon à rien de fils avait un jour contrarié ses plans, elle eut presque envie de féliciter Jacko Vance. Dégoûtée, elle quitta l'écran des yeux et prit son portable pour vérifier ses e-mails. Elle n'avait plus envie de regarder ces âneries à la télévision.

15

Il y avait quelque chose de désespérément triste dans cet appartement qu'avait partagé Nicky Reid avec Suze Black. Le mobilier vieillot provenait visiblement d'un dépôt-vente miteux. Les photographies de paysages sur les murs donnaient l'impression d'avoir été découpées dans des magazines et glissées dans des cadres Ikea bon marché. La moquette était usée et délavée. C'était tout de même plus propre et rangé que Paula ne l'aurait cru. On avait l'impression d'être chez des gamins qui voulaient jouer aux grands.

Nicky remarqua la façon dont elle regardait autour d'elle et dit :

— On n'est pas des moins que rien, vous savez. On essaie de vivre comme tout le monde. Enfin on a essayé...

Il fit un geste en direction d'un saladier rempli d'oranges, de pommes et de bananes sur un genre de console.

— On achète des fruits et tout, de la nourriture saine. Et on paie le loyer.

Il croisa ses jambes maigrichonnes et posa les mains sur ses genoux. Cette posture artificielle ruina tous ses efforts pour avoir l'air digne et Paula se sentit encore plus triste pour lui.

— Je suis vraiment désolée pour Suze, lui dit-elle. C'est triste, ce qui lui est arrivé.

— Si vous et vos collègues m'aviez écouté quand j'ai fait part de sa disparition... Si vous m'aviez pris au sérieux...

Il ne termina pas sa phrase.

Paula soupira et répondit d'une voix douce :

— Je comprends que vous soyez en colère, Nicky. Mais même si nous nous étions lancés à sa recherche au moment où vous nous avez signalé sa disparition, ç'aurait été trop tard : elle était déjà morte depuis plusieurs jours. Je sais que vous vous sentez coupable, Nicky, mais même si vous aviez agi différemment, ça n'aurait rien changé.

Nicky renifla bruyamment ; ses yeux brillaient. Paula n'arrivait pas à savoir si c'était à cause de la cocaïne ou du chagrin mais Kevin, lui, semblait avoir une idée sur la question.

— Suze était super, dit Nicky d'une voix tremblante. Je la connaissais depuis des années. On était à l'école ensemble. On séchait les cours pour aller jouer aux jeux vidéo, fumer ou bien jouer au bingo avec les retraités.

— Vous aviez tous les deux des problèmes à l'école ?

Il eut un petit rire.

— À l'école, à la maison, avec les autres gamins. Avec tout le monde. Suze et moi, on arrivait toujours à s'attirer des ennuis. Elle est la seule personne que j'ai connue à cette époque qui faisait encore partie de ma vie. Tous les autres m'ont joué des sales tours. Mais pas Suze. On prenait soin l'un de l'autre.

Paula le jugea suffisamment détendu à présent pour répondre à des questions plus personnelles.

— Vous faisiez le trottoir tous les deux, c'est ça ?

Nicky fit oui de la tête.

— Faut bien payer le loyer.

Il regarda le plafond craquelé en se retenant de pleurer. Ses beaux yeux bleus contrastaient avec son visage maigre et ses dents abîmées.

— On pouvait pas faire autrement. Suze a bien essayé de travailler dans la petite épicerie du quartier mais le salaire était pourri.

Il haussa les épaules.

— Je sais pas comment les gens se démerdent.

— La plupart des gens ne dépensent pas tout leur salaire en drogue, fit remarquer Kevin, sans méchanceté.

Nicky essuya une larme du bout des doigts.

— Qu'est-ce que ça peut vous foutre ?

— Suze prenait de l'héroïne, c'est ça ? demanda Paula, essayant de revenir au sujet qui les occupait.

Nicky fit un signe affirmatif de la tête en se rongeant un ongle.

— Elle en prenait depuis des années.

Il lança un coup d'œil furtif à Paula.

— C'était pas pour se défoncer comme une malade, non plus. Juste pour se détendre. Juste pour se sentir bien. Écoutez, je sais ce que vous pensez de nous, mais on faisait gaffe.

Il attrapa ses cigarettes et en alluma une avant d'en proposer une à Paula qui refusa.

— Je sais, répondit Paula. Je vois que vous vous êtes battus pour vous en sortir. Je ne suis pas venue ici pour vous reprocher quoi que ce soit. Je cherche juste à déterminer si Suze est morte à cause de quelque chose en rapport avec la vie qu'elle menait ou bien si elle était juste au mauvais endroit au mauvais moment.

Nicky se redressa sur sa chaise et décroisa les jambes.

— Personne ne lui voulait de mal. Je sais que vous pensez que je suis en train de l'idéaliser parce qu'elle est morte, mais c'est pas le cas. C'était une pute et une toxico, mais c'était pas quelqu'un de mauvais. Elle a jamais eu de mac. Il y avait juste un dealer qui faisait attention à elle.

— Qui c'était, son dealer ?

Il secoua la tête.

— Je vais pas lâcher des noms. Ce serait con et c'est pas mon genre, quoi que vous en pensiez. C'était une bonne cliente. Et elle lui apportait d'autres clients, alors il faisait attention à ce qu'on lui fasse pas de mal. Personne ne venait l'emmerder sur son bout de trottoir. Tout le monde connaissait les règles. Quand ces salopes d'Europe de l'Est ont commencé à racoler autour du chantier, elles ont cru qu'elles pouvaient faire aussi leur business au *Flyer* quand le temps était trop pourri.

Nicky sourit d'un air suffisant.

— Ça a pas duré longtemps. Ces connards de Russes pensent qu'ils sont de vrais durs, mais ils sont pas assez durs pour Bradfield.

— Depuis combien de temps elle bossait au *Flyer* ? demanda Kevin.

Il savait que Paula n'aimait pas qu'on lui coupe la parole mais lui détestait rester à l'écart de la conversation.

Nicky se gratta la tête et croisa de nouveau les jambes. Paula aurait bien aimé avoir le talent de Tony Hill pour interpréter le langage corporel des gens. Elle avait récemment suivi des cours sur le sujet mais elle avait l'impression de l'avoir seulement effleuré.

— Je me le rappelle plus. J'ai l'impression que ça fait une éternité.

— Est-ce qu'elle avait des clients réguliers ? demanda-t-elle. Ou bien est-ce que c'était surtout des gens de passage ?
— Les deux.

Il inspira profondément et expira la fumée par le nez.

— Certains de ses clients étaient des membres d'équipage de compagnies aériennes. Par exemple, le mardi c'était ceux de Dubai. Elle avait quelques clients arabes réguliers qui effectuaient des allers-retours vers le Golfe. Elle avait des clients qui travaillaient aussi à l'aéroport.

Il lâcha un soupir.

— J'ai aucun nom à vous donner. J'ai jamais prêté particulièrement attention aux clients, si vous voulez tout savoir.

— Est-ce qu'elle les emmenait dans un endroit précis ? Une chambre d'hôtel, un meublé, ce genre d'endroit ?

Noyée dans une baignoire, pensa Paula.

Nicky lâcha un petit rire.

— Vous plaisantez ? C'était une prostituée qui bossait dans la rue. Elle n'a jamais travaillé dans un bordel ou dans un sauna. Elle faisait le trottoir. Elle les baisait derrière le *Flyer*. Dans leur voiture, s'ils en avaient une.

Il rit de nouveau.

— Nos vies, c'est pas comme dans *Pretty Woman*.

— Mais ces clients qui venaient de l'étranger ou d'ailleurs, ils devaient bien louer une chambre d'hôtel ? Est-ce qu'elle les y accompagnait parfois ?

Nicky fit non de la tête.

— Comme je vous ai dit, Suze faisait le trottoir. Elle allait pas dans les hôtels. Pourquoi est-ce que vous me demandez ça ?

— Nous ne pensons pas qu'elle ait été tuée là où elle a été retrouvée, répondit Paula.

— Je croyais qu'elle était morte noyée et qu'on l'avait retrouvée dans le canal. Qu'est-ce qui vous fait dire qu'elle n'a pas été tuée là-bas ?

— L'eau retrouvée dans ses poumons, expliqua Paula. Ce n'était pas de l'eau du canal. Si elle est morte noyée, ce n'est pas dans le canal.

Elle attendit qu'il assimile l'information.

— Aucune idée de l'endroit où ça aurait pu arriver ?

— J'en sais rien.

— Elle ne vous a jamais dit qu'elle se sentait menacée ?

— La seule fois où elle a failli avoir des embrouilles, c'est avec les filles de l'Est. Mais comme je vous ai dit, ça a été réglé vite fait. Ça remonte à des mois, de toute façon. Si les filles avaient voulu se venger elles auraient pas attendu aussi longtemps. Je sais pas qui l'a tuée, mais il y a rien de personnel là-dedans. N'importe qui pouvait la ramasser. Une fois que le *Flyer* fermait ses portes, elle racolait de nouveau dans la rue. Personne la surveillait. Dehors, elle était toute seule. C'est pas comme à Temple Fields où je travaille. Là au moins, on fait attention aux uns et aux autres. On ouvre l'œil.

Il sccoua la tête.

— Je lui avais dit de trouver quelqu'un avec qui travailler. Mais elle me répondait qu'il y avait pas assez de boulot pour tout le monde. Je peux pas la contredire. Elle avait raison. Putain de récession.

— Quoi ? Les gens se privent de sexe pour faire des économies ? lança Kevin avec une pointe de sarcasme.

— Non, mec, répondit Nicky avec colère. Il y a juste de plus en plus de gens qui racolent. On a remarqué ça, Suze et moi. Beaucoup de nouvelles têtes.

Intéressant, ça, songea Paula. Elle ne savait pas exactement pourquoi, mais quelque chose qui sortait de l'ordinaire n'était jamais à négliger dans une enquête.

— Rien de particulier à propos de ces nouveaux venus ?

Nicky écrasa sa cigarette dans un cendrier en céramique africain, leva le couvercle et jeta le mégot à l'intérieur. Pas de cendrier qui déborde ici, remarqua Paula.

— Il y a eu quelques bagarres à Temple Fields, dit-il finalement. Mais pas dans un coin aussi paumé que Brackley Field.

Il prit son paquet de cigarettes et le tapota contre un des accoudoirs de sa chaise.

— Quand est-ce que je pourrais voir son corps ?

La question tomba sans prévenir.

— Est-ce que vous êtes son parent le plus proche ? demanda Paula, pour éviter de répondre à la question.

— Je suis la seule personne qui comptait. Sa mère est morte. Elle n'avait pas vu son père ni ses deux frères depuis ses neuf ans. C'est une enfant de la Ddass, comme moi. On prenait soin l'un de l'autre. Il lui faut des funérailles convenables et personne à part moi ne s'en chargera. Alors, quand est-ce que je vais pouvoir m'occuper de ça ?

— Il faut que vous en parliez au coroner, dit Paula en s'en voulant d'esquiver la question pour laquelle elle n'avait pas vraiment de réponse. Mais ils ne vous laisseront pas récupérer le corps aussi vite. Comme elle a été la victime d'un meurtre, nous avons besoin de la garder encore un peu.

— Pourquoi ? Je sais qu'une autopsie a déjà été effectuée. Je veux dire, je regarde la télé, je sais comment ça se passe. Et maintenant que ça a été fait, je dois pouvoir la récupérer, non ?

— Ce n'est pas aussi simple, répondit Kevin. Si nous arrêtons quelqu'un...

— « Si » ? Vous voulez dire « quand » ?

Nicky se leva d'un bond, se mit à marcher de long en large dans la pièce et alluma une cigarette.

— Mais peut-être qu'elle est pas assez importante pour qu'on y mette les moyens, c'est ça ?

Paula sentit que Kevin était tendu.

— Je vais vous expliquer : quand nous arrêterons un suspect, il aura le droit de réclamer une seconde autopsie ; au cas où le médecin légiste aurait fait une erreur. C'est important quand la cause du décès n'est pas évidente ; ou, comme dans notre cas, quand l'autopsie est rendue compliquée par l'état du corps.

— Merde ! cracha Nicky. À la vitesse où vous travaillez, on sera peut-être tous morts avant que vous ayez mis la main sur quelqu'un.

Il s'arrêta et posa sa tête contre le mur. De profil, il faisait penser à une allégorie du désespoir.

— Qu'est-ce qui se passe alors si vous retrouvez jamais le connard qu'a fait ça ? Combien de temps je vais devoir attendre avant que vous vous décidiez à me redonner son corps ?

Il commençait à perdre patience. Ils n'obtiendraient rien de plus de sa part aujourd'hui, comprit Paula.

— Parlez-en au coroner, Nicky, lui conseilla-t-elle sans condescendance. Il répondra à vos questions.

Elle se leva, traversa la pièce pour le rejoindre et posa une main sur son bras osseux. À travers la manche, elle sentit qu'il tremblait.

— Je suis désolée. Je vous assure que je ne prends aucun meurtre à la légère.

Elle lui tendit sa carte.

— Si quelque chose d'important vous revient, appelez-moi.

Elle lui sourit.

— Si vous voulez juste parler d'elle, vous pouvez m'appeler également.

16

Carol lança un regard noir à Penny Burgess, la journaliste du *Bradfield Evening Sentinel Times*. Il valait sans doute mieux pour elle que Carol suive la conférence de presse sur un écran de télévision situé dans une autre pièce. Depuis ses tout premiers jours à Bradfield, la journaliste s'était mis Carol à dos en dépit de tous ses efforts. Ça exaspérait Carol que quelqu'un qui affirmait partager les mêmes idéaux qu'elle ne les mette jamais en pratique. Mais ce qui était encore plus rageant, c'est que cette femme semblait toujours s'en sortir. Même si elle tombait souvent au plus bas, elle réussissait toujours à obtenir des scoops comme aujourd'hui. Elle s'était radinée en salle de conférences vêtue comme une journaliste de mode de Londres. Elle avait presque détruit la carrière et le mariage de Kevin Matthews après avoir entamé une liaison avec lui et obtenu des renseignements confidentiels ; ça ne l'empêchait pas d'être assise au premier rang pour la conférence de presse comme si de rien n'était.

Aujourd'hui, elle était encore plus déterminée que de coutume. Une fois qu'elle avait une idée en tête, elle agissait comme un tueur en série avec sa victime. Elle n'abandonnerait pas tant qu'elle n'avait pas atteint son but. C'était sans doute une qualité, pensa Carol. À condition que le jeu en vaille la chandelle. Elle avait déjà perdu son sang-froid à cause de Penny. Elle savait exactement ce que devait ressentir Pete Reekie en ce moment même. Et le fait que Penny s'intéresse à une affaire que Reekie ne voulait pas ébruiter n'arrangeait pas les choses. Il était légèrement rougeaud et fronçait les sourcils.

— Comme je l'ai dit au début de cette conférence de presse, notre but ce matin est de parvenir à identifier la victime d'un meurtre. Il y a des gens quelque part qui ne savent pas encore ce qui est arrivé à leur fille, à leur sœur, à leur mère. C'est notre priorité, affirma-t-il en articulant exagérément les mots.

Penny Burgess n'attendit pas qu'on lui offre la possibilité de prendre la parole, ce qui ne serait sans doute pas arrivé. Elle y alla sans hésiter et revint sur un point qu'elle avait déjà soulevé un peu plus tôt.

— La priorité est sans doute d'arrêter le meurtrier, non ? Et d'empêcher qu'il ne commette d'autres meurtres ?

Nerveux, Reekie regarda autour de lui pour chercher de l'aide. Mais il ne trouva personne.

— Cela va sans dire, répondit-il. Mais la première étape est d'identifier la victime. Nous devons déterminer où elle a pu rencontrer son meurtrier.

— Elle l'a rencontré dans les rues de Bradfield, l'interrompit Penny. Comme les deux premières victimes, Kylie Mitchell et Suzanne Black. Commissaire, avez-vous un conseil à donner aux prostituées qui sont dans la rue alors que rôde un tueur en série ?

— Mademoiselle Burgess, j'ai déjà dit qu'il n'y avait aucune raison de croire que ces meurtres sont l'œuvre d'un seul et même individu. Les victimes ont été tuées de façons très différentes et dans des secteurs géographiques distincts...

— Ma source affirme qu'il y a un lien entre les trois meurtres, coupa Penny Burgess. Le tueur aurait laissé une marque distinctive. Qu'est-ce que vous pouvez nous dire sur ce point ?

Rabats-lui le caquet, pensa Carol. Elle n'a pas grand-chose, c'est pourquoi elle n'a pas encore écrit d'article. La même idée sembla traverser l'esprit de Reekie.

— Et vous, pourriez-vous nous en dire plus ? répliqua-t-il. Je pense que vous n'avez pas la moindre preuve de ce que vous avancez et que vous cherchez seulement à faire du sensationnel. Parce que c'est le seul moyen que vous avez trouvé pour attirer l'attention de votre rédacteur en chef sur le meurtre d'une prostituée. Ça n'a de valeur pour vous qu'à condition de pouvoir en tirer quelque chose qui ressemble à un épisode de série télé.

Il y eut un long silence et puis des questions fusèrent de toutes parts.

Tu es allé trop loin, pensa Carol. Maintenant tu l'as vraiment mise en colère.

L'officier de police en charge des relations avec la presse réussit à ramener un peu de calme dans la pièce qui comptait une demi-douzaine de journalistes. La voix de Penny Burgess se fit entendre de nouveau :

— Allez-vous demander au commandant Jordan de la BEP de collaborer avec vous sur cette affaire ?

Reekie lui lança un regard noir.

— Je n'ai pas l'intention de discuter ici de la façon dont nous allons travailler sur cette affaire, répondit-il. Je vais répéter ce que j'ai déjà dit avant de conclure cette conférence de presse.

Il se retourna et fit un geste en direction d'une photo du visage de la victime que Grisha Shatalov avait réussi à rendre présentable. La femme avait toujours l'air morte, mais au moins elle ne fichait plus la trouille.

— Nous souhaitons identifier la victime d'un meurtre perpétré à Bradfield dans la nuit de mardi à mercredi. Quelqu'un connaît forcément cette femme. Toute personne pouvant nous renseigner sur l'identité de la victime ou sur ses faits et gestes précédant sa mort est la bienvenue. Merci pour votre coopération.

Reekie tourna les talons et quitta la salle de conférences, sans prendre la peine de répondre aux questions des journalistes. Quelques instants plus tard, il fit irruption dans son bureau et jeta ses papiers sur une petite table près de la porte. Carol se tourna vers lui et afficha un air compatissant.

— Pénible, cette Penny Burgess, dit-elle.

Reekie lui jeta un coup d'œil tandis qu'il prenait place dans le confortable fauteuil derrière son bureau.

— Je n'ai toujours pas compris pourquoi je devais esquiver ses questions. Pourquoi on ne doit pas dire que nous avons affaire à un tueur en série ? Pourquoi ne pas expliquer clairement les choses ? Révéler que vous travaillez sur cette affaire ?

Il saisit un stylo et se mit à tapoter sur son bureau. Elle remarqua une légère marque sur son doigt, là où aurait dû se trouver une alliance.

— Ça rassurerait les gens.

Carol pivota sur son siège pour lui faire face. Reekie avait besoin d'être caressé dans le sens du poil ; elle n'aimait pas jouer à ce petit jeu mais elle n'avait pas le choix.

— Oui, mais comme vous l'avez dit vous-même, ça attirerait encore plus l'attention des médias. Ce qui nous poserait un double problème. Premièrement, c'est toujours plus difficile de mener une enquête avec des journalistes sur le dos et de nos jours la seule évocation d'un tueur en série génère une tempête médiatique qui rend impossible la vie des policiers chargés de l'enquête. Avec une information en continu, cela signifie être sans arrêt sous pression et aucun de nous n'a envie de ça. Deuxièmement, ce genre de tueur adore qu'on parle de lui. Il veut être une star. Il veut être le centre de l'attention. Vous le frustrez en lui refusant ça. Et quand vous êtes frustré, vous commettez des erreurs. Et c'est grâce à ces erreurs que nous finirons par l'attraper.

— C'est facile à dire pour vous. Vous n'avez pas à vous coltiner la presse et à mentir.

Il continuait de faire ce truc énervant avec son stylo. Carol avait envie de lui arracher des mains, de jouer à la maîtresse grondant un petit enfant boudeur. Elle eut du mal à se retenir.

— Vous n'étiez pas obligé de mentir. Il ne fallait pas tout dire, c'est tout. La seule chose qui me soulage dans tout ça, c'est que son informateur ne fait pas partie de l'équipe.

Reekie acquiesça.

Peut-être pas, en effet. Si ç'avait été le cas, elle aurait été au courant pour les tatouages au lieu de tourner autour de cette histoire de « marque distinctive ».

— Au moins, nous sommes tranquilles pour l'instant.

Carol se leva. Reekie ne fit aucun mouvement pour lui serrer la main ni même pour se lever. Il était encore secoué par sa rencontre avec Penny Burgess.

— Prévenez-moi si vos gars sur le terrain découvrent un indice sur l'identité de la victime.

— Dès qu'on apprendra quelque chose, vous en serez avertie. De toute façon, nous restons en contact, Carol. Cette affaire nous importe autant qu'à vous.

Carol tourna les talons et se dirigea vers la porte. Il fallait toujours que ce genre de types ait le dernier mot pour lui rappeler qui commandait. Dans des moments comme ça, elle savait pourquoi elle appréciait Tony Hill.

17

Tony Hill était tout à fait conscient qu'il ne fonctionnait pas comme les autres gens. Prenons la mémoire, par exemple. Même si lui et Jordan buvaient souvent un café ensemble, depuis tellement d'années qu'il n'y prêtait plus guère attention, à chaque fois qu'il devait lui en commander ou lui en préparer un, il devait fouiller sa mémoire pour se rappeler si elle préférait boire un expresso ou bien un cappuccino. Mais on ne pouvait pas dire de lui qu'il était étourdi. Il se rappelait les particularités comportementales de tous les criminels qu'il avait rencontrés comme profileur mais aussi en tant que clinicien. La mémoire était sélective, il le savait. Les principes qui régissaient sa mémoire étaient juste différents.

Ce fut donc une surprise pour lui, au moment de rédiger un rapport d'expertise sur Jacko Vance, de constater qu'il n'avait aucun souvenir d'avoir fait ce travail auparavant. Après le départ de Carol, il avait fermé les yeux et essayé de réfléchir aux grandes lignes de son futur rapport. Comme rien ne venait, il avait rouvert les yeux et réalisé que traquer Vance avait été une mission tellement inhabituelle qu'il n'avait rien rédigé sur le sujet à l'époque. Poursuivre Vance avait été inhabituel dans la mesure où ce n'était pas lié à une enquête de police. Ça avait été le résultat d'un exercice d'entraînement pour profileurs en herbe avec qui Tony avait travaillé en groupe de travail. Une fois que les choses s'étaient déclenchées, il n'avait pas eu le temps de rédiger un rapport en bonne et due forme sur Vance.

Tandis qu'il réfléchissait au tueur en série, Tony ouvrit un de ses anciens dossiers qui se trouvait sur l'ordinateur portable de Carol et fit une copie de l'introduction standard.

> Le profil psychologique qui suit ne doit pas être considéré comme un portrait-robot et doit être utilisé avec précaution. Le profil établi peut ne pas correspondre en tout point à la personnalité du criminel même s'il y a de fortes probabilités que les caractéristiques mises en évidence soient proches de la réalité. Ce rapport exprime des suppositions et des hypothèses mais en aucun cas des certitudes.
>
> Un tueur en série laisse des traces en commettant ses crimes. Tout ce qu'il fait, consciemment ou non, correspond à un schéma. Déterminer ses motivations permet de comprendre la logique du tueur. Elle peut ne pas nous paraître logique, mais pour lui c'est quelque chose de fondamental. Sa façon de penser est si particulière qu'il n'est pas aisé de le capturer. Parce qu'il est unique, les moyens pour l'arrêter, l'interroger et comprendre ses motivations doivent être adaptés en conséquence.

Ce n'était pas terrible. Tout simplement parce que Lambert voulait un rapport d'évaluation des risques et non pas un simple profil psychologique. Il pouvait toutefois garder le second paragraphe, se dit-il. Mais il devait modifier le premier. Il créa un nouveau fichier et se lança :

```
    Le rapport d'évaluation des risques qui
suit est basé sur les contacts occasionnels
que j'ai pu avoir avec Jacko Vance. Je
l'ai rencontré plusieurs fois en public
et ai discuté avec lui deux fois : une
fois chez lui quand il a commencé à com-
prendre qu'il était l'objet d'une enquête ;
et une seconde fois après qu'il a été arrêté
pour meurtre. Cependant, je connais en
détail ses crimes et je suis suffisamment
au fait de sa personnalité pour être en
mesure d'évaluer le danger qu'il représente
après avoir réussi à duper l'administration
et s'être échappé de prison.
```

— Qu'est-ce qui se passe dans ta tête, Jacko ? se demanda Tony en se penchant en arrière sur son fauteuil et en croisant les mains derrière la tête. Pourquoi faire ça ? Pourquoi maintenant ?

Un coup sec frappé à la porte le tira de sa rêverie. Paula glissa sa tête à l'intérieur du bureau, l'air décidée.

— Tu as une minute ?

Avant même qu'il puisse répondre, elle était déjà entrée et refermait la porte derrière elle.

— Si je dis non ?

Paula lui sourit d'un air las.

— Je répondrai « je m'en fous ».

— C'est bien ce que je pensais.

Tony enleva ses lunettes et observa Paula. Il y avait une histoire entre eux, une histoire compliquée qui avait duré des années jusqu'à ce qu'elle se transforme en amitié. Il l'avait aidée à y voir plus clair sur la culpabilité qu'elle avait ressentie après le décès de sa collègue et amie. Elle l'avait poussé à faire de bonnes choses pour de mauvaises raisons. Il lui avait fait enfreindre les règles puis essuyé avec elle les reproches de Carol. Le respect était la clé de leur relation. Et c'était mieux ainsi, sinon il aurait eu du mal à pardonner à Paula le bonheur qu'elle avait trouvé en compagnie du Dr Elinor Blessing, un bonheur dont il ne pensait pas être capable lui-même.

— J'imagine que ce n'est pas une visite de courtoisie ?

— Je peux savoir sur quoi tu travailles ?

Paula n'était visiblement pas d'humeur à bavasser. Elle n'avait pas beaucoup de temps devant elle car Carol devait revenir bientôt, de toute façon.

— Je suis en train de rédiger un rapport d'expertise pour le ministère de l'Intérieur. Je ne sais pas si Carol a mis l'équipe au courant, mais vous l'apprendrez bien assez vite ; c'est le genre de truc qui ne peut pas rester secret très longtemps. Jacko Vance s'est échappé d'Oakworth ce matin. Comme j'ai contribué à le faire envoyer en prison, on me demande de regarder dans ma boule de cristal et de dire où il compte aller et ce qu'il compte faire, expliqua-t-il sur un ton sardonique.

— Tu ne travailles donc pas sur notre affaire ?

— Tu es au courant du problème, Paula. Blake ne voudra pas me payer et le commandant Jordan refuse de me laisser travailler gratuitement. Je pensais pouvoir faire jouer mes relations au ministère de l'Intérieur mais ils n'auraient pas accepté, en tout cas pas pour l'instant. Ils veulent que je me concentre sur Jacko et sur rien d'autre.

— C'est vraiment stupide de ne pas profiter de tes compétences, déplora Paula. Tu sais sur quoi on travaille ?

— Des meurtres qui semblent être l'œuvre d'un tueur en série. Je n'en sais pas davantage, répondit-il. Carol n'a pas voulu me tenter...

— Eh bien, considère-moi comme la tentatrice. C'est tout à fait dans tes cordes, Tony. C'est le genre de tueur que tu comprends, le genre d'esprit tordu dont tu peux saisir les méandres. Et puis c'est l'ultime affaire pour la BEP. On veut terminer sur une note positive. Je veux que Blake ressente de l'amertume quand il verra le commandant Jordan partir pour la West Mercia. Je veux qu'il prenne la mesure de ce qu'il est en train de saborder. Nous devons donc agir très vite pour le lui faire comprendre.

Ses yeux étaient suppliants, en contraste total avec la fermeté de son propos.

Tony ne voulait pas se laisser convaincre. Mais au fond, il était entièrement d'accord avec elle. Il n'y avait aucune raison pour que Blake agisse de la sorte si ce n'est pour économiser de l'argent en démantelant l'unité. Éparpiller les membres de la brigade dans d'autres unités avec l'espoir d'en tirer des bénéfices était selon Tony une idée débile qui produirait exactement le contraire de l'effet escompté.

— Pourquoi est-ce que tu me racontes ça ? dit-il, en faisant une dernière tentative pour résister à la proposition.

Paula leva les yeux au ciel en secouant la tête.

— Tu n'es peut-être pas si futé que ça, finalement... Mais parce que nous avons besoin de ton aide, Tony ! On a besoin de toi pour établir le profil psychologique du tueur et espérer avancer un peu au lieu de faire du surplace.

— Elle n'acceptera pas. Comme je l'ai dit, il n'y a pas de budget pour me payer et elle ne veut pas m'exploiter.

Il haussa les épaules en souriant.

— Je l'ai suppliée mais elle refuse de profiter de moi.

Paula poussa un soupir.

— Épargne-moi les sous-entendus. Écoute, c'est très simple. On s'en fout de ce qu'elle veut. Parce qu'elle n'en saura rien. Parce que ce sera notre petit secret.

— Pourquoi ai-je tout à coup un mauvais pressentiment ? À chaque fois que toi et moi décidons de n'en faire qu'à notre tête, ça se termine toujours par des larmes.

Paula afficha un large sourire.

— Ouais, mais on obtient des résultats, tu ne peux pas dire le contraire. À chaque fois qu'on a agi dans son dos, l'enquête a fait un bond en avant.

— Et on devra subir ses foudres, dit Tony. Ce n'est pas un problème pour toi : tu rentres chez toi et tu retrouves Elinor. Mais moi, je suis censé vivre avec elle à Worcester...

Les mots étaient sortis de sa bouche sans qu'il puisse rien y faire.

L'expression de Paula était ambiguë.

— Quoi ? Tu veux dire, comme en ce moment ? Elle aura son propre appartement en sous-sol ?

Tony ferma les yeux et se massa les tempes.

— Merde, merde, merde. J'étais censé ne rien dire.

Il posa les mains sur le bureau et soupira.

— Ce n'est pas ce que tu crois. C'est plutôt un genre de colocation. Écoute Paula, on ne... elle ne voulait pas que l'équipe le sache. Parce que vous allez tous en tirer de fausses conclusions et les rumeurs vont aller bon train et elle voudra tous vous tuer.

Il se passa une main dans les cheveux.

Paula sourit.

— Ne t'inquiète pas, je ne dirai rien. Ça ne regarde personne. Franchement, nul autre à part toi ne pourrait supporter de vivre comme ça. Je veux dire, de vivre en coloc, ajouta-t-elle en hâte tandis qu'il s'apprêtait à ouvrir la bouche pour la contredire.

— Tu as sans doute raison, répondit-il.

— Bon alors, tu vas nous aider ? demanda-t-elle pour clore le sujet et revenir à l'essentiel.

— Elle va me tuer, dit-il.

— Oui, mais ne pas coincer ce type la tuera, répliqua Paula. Tu sais bien qu'elle n'aime pas laisser les choses inachevées. Quand la justice n'est pas rendue...

Tony se pencha en arrière sur son siège et regarda le plafond.

— Je sens que je vais le regretter. OK, Paula. Demande à Stacey de m'envoyer le dossier. Je ne vous promets rien, mais j'y jetterai un coup d'œil quand j'en aurai terminé avec le rapport sur Jacko Vance.

Il se redressa.

— Et essayons de garder le secret, pour une fois. D'accord ?

18

En revenant dans les locaux de la brigade, Carol espérait bien entendre de bonnes nouvelles. Elle avait dû se coltiner le chef de la police au téléphone, en revenant de la Division nord, et ce dernier s'était montré plus inquiet pour son budget que pour la vie de ces femmes contraintes d'aller vendre dans la rue la seule chose qui pouvait encore leur rapporter de l'argent. Vu sa passion pour les coupes budgétaires, elle se demanda combien de temps il faudrait avant que quelqu'un d'intelligent au gouvernement ne vienne le recruter.

Elle glissa la tête dans son bureau. Tony regardait l'écran de son ordinateur. Un stylo et un petit tas de feuilles se trouvaient sur le côté. Des notes, certaines surlignées, d'autres avec des renvois, étaient griffonnées dessus. Tony gratifia simplement son arrivée d'un petit commentaire inarticulé.

— Des nouvelles de Vance ? demanda-t-elle.

Elle avait réussi à mettre cette histoire d'évasion en stand-by tout le temps qu'elle avait passé à l'extérieur du bureau, mais il n'y avait plus moyen d'y échapper maintenant que Tony le squattait.

Il secoua la tête sans lever les yeux.

— Rien du tout. J'ai passé un coup de fil à Lambert, il y a un petit moment. Des caméras ont repéré le taxi quand il a rejoint l'autoroute 5 en direction du nord et depuis ils essaient de suivre sa trace. Mais tu sais bien à quel point c'est difficile de faire ce boulot en temps réel. Il suffit d'une caméra hors d'état de marche et c'est foutu.

— Tu sais qui coordonne les recherches ?

— Je pensais que tu serais au courant. Oakworth se trouve dans la West Mercia, après tout.

— Je vais me renseigner, dit Carol en le laissant à ses affaires pour retrouver son équipe et faire un point sur les progrès de l'enquête.

Paula était au téléphone, assise derrière le bureau le plus proche. Carol prit une chaise et attendit qu'elle raccroche.

Paula posa une main sur le microphone du combiné et dit doucement :

— Je suis en train de parler avec un de mes contacts de la Division nord, Franny Riley. Je vais le mettre sur haut-parleur pour que vous puissiez écouter.

Paula appuya sur le bouton et un fort accent de Manchester se fit entendre :

— ... Et c'est pourquoi on est à court de personnel.

— Je comprends mais je vais avoir besoin de plus de monde pour faire du porte-à-porte et faire circuler les photos.

— Je sais bien, Paula.

En fond sonore, Carol pouvait entendre une autre voix.

— Je vais vous mettre en attente, mon capitaine vient juste de revenir.

Franny dut se tromper car il mit lui aussi son téléphone sur haut-parleur. Carol reconnut immédiatement l'autre voix. Le capitaine Spencer de la

Division nord, qu'elle avait remplacé à la tête de l'enquête.

— Vous êtes occupé, Franny ? demanda Spencer. Parce que j'ai besoin de vous pour vérifier les déclarations du témoin sur cette affaire énervante de cambriolage.

— Je suis en ligne avec la BEP pour régler quelques points sur l'enquête en cours.

— Bordel de merde ! s'exclama Spencer avec dégoût. Ils vont quand même pas en plus nous dire comment faire notre boulot, si ? Depuis qu'ils sont sur cette affaire, ça n'en finit plus. Raccrochez tout de suite et vérifiez ce que je vous ai demandé. La BEP, qu'est-ce que ça signifie déjà, ce truc-là ?

Avant que Franny puisse dire quoi que ce soit, Spencer donna sa propre réponse.

— Je vais vous dire ce que ça signifie : brigade des étrangers de Pétaouchnok, dit-il, s'esclaffant sur son propre jeu de mots. Une paire de gouines, un bouffeur de bananes, une Chinetoque et un rouquin. Le tout dirigé par une grognasse.

Carol était atterrée. Ça faisait un moment qu'elle n'avait pas entendu ce genre de propos odieux de la part d'un collègue. Des préjugés qui étaient censés avoir disparu des rangs de la police moderne. Elle avait toujours suspecté les grandes gueules de jouer les hypocrites. Sexisme et racisme n'avaient pas encore disparu de la société.

Paula s'apprêta à couper la communication, visiblement aussi consternée que Carol. Mais cette dernière l'en empêcha et se rapprocha du combiné pour parler.

— Capitaine Spencer ? Commandant Jordan à l'appareil. Grâce à la technologie moderne, vos propos inadmissibles ont été entendus par toute mon équipe. Je vous attends dans mon bureau ! Tout de suite !

Il y eut un long silence avant qu'on ne raccroche à l'autre bout de la ligne. Carol se redressa sur sa chaise, légèrement nauséeuse. Elle regarda les membres de son équipe autour d'elle, qui avaient tous arrêté ce qu'ils étaient en train de faire en entendant les propos de Spencer.

— Le capitaine Spencer sera bientôt ici pour s'excuser. Si l'un d'entre vous rencontre le moindre problème avec la Division nord, faites-m'en part. Ne laissez rien passer. On ne nous empêchera pas de faire notre travail. Et maintenant au boulot. Nous avons trois meurtres à élucider.

Stacey afficha un petit sourire.

— Je crois que j'ai trouvé quelque chose qui va pouvoir nous aider.

19

Le rapport d'expertise était devenu encore plus urgent. Comme si ce n'était pas suffisant de savoir Vance dans la nature... Il avait besoin d'avoir les idées claires pour pouvoir travailler efficacement sur l'autre affaire. Et il allait devoir trouver un autre endroit où travailler s'il ne voulait pas que quelqu'un d'aussi perspicace que Carol découvre son petit secret.

> Je pense que Vance souffre de mégalomanie. Il a besoin de tout contrôler ; c'est la clé pour comprendre le personnage. Il faut que tout tourne autour de lui. Il veut avoir la mainmise sur les gens et les événements. Certaines personnes en contrôlent d'autres en utilisant la menace et la peur ; Vance, lui, utilise son charisme. Il a besoin qu'on l'admire. C'est comme ça qu'il fonctionnait avant qu'il ne se retrouve en prison et je pense qu'en prison ça n'a pas changé.
>
> Il est extrêmement discipliné ; cela remonte à son adolescence. Il voulait à tout prix qu'on le respecte et qu'on l'admire. Sa mère ne faisait guère attention à lui et son père le traitait avec mépris. Vance n'aimait pas la façon dont

ils le considéraient. Il était déterminé à ce que le monde entier le remarque. La raison pour laquelle il n'a pas basculé dans la criminalité à l'adolescence, c'est la découverte de ses talents sportifs qui lui ont ouvert la voie vers la forme de reconnaissance qu'il recherchait.

Mais avant d'atteindre son but, il a dû se discipliner. Il a dû s'entraîner mentalement et physiquement. Sa carrière sportive à succès est la preuve de sa réussite. Il était à quelques mois de pouvoir gagner une médaille d'or au lancer de javelot quand il a été victime d'un accident qui lui a coûté la moitié d'un bras. Une psychologue qui s'est entretenue avec lui a noté que l'accident et ses conséquences ont transformé Vance qui était jusqu'ici sain d'esprit. Selon elle, le fait qu'il ait perdu un bras en accomplissant un acte d'héroïsme en est la preuve.

Pour moi au contraire, Vance a toujours été mentalement dérangé. L'amputation a été un trauma qui l'a fait basculer. Il aurait fait preuve de sadisme sexuel avant l'accident mais aussi de cruauté envers les animaux. Le degré de sadisme qu'il a déployé à l'encontre de ses victimes ne s'est pas intensifié avec le temps. Il a toujours été présent.

Vance a constamment été très fort pour cacher sa vraie nature derrière la candeur et le charme. Le fait qu'il soit physiquement très séduisant a évidemment joué un rôle essentiel là-dedans. À l'époque où il était une star de la télévision, on entendait souvent que les femmes voulaient coucher avec lui et que les hommes désiraient lui ressembler. Je ne pense pas qu'il ait perdu de son aura. Je recommande qu'on examine en détail ses faits et gestes en prison, les incidents, les morts violentes ou suspectes en particulier.

Je ne connais pas les détails de son évasion d'Oakworth, mais je serais très surpris qu'il n'ait pas reçu l'aide de complices à l'intérieur et à l'extérieur de la prison. Même si cela fait plus de douze ans qu'il a été envoyé en prison, il peut encore compter sur des serviteurs loyaux et fidèles. Il y a un groupe Facebook appelé « Jacko Vance est innocent » ; 3 754 personnes « aiment » ça. Une de ces personnes, et une seule selon moi (Vance n'est pas du genre à prendre des risques et impliquer plus d'une personne est risqué), l'a aidé. Je recommande qu'on vérifie l'identité des gens qui lui ont rendu visite. Il serait utile de savoir également avec qui il a eu des conversations téléphoniques, sachant qu'il possédait sans doute un téléphone portable de contrebande pour effectuer d'importantes communications.

Ne pas négliger non plus les professionnels avec qui il était en contact en prison. Rappelez-vous Myra Hindley et le gardien de prison qui est devenu son amant. Ils avaient échafaudé un plan d'évasion qui n'a jamais vu le jour. Vance est sans aucun doute plus machiavélique que Hindley ne l'a jamais été. Nous savons qu'il a réussi à convaincre une psychologue qu'il avait tout à fait sa place dans le service thérapeutique. S'il avait fallu mettre le feu à la prison pour empêcher cela, croyez-moi, je l'aurais fait.

Tony fit une pause et relut encore une fois la dernière phrase. C'était violent, sans aucun doute. Et il n'avait pas construit sa carrière en disant du mal de ses collègues. D'un autre côté, quelqu'un qui était supposé ne pas se laisser embobiner par des salopards comme Vance l'avait envoyé là où il n'aurait jamais dû aller. Les psychologues étaient formés pour résister à cela ; quelqu'un avait manqué de discernement dans cette affaire et il n'avait aucune envie de le défendre. Pas maintenant que Jacko Vance s'était évadé et allait vraisemblablement chercher à se venger. Et peut-être contre lui en particulier. Il laissa donc la phrase telle quelle.

```
Une assistante sociale était censée
accompagner le détenu bénéficiant d'une
permission de sortie pour aller tra-
vailler. Il est tout à fait possible que
cette personne soit également impliquée
dans son évasion. Mais peut-être Vance a-
t-il tout mis en œuvre depuis la prison
pour qu'elle ne vienne pas. En menaçant
la famille de l'assistante sociale, par
exemple.
    Cependant, les professionnels de la pri-
son ne doivent pas être placés au-dessus
de tout soupçon. Vance a sans doute béné-
ficié de complicité à l'extérieur et il
est probable que cela continue.
```

Il remonta ses lunettes et se frotta le haut du nez.
— Voilà pour les grandes lignes, marmonna-t-il.
Tout ce qu'il avait écrit jusqu'ici allait de soi et était compréhensible par n'importe qui ayant un minimum de jugeote. Il avait compris avec les années que « faire simple » était indispensable. Il fallait enfoncer des portes ouvertes afin que ceux

qui lisaient le rapport aient l'impression d'être aussi perspicaces que l'expert qui l'avait rédigé. De cette façon, Tony pouvait ensuite glisser quelques éléments plus inattendus que le lecteur accepterait sans difficulté. Après tout, c'était exactement pour ça qu'on le payait. Au fond, tout le monde pensait qu'il faisait simplement preuve de bon sens.

Certains jours, il se disait que ce n'était pas faux. Mais pas aujourd'hui. Tony posa les doigts sur les touches du clavier. Il prit une profonde inspiration, comme un pianiste attendant un signe du chef d'orchestre, avant de se mettre à taper rageusement.

    Vance est calculateur. Un complice à l'extérieur aura prévu un endroit où il puisse se cacher. Il restera à l'écart des lieux qu'il fréquentait parce qu'il sait très bien qu'on viendra le chercher là en premier. Il n'ira pas à Londres ni dans le Northumberland. Le lieu où il choisira de se cacher dépendra de ce qu'il envisagera de faire.

    Ce sera une cachette temporaire. Il y restera aussi longtemps que nécessaire pour finaliser ses projets. Il a sans doute déjà prévu un point de chute quelque part où il pourra refaire sa vie. Il ne restera pas au Royaume-Uni ; il a sans doute prévu de partir pour l'étranger. Il a beaucoup d'argent à sa disposition, ce qui lui offre plusieurs options. Il choisira sans doute une destination où il n'y a aucun accord d'extradition avec le Royaume-Uni ; mais il est assez présomptueux pour penser que personne ne sera capable de le retrouver. Rien dans les archives ne suggère qu'il parle une autre langue. Il doit être capable de communiquer pour garder le dessus. Il privilégiera plutôt des pays anglophones. Il est difficile de se rendre aux États-Unis mais une fois que vous y êtes il est facile d'y disparaître, tout particulièrement si, comme Vance, vous avez beaucoup d'argent et que vous n'avez pas besoin de vous affilier à la sécurité sociale. Il privilégiera également un pays où il pourra avoir accès aux meilleures prothèses ; les États-Unis semblent être encore une fois la destination idéale. Et, à la différence de l'Australie ou de la Nouvelle-Zélande, la télévision américaine diffuse rarement des émissions britanniques ; il y a donc peu de chance que quelqu'un tombe sur une rediffusion d'*Un moment avec Vance*. Certains pays du Golfe sont également envisageables : la vie privée y est sacrée, et l'anglais couramment parlé. Je serais tenté de dire « suivez l'argent », mais les types comme Vance connaissent des gens qui savent faire disparaître de l'argent sans laisser de traces.

La grande question est : qu'a-t-il donc prévu de faire avant de partir définitivement ? Vu comment il s'en est pris à Shaz Bowman qui représentait une menace pour lui, je pense qu'il va chercher à se venger des personnes qu'il tient pour responsables de son emprisonnement.

Sa cible principale sera l'officier de police qui avait lancé les recherches contre lui et qui l'a finalement arrêté : Carol Jordan, aujourd'hui commandant de police de Bradfield. D'autres policiers ont également contribué à son arrestation : Chris Devine, aujourd'hui lieutenant à Bradfield également ; Leon Jackson, qui était inspecteur à Londres ; Kay Hallam qui était inspectrice dans le Hampshire et enfin Simon McNeill qui était inspecteur dans le Strathclyde. Vu mon implication dans cette affaire, je pense aussi faire partie des cibles privilégiées.

Étrangement, voir cela écrit noir sur blanc rendait les choses irréelles. Ce n'était rien que des mots sur une page, rien qui soit vraiment inquiétant. Vance allait-il vraiment chercher à se venger de lui ?

— Tu essaies de te rassurer, mon vieux, murmura-t-il. Et ça ne marche pas vraiment.

Il se remit à écrire.

Les autres cibles potentielles sont son ex-femme, Micky Morgan, et sa compagne, Betsy Thorne. Pour Vance, elles n'ont pas respecté les règles du jeu. Micky l'a trahi en révélant que leur mariage n'était qu'une imposture. Elle a refusé de lui apporter son soutien au tribunal et ne lui a jamais rendu visite en prison. En faisant annuler le mariage pour ne pas avoir été consommé, elle l'a tourné en ridicule et l'a rendu méprisable. Elle est devenue son ennemie. Où qu'elle se trouve, Vance lui rendra bientôt visite. Placer sous surveillance ces victimes potentielles est sans doute le meilleur moyen d'attraper Vance.

Son rapport était très propret, très académique. Rien qui traduise la souffrance que ressentait Tony en repensant à la mort de Shaz Bowman. Il ne voulait pas que Piers Lambert pense qu'il était hystérique, mais il voulait être sûr qu'il comprenne bien l'enjeu de la situation.

Jacko Vance est sans doute le tueur le plus efficace et le plus déterminé que j'aie jamais rencontré. Il est brutal et n'éprouve aucun remords ou compassion. Je pense qu'il n'a pas de limites. Il ne tue pas par plaisir. Il tue parce que c'est tout ce que méritent ses victimes, selon sa vision du monde très étroite. Il a organisé une évasion de haute volée. Mettre son projet à exécution lui a demandé du temps. À moins que nous ne prenions des dispositions immédiates, le sang va bientôt couler.

20

Stacey n'était pas la seule à savoir se servir d'un ordinateur pour trouver des informations, se dit Kevin. Il avait un fils de douze ans qui utilisait son ordinateur comme si c'était une extension de lui-même. Ça n'avait pas été facile de s'y mettre mais Kevin était déterminé à rester au même niveau que son fils. Quand Kevin était gamin, son père lui avait montré comment ça se passait sous le capot d'une voiture et quand vint l'adolescence, c'était le seul sujet dont ils pouvaient encore parler entre eux. Au XXIe siècle, le jeu vidéo avait remplacé la mécanique et Kevin avait dû s'initier à *World of Warcraft* avec son fils. Au-delà de ça, il avait appris à concevoir des diaporamas, à faire une affiche, à affiner ses recherches sur Google. Il n'en parlait pas au bureau. Il n'avait aucune envie de marcher sur les plates-bandes de Stacey ou qu'on pointe cruellement ses faiblesses en la matière.

Dix minutes sur Google et son moteur de recherche lui apprirent que les fournisseurs en matériel de tatouage ne manquaient pas. Malgré l'engouement actuel pour cette forme d'art, Kevin avait du mal à croire qu'ils arrivaient tous à en vivre. Il n'avait lui-même aucun tatouage : il pensait que sur sa peau pleine de taches de rousseur ça aurait fait bizarre. Sa femme avait un lis rouge tatoué sur l'épaule et il l'avait toujours admiré, mais elle n'avait jamais souhaité en avoir un autre et il n'avait jamais essayé de la faire changer d'avis.

Ses recherches avaient révélé beaucoup trop d'entrées pour pouvoir retrouver la trace d'un récent achat dans le secteur de Bradfield, et ce quand bien même les vendeurs se seraient montrés coopératifs. La plupart de ceux qui exerçaient le métier de tatoueur aimaient à se considérer comme des non-conformistes et des ennemis du système ; Kevin supposait donc qu'ils ne se montreraient guère enclins à lui venir en aide.

Après avoir fait défiler une douzaine de pages, Kevin dénicha trois adresses de fournisseurs dans le secteur. Deux étaient des salons de tatouage, le troisième était une entreprise qui vendait à peu près de tout : des articles pour cheveux aux bijoux pour piercing. Il copia les infos et créa un dossier à l'attention des enquêteurs en leur suggérant de se rendre dans ces différents endroits, de poser des questions sur les dernières ventes en boutique ou en ligne. C'était le genre de recherche fastidieuse dont la Division nord pouvait s'occuper. Et s'il en ressortait quelque chose d'intéressant, ce serait tant mieux pour tout le monde.

Il sourit en cliquant sur « envoyer ». Ça faisait du bien de se débarrasser d'une corvée. Bien souvent, Kevin avait l'impression qu'il se tapait le sale boulot à la BEP. Il était un peu aigri à cause de ça. Peut-être que les choses changeraient quand ils se retrouveraient affectés dans de nouveaux bureaux. Il n'en serait pas gêné outre mesure. Il était temps qu'on lui donne l'occasion de montrer son talent afin de décrocher une promotion.

Il ne lui était jamais venu à l'esprit que Carol Jordan lui confiait les tâches routinières parce qu'il s'en acquittait scrupuleusement, de façon exemplaire. Dans un monde où la plupart des officiers de police cherchaient à en faire le moins possible, Kevin était remarquable pour son attention aux détails, son travail minutieux. Il n'en était pas conscient mais si la pression artérielle de Carol Jordan était au beau fixe, c'était grâce à lui. Et elle le savait.

Vance enfila les vêtements que Terry avait soigneusement pliés sur la cuvette des toilettes : chaussettes et sous-vêtements neufs, pantalon et chemise bleue en coton sergé à manches longues. Sous la pile se trouvait une perruque ; une épaisse tignasse couleur poivre et sel. Vance la posa sur sa tête. Bien que le style corresponde à l'ancien Jacko Vance de la période télé, il y avait quand même quelque chose de vraiment différent. La dernière touche était une paire de lunettes à montures rectangulaires noires et élégantes. L'homme dans le miroir ne ressemblait en rien à Jason Collins. Pas plus d'ailleurs qu'à l'ancien Jacko Vance, pensa-t-il avec une pointe de regret. Il avait des rides à présent, la peau moins ferme, quelques vaisseaux éclatés sur les joues. La prison l'avait vieilli prématurément. Il était prêt à parier que sa femme portait mieux son âge. Il lui ferait quelques rides sur le visage avant d'en finir avec elle.

Quand Vance sortit de la salle de bains, Terry l'accueillit avec le sourire.

— T'es chic, dit-il.

— Tu as fait du bon boulot, répondit Vance en lui donnant une tape sur l'épaule. Tout est parfait.

Je mangerais bien quelque chose maintenant. Qu'est-ce que tu as à me proposer ?

Tout en déjeunant, Vance vérifia le contenu de la mallette que Terry avait apportée avec lui. Elle contenait deux faux passeports, l'un britannique et l'autre irlandais, ainsi que deux permis de conduire correspondant aux nationalités ; une liasse épaisse de billets de vingt livres sterling ; une liste de comptes bancaires correspondant aux noms sur les passeports avec le numéro des comptes ; plusieurs cartes de crédit ; des factures et autres justificatifs de domicile d'une propriété dans la banlieue de Leeds et enfin quatre téléphones portables à cartes prépayées. Au fond d'une poche, il trouva des clés de voiture et celles d'une maison.

— Tout ce dont tu as besoin se trouve à la maison, expliqua Terry. Ordinateur portable, téléphone fixe, télévision par satellite...

— Parfait, répondit Vance en terminant sa salade de thon aux haricots. Je ne sais pas ce qu'il y a dans cette salade mais c'est vachement bon.

— J'ai rempli le frigo de la maison hier, dit Terry avec empressement. J'espère que ça te plaira.

— Je suis sûr que ce sera très bien.

Vance s'essuya la bouche avec une serviette en papier avant de jeter les restes de leur repas à la poubelle.

— Il est temps d'y aller, annonça-t-il.

Il se leva et se dirigea vers le lit où Terry s'était assis. Il tira les couvertures et appuya sur l'oreiller pour y laisser une marque.

— Maintenant, on a vraiment l'impression que quelqu'un a dormi ici. Les femmes de ménage n'auront rien à raconter de particulier à la police si elle les interroge.

Vance laissa Terry les conduire jusqu'à la voiture. Quand ils arrivèrent devant la Mercedes, il lui demanda de prendre le volant. Il ne doutait pas de ses propres capacités de conducteur ; Terry avait suivi les recommandations de Vance et acheté une voiture automatique avec régulateur de vitesse, équipée également d'un truc appelé GPS ; c'était quelque chose qui n'existait pas à l'époque où il conduisait. Cependant, il préférait reprendre le volant loin d'éventuels témoins, au cas où.

Tandis que Terry quittait le parking, Vance se détendit sur son siège et posa sa tête sur l'appui-tête. Ses paupières se mirent à papillonner. La tension retombait et il se sentait épuisé. Ce n'était pas grave s'il dormait pendant que Terry le conduisait jusqu'à sa nouvelle propriété. Il lui restait encore des tas de choses à régler avant de pouvoir vraiment se reposer.

La secousse liée au passage de la voiture sur un ralentisseur réveilla Vance en sursaut et il fut momentanément désorienté.

— Putain, qu'est-ce que... Où est-ce qu'on est ? lança-t-il en regardant autour de lui.

Ils dépassèrent ce qui ressemblait à un poste de garde sans garde. Et sans barrière.

— Bienvenue à Vinton Woods, lança fièrement Terry. Exactement ce que tu m'avais demandé. Un lotissement pavillonnaire à l'écart de tout ; des maisons individuelles avec un terrain te séparant des autres propriétés. Le genre d'endroit où personne ne fait attention à son voisin et où chacun s'occupe de ses affaires. Tu te trouves à une quinzaine de kilomètres de l'autoroute, à environ dix kilomètres du centre-ville de Leeds et à moins de trente kilomètres de Bradfield.

Il suivit une route sinueuse le long de laquelle on pouvait voir quelques belles demeures en briques et à pans de bois.

— C'est le secteur Queen Anne, expliqua Terry.

À un croisement, il tourna à gauche.

— Si tu continues tout droit tu arrives dans le secteur à l'architecture georgienne ; nous, nous sommes dans le secteur victorien du domaine.

Les façades de ces maisons étaient en pierre et flanquées de deux tours pseudo-gothiques. C'était des versions plus petites de belles propriétés que des industriels avaient fait construire dans des banlieues résidentielles avec l'arrivée du train. Vance trouva ces répliques modernes hideuses et pitoyables. Mais une de ces contrefaçons conviendrait parfaitement pour le moment.

Terry quitta la grand-rue pour déboucher dans un cul-de-sac bordé par six grosses propriétés. Il se dirigea vers l'une des deux maisons à l'extrémité, ralentit et s'arrêta devant le triple garage sur le côté. Il prit une télécommande dans la boîte à gants et la pointa sur le garage. Une des portes se leva. Il avança à l'intérieur et attendit que la porte se referme avant de couper le moteur et sortir.

Vance sortit de la voiture et regarda autour de lui. La camionnette de Terry était là ; il s'en servait pour vendre des outils en tous genres, neuf ou d'occasion. Il l'avait de toute évidence utilisée aussi pour transporter une petite surprise à l'intention de Vance.

Un établi longeait un des murs du garage. Une rangée d'outils rutilants y étaient suspendus. Deux solides étaux étaient fixés à chaque extrémité de l'établi. Si quelqu'un d'autre que Terry avait installé ça, Vance aurait été furieux. Mais il savait que derrière ce geste il n'y avait aucun sous-entendu. Après tout, Terry n'avait accordé aucun crédit à ce que racontait l'accusation au sujet des choses atroces qu'avait fait subir Vance à des jeunes filles. Il fit quelques pas en direction de l'établi en imaginant tenir de la chair bien ferme entre ses mains.

— Je me suis permis de meubler ton atelier, dit Terry. Je sais que tu aimes travailler le bois.

— Merci, fit Vance.

Plus tard, pensa-t-il. Beaucoup plus tard. Il afficha son plus beau sourire et ajouta :

— Tu as pensé à tout. C'est parfait.

— Tu n'as pas encore vu la maison. Je pense qu'elle va te plaire.

Tout ce que Vance avait envie de voir pour l'instant, c'était la cuisine. Il suivit Terry. Ils traversèrent une buanderie équipée d'une machine à laver et d'un sèche-linge avant d'arriver dans une cuisine rutilante, véritable ode à la modernité. Le granit, le chrome et les carreaux brillaient de mille feux. Vance mit quelques secondes à trouver ce qu'il cherchait. Un porte-couteau en bois posé sur la surface en granit de l'îlot qui se trouvait au milieu de la pièce.

Il se dirigea vers l'îlot en ne tarissant pas d'éloges sur sa nouvelle et magnifique cuisine :

— Est-ce que c'est un de ces réfrigérateurs américains qui distribuent des glaçons et de l'eau très fraîche ? demanda-t-il en sachant très bien que Terry se précipiterait pour lui faire une démonstration.

Aussitôt que Terry lui tourna le dos, Vance tira un couteau de cuisine du bloc, le glissa dans la manche de sa chemise avant de coller son bras fermement contre lui.

Terry se retourna en tenant un verre rempli d'eau et de glaçons qui s'entrechoquaient. Vance leva son bras artificiel comme pour une accolade. Et puis il leva son autre main et plongea le couteau dans la poitrine de Terry, évitant les côtes pour atteindre le cœur.

Le verre se renversa par terre, éclaboussant la chemise de Vance. Il tressaillit quand l'eau toucha sa peau, mais ne s'interrompit pas pour autant. Terry émit un terrible râle d'agonie ; son visage se tordit en un rictus de douleur et d'indignation. Vance retira le couteau de sa poitrine avant de l'enfoncer de nouveau. Il y avait du sang entre eux à présent, jusque sur leurs vêtements et la tache ne cessait de s'agrandir sur la chemise de Vance en suivant les traces qu'avait déjà laissées l'eau. Le sang progressa moins vite sur le tee-shirt de Terry mais la couleur était plus vive.

Vance retira le couteau, recula de quelques pas et laissa Terry s'effondrer sur le sol. Il fit une moue de dégoût en voyant ses mouvements convulsifs et en l'entendant gémir, les mains serrées sur la poitrine, les yeux roulant dans leurs orbites. Ce n'était pas tuer qui lui procurait du plaisir ; ça n'avait jamais été le cas. Ce qu'il aimait, c'était faire souffrir. La mort était une conséquence malheureuse de ce plaisir-là. Il aurait bien aimé que Terry se dépêche de mourir et qu'on en finisse pour de bon.

La fatigue s'empara de lui tout à coup. Il chancela légèrement et dut s'agripper au plan de travail en granit. L'adrénaline l'avait fait tenir pendant plusieurs heures mais maintenant il était à court de réserves. Il ne tenait plus sur ses jambes ; il avait la bouche sèche. Mais il ne pouvait pas s'arrêter maintenant.

Vance se dirigea vers l'évier de la cuisine et ouvrit le placard en dessous. Comme il s'y attendait, Terry l'avait rempli de produits d'entretien. À côté, il y avait des sacs-poubelle extra-résistants et sur l'étagère au-dessus, un sachet d'attaches en plastique. Exactement ce dont il avait besoin. Aussitôt que Terry aurait fini de mourir, il pourrait le fourrer dans un sac-plastique, bien le fermer avant de le mettre dans le coffre de sa camionnette. Il réfléchirait à ce qu'il ferait de la camionnette et de son propriétaire plus tard. Pour l'instant, il était trop fatigué pour réfléchir correctement.

Ce qu'il voulait, c'était tout nettoyer avant de se mettre au lit et dormir au moins douze heures. Son dîner de fête attendrait jusqu'au lendemain, quand le reste des réjouissances commencerait vraiment.

Il jeta un coup d'œil à Terry dont la respiration était très faible à présent, provoquant la formation de petites bulles roses à chaque expiration. Pourquoi est-ce que ça prenait des plombes ? Il y avait vraiment des gens qui n'avaient aucun savoir-vivre.

21

L'inspecteur Rob Spencer faisait davantage penser à un vendeur de voitures qu'à un policier. Tout était soigné chez lui, de ses dents à ses chaussures. Sam, qui aimait à se considérer lui-même comme un séducteur, devait bien avouer que Spencer le dépassait en la matière. Mais Sam, lui, n'allait pas subir la castration en règle de Carol Jordan.

Quand il arriva, Carol était cachée derrière une rangée d'écrans d'ordinateurs que Stacey utilisait pour tenir le monde réel à distance. Stacey avait entré les quelques données qu'ils possédaient sur les trois meurtres dans un logiciel de profilage géographique qu'elle avait paramétré selon son propre cahier des charges. Elle était en train d'indiquer les endroits mal famés qu'ils avaient déjà identifiés.

— Il y a des chances que le meurtrier vive ou travaille quelque part dans ces zones en violet, affirma Stacey en les désignant à l'aide d'un pointeur laser.

— Skenby. Manifestement. Nous n'avions pas besoin de ce logiciel pour nous l'apprendre. Mais plus on accumulera de données, plus le périmètre se rétrécira.

Spencer regarda la pièce autour de lui, l'air un peu perdu. Paula pensa qu'il essayait de trouver la bonne personne à qui parler. Son regard se posa sur Sam mais quand il s'approcha ce dernier saisit le combiné du téléphone et lui tourna le dos ostensiblement pour passer un coup de fil.

— Est-ce que je peux vous aider ? demanda Paula sur un ton qui n'était pas très engageant.

— Je cherche le bureau du commandant Jordan, répondit Spencer d'un air bougon, comme s'il essayait d'affirmer son autorité.

Paula fit un geste en direction des stores fermés qui délimitaient le territoire de Carol.

— C'est son bureau. Mais elle n'y est pas.

— Je vais l'attendre là-bas, répondit Spencer en se dirigeant vers la porte.

— Je crains que ce ne soit pas possible, dit Paula.

— Je suis seul juge pour décider ce qui est possible ou non, inspecteur.

Paula devait reconnaître qu'il était courageux. Elle n'aurait jamais osé adopter une telle attitude sur le territoire de Carol Jordan.

C'est à ce moment précis que Carol émergea de derrière la rangée d'écrans.

— Pas ici, lança-t-elle. Mon bureau est occupé pour l'instant.

Elle se rapprocha, pour ne laisser que très peu de distance entre eux deux. Même si elle était plus petite que lui d'au moins vingt centimètres, sa présence était de loin la plus impressionnante. Le regard qu'elle lui jeta en aurait calmé plus d'un. Spencer avait l'air d'un homme qui se serait retrouvé nez à nez avec un souvenir très embarrassant.

— Dans d'autres circonstances, je n'aurais pas voulu avoir cette conversation devant mon équipe, dit-elle sur un ton cassant. Mais jamais aucun des membres de mon équipe n'avait été insulté de cette façon. Au vu de ces circonstances, il me semble normal que nous discutions en leur présence.

— Je suis désolé, madame, répondit Spencer. Je ne savais pas qu'on pouvait m'entendre.

— Dites plutôt que c'était le cadet de vos soucis, rétorqua Carol. J'ai passé presque sept ans au sein de la police de Bradfield et j'en suis plutôt fière. Après ce que j'ai entendu aujourd'hui, je n'ai aucun regret de partir. Ces gens sont sans doute les meilleurs enquêteurs avec qui vous travaillerez jamais. Et tout ce que vous avez à leur offrir ce sont des insultes !

— C'était censé être une blague, répliqua Spencer.

Carol leva les yeux au ciel entre stupéfaction et colère.

— Vous me prenez pour une idiote ? Est-ce que j'ai l'air de quelqu'un qui va vous répondre : « Bon, tout va bien alors » ? Qu'est-ce qu'il y a de drôle à faire preuve de bêtise et d'intolérance devant des collègues ? De faire comme s'il n'y avait rien de mal à les discriminer à cause de leur couleur de peau et de leur orientation sexuelle ?

Spencer fixa un point au-dessus de la tête de Carol comme pour échapper à sa colère.

— J'ai eu tort, madame. Je suis désolé.

— Quand nous en aurons terminé avec cette affaire, vous allez avoir pas mal de temps devant vous pour vous en rendre compte. J'irai en parler à la direction des ressources humaines et je ferai en sorte que vous suiviez autant de séminaires sur la parité et sur le multiculturalisme qu'il sera nécessaire pour que vous compreniez pourquoi une telle attitude est inadmissible de nos jours. Mais pour commencer, vous allez présenter vos excuses à chacun des membres de cette brigade avant de partir d'ici.

Spencer ne savait plus où se mettre.

— Madame...

— C'est commandant Jordan pour vous, Spencer. Il est temps d'essayer de regagner votre crédibilité auprès de mon équipe. Vous irez présenter vos excuses avant de partir mais pour le moment, sachez que nous avons des informations qui devraient faire bouger les choses. Nous avons identifié la troisième victime.

Elle pivota sur ses talons.

— Stacey ?

Stacey se leva de sa chaise, une tablette à la main.

— Leanne Considine. Elle a été arrêtée pour racolage à Cannes.

— À Cannes ? À Cannes en France ? demanda Spencer, incrédule.

— Je ne connais qu'une ville qui porte ce nom, répondit Stacey.

— Mais comment vous savez ça ? Comment l'avez-vous découvert ?

Stacey jeta un coup d'œil interrogateur à Carol.

— Continuez, dit-elle.

— Une des choses que nous faisons ici à la BEP, c'est de créer des liens informels avec nos collègues à l'étranger, expliqua Stacey. J'ai des contacts dans dix-sept pays européens qui sont prêts à vérifier des empreintes digitales pour moi. Ça n'a aucune valeur officielle, mais c'est quelquefois utile pour nous mettre sur une piste. Ses empreintes et son ADN n'étaient pas répertoriés dans nos données, alors j'ai fait appel à mes contacts. Elle était en France. Pas récemment, mais il y a quatre ans.

Stacey fixa Spencer droit dans les yeux en forçant un sourire.

— Pas si mal pour une Chinetoque.

Spencer serra les dents et expira bruyamment par le nez. Carol eut un léger sourire.

— Il y a autre chose encore, dit-elle.

— L'adresse qu'avait donnée Leanne à la police française était celle d'une résidence universitaire ici à Bradfield. Ce qui m'offre pas mal d'autres pistes à creuser dans les archives informatiques.

— C'est un autre truc qu'on fait pas mal ici, intervint Sam. Fouiller les archives. On préfère accomplir des choses un peu plus subtiles que de défoncer à coups de pied la porte des gens.

— Idéalement, on préfère qu'ils ne remarquent pas qu'on est entrés chez eux, ajouta Stacey sèchement. Enfin bref, Leanne était originaire de Manchester. Elle avait obtenu un master en français et en espagnol à l'université de Bradfield. Elle préparait une thèse sur « Les inventions de soi dans l'œuvre de Cervantes ». Ne me demandez pas ce que ça veut dire... Elle finançait ses études en se prostituant dans les rues de Bradfield.

— Il y a des gens qui feraient n'importe quoi plutôt que de contracter un prêt étudiant, fit remarquer Kevin amèrement.

— Nous ne pouvons pas tous être des capitalistes prospères, répliqua Stacey. J'ai une adresse chez ses parents à Manchester. Et une adresse ici à Bradfield.

Le portable de Paula se mit à vibrer et elle y jeta un œil, n'écoutant plus qu'à moitié ce qui se passait autour d'elle.

— Excellent, dit Carol. Sam, Kevin, une fois que le capitaine Spencer en aura terminé avec vous, allez chez Leanne et voyez si elle avait des colocataires.

Commençons par nous faire une idée de ce qu'était sa vie.

Elle se tourna vers Spencer.

— J'aimerais que vous trouviez quelqu'un avec qui les parents de la victime pourront être en contact et que vous vous chargiez de leur annoncer la nouvelle. Ils ont perdu leur fille ; ils méritent qu'un officier vienne le leur apprendre. Paula, allez à l'université, essayez de trouver la personne qui dirigeait ses recherches et parlez-lui. Nous devons découvrir où elle a croisé son assassin et pour cela, il nous faut assembler les pièces du puzzle. Leanne Considine a rencontré un homme qui l'a brutalisée avant de la tuer. Nous devons le retrouver avant qu'il ne s'en prenne à quelqu'un d'autre. Encore une chose... Jusqu'ici nous avons réussi à tenir les médias à distance. Réglons cette affaire au plus vite avant d'avoir sur le dos toutes les Penny Burgess de ce monde.

22

Kevin trouva ironique que le logement étudiant où Leanne Considine avait vécu soit miteux comparé à l'appartement de Nicky Reid et Suze Black. C'était aberrant à ses yeux que deux prostitués vivent dans un endroit sain alors que quatre étudiants diplômés se partageaient un véritable taudis. Les plans de travail dans la cuisine étaient encombrés de mugs et de verres sales, d'emballages de fast-food et de bouteilles de vin vides. À une époque, quelqu'un avait pensé que c'était une bonne idée de recouvrir le sol de moquette. Rien que l'idée de s'aventurer pieds nus là-dessus le matin pour se faire une tasse de café fit frémir Kevin.

Seule Siobhan Carey se trouvait dans l'appartement quand ils arrivèrent. Kevin avait annoncé la nouvelle de la mort de Leanne et confirmé son identité grâce à la photo qu'avait fournie Grisha. Il s'était attendu à ce qu'elle éclate en sanglots. D'après son expérience, la plupart des jeunes femmes craquaient dans ces cas-là. Mais au lieu d'être triste et sous le choc, Siobhan était restée calme. Aucune crise d'hystérie, pas de larmes, pas d'objets jetés contre les murs. Au lieu de ça, elle avait envoyé des textos à ses colocataires, qui avaient rappliqué un quart d'heure plus tard.

— On a eu de la chance de trouver cette maison, lança Siobhan tandis qu'elle rinçait les mugs et préparait du thé pour les policiers. Ici, on est seulement à dix minutes à vélo de la bibliothèque universitaire. C'est là-bas que nous travaillons pour la plupart. Ça permet de faire des économies sur le chauffage l'hiver.

C'était un parfait préambule. Kevin fit un signe de tête à Sam. C'était lui qui poserait les questions. Siobhan avait l'air d'une jeune femme qui en faisait un peu trop. Quelque chose dans sa manière de superposer sur elle plusieurs épaisseurs de vêtements bon marché, dans le soin qu'elle apportait à ses cheveux et à son maquillage signifiait qu'elle savait qu'elle ne serait jamais une reine de beauté. Son nez était un peu trop long, ses yeux un peu trop étroits, son corps un peu trop grassouillet. Elle serait ravie d'avoir un tête-à-tête avec un type séduisant comme Sam. Et Sam savait parfaitement comment s'y prendre avec ce genre de fille. Pour Kevin, c'était le moment de s'effacer.

— On dirait que d'année en année ça devient de plus en plus difficile d'être étudiant, dit Sam sur un ton suave et enjôleur. Les frais de scolarité sont de plus en plus élevés. Les loyers également, dès que vous avez un découvert, on vous le fait payer...

— Ouais, j'en sais quelque chose, répondit Siobhan.

— Je sais pas comment vous vous en sortez, surtout avec votre travail de thèse.

Sam avait l'air d'avoir vraiment de la compassion pour elle.

Siobhan se retourna pour lui faire face et s'appuya contre le plan de travail pendant que l'eau chauffait. Son mince gilet en laine avait glissé d'une de ses épaules et révélait un tatouage d'un oiseau bleu pas très réussi.

— Je travaille quatre nuits par semaine à remplir des rayonnages dans un supermarché, dit-elle. Le vendredi après-midi, je distribue des journaux gratuits. Et tous les mois, je dois demander à mon père qu'il me donne cinquante livres pour payer le loyer.

— Vous avez de la chance d'avoir un papa qui peut vous dépanner de cinquante livres tous les mois. Beaucoup de gens n'arrivent plus à mettre autant d'argent de côté de nos jours, affirma Sam.

— Il est super, mon père. J'espère pouvoir le rembourser un jour.

Quand il sera vieux et malade et qu'il aura besoin de quelqu'un pour lui donner à manger et le changer, pensa Kevin. C'est alors qu'il aura besoin d'aide. Je parie que tu ne seras pas si enthousiaste à ce moment-là, Siobhan.

Mais Kevin n'intervint pas et laissa Sam continuer.

— Et Leanne ? demanda ce dernier. Comment elle faisait pour joindre les deux bouts ?

Siobhan se retourna brusquement pour arrêter la bouilloire.

— Qu'est-ce que vous prenez avec le thé ? demanda-t-elle joyeusement.

— Nous prendrons tous les deux du lait, mais pas de sucre, répondit Sam sans être sûr que ça conviendrait à Kevin mais ça lui importait peu.

Ce qu'il voulait, c'était continuer à faire parler Siobhan qui ne leur avait pas répondu.

— Et alors... Leanne. Est-ce qu'elle aussi avait un job ? Ou bien est-ce que ses parents l'aidaient ?

Siobhan égoutta ostensiblement les sachets de thé avant de verser le lait. Elle posa ensuite les mugs devant les deux inspecteurs en faisant une petite courbette.

— Et voilà, messieurs. Du bon thé du Yorkshire. Y a pas mieux.

Son sourire était moins convaincant que son thé.

— Depuis combien de temps connaissiez-vous Leanne ? demanda Sam, passant à autre chose pour ne pas la braquer.

Il y reviendrait mais pour le moment, il voulait lui laisser croire qu'elle avait gagné.

— Seulement depuis un an et demi. Nous appartenions toutes les deux à l'UFR de langues vivantes. Elle était en espagnol, et moi en italien. Comme elle avait fait son master ici à Bradfield, elle avait déjà repéré cette maison et elle recherchait des colocataires. Elle voulait des étudiants de troisième cycle, pas des premières années.

Siobhan but une gorgée dans son mug tout en observant Sam.

— Les premières années veulent juste boire et faire la fête. Les étudiants en troisième cycle sont plus sérieux. Si on investit autant d'argent dans nos études, c'est qu'on croit à ce qu'on fait. Au cours de mon premier trimestre à Exeter, un bourge de ma résidence étudiante a vomi sur mon ordinateur portable. Il m'a traitée de pauvre conne de prolo quand je me suis plainte. Franchement, après ça, vous n'avez qu'une envie, c'est de mettre le plus de distance possible entre vous et ce genre de connard.

Elle parlait un peu trop maintenant, comme si elle voulait éviter que Sam ne revienne sur les questions difficiles.

— Je comprends, répondit-il. Et vous et Leanne, vous vous entendiez bien ?

Elle plissa le front pour réfléchir à la question.

— Je ne dirais pas que nous étions amies. Nous n'avions pas grand-chose en commun. Mais on s'entendait bien quand même. Ça faisait presque deux ans qu'on était colocs.

— Et les deux autres colocataires ? Est-ce qu'ils sont ici depuis aussi longtemps que vous ?

— Jamie et Tara ? Ben, Tara a emménagé ici en même temps que moi. Et puis, six mois plus tard, elle a demandé si Jamie pouvait venir vivre avec elle. Ils étaient ensemble depuis trois ans et il n'aimait pas les gens avec qui il vivait en colocation. Et puis au final, ça nous permettait de partager les factures à quatre plutôt qu'à trois. Comme ils sont obligés de partager une chambre, Jamie est prioritaire pour utiliser le salon quand il a besoin de bosser.

— Et ça ne le gêne pas d'être le seul mec dans une maison habitée exclusivement par des filles ?

Siobhan renifla.

— Qu'est-ce qu'il y a de gênant à ça ?

Sam lui adressa son plus beau sourire.

— J'imagine qu'il y a plus d'avantages que d'inconvénients.

Avant que Siobhan ne puisse répondre à sa remarque, la porte d'entrée s'ouvrit et des bruits de vélos se firent entendre dans le couloir ; deux personnes en tenue de cyclistes et portant des K-Way déboulèrent dans la pièce, sans avoir défait leur casque. Une fois entrés, ils se mirent à parler en même temps en se concentrant uniquement sur Siobhan, jetant à peine un regard aux deux hommes bizarres qui étaient assis à leur table de cuisine.

— Mais c'est horrible ! fit la fille.

— T'es sûre que c'est Leanne ? demanda le garçon.

Tous les deux avaient des accents du Sud comme ceux des animateurs de la BBC Radio 4. Ils se prirent dans les bras en marmonnant avant de se tourner vers Kevin et Sam.

Même sans leur casque, Jamie et Tara se ressemblaient étrangement. Tous les deux étaient grands, larges d'épaules mais avaient la taille fine ; leurs cheveux blonds étaient ébouriffés ; ils avaient un visage allongé qui se terminait par un menton en pointe. À première vue, ils avaient plus l'air frère et sœur qu'amants mais en y regardant de plus près on découvrait des différences majeures. Tara avait des yeux marron tandis que ceux de Jamie étaient bleus. Elle avait des cheveux plus longs et plus fins, des pommettes plus prononcées, une bouche plus grande et des lèvres plus charnues. Siobhan fit les présentations et tout le monde se serra autour de la petite table de cuisine. Jamie semblait plus inquiet pour Tara que bouleversé par la nouvelle de la mort de Leanne. Des trois, Tara paraissait la plus affectée. Elle avait les larmes aux yeux et n'arrêtait pas de se mordre le poing tandis que Kevin les informait sur les circonstances de la mort de Leanne.

Une fois tout le monde installé, Kevin prit cette fois l'initiative de parler.

— Dans une enquête sur un homicide, la première chose qu'il nous faut établir, ce sont les déplacements de la victime. Nous pensons que Leanne est morte avant-hier soir. Est-ce que vous vous rappelez quand vous l'avez vue mardi pour la dernière fois ?

Ils se regardèrent les uns les autres. C'était difficile de savoir s'ils fouillaient dans leur mémoire ou s'ils décidaient tacitement de garder le silence. Mais il n'y avait aucun signe de connivence entre eux. Siobhan avait vu Leanne à l'heure du déjeuner : elles avaient partagé un plat préparé périmé que Siobhan avait rapporté du travail. Siobhan avait ensuite passé l'après-midi à donner un cours de TD avant d'aller travailler jusqu'à onze heures du soir. Jamie avait passé la journée à étudier à la maison avant de sortir à dix-sept heures trente pour se rendre au pub du quartier, où il avait bossé jusqu'à minuit. Leanne était encore à la maison quand il était parti. Luttant pour ne pas pleurer, Tara expliqua qu'elle avait passé l'après-midi au centre d'appels, où elle travaillait six fois par semaine. Quand elle était rentrée à dix-neuf heures, Leanne était partie. Trois copains étaient passés avec une pizza juste après vingt heures et tous les quatre avaient ensuite joué au bridge jusqu'à ce que Jamie rentre. Des alibis parfaits, qu'il allait falloir vérifier mais qui n'avaient rien de suspect. Pas de regards fuyants, pas d'attitudes qui traduisaient un quelconque malaise, aucune hésitation en donnant l'adresse et les noms des personnes à contacter.

Ce n'était donc pas la raison pour laquelle Siobhan était mal à l'aise.

— Je ne sais pas comment vous faites pour trouver le temps d'étudier, dit Kevin sur le ton de la conversation. Mes enfants grandissent et ça me fait peur de voir à quel point ça va être difficile pour eux de réussir à l'université.

Jamie haussa les épaules.

— C'est un vrai cauchemar. Mais qu'est-ce qu'on peut y faire ? Comme dirait mon père : « La vie, c'est de la merde. » Notre génération s'en rend compte un peu plus tôt, c'est tout.

Kevin se pencha en avant, essayant de jouer les confidents.

— Et alors, comment elle faisait, Leanne, pour joindre les deux bouts ?

Sam n'avait pas eu tort de penser que Siobhan ne voulait pas s'engager sur ce terrain-là. Et les deux autres colocataires montraient la même réticence.

— Je sais pas trop, dit Jamie en fixant sa tasse de thé.

— On ne discutait pas vraiment de ce genre de choses, expliqua Tara d'une voix tremblante, en essayant de prendre un air détaché.

Elle cachait visiblement quelque chose.

Sam se leva en disant :

— J'avais pas entendu des conneries pareilles depuis longtemps. Et pourtant j'en ai entendu des bobards de la part de criminels au cours de ma carrière.

En voyant leur expression de surprise, il enfonça le clou.

— Vous avez vécu dans la même maison qu'elle pendant un an et demi et vous ne savez pas comment elle se débrouillait pour payer les factures ? Arrêtez !

Jamie se redressa.

— Vous n'avez pas le droit de nous parler comme ça. On vient juste de perdre une amie et on est sous le choc. Si mon père...

— Épargnez-moi votre baratin, répliqua Sam sur un ton sarcastique. Votre amie vient d'être retrouvée assassinée. Brutalement assassinée. Je ne la connaissais pas, mais j'ai vu ce que le meurtrier lui a fait subir et j'ai bien l'intention de le retrouver pour le mettre en prison. Maintenant, si ça n'a pas d'importance pour vous, dites-le.

Il afficha un air déterminé.

— Dans des affaires de ce genre-là, les médias adorent s'en prendre à un bouc émissaire en attendant qu'on attrape le véritable coupable...

— Vous ne ferez pas ça, dit Jamie, en essayant de jouer les durs, sans parvenir à convaincre.

— On essaie juste de protéger sa réputation, lâcha Siobhan.

Les deux autres la dévisagèrent.

— Ça finira bien par se savoir tôt ou tard, dit-elle avec emphase. Ce serait mieux de leur raconter et qu'on en finisse.

— Elle était danseuse dans un club, poursuivit Tara d'une petite voix.

— Elle faisait pas que danser..., ajouta Jamie d'un air entendu.

— Comment savez-vous ça, Jamie ? demanda Kevin avec amabilité. Vous étiez un client ?

— Ne dites pas n'importe quoi, répliqua Tara. On le savait parce qu'elle nous l'avait dit. On savait qu'elle était danseuse et strip-teaseuse dans un club près de l'aéroport. Au début, elle a prétendu qu'elle était barmaid mais c'était évident qu'elle gagnait beaucoup plus que ce qu'on touche habituellement en servant des bières. Un soir où on était tous un peu bourrés, je lui ai demandé sans détour si elle... enfin vous voyez, si elle se déshabillait pour des hommes. Elle m'a répondu qu'elle faisait du strip-tease et m'a avoué qu'elle avait des rapports sexuels avec certains hommes. En dehors du club, m'a-t-elle précisé. Elle les retrouvait après le travail et couchait avec eux dans leur voiture.

Tara fit une moue involontaire à cette pensée.

— Ça a dû être un choc pour vous tous, continua Kevin.

Jamie lâcha un grand soupir :

— À votre avis ? Personne ne s'attend à découvrir qu'il partage une colocation avec une pute.

— Une prostituée, le corrigea Siobhan avec condescendance. C'était le choix de Leanne et elle n'a jamais ramené des clients ici. Si elle ne nous avait pas dit dans quel genre de bar elle travaillait, on n'en aurait jamais rien su. Rien dans sa façon de vivre ne laissait soupçonner quoi que ce soit de ce genre. Une fois la surprise passée, on a fait comme si de rien n'était. On n'en a plus reparlé. On s'entendait tous bien mais on n'était pas vraiment proches. On avait chacun nos vies, nos amis.

Sam observa Jamie pour voir sa réaction. Lui et Tara semblaient en parfait accord avec l'explication donnée par Siobhan.

— Est-ce qu'elle avait un petit ami ?

— Un jour, elle a affirmé qu'elle ne rencontrait jamais personne, dit Siobhan. Je sais que ça paraît bizarre, mais elle disait que les hommes avec qui elle travaillait n'étaient rien que des branleurs. On a discuté de la difficulté de rencontrer quelqu'un avec l'emploi du temps qu'on avait ; alors s'investir dans une relation... Elle disait qu'elle n'arrivait pas à se souvenir de la dernière fois qu'elle avait fait la connaissance d'un mec avec qui elle avait eu simplement envie de boire un verre.

Une nouvelle impasse.

— C'est quoi, le nom du club où elle travaillait ? demanda Kevin.

Ils eurent tous les trois l'air désemparés.

— Je ne lui ai jamais demandé, répondit Tara. C'est pas vraiment le genre d'endroit où aller boire un verre.

— Et vous, Jamie ? C'est le genre de truc qui vous aurait peut-être intéressé davantage en tant qu'homme.

— Ne me prêtez pas vos fantasmes, répliqua Jamie avec mépris.

Sam eut un petit rire.

— Loin de moi cette idée ! Tara, vous disiez que le club se trouvait près de l'aéroport. Comment vous savez ça ?

Tara fronça les sourcils. Au bout d'un moment, comme tout le monde attendait sa réponse, elle dit :

— Leanne m'a demandé si je connaissais un endroit où on pouvait garer un vélo près de l'aéroport. Elle avait un vol pas cher pour Madrid mais le départ était très tôt. Elle m'a dit que ce serait plus pratique d'y aller depuis le travail parce que ça ne lui prendrait que quinze minutes pour s'y rendre à vélo.

Quand elle souriait, Sam comprenait ce qui plaisait à Jamie chez elle. Tout son visage s'illuminait et on devinait qu'elle avait le sens de l'humour.

— Elle n'avait que quelques kilomètres à faire ; c'était parfait.

— Merci, on vérifiera tout ça. À part vous, est-ce qu'il y a quelqu'un d'autre dont Leanne était proche ? Une camarade doctorante en espagnol comme elle ? Un des enseignants de l'université ?

Ils se regardèrent à nouveau.

— Elle était assez sociable mais elle n'avait pas beaucoup de temps libre. Comme nous tous, dit Tara tristement. Je ne vois personne en particulier, mais elle passait pas mal de temps sur Facebook. Elle avait beaucoup d'amis en Espagne.

— Je connais son mot de passe, ajouta Siobhan. Une fois, quand elle était en Espagne, elle n'arrivait pas à se connecter et elle m'a envoyé un texto pour me demander de mettre quelque chose sur sa page Facebook. Son mot de passe c'était LCQuixote.

— Est-ce que vous pouvez me le noter ?

Sam fit glisser son calepin à travers la table.

— On serait aussi intéressés par des photos si vous en avez ?

Jamie se leva.

— J'en ai sur mon ordinateur. Vous voulez que je vous les imprime ?

Il revint quelques minutes plus tard avec des impressions au format A4. Sur l'une d'elles, on voyait Leanne avec une robe à paillettes, portant un toast devant l'appareil photo et riant à gorge déployée. La foule de gens au second plan montrait une fête battant son plein.

— J'ai fait une fête pour mon anniversaire l'année dernière, ici à la maison, précisa Jamie.

Il y en avait deux, prises visiblement dans la cuisine, où on voyait Leanne avec un tee-shirt ample et un jean, appuyée contre le réfrigérateur. Sur une autre, on la voyait tirer la langue à celui qui la prenait en photo. La dernière la montrait souriante à côté de son vélo, un casque à la main, les cheveux ébouriffés.

— Celle-là a été prise il y a quelques semaines, expliqua-t-il. Elle rentrait tout juste de la bibliothèque. Je voulais tester les photos sur mon nouveau portable. Ça vous va ?

Kevin acquiesça d'un signe de tête.

— Ce serait bien si vous pouviez nous les envoyer par e-mail.

Il était quasiment certain qu'ils avaient obtenu tout ce qu'ils pouvaient des colocataires et il leur tendit donc sa carte.

— Mon adresse e-mail est ici. Nous aurons sans doute à vous reparler, dit-il. En attendant, si quelque chose vous revient à l'esprit, appelez-nous.

Il ne se faisait pas tellement d'illusions là-dessus, cependant.

Une fois dehors et tandis qu'ils se dirigeaient vers leur voiture, Sam se mit à glousser.

— Qu'est-ce qui te fait rire ? demanda Kevin.

— Je me demandais juste comment les abrutis du capitaine Spencer auraient mené cette discussion. Un truc inhabituel comme une étudiante thésarde qui fait la pute, ça les aurait complètement déstabilisés.

— C'est un vrai con, ce type.

Sam haussa les épaules.

— Il dit juste tout haut ce que beaucoup de gens pensent tout bas. D'une certaine façon, je préfère avoir affaire à des types comme Spencer. C'est mieux de savoir à quoi s'en tenir avec quelqu'un plutôt que d'avoir affaire à des personnes qui jouent les hypocrites en affirmant que ça ne leur pose pas de problème, mais qui au fond, vous méprisent. Tu sais à quel point j'aime danser ?

Kevin le savait. C'était une des choses les plus surprenantes chez Sam qui tranchait avec son ambition démesurée et une loyauté pas toujours à toute épreuve.

— Ouais, répondit-il en ouvrant la voiture et en s'installant derrière le volant.

Sam s'installa sur le siège passager.

— Parfois, quand je propose à une femme, une Blanche, de danser, elle me répond : « Je ne danse pas avec les Noirs. » C'est déstabilisant sur le coup parce que la plupart des gens ne disent plus ce genre de choses. Mais je m'en accommode, tu sais. Par contre ce qui m'énerve vraiment, c'est quand, après avoir demandé à une femme blanche si elle veut danser avec moi, celle-ci cherche des excuses, en disant par exemple qu'elle a trop chaud ou bien qu'elle est trop fatiguée ou encore qu'elle vient de commander une boisson. Et puis quelques minutes plus tard, je la vois sur la piste de danse avec un parfait guignol. Ça me donne envie d'aller lui dire quelque chose de si vexant qu'elle n'en finirait pas de pleurer.

— T'es en train de me dire que tu t'en fous complètement de ce que ce connard de Spencer a dit ?

Sam caressa sa barbichette.

— Je ne m'en fous pas, mais ça ne va pas m'empêcher de dormir. Et toi non plus d'ailleurs. Toi et moi, rouquin, on va leur montrer comment on mène une véritable enquête. Et ce sera notre plus belle revanche, mon pote.

23

— Je suis officier de police, expliqua Carol calmement.

Derrière les apparences, Tony savait qu'elle contrôlait sa colère.

— Je ne vais nulle part sans une escorte de policiers, en l'occurrence mon équipe.

Un long silence. Elle se raidit et pinça les lèvres.

— Non, évidemment qu'ils ne m'accompagnent pas jusque chez moi. Mais est-ce qu'il n'était pas question que vous mettiez le Dr Hill sous protection ? Sa maison est divisée en deux appartements. Il vit à l'étage et moi en dessous.

Tony savait à quel point ça devait lui coûter de révéler des détails de sa vie privée à Piers Lambert.

— La même équipe peut bien surveiller deux portes de la même maison. Je croyais que l'heure était aux économies ?

De nouveau le silence. Carol tapota sur le bureau et ferma les yeux.

— Merci, monsieur Lambert.

Et la conversation fut terminée.

— Foutus bureaucrates ! lâcha-t-elle.

— Tu as accepté une protection policière, j'espère, dit Tony.

— Je pourrais te le faire croire mais ce serait un mensonge. Pousse-toi que je puisse atteindre mon tiroir.

Tony se poussa docilement sur le côté afin qu'elle ouvre sa réserve secrète de vodka. Elle prit une minibouteille et versa son contenu dans une tasse avec laquelle elle était entrée dans le bureau. Elle s'assit sur une chaise et le regarda.

— Quoi ? Tu as entendu ce que j'ai dit. Regarde.

Elle fit un geste pour désigner les bureaux de la brigade derrière les stores.

— C'est rempli de policiers. Vance ne va pas tenter de m'approcher sur mon lieu de travail.

— Il s'est évadé d'une prison sans que personne puisse l'arrêter. Et à présent il semblerait qu'il ait disparu dans la nature. Pas mal pour un homme que tout le monde connaît et qui a un bras artificiel.

— Mais enfin, Tony ! Vance ne va pas venir jusqu'ici m'assassiner. Et quand je suis à la maison, l'équipe chargée de te protéger peut bien garder un œil sur moi également. Bon, maintenant, est-ce qu'on peut arrêter de parler de ça ?

Tony haussa les épaules.

— Si c'est ce que tu veux.

— Oui, c'est ce que je veux.

— OK.

Il regarda l'écran de son ordinateur, ferma les fenêtres dont il avait déjà réduit la taille quand Carol était entrée pour répondre au téléphone. Il valait mieux qu'elle ne découvre pas ce sur quoi il était en train de travailler.

— Je vais rentrer, alors. Piers m'a dit que mes anges gardiens m'attendaient en bas à l'accueil. Je n'ai plus besoin de me cacher ici.

— Je n'en ai pas pour longtemps, tu veux m'attendre pour qu'on rentre ensemble ?

Il secoua la tête en se levant.

— Ma voiture est ici. Et puis j'ai du travail à terminer.

Un travail qui te mettrait vraiment en colère.

Surprise, Carol répondit :

— Oh. Je pensais qu'on discuterait un peu avant le déménagement. Mon déménagement. Je ne sais pas quoi faire de mes meubles. Parce que ta maison est déjà complètement meublée et j'ai une ou deux choses que j'aimerais prendre avec moi. Mon lit, tout particulièrement. J'adore ce lit.

Tony sourit.

— Eh ben, prends ton lit. Celui qui se trouve dans ta chambre est moche, de toute façon. Je pourrais le vendre ou le donner, ou bien le mettre dans le garage comme ça j'aurais quelque chose à remettre dans la pièce quand tu en auras assez de vivre avec moi et que tu auras besoin d'être de nouveau toute seule.

Il lui jeta un coup d'œil nerveux en espérant être rassuré.

Elle passa une main dans ses cheveux.

— Je ne pense pas que ça arrivera.

Son sourire était incertain.

— Il nous a fallu des années pour nous habituer doucement l'un à l'autre. On est toujours extrêmement prudents l'un envers l'autre. Je ne peux pas imaginer que ça puisse mal se terminer.

Il se leva, fit le tour du bureau et posa une main sur son épaule.

— Moi non plus. Je vais faire venir un antiquaire pour estimer la valeur du lit. Et maintenant, je rentre. Il est vingt-deux heures et je suis crevé. On se parle demain, OK ?

Elle posa sa main sur la sienne.

— OK.

— Je sais que tu penses que je m'inquiète, dit-il en se dirigeant vers la porte. Mais je sais de quoi sont capables des types comme Vance. Et puis ça nous a pris tellement de temps pour en arriver là que je ne pourrais pas supporter de te perdre maintenant.

Sur ce, il sortit.

Vance se réveilla en sursaut, le cœur battant à tout rompre, les sens en alerte. Pendant un instant, il ne se souvint plus où il se trouvait ; il s'agita dans le grand lit et s'empêtra dans la couette. Puis tout lui revint en mémoire. Il n'était pas là où il pensait être. Il était à des kilomètres de sa cellule confinée de la prison d'Oakworth. Il était à Vinton Woods, dans une propriété appartenant à une société des îles Caïmans dont le directeur s'appelait Patrick Gordon, nom qui figurait sur un des passeports dans la mallette que lui avait remise Terry.

Il se retourna et alluma la lampe de chevet. L'abat-jour en verre blanc diffusa une douce lumière à travers la pièce. C'était nouveau, ça aussi. La lumière dans sa cellule à Oakworth éclairait le moindre recoin, soulignant son exiguïté. Cette luminosité en revanche laissait la place à l'imagination. Vance aimait ça.

La literie, par contre, était lamentable. Il devrait s'y faire. Terry appartenait vraiment à la classe ouvrière. Il croyait que des draps en satin noirs étaient le summum du bon goût.

Vance regarda sa montre et fut surpris de constater qu'il était à peine vingt-deux heures. Il avait dormi environ six heures, mais maintenant il était dans cet état particulier où il se sentait à la fois fatigué et déjà sur le qui-vive. Quelque chose l'avait réveillé, une angoisse qui s'était immiscée dans ses rêves, mais qu'il n'arrivait pas à cerner. Il se leva, apprécia la sensation de douceur de la luxueuse moquette sous ses pieds. Il alla pisser, se rendit compte qu'il avait faim et descendit l'escalier jusqu'à la cuisine. Un autre luxe dont il pouvait profiter.

Il alluma les lumières et constata qu'il n'y avait aucun signe visible de ce qui s'était passé ici plus tôt. Il n'était pas naïf au point de penser qu'il avait effacé toutes les traces de son crime, mais il ne s'attendait pas à ce que la police scientifique débarque de sitôt dans cette pièce pour l'examiner. Pour un banal observateur, pour l'agent immobilier qui vendrait bientôt cette propriété, il n'y aurait ici rien d'anormal.

Vance ouvrit la porte du réfrigérateur et éclata de rire. Terry avait fait une razzia chez *Marks & Spencer*. Des plats préparés, des légumes et de la viande fraîche, des fruits, du lait, du champagne et du jus d'oranges pressées. Il ouvrit la bouteille de champagne et fit sauter le bouchon d'une seule main tout en réfléchissant à ce qu'il allait manger. Il se décida pour un plat chinois, mais eut du mal à comprendre comment faire fonctionner le four. Il réussit finalement à le mettre en marche mais avait quelque peu perdu de sa bonne humeur.

Tandis qu'il se versait une deuxième coupe de champagne, il mit le doigt sur ce qui l'avait troublé pendant son sommeil et l'avait réveillé. Il n'avait pas vérifié ses caméras. C'était surtout parce qu'il n'avait pas pris la peine d'explorer la maison avant que la fatigue ne lui tombe dessus. S'il avait vu un ordinateur, il s'en serait souvenu.

Il arpenta la maison plongée dans les ténèbres, ne voulant pas attirer l'attention en allumant et en éteignant la lumière. Il trouva une salle à manger, une salle télé, un salon et, tout à l'arrière de la maison, un cabinet de travail. La lumière de la lune était suffisante pour pouvoir se déplacer et il traversa la pièce et alluma une lampe qui éclaira la surface en bois sombre du bureau. Terry avait clairement manqué d'imagination pour cette pièce : un grand bureau, un fauteuil luxueux capitonné en cuir et une crédence constituaient le seul ameublement. Sur le bureau se trouvait un ordinateur portable et, sur la crédence, une imprimante. Vance supposa que la boîte rectangulaire posée sur le rebord de la fenêtre et qui émettait des signaux bleus était le modem. Jusqu'ici, il n'en avait vu que sur Internet.

Il ouvrit le portable. Terry avait préféré lui procurer un Apple. Il avait dit que c'était mieux pour ce que Vance voulait faire. Mais il savait que ça ne serait pas facile d'apprendre : les ordinateurs auxquels il avait pu avoir accès à Oakworth étaient vieux et lents, avec un accès à Internet extrêmement limité. Il ne put s'empêcher de rire. Qu'est-ce qui leur était passé par la tête pour laisser un type comme lui accéder à un ordinateur ? S'il avait été le directeur de la prison, il n'aurait jamais autorisé les détenus à disposer de téléphones portables et d'Internet. Si vous vouliez empêcher que les détenus communiquent avec le monde extérieur, il fallait brouiller le réseau en prison. Et tant pis pour le personnel : si on voulait vraiment garder le contrôle sur ses prisonniers, on était obligé d'en passer par là. Il était prêt à parier qu'il était impossible d'avoir du réseau dans un goulag.

Il n'en revenait pas de la vitesse à laquelle l'ordinateur se mettait en marche. C'était vraiment sans comparaison avec ce qu'il avait connu. Il retourna dans la cuisine pour y récupérer la mallette et l'ouvrit ensuite sur le bureau à côté de l'ordinateur. Il prit un petit carnet d'adresses qu'il ouvrit à la page des « U » puis sélectionna le premier URL d'une liste sur l'écran. Il tomba sur un site Internet qui lui demanda un mot de passe. Il alla jusqu'à la lettre « C » et tapa ensuite une série de lettres et de chiffres dans la fenêtre.

— « C » pour Caméra, dit-il tout haut en attendant que la page s'ouvre.

Quelques secondes plus tard, une page divisée en quatre fenêtres apparut sur l'écran. L'une d'elles était plongée dans le noir. Sur une autre, on voyait une cuisine et au-delà, une salle à manger et un coin salon avec une grande cheminée. Vu la taille de l'endroit et les poutres au plafond, il s'agissait sûrement d'une grange reconvertie. Une autre fenêtre montrait le même espace mais depuis l'autre extrémité. Un homme était affalé sur un grand canapé en cuir. Cheveux blonds grisonnants, traits du visage indistincts ; l'homme portait un tee-shirt arborant un logo que Vance ne connaissait pas et un caleçon. Un peu plus loin, sur le côté, une femme était assise à un bureau et tapait sur les touches d'un ordinateur portable. Un verre de vin rouge était posé à côté d'elle. Sur la quatrième fenêtre, on voyait le sommet d'un escalier menant à une chambre en mezzanine. On ne distinguait pas très bien mais il semblait y avoir une salle de bains et un dressing tout au fond.

Le sourire aux lèvres, Vance regarda l'écran avec fascination même s'il ne se passait pas grand-chose. Les détectives privés n'avaient vraiment pas beaucoup de scrupules. Demandez autour de vous et vous en trouverez toujours un prêt à faire n'importe quoi ou presque, tant que vous arrivez à présenter les choses d'une façon qui paraît légitime. Ça lui avait coûté pas mal d'argent de faire installer ces caméras, mais ça en valait la peine. Il voulait se familiariser avec les lieux avant de prendre sa revanche.

Il ferma la page et répéta le processus à l'aide d'un autre code d'accès. Cette fois, les vues étaient extérieures. Elles montraient une grande maison de style édouardien entourée d'un jardin de bonne taille. Les caméras dévoilaient les abords de la porte d'entrée, une vue du salon depuis l'extérieur, un plan large de l'arrière de la maison et de l'allée privée. À la lumière des réverbères de la rue, la maison semblait vide. Les rideaux étaient ouverts et il faisait noir à l'intérieur. Vance hocha la tête en souriant.

— Il ne fera pas noir pour toujours, dit-il en passant au troisième code d'accès.

De nouveau, quatre angles de caméras. Une allée de gravier menant à une longue ferme recouverte d'un genre de plante grimpante. Très british. Il pouvait voir au loin ce qui ressemblait à des écuries, éclairées par des projecteurs. Sur une autre fenêtre, les écuries en gros plan. Il avait vu des endroits dans ce genre à travers tout le pays : les façades en bois et en briques de cours d'écurie abritant des chevaux, que s'offraient des gens richissimes et qu'entretenaient des employés mal payés qui aimaient beaucoup plus les bêtes que la plupart de leurs propriétaires. Une silhouette traversa la cour d'un pas saccadé, une lampe à la main. Elle éclaira les portes une par une avant de disparaître du champ de vision. La troisième fenêtre montrait l'arrière de la maison tandis que la quatrième était un plan large de l'entrée de la propriété. Un van était garé devant, empêchant tout véhicule de passer. Le sourire de Vance s'élargit un peu plus. Anticiper ce qui allait arriver était tellement bon.

Réconforté par ce qu'il avait vu, il éteignit l'ordinateur. D'autres caméras attendaient d'être activées mais ce n'était pas encore le bon moment. Si ses caméras étaient découvertes là où il comptait frapper en premier, la police en chercherait d'autres ailleurs. Sans signal électronique, il était quasiment impossible de les détecter. Du moins, c'est ce que lui avait affirmé Terry. Ce serait bien de pouvoir garder tout le temps un œil sur ses cibles, mais il devait réfréner ses pulsions pour mener à bien son projet jusqu'au bout.

Cette fois, il n'oublia pas de prendre la mallette avec lui avant de monter à l'étage. Maintenant qu'il avait satisfait sa curiosité, il avait de nouveau envie de dormir. Les caméras fonctionnaient exactement comme on le lui avait promis. Il n'avait plus le moindre doute sur la réussite de son entreprise. La prochaine étape allait pouvoir commencer.

Demain, le sang allait couler.

La Toyota ne semblait pas rouge à la lumière des réverbères. C'était tout aussi bien, car la plaque d'immatriculation appartenait à une Nissan marron clair. Très déroutant pour un témoin, ou même quelqu'un cherchant à analyser la bande vidéo d'une caméra de surveillance. De toute façon, les rondes des prostituées n'étaient sans doute pas filmées. Avec toutes ces coupes budgétaires, le peu qu'il restait à la disposition des flics aujourd'hui était investi là où le contribuable pouvait le voir : en patrouilles sillonnant les rues, rappliquant aussitôt après un cambriolage et en luttant contre la délinquance. Des directives venues d'en haut pour donner une bonne image de la police et satisfaire les électeurs.

Les journaux à sensation pires que le *Daily Mail* y trouvaient leur compte en ce moment : des trafics d'êtres humains, de la délinquance en col blanc, des tueurs de prostituées. La plupart des criminels devaient être ravis de tout ça. Le conducteur de la Toyota, lui, n'était pas content du tout. Il voulait qu'on parle de lui. Si ses exploits ne faisaient pas la une des médias, à quoi bon ? Autant ne rien faire.

Pourquoi la police ne réagissait-elle pas plus ? Peut-être qu'il devrait prendre des photos de ses victimes avec leur tatouage en gros plan. Les médias se jetteraient immédiatement dessus si ce genre d'images arrivaient sur leurs bureaux. Et les flics n'auraient plus qu'à suivre le mouvement.

Fletcher roula lentement à travers Temple Fields, le principal quartier chaud de Bradfield. La brigade des mœurs avait fait pas mal de ménage dans le coin au cours des dernières années, la communauté gay avait annexé toutes les rues et il y avait beaucoup moins de racolage qu'auparavant. Les putes travaillaient à l'intérieur, dans des saunas, des salons de massage ou bien dans de véritables maisons closes. Ou alors elles s'étaient déplacées dans d'autres quartiers de la ville : soit du côté de la rocade près de l'aéroport, soit vers le chantier de l'hôpital.

La circulation sur Campion Way était dense, ce qui lui convenait très bien. Ce n'était pas si bouché habituellement à cette heure tardive. Des écharpes jaunes pendaient aux fenêtres de certaines voitures et Fletcher supposa que Bradfield Victoria devait jouer ce soir. Il se rappelait vaguement qu'ils étaient dans la Ligue Europa. Il avait entendu des gars au pub faire une blague à ce sujet, qu'il n'avait pas comprise, mais c'était plutôt désobligeant. Souvent, il ne pigeait pas vraiment ce que les gars racontaient au pub ou au travail mais il savait que le meilleur moyen de ne pas se faire remarquer était de cacher sa perplexité et d'agir comme s'il était un de ces types qui ne parlaient pas beaucoup mais qui écoutaient tout. Ça lui avait bien servi tout au long de ces années. Suffisamment pour berner Margo et la mettre dans sa poche et quand son petit jeu n'avait plus fonctionné avec elle, il avait réussi à lui régler son compte sans éveiller les soupçons de quiconque.

Tandis que les véhicules avançaient au pas sur la quatre voies, Fletcher observait toutes les femmes qu'il croisait et qui pouvaient être des prostituées. Il ne faisait pas ça au hasard : il savait exactement ce qu'il cherchait. Au fond de lui, il ne pensait pas que la chance lui sourirait ici, en bordure de Temple Fields. Il aurait dû élargir son champ d'action ce soir.

Mais juste au moment où les véhicules commençaient à reprendre de la vitesse, il la vit. C'était impossible de s'arrêter alors il prit le premier tournant, se gara sur un semblant de parking et rebroussa chemin. Il avait très envie de courir mais dut se retenir : la dernière chose qu'il voulait, c'était attirer l'attention sur lui. Au lieu de ça, il marcha d'un bon pas, en espérant qu'elle serait encore là au sortir du virage.

Eh oui, elle était encore là. Reconnaissable entre toutes, même s'il ne la voyait que de dos. Elle était visiblement en train de racoler. Il le savait à sa façon de marcher, de bouger les hanches, à sa façon indolente de faire des allers-retours devant les voitures, à ses chaussures à talons ridicules qui accentuaient ses mollets.

Il sentait le sang battre dans ses oreilles. Autour de lui, tout devint flou ; elle était la seule chose qu'il voyait encore nettement. Il la désirait. Il était impatient de la tirer de la fange et de la dépravation dans lesquelles elle se vautrait. Est-ce qu'elle ne savait pas que c'était dangereux de traîner dans ces rues ?

— Elle est à moi, murmura-t-il en ralentissant pour calquer son pas sur le sien. C'est la mienne.

24

Alvin Ambrose parcourut rapidement un autre rapport mais ne fut pas plus avancé. Le capitaine Stuart Patterson se laissa tomber sur la chaise en face et soupira. Son expression rappela à Ambrose sa plus jeune fille, Ariel, dont l'occupation préférée était de bouder.

— Nom de Dieu, ça ne va nulle part ! lâcha Patterson. Pourquoi est-ce que vous ne le trouvez pas ?

« Vous » et non pas « nous », remarqua Ambrose. Apparemment, l'implication même lointaine de Carol Jordan sur cette affaire avait accentué le désintérêt de son patron pour ce qui arrivait à son équipe.

— J'ai vingt policiers qui font la chasse aux témoins rien que dans notre secteur, sans compter d'autres hommes à travers tout le pays qui font la même chose. J'ai une autre équipe qui analyse les vidéos des caméras de surveillance et qui essaie de retrouver la trace du taxi dans lequel il s'est échappé et des hommes qui interrogent le personnel de la prison. Le ministère de l'Intérieur a détaché une équipe de spécialistes pour protéger l'ex-femme de Vance. On fait tout ce qu'on peut. Si vous pensez qu'il reste encore des pistes à explorer, j'attends vos suggestions.

Patterson ignora la remarque.

— On va passer pour des rigolos. Pour des types incapables de mettre la main sur un manchot connu de la moitié des habitants de ce pays. Ça va bien la faire rire, Carol Jordan.

Ambrose n'en revenait pas. Il était habitué à un autre Patterson, un homme juste, un homme qui n'avait pas peur de faire preuve de compassion. Son amertume avait effacé toutes ces admirables qualités.

— Carol Jordan se trouvait en première ligne la dernière fois que Vance a fait parler de lui. Elle ne va pas rire très longtemps, grommela-t-il.

Il ne prit même pas la peine de conclure son commentaire par un « sauf votre respect, capitaine ».

Patterson lui lança un regard noir.

— Je sais ça, inspecteur. Elle va d'autant plus nous casser les pieds.

Sur ces mots, un policier en uniforme à l'air fatigué se présenta devant eux.

— J'ai quelque chose sur le taxi, annonça-t-il, trop épuisé pour se montrer enthousiaste.

Patterson se redressa et fit signe au policier de s'approcher.

— Voyons ça.

— Nous l'avons trouvé ici, en ville, expliqua-t-il. Il était caché dans le parking de Crowngate.

— Bon travail, dit Patterson. Alvin, envoyez une équipe scientifique sur place pour passer le taxi au peigne fin.

— C'est déjà fait, répondit le policier en rougissant à la vue du regard que lui lança Patterson. Le commissaire divisionnaire était présent dans la salle de commandement quand la nouvelle est tombée. Il a lancé la procédure, capitaine.

— Typique, grommela Patterson. On a une chance de montrer qu'on ne se tourne pas les pouces et les huiles nous coupent l'herbe sous le pied.

— Du moment qu'il y a quelqu'un qui se décarcasse pour l'enquête.

— On a retracé son parcours à l'aide des caméras, continua le policier avec hésitation. Le taxi est entré dans le parking à vingt et une heures quarante-trois. On est donc allés regarder ce qu'avaient enregistré les caméras dans la rue. Celui qui l'a conduit jusqu'en ville l'a sans doute volé sur le parking d'une aire de repos de l'autoroute 42. On a vérifié sur leurs enregistrements vidéo et le taxi était encore garé là-bas en milieu de matinée. On a du mal à discerner le conducteur mais ça pourrait être Vance avec une casquette de baseball. On peut voir qu'il a des tatouages sur les bras...

Tout en parlant, il déposa une liasse de photos sur le bureau.

— Ensuite il a enfilé une veste avant de s'éloigner. Quelques heures plus tard, un type complètement différent s'est approché de la rangée de voitures. Vous voyez ? On peut pas l'affirmer avec certitude mais on dirait bien qu'il essaie d'ouvrir les portières. C'est un type qui est physiquement très différent de celui qui a garé le taxi.

— Bravo, le félicita Ambrose. Beau travail. Est-ce qu'on peut voir où est allé Vance après avoir garé la voiture ?

— Pas encore. Soit il a pris une autre voiture, soit il est entré dans la station-service ou bien dans le motel. Ce sont les seules possibilités. Nous sommes en train d'analyser toutes les vidéos en ce moment. Tout le monde a été très coopératif pour une fois.

— Personne n'aime les tueurs en série, dit Ambrose.

Stimulé par la nouvelle, il se leva.

— Je vais me rendre sur place immédiatement avec une équipe. Faites-moi des copies de ces photos. Et tenez-moi au courant de tout ce que vous trouverez sur Vance.

Il regarda Patterson, qui secoua la tête.

— Envoyez juste une équipe, inspecteur. Il vaut mieux que vous restiez ici, pour garder un œil sur la situation.

— Mais capitaine...

— Vous allez perdre votre temps là-bas. C'est un boulot pour la piétaille, pas pour quelqu'un qui veut faire bonne impression devant les nouveaux patrons.

Ambrose eut envie d'écraser son poing sur le nez de Patterson, pour faire revenir à la raison ce type qui lui avait enseigné comment être un bon flic. Si l'ambition pouvait transformer un homme à ce point, que Dieu l'en protège. Découragé, il s'assit de nouveau.

— Bon boulot, répéta-t-il au policier. Tenez-moi au courant.

Il se pencha ensuite vers le téléphone.

— Je ferais bien de mettre sur pied une équipe, alors.

— Oui, vous feriez bien, répondit Patterson en se levant. Vous me trouverez à la cantine.

Il y avait deux clubs de strip-tease à courte distance à vélo de l'aéroport international de Bradfield. Dans les deux établissements on leur affirma qu'aucune Leanne Considine n'avait travaillé ici. Les gérants des clubs s'étaient montrés impassibles, visiblement experts dans l'art de ne rien dire à la police. Après leur seconde déconvenue, Sam et Kevin montèrent dans leur voiture en râlant, n'ayant rien à faire de plus constructif qu'attendre que les filles commencent à sortir.

— Elles nous parleront pas, dit Sam. On va rester assis ici pendant des heures et tout ça pour rien.

— À supposer même qu'il s'agisse bien du club dans lequel elle travaillait. On est peut-être en train de perdre notre temps ici. Il y a un gars qui fait des burgers à moins de deux kilomètres. On pourrait s'en manger un pour tenir le coup pendant qu'on poireaute.

Sam soupira. Ce n'était pas très excitant, mais c'était quand même mieux que de rester assis ici à ne rien faire. Kevin mit le moteur en marche et se dirigea vers la sortie. Sam continuait de garder un œil sur le club et quand ils furent sur le point de tourner sur la route principale, il poussa un cri.

— Attends ! Recule !

Kevin freina d'un coup sec, les projetant tous les deux en avant.

— Qu'est-ce qui se passe ?

— Recule, lentement.

— Qu'est-ce qu'il y a ? demanda Kevin en se garant sur le parking.

— On est vraiment cons, dit Sam en passant en revue les photos que leur avait imprimées Jamie.

— Parle pour toi.

— Son vélo, continua Sam, en sortant le cliché de Leanne avec sa bicyclette. Elle s'en servait pour aller au travail. Tu te rappelles de ce qu'a dit Tara ?

— Et alors ?

— Eh bien, son vélo devrait encore se trouver là où elle l'a laissé. Et je crois bien en avoir vu un dans la lumière des phares quand tu as tourné. Je vais aller jeter un coup d'œil.

— Comme tu veux, répondit Kevin. Fais-moi signe si tu le trouves.

Sam sortit de la voiture et se dirigea en courant vers l'arrière du club. C'était une bâtisse de plain-pied en brique et en forme de U, qui ressemblait à une construction en Lego d'un enfant de cinq ans. Une clôture en bois reliait les deux bras du U, formant une cour fermée où se trouvaient des bennes à ordures. C'est par l'ouverture de la porte que Sam pensait avoir entraperçu un vélo.

Il se glissa à l'intérieur et constata qu'il avait vu juste. Les dispositifs réfléchissants sur les roues et sur le garde-boue avaient renvoyé la lumière projetée par les phares de la voiture ; le vélo était coincé derrière une des bennes et attaché à la clôture à l'aide d'une solide chaîne. Sam le compara avec celui qu'il y avait sur la photo. Il paraissait identique, même s'il ne pouvait pas en être sûr à cent pour cent. Il était sur le point de rebrousser chemin vers la voiture pour faire part de sa découverte quand il entendit une porte s'ouvrir puis se refermer à proximité. Il entendit ensuite le bruit sec d'un briquet. Il jeta un coup d'œil en direction des bennes.

À la lueur de la cigarette, il vit le visage sévère de la gérante qui les avait rembarrés lui et Kevin. Sam regarda vers la voiture. Kevin avait la tête posée contre l'appui-tête et donnait l'impression de faire une sieste. Il n'y avait que lui et cette femme. Il réfléchit un instant. Sam agissait toujours en fonction de ses propres intérêts. D'habitude, il ne molestait pas les témoins parce qu'il y avait toujours quelqu'un à proximité susceptible de témoigner. Mais ici dans le noir, derrière ce club interlope, ce serait sa parole contre la sienne. Et à qui donnerait-on le plus de crédit ? Elle leur avait menti à lui et Kevin, il n'avait donc aucun scrupule.

D'un pas furtif, il contourna les bennes de façon à arriver derrière la femme. Il se trouvait assez près d'elle pour pouvoir sentir la forte odeur de son parfum mélangé à la fumée de cigarette mais elle n'avait pas conscience de sa présence. D'un mouvement rapide et sûr, il passa le bras autour de son cou et la tira en arrière. Elle tomba contre lui. Il posa la main sur sa bouche et de l'autre il se débarrassa de la cigarette qu'elle tenait. Il ne voulait pas risquer de se faire brûler.

Elle se tortillait dans tous les sens, alors il passa son autre bras autour d'elle.

— Tu vois comme c'est facile ? lui chuchota-t-il à l'oreille. Tu sors fumer une cigarette et là un dingue t'attend. C'est ce qui est arrivé à Leanne, ou quelque chose dans le genre.

D'un geste habile, il la força à lui faire face avant de la plaquer contre le mur.

— Connard de flic.

Elle lui envoya un crachat qu'il réussit à éviter.

— Tu m'as menti, pouffiasse, dit-il. Je pourrais vraiment te faire mal et personne ne te croirait. Mais je vais pas le faire. Je veux juste que tu me dises la vérité. Je veux pas que le salopard qui a tué Leanne s'en prenne à une autre femme. Je voulais juste te montrer à quel point c'est facile. Et à quel point t'es vulnérable. Alors, qu'est-ce qui s'est passé mardi soir ?

— T'oserais pas lever la main sur moi, lança-t-elle. Je porterais plainte contre toi pour agression, tentative de viol et tout le bazar.

Sam éclata de rire.

— Comme si quelqu'un allait croire une pute comme toi.

Il leva sa main raidie et lui porta un coup sous les côtes. Elle poussa un râle de douleur et de surprise. Sam prit plaisir à jouer les méchants mais réfréna ses pulsions.

— Je veux pas te faire mal, mais si je suis obligé, j'hésiterai pas. Dis-moi ce qui s'est passé mardi soir.

— C'était comme tous les soirs. Leanne est arrivée vers vingt et une heures et a fait quelques petits numéros de strip-tease. Elle est partie vers minuit. C'est tout ce que je sais.

— Ça suffit pas.

Sam lui donna un autre coup dans les côtes.

— T'en sais plus. Et vos caméras ? Vous en avez sur le parking. Il y a des caméras partout autour du club.

Elle le regarda avec mépris.

— Les vidéos ont été effacées. Un des barmans est arrivé ce matin en disant que les flics montraient des photos de Leanne dans toute la ville et qu'elle avait été assassinée. Le propriétaire était là et il m'a demandé d'effacer les enregistrements vidéo. Il avait pas envie que le meurtre d'une pute soit relié à son business sans histoires.

Son mépris pour son patron semblait aussi virulent que celui qu'elle avait pour la police.

— Est-ce que t'as regardé les vidéos avant de les effacer ?

Elle baissa les yeux. Par culpabilité, pensa Sam.

— Ce que ton barman ne savait pas, parce qu'on ne l'a encore dit à personne, c'est que le salopard qui a tué Leanne n'en est pas à son premier meurtre. Et si on n'arrive pas à le coincer, tu peux être sûre qu'il va remettre ça. Et comme il croit sans doute qu'on peut se servir ici comme on veut, il y a des chances que la prochaine victime soit une de tes nanas.

Sam afficha un sourire sardonique.

— Ou toi.

Elle lui lança un regard chargé de haine.

— J'ai jeté un coup d'œil rapide sur les vidéos du parking vers l'heure où elle est partie. J'étais curieuse. Si un de nos clients avait quelque chose à voir là-dedans, je voulais savoir qui c'était. Pour pas qu'on prenne de risques. Quoi que t'en penses, je tiens pas à ce qu'il arrive quelque chose à mes employées.

Sam relâcha la pression sur elle.

— Et qu'est-ce que t'as vu ?

— J'ai vu Leanne sortir par la porte de derrière et traverser le parking. Elle est montée dans une voiture qui s'est éloignée.

Sam avait envie de frapper dans quelque chose ou au moins cette pouffiasse pour avoir sciemment saboté l'enquête sur le meurtre de Leanne.

— Quel genre de voiture ? De quelle couleur elle était ?

— Qu'est-ce que j'en sais quel genre de voiture c'était ? Tu me prends pour Jeremy Clarkson[1] ou quoi, putain ? Et puis la vidéo était en noir et blanc. Tout ce que je peux te dire au sujet de la couleur, c'est que c'était ni du noir ni du blanc.

À présent, il avait vraiment envie de lui en coller une.

— J'imagine que t'as pas vu le conducteur ?

— Une tache blanche. C'est tout ce que j'ai vu.

— Super...

Sam ne put s'empêcher de montrer son mépris.

— J'imagine que t'as pas noté sa plaque d'immatriculation non plus ?

---

1. Célèbre animateur de *Top Gear*, un programme de la télévision britannique consacré aux voitures. (*N.d.T.*)

Il recula.

— Merci de ton aide. J'enverrai quelqu'un demain pour prendre ta déposition.

Elle semblait vraiment inquiète à présent.

— Non ! répondit-elle. Écoute, je t'ai dit tout ce que je savais. Je veux pas avoir des embrouilles avec mon patron.

Sam l'observa attentivement.

— T'es la gérante, c'est bien ça ?

— Ouais. Donc vous avez mon nom et mon adresse. Je vais pas me tirer.

— Alors, présente-toi demain au commissariat de police de Bradfield et pas à la Division nord. Demande la BEP. T'as compris ?

Elle acquiesça.

— La BEP, c'est compris.

— Si tu te pointes pas, je reviens demain soir, avec du renfort. Que tu sois là ou pas, ton boss saura que t'as aidé la police. C'est clair ?

Elle le regarda d'un air découragé.

— Je tiens parole. J'espère que toi aussi.

Elle l'entendit jurer tandis qu'il retournait à la voiture, mais il s'en fichait. Elle avait peut-être effacé les bandes vidéo des caméras du club, mais son patron ne contrôlait pas toutes les caméras de surveillance sur la route. Sam était quasiment sûr de retrouver la trace du meurtrier de Leanne, et ce quelle que soit la direction qu'il avait prise. Le meurtrier serait bientôt hors d'état de nuire et tout ça grâce à Sam Evans. Jordan serait obligée de reconnaître son bon travail. Elle était peut-être sur la pente descendante mais lui, il allait gravir des échelons.

25

Un soleil timide pénétra dans la cuisine de Tony, donnant aux choses une teinte légèrement surréaliste. Il parcourut les dernières infos sur Internet pendant que le café chauffait. L'évasion de Vance faisait la une partout ; une bonne excuse pour reparler de ses crimes et de ses procès. Le nom de Tony était souvent associé à l'affaire et aussi, parfois, celui de Carol. Les médias avaient essayé d'entrer en contact avec Micky Morgan, l'ex-femme de Vance, mais en arrivant au haras où elle et sa compagne élevaient des chevaux de course, ils s'étaient heurtés à un van barrant l'allée qui conduisait à la propriété et à des garçons d'écurie patibulaires patrouillant tout le périmètre. Personne n'avait pu la voir ou lui parler. À la place, ils s'étaient contentés de poser des questions à quelques personnes qui avaient un jour travaillé aux côtés de Vance. La direction de la prison était aussi vivement critiquée, ce qui était entièrement prévisible.

On ne parlait pas beaucoup du meurtre de Leanne Considine, sans doute parce que les médias ne connaissaient pas encore son identité. Quand ils découvriraient qui elle était et qu'elle menait une double vie, ce serait la frénésie. Ses colocataires seraient harcelés jusqu'à ce qu'ils cèdent et révèlent, ou inventent, des anecdotes choquantes sur sa vie. S'ils avaient un peu de jugeote, ils pourraient faire cracher assez d'argent aux médias pour payer leurs frais universitaires.

Mais pour le moment, elle n'était qu'un entrefilet dans les quotidiens nationaux. Même Penny Burgess avait dû se contenter de trois fois rien. Carol avait raconté à Tony ce qui s'était passé lors de la conférence de presse ; Penny n'avait pas pris le risque d'aller à l'encontre de ce qu'avait exigé Reekie. Elle sera furieuse quand elle découvrira la vérité, se dit-il, en prenant son expresso et en se dirigeant vers son bureau. Il regarda par la fenêtre, satisfait de voir que le véhicule de surveillance était toujours garé de l'autre côté de la rue.

Le fait que Carol ait refusé une protection personnelle avait un inconvénient : il serait coincé à Bradfield jusqu'à ce que Vance se retrouve de nouveau derrière les barreaux ou qu'il ne présente plus aucun risque. Si Tony se rendait dans la maison dont il était tombé amoureux à Worcester, ceux qui le protégeaient seraient obligés de le suivre. Ce qui signifiait laisser Carol ici, toute seule, sans protection. Et c'était complètement inimaginable.

L'autre élément inimaginable, c'était ce qui allait se passer entre lui et Carol. Cela faisait des années qu'ils jouaient à un drôle de jeu, se rapprochant et s'éloignant l'un de l'autre au gré des circonstances et du vécu de chacun. Ils étaient un peu comme ces aimants que les gamins utilisaient pour faire des expériences à l'école : pendant un instant l'attraction est irrésistible et puis quand on inverse les pôles la force qui s'exerce entre les deux aimants les empêche de se rapprocher. Quelques mois après avoir accepté son offre de venir vivre dans la maison dont il avait hérité, ils avaient réussi à éviter toute discussion sur ce que cela impliquait. La seule chose qui était sûre, c'est qu'elle aurait son propre espace de vie : une chambre, une salle de bains et une pièce qui pourrait à la fois faire office de salon et de bureau. Ce changement de vie annonçait-il d'autres changements en perspective ? Voilà un sujet dont ils semblaient avoir peur de discuter.

Tony pensait qu'il était prêt à aller de l'avant ; « aller de l'avant », ça faisait un peu psychologie de comptoir. Il avait tout à fait conscience que ce qui passait pour une avancée était souvent une façon de se voiler la face. Il ne voulait pas gâcher la qualité de sa relation avec Carol et une partie de lui-même craignait encore que partager son lit avec elle ne fiche tout en l'air. Il n'avait jamais eu beaucoup de succès dans ce domaine-là. Et puis surtout, il était impuissant. Il pouvait ressentir de l'excitation, mais sans doute moins que la plupart des autres hommes. Aussitôt qu'il se retrouvait nu en compagnie d'une femme, son pénis perdait toute sa vigueur. Il avait essayé le Viagra qui avait soigné les symptômes physiques mais qui ne lui avait pas fait du bien dans la tête. D'un autre côté, peut-être qu'il n'aurait pas été impuissant si ç'avait été Carol qui se trouvait dans son lit. Tony poussa un profond soupir. C'était tellement compliqué. Peut-être qu'ils devaient laisser les choses suivre leur cours. OK, ce n'était pas parfait. Mais qu'est-ce qui l'était ?

En attendant, s'il voulait l'aider, le mieux était d'œuvrer en coulisses pour faire en sorte que son équipe règle brillamment leur dernière affaire. Mais avant de s'occuper de ça, il avait besoin de savoir où en était l'enquête sur Vance.

Il ne voulait pas mettre Ambrose dans une position délicate vis-à-vis de son patron ; donc, plutôt que de l'appeler, il lui envoya un texto. Tony se sentit assez fier de lui quand il appuya sur le bouton « envoyer ». Il savait qu'il avait encore beaucoup de chemin à parcourir avant de passer pour un type normal. Mais peut-être qu'il avait finalement glané quelques petites choses dans le rayon tact et diplomatie.

Il avait à peine commencé à télécharger les dossiers que Stacey avait entrés dans leur réseau quand Ambrose le rappela.

— Salut, mon pote, dit ce dernier d'une voix grave.

Pas de noms : il faisait toujours attention à ne pas se compromettre.

— Merci de m'avoir rappelé.

Cette phrase, il l'avait apprise par cœur ; apparemment, à moins d'être un ado, on ne poussait pas juste un grognement quand quelqu'un vous rappelait.

— Des nouvelles à propos de Vance ?

— Il est toujours dans la nature. Et on est harcelés par les médias, répondit Ambrose. On a trouvé le taxi qu'il avait piqué. Il l'avait laissé derrière une station-service au nord de l'autoroute 42. Mais aucun signe du bonhomme. On a des hommes qui analysent les vidéos de surveillance au moment où je te parle, mais te fais pas trop d'illusions. Les meilleures images sont celles qui proviennent de caméras à l'intérieur de la station. Si Vance n'y a pas mis les pieds, on est baisés.

— C'était trop beau pour être vrai.

— Je commence tout juste à réaliser à quel point ce type est une ordure. Je n'ai pas vraiment prêté attention à l'affaire à l'époque ; il y avait déjà trop de trucs dont je devais m'occuper de mon côté. Qu'est-ce que t'en penses ?

— Il n'est plus dans ton secteur, je suis prêt à le parier. Quels que soient ses projets, je suis à peu près certain qu'il n'a pas prévu de les réaliser près d'Oakworth. Mais il a des projets, affirma Tony.

— Sans aucun doute. Tu prends pas tous ces risques pour sortir de prison sans avoir prévu quelque chose une fois dehors. Au fait, est-ce que le nom de Terry Gates te dit quelque chose ?

— Oh merde, grogna Tony. Je suis vraiment trop con.

Tout en parlant, il espérait encore que ce qu'il redoutait n'allait pas se vérifier.

Un rire dépourvu d'humour se fit entendre à l'autre bout du fil.

— Je prends ça pour un oui.

— Putain, Ambrose, je suis désolé. J'aurais dû me souvenir de Terry Gates.

Tandis qu'il parlait, une image de Gates lui revint en mémoire. Des bras musclés, de grands yeux marron naïfs, un visage qui se fendait d'un sourire à chaque fois qu'il voyait Vance. Tony se souvint de Gates s'occupant de son stand sur le marché. Il savait parler bricolage avec les hommes et convaincre des femmes d'acheter des ustensiles dont elles n'auraient jamais pensé avoir besoin. Il était malin quand il s'agissait de la clientèle mais complètement aveugle en ce qui concernait Vance.

— Pourquoi tu me demandes ça ?

— C'était le seul à rendre régulièrement visite à Vance. Il se pointait tous les mois, sans exception, d'après les registres. On a demandé à des collègues d'aller l'interroger. Et devine quoi ? Aucune trace de lui. Personne ne l'a vu depuis le jour où Vance s'est évadé. Qu'est-ce que t'en dis, Tony ?

Tony ferma les yeux et se passa la main sur le front.

— Terry avait une sœur jumelle, Phyllis, qui est morte d'un cancer. À l'époque, Vance se rendait dans des hôpitaux pour visiter les malades, prétendument par charité. Les gens pensaient qu'il venait réconforter les malades. Mais en fait, il aimait tout simplement les voir mourir. C'était comme s'il prenait plaisir à l'idée qu'ils ne pouvaient plus rien maîtriser. Mais, comme les autres familles à qui Vance rendait visite, Terry n'aurait jamais imaginé qu'il y avait quelque chose de malsain derrière tout ça. Il voyait Vance comme un ange de miséricorde qui avait aidé sa sœur à mourir.

Il se redressa, dynamisé par l'histoire qu'il venait de raconter.

— Il en était tellement convaincu qu'il lui était impossible de croire que Vance puisse être coupable des crimes dont on l'accusait. Un des chefs d'accusation reposait sur l'identification d'un outil. Vance était équipé d'un étau dans sa cachette qui avait une malfaçon distincte sur un côté. L'accusation possédait un bras bien conservé d'une victime assassinée quatorze ans plus tôt qui avait précisément cette marque distinctive sur l'os. Ceci, en plus d'autres preuves indirectes, mena à la conclusion que Vance était le meurtrier. Et puis Terry Gates se présenta à la barre des témoins et jura qu'il avait vendu cet étau d'occasion à Vance moins de cinq ans plus tôt. Ce qui signifiait que le précédent propriétaire de l'étau était le tueur et non pas Vance. L'accusation ne tenait plus debout et on avait tellement peu de preuves qu'il a été impossible de prouver sa culpabilité.

— Gates se serait donc parjuré pour Vance ?

— Je pense, dit Tony.

— Il devait vraiment aimer sa sœur.

— Un peu trop. Et après sa mort, Vance s'est substitué à elle en quelque sorte. Ne pas venir en aide à Vance, c'était laisser tomber sa sœur.

Ambrose poussa un grognement.

— J'ai du mal à comprendre ça. Ce type est un tueur en série et tu te parjures pour lui éviter la prison parce qu'il était gentil avec ta sœur ? Ça me rend dingue, des trucs pareils, Tony.

— Moi aussi, Alvin.

Il avala son expresso d'un trait et cligna des yeux.

— Il continue de croire qu'il a une dette envers Vance, ajouta-t-il.

— On dirait bien.

— Il faut que tu obtiennes un mandat de perquisition pour pénétrer chez Gates et tout fouiller. S'il a été les yeux, les oreilles, les mains et les jambes de Vance en dehors de la prison, on devrait en trouver des preuves. Vance est intelligent mais pas Gates. Il aura laissé des traces. Vance lui aura demandé de prendre garde à tout effacer, mais il ne l'aura pas fait. C'est le seul endroit où tu trouveras quelque chose.

— Ça me paraît une bonne idée. Merci, répondit Ambrose. Tu ne penses pas qu'il va revenir chez lui ?

Tony était persuadé que Terry Gates ne franchirait jamais plus le seuil de sa maison.

— Gates est mort, Alvin. Ou c'est tout comme. Il en sait trop.

— Mais pourquoi Vance se retournerait contre quelqu'un qui a toujours été de son côté ?

— Gates a soutenu Vance parce qu'il était convaincu de son innocence. Mais quoi qu'ait prévu de faire Vance, ça ne va pas être beau. Et Gates va comprendre son implication là-dedans. Quand il va découvrir que son héros est en fait un méchant, il va faire machine arrière. Et Vance est assez malin pour le savoir.

Tony ouvrit le tiroir du haut de son bureau et fouilla l'intérieur à la recherche de quelque chose à grignoter.

— Il préférera s'en débarrasser plutôt que de prendre un risque. Je sais qu'il ne donne pas cette impression mais ce n'est pas une tête brûlée. Tout est calculé.

— Est-ce qu'il y a des gars qui te protègent ?

Tony jeta un œil par la fenêtre.

— Il y a un véhicule de surveillance devant la maison. Je ne prévois pas d'aller bien loin. Si je sors, ce sera pour me rendre à Bradfield Moor, qui est bien mieux surveillé que ne l'était Oakworth.

Tout au fond du tiroir, il trouva un vieux paquet de bonbons américains au goût cannelle. Ils devaient dater de son dernier séjour là-bas, plus de deux ans plus tôt, mais les bonbons, ça ne se périmait pas. Il ouvrit l'emballage d'une seule main et glissa un bonbon dans sa bouche. L'extérieur était devenu un peu mou mais le cœur du bonbon était dur et résistant sous la dent. Tony croqua dedans et sentit le sucre et le goût épicé dans sa bouche, ce qui le détendit de façon inexplicable.

— Tu manges un truc ? demanda Ambrose.

— Tu me tiens au courant ?

— Je tâcherai. Fais attention à toi.

Ils raccrochèrent. Tony regarda attentivement une série de fichiers sur son écran, incapable de se concentrer sur quoi que ce soit. Pourquoi est-ce qu'il n'avait pas pris en compte Terry Gates ? Cette omission ébranla sa confiance en lui, et il se demanda s'il avait oublié d'autres éléments. Son inquiétude pour Carol avait-elle faussé ses capacités d'analyse ? Sans cette perspicacité, il n'était d'aucune utilité sur une enquête. Non, pire que ça. Il était un frein.

Tony se massa le haut du nez et ferma les yeux. Il visualisa un cube blanc et se plaça lui-même en son centre. Il respira profondément, avec régularité, et se força à faire le vide. Quand il ne pensa plus à rien d'autre qu'à cet espace blanc, il rouvrit les yeux et posa les mains à plat sur le bureau, de chaque côté du clavier de son ordinateur.

— Tu tues des femmes qui vendent leur corps, dit-il à voix haute.

Il prit ses lunettes et commença à explorer les méandres labyrinthiques de l'esprit dérangé d'un tueur en série.

26

Carol parcourait les derniers éléments de l'enquête quand elle tomba sur le compte rendu d'une conversation entre Sam et Natasha Jones, gérante du *Dances With Foxes* : le témoignage de cette femme ayant vu Leanne quitter le club dans une voiture était peut-être une information capitale qui mènerait à l'arrestation du tueur. Et ce que Sam préconisait de faire était une bonne option : « Je recommande la réquisition des vidéos des caméras de surveillance sur Brackley Road. Période : entre vingt-trois heures et une heure du matin dans la nuit de mardi à mercredi. But : identifier le véhicule dans lequel est montée Leanne Considine au club *Dances With Foxes*, 673 Brackley Road. » Mais il y avait quelque chose d'un peu étonnant dans ce rapport : Sam faisait équipe avec Kevin ce soir-là mais son nom n'était mentionné nulle part. Surtout, il y avait quelque chose d'évasif dans ce rapport et Carol connaissait suffisamment Sam pour savoir que quand il était évasif, c'est qu'il dissimulait quelque chose.

Elle regarda en direction des bureaux de la brigade, où Kevin et Paula parlaient au téléphone. Sam n'était pas en vue. Elle écrivit une note : « Quand vous aurez raccroché, passez dans mon bureau. » Elle déposa la note sous le nez de Kevin qui lui lança un regard résigné. Deux minutes plus tard, il était assis en face d'elle.

— Vous avez fait du beau travail la nuit dernière, dit Carol en se penchant en arrière et en posant ses pieds sur le tiroir ouvert en bas de son bureau.

— Merci, répondit Kevin avec prudence.

— J'ai parcouru le rapport de Sam. Vous en êtes étrangement absent.

Kevin croisa les jambes. Du bout des doigts, il se tapota le genou. Il était aussi détendu qu'un candidat à un examen.

— C'est lui qui a tout fait. La gérante a essayé de nous faire croire que Leanne n'avait jamais travaillé dans son club. En partant, Sam a repéré le vélo de la victime et il est donc retourné la voir.

— Où est-ce que vous étiez ? demanda-t-elle tranquillement.

— J'étais dans la voiture.

— Quoi ? Vous aviez la flemme de l'accompagner ?

Kevin pinça les lèvres.

— Non, c'est pas ça...

— C'est quoi, alors ?

— C'est si important ? Sam a trouvé ce dont on avait besoin. Ça ne me gêne pas qu'il ait suivi son flair et qu'il ait vu juste.

Il changea de position sur sa chaise, feignant maladroitement la désinvolture.

Carol le jaugea. Maintenant, elle avait une idée très précise de ce qui s'était passé. Sam avait laissé Kevin en plan et suivi son instinct. Une conduite stupide en toute occasion, mais tout particulièrement quand il y avait un tueur en liberté.

— Vous savez qu'il est essentiel de travailler en binôme quand vous avez affaire à des gens peu fiables. Sam a pris un risque et vous n'auriez pas dû le laisser faire.

Selon Carol, c'était une légère réprimande qui n'empêcha pas Kevin de rougir.

— Je comprends, concéda Kevin, l'air vexé. Je n'ai pas pensé qu'il allait l'interroger sur-le-champ.

Carol secoua la tête, un petit sourire aux lèvres.

— Depuis combien de temps travaillez-vous avec Sam ?

Kevin se leva.

— Je vois ce que vous voulez dire.

Carol le suivit jusque dans les bureaux et chercha Paula. Mais Paula était partie pendant qu'elle parlait avec Kevin.

— C'est comme une ville fantôme ici.

— Moi je suis encore là.

La voix de Stacey émergea de derrière les moniteurs.

— Je regarde des images enregistrées par les caméras de surveillance sur la route.

— Est-ce que ce n'est pas à un simple agent de la circulation de faire ce travail ?

— Vous voulez la vérité ? Je n'ai pas confiance en eux. Ils se lassent trop vite.

Carol retourna dans son bureau, incapable de s'empêcher de sourire. Ses experts arrogants et butés ne seraient jamais des policiers comme les autres. Que Dieu vienne en aide à ceux qui allaient devoir les gérer. Ça lui donnait presque envie de rester pour voir comment les choses allaient tourner.

Vance était en cavale depuis quelques heures seulement mais Maggie O'Toul avait déjà préparé sa défense. Pour l'instant, les médias n'avaient pas découvert que c'était elle qui avait recommandé le transfert de Vance dans le service thérapeutique, mais elle avait parfaitement compris ce qui allait se passer. Quand Ambrose arriva pour leur rendez-vous dans les bureaux du comité de probation où elle travaillait quand elle n'était pas à Oakworth, l'hôtesse d'accueil agit comme si elle n'avait jamais entendu son nom. Il dut montrer sa carte de police avant qu'elle ne confirme la présence en ces lieux du Dr O'Toul. Ça n'arrangea pas sa mauvaise humeur.

Le bureau de Maggie O'Toul se trouvait dans un box au deuxième étage avec une vue donnant sur un ancien cinéma devenu un magasin de tapis. Quand Ambrose entra après avoir frappé, il la découvrit le dos tourné à la porte en train de regarder par la fenêtre comme si quelque chose d'extraordinaire se passait dans le magasin. La pièce était remplie à craquer de livres, de dossiers et de papiers, mais disposés d'une telle façon que cela donnait l'impression d'être ordonné. Ça ne ressemblait en rien au bureau de Tony Hill.

— Docteur O'Toul ? dit Ambrose.

Lentement et comme à contrecœur, elle se retourna pour lui faire face. Elle avait un de ces jolis visages marqués par l'angoisse qui donnait toujours l'impression à Ambrose qu'il allait avoir le dessus. Il trouva qu'elle avait un physique délicat à la Audrey Hepburn. Elle avait une coupe à la garçonne et des cheveux teints en noir qui contrastaient fortement avec sa cinquantaine bien tassée.

— Vous devez être l'inspecteur Ambrose, dit-elle d'une voix fatiguée.

La couleur de son rouge à lèvres ne semblait pas accordée à son teint. Il n'y connaissait pas grand-chose mais il avait toujours eu l'œil pour savoir ce qui allait bien à une femme. Il n'hésitait jamais quand il s'agissait d'offrir des vêtements ou des bijoux à son épouse et elle semblait toujours ravie de porter ce qu'il avait acheté. Maggie O'Toul n'avait pas l'air d'une femme heureuse.

Mais pour qui il se prenait ? Pour Tony Hill ou quoi ?

— Il faut que je vous parle de...

— De Jacko Vance, le coupa-t-elle. Est-ce que je vais faire office de tête de turc, de bouc émissaire ? Être celle qu'on va clouer au pilori à la une du *Daily Mail* ?

— Épargnez-moi votre laïus, lui répondit-il sèchement. Si vous êtes vraiment quelqu'un de sérieux, vous devez savoir que Vance est un homme dangereux. Tout ce que je veux, c'est le remettre en prison avant qu'il ne recommence à tuer.

Elle émit un petit rire et passa une main dans ses cheveux. Son vernis à ongles était de la même couleur que son rouge à lèvres. On aurait dit que ses doigts étaient bizarrement mutilés.

— Je pense que je suis mieux qualifiée que vous pour savoir de quoi Jacko Vance est capable. Je sais que c'est dur à comprendre pour vous mais même les personnes qui ont commis des crimes atroces sont capables de s'amender.

Ça sonnait comme une phrase toute faite.

— Il a déjà envoyé quelqu'un à l'hôpital aujourd'hui, répliqua Ambrose. Je n'attends pas que vous me disiez à quel point Vance s'est amélioré. Il n'a clairement pas changé. Si ça ne coïncide pas avec vos intuitions, c'est votre problème. En tout cas ce n'est pas le moment de battre sa coulpe. Ce dont j'ai besoin, c'est de savoir comment il va agir, où il va aller, ce qu'il va faire.

Elle était suffisamment intelligente pour comprendre qu'il n'était pas dupe de son petit jeu.

— Je pense sincèrement qu'il ne représente aucune menace, répondit-elle. Comme n'importe qui, s'il se sent acculé ou menacé, il peut se montrer violent.

— L'homme qu'il a frappé à mort était un chauffeur de taxi, répliqua Ambrose. Je ne vois pas comment un chauffeur de taxi de trente-quatre ans a pu représenter une quelconque menace pour lui. En admettant même que sa conduite ait été particulièrement mauvaise.

— Gardez vos sarcasmes pour vous, dit-elle sur un ton guindé. Écoutez, je ne suis pas complètement stupide, inspecteur. J'exerce ce métier depuis longtemps et je ne suis pas quelqu'un de manipulable. J'ai recommandé Jacko pour le service thérapeutique parce que dans nos sessions en tête à tête il a fait preuve de remords et de lucidité quant aux crimes qu'il avait commis. Il remplissait tous les critères pour pouvoir y être envoyé même s'il était clair qu'il ne serait jamais libéré. Pourquoi devrait-on refuser à quelqu'un la chance de repartir de zéro simplement parce qu'il ne pourra pas en tirer tous les avantages ?

Encore une belle phrase, pensa Ambrose. Il se demanda ce qu'elle avait espéré gagner avec la réhabilitation de Vance.

— Dites-moi, comment s'est manifesté son remords ?

— Je ne vois pas très bien ce que vous entendez par là. Il a exprimé des regrets et a essayé de comprendre les circonstances qui l'avaient conduit à commettre ses crimes.

— Et expier ses fautes ? Est-ce qu'il en a parlé aussi ? De toutes les vies qu'il a détruites ?

Pendant un instant, elle eut l'air contrariée comme s'il essayait de la piéger.

— Oui, bien sûr. Il voulait rencontrer les familles de ses victimes pour s'excuser en personne. Il voulait faire amende honorable auprès de son ex-femme pour toute la peine qu'il lui avait causée.

— Est-ce que vous vous rappelez quelles victimes il a mentionnées ?

— Bien sûr. La famille de Donna Doyle ; c'est à eux qu'il voulait parler.

— À eux seulement ?

Elle tapota doucement sur l'accoudoir de sa chaise.

— C'était sa seule victime, inspecteur.

Ambrose afficha un petit sourire.

— La seule pour laquelle il a été jugé et condamné. Mais les autres filles qu'il a enlevées et tuées. Est-ce qu'il a mentionné leurs noms ? Est-ce qu'il a montré le moindre regret ?

— Comme vous le savez très bien, il a toujours rejeté ces accusations et il n'a jamais été condamné pour aucun de ces meurtres.

— On l'a accusé d'un autre mais il s'en est tiré grâce à son copain Terry Gates qui s'est parjuré. Et il a été reconnu coupable du meurtre de Shaz Bowman avant que la cour d'appel ne révise ce jugement. Est-ce que Vance a mentionné ces crimes ?

Le Dr O'Toul poussa un profond soupir.

— Je ne vais pas jouer à ce petit jeu avec vous, inspecteur. Je connais mon métier. Je suggère que vous vous cantonniez à vos compétences. Je vais le redire encore une fois : je pense que Jacko ne représente aucune menace. Je regrette qu'il ait échafaudé un plan pour s'évader mais il a dû finir par trouver la prison insupportable. Je pense qu'il va quitter le pays pour dénicher un endroit où il se sente en sécurité.

Elle sourit, faisant apparaître des rides sur son visage.

— Et je pense qu'il réussira à se réinsérer dans la société.

Ambrose secoua la tête, incrédule.

— Vous croyez vraiment à ce que vous dites, hein ?

Il se leva.

— Cette discussion ne mène nulle part. À moins que vous n'ayez une idée très précise de l'endroit où il pourrait se trouver, un lieu qu'il aurait pu mentionner, ou bien une personne dont il était proche, on peut arrêter cette discussion.

— Je n'ai aucune idée de l'endroit où il aurait pu aller et qui il connaît à l'extérieur. Je pense vraiment que tout ça est une immense perte de temps, ajouta-t-elle. Je n'aurais jamais recommandé Jacko pour le service thérapeutique si je n'avais pas eu la certitude qu'il avait changé.

Ambrose se dirigea vers la porte et fit une pause avant d'en franchir le seuil.

— J'espère que vous avez raison. Je l'espère vraiment. J'aimerais vraiment avoir tort sur ce point.

Il se frotta la nuque pour essayer de détendre ses muscles.

— Je pense que vous avez raison sur un point. Il y a des gens dehors avec qui Vance n'en a pas encore tout à fait fini. Mais je ne crois pas qu'il ait la moindre intention d'expier ses fautes. Je pense qu'il veut leur faire payer ce qu'ils lui ont fait subir.

Ambrose n'attendit pas qu'elle réponde. Il ne prit pas la peine de fermer la porte derrière lui. Maggie O'Toul ne méritait même pas qu'on lui claque la porte au nez.

27

Paula n'était pas allée bien loin. Quand elle avait vu Carol Jordan se diriger vers elle, elle avait presque paniqué et s'était demandé si celle-ci n'avait pas, par intuition, deviné qu'elle avait parlé à Tony. Toutefois, Carol s'était concentrée sur Kevin et Paula avait abrégé la conversation en disant :

— Puisque tu es dans le coin, retrouve-moi au *Costa Café* sur Bellwether Street. Dans cinq minutes.

Sur ce, elle avait déguerpi avant qu'on ait le temps de lui demander où elle allait.

Elle était désormais assise avec le plus grand *latte* que le café proposait et attendait son complice. Il arriva peu de temps après et s'assit en face d'elle.

— Tu prends un café ? demanda-t-elle en se levant.

Tony secoua la tête.

— Il y a des jours où c'est trop dur de choisir. Je crois que les hommes politiques n'ont rien compris, poursuivit-il en fronçant les sourcils. Ce n'est pas plus de choix qu'il nous faut, mais moins. Avoir trop de choix, c'est stressant. Il y a eu des expériences scientifiques là-dessus, tu sais. Les rats vivent plus longtemps et en meilleure santé quand ils ont moins de choix.

Parfois, Paula se demandait comment Carol Jordan parvenait à avoir une conversation avec lui. Sa tendance à la digression était séduisante mais difficile à canaliser lorsqu'on voulait une réponse précise.

— Tu as pu avoir tous les dossiers ? demanda-t-elle.

Il afficha un petit sourire en coin.

— Je crois bien. Mais c'est une question à laquelle on ne peut jamais vraiment répondre, tu ne penses pas ? Parce que je ne saurai jamais si on me les a tous transmis. C'est comme quand tu donnes une conférence et que tu demandes si tout le monde t'entend. De toute évidence, ceux qui ne t'entendent pas ne peuvent pas répondre à la question, alors tu n'es pas plus avancé.

— Tony !

— Désolé, je suis d'humeur bizarre en ce moment.

Paula se renfrogna.

— On sait que toi et la chef, vous êtes sur vos gardes, à cause de Jacko Vance. Comme tout le monde, d'ailleurs. Alors je vais être un peu plus indulgente avec toi aujourd'hui.

Tony passa une main dans ses cheveux.

— Je n'ai pas l'habitude que des gens s'intéressent à moi comme ça. J'ai reçu des tas d'appels de journalistes qui me demandent d'écrire des rapports d'expertise psychologique sur Vance. Je crois qu'ils ne s'imaginent pas à quel point ce type de rapports est ennuyeux. Même si ce genre de choses m'intéressait, je n'arriverais pas à transformer ça en article pour tabloïdes. Ni en article pour le *Guardian*, d'ailleurs. J'ai dû sortir de chez moi parce que la sonnerie du téléphone me tapait sur le système. Et là, je suis tombé sur Penny Burgess. Il faut vraiment être masochiste pour vouloir devenir célèbre.

— Est-ce que quelqu'un te protège, au moins ? demanda Paula, soudain inquiète pour lui.

Tony était peut-être étrange, mais avec le temps elle s'était attachée à lui. Elle avait perdu une amie dans ce métier et elle savait à quel point c'était douloureux. Tony lui avait tendu la main à cette époque-là, ce qui l'avait empêchée de s'effondrer, et elle se sentait toujours redevable envers lui. Il y avait des dettes dont on ne pouvait jamais s'acquitter.

Tony hocha la tête.

— On m'a dit que oui. Quand je suis rentré chez moi hier soir, il y avait une camionnette de surveillance garée devant la maison. Et quand je me déplace à pied, c'est un jeune homme très poli qui se charge de couvrir mes arrières, ajouta-t-il en faisant la moue. C'est rassurant, je suppose, mais je ne crois pas que Vance ait l'intention de s'en prendre à moi. La revanche toute simple, ce n'est pas son style. Il est beaucoup plus tordu que ça. Mais comment ça va se manifester, je n'en ai pas la moindre idée. Alors ça m'a fait du bien de réfléchir à votre affaire. Ça m'empêche de stresser.

Il la regarda attentivement en clignant des yeux comme une chouette éblouie.

— Dis-moi... comment va Carol ? Est-ce qu'elle tient le coup ?

— Si on ne savait pas ce qui s'est passé, on ne pourrait pas le deviner. Elle est toujours aussi professionnelle, ajouta-t-elle avec un sourire triste. Ça la tuerait de nous montrer ses faiblesses. Elle a besoin qu'on continue de croire en elle afin de se convaincre elle-même qu'elle est invincible.

Tony haussa les sourcils.

— Est-ce que tu as déjà envisagé une carrière dans la psychologie ?

— Quoi ? Pour terminer comme toi ? s'exclama-t-elle en éclatant de rire.

— Ils ne sont pas tous comme moi, répondit-il avec une moue. Uniquement les bons. Tu pourrais faire ça, tu sais. Tu es meilleure que tu ne le crois.

— Ah, ça suffit ! Bon, qu'est-ce que tu penses de ces meurtres ? C'est le même tueur, à ton avis ?

— Pour moi, ça ne fait aucun doute qu'il s'agit de la même personne, Paula. Le tatouage a été effectué après la mort. C'est une signature. Mais c'est tout ce qui relie les meurtres.

Il tira un carnet à spirale de son vieil attaché-case en cuir.

— Rien n'indique qu'il ait eu un rapport sexuel avec ses victimes. Kylie a eu des rapports non protégés avec quatre hommes. Pour Suze, on ne sait pas parce qu'elle a été plongée dans le canal. Quant au corps de Leanne, il ne présente aucune trace de sperme. On n'en a pas retrouvé non plus sur les lieux du crime. Venons-en aux victimes : elles ont des points communs, à l'évidence. Elles faisaient toutes le trottoir. Je sais que Leanne travaillait dans un club de strip-tease, mais elle ne travaillait pas pour le compte d'un souteneur ou d'un bordel. De ce point de vue, elle appartenait donc à la même catégorie que les deux autres. Il y a quelque chose qui m'intrigue au sujet des victimes, quand même : elles étaient toutes prostituées, certes, mais certaines s'en sortaient un peu mieux que d'autres. Kylie était au plus bas de l'échelle sociale. Suze, elle, était un tout petit peu mieux lotie. Quant à Leanne, eh bien, c'était quasiment une femme respectable. Alors, je sais qu'il existe une sorte de loi tacite dans ce genre de crimes, qui veut que le tueur commence par la plus vulnérable des victimes et gagne en confiance après chaque meurtre. Mais mon expérience m'a enseigné que cette confiance ne va pas si loin et ne vient pas aussi vite. Il y a un pas de géant entre Kylie et Leanne. Et ça, c'est bizarre.

— Peut-être qu'il est simplement plus mûr émotionnellement que certains des meurtriers à qui tu as eu affaire jusque-là.

Tony haussa les épaules.

— C'est possible, bien sûr. Mais mon intuition me dit que s'il était si mûr, il n'aurait pas besoin de faire ça. Cela dit, qu'est-ce que j'en sais ? Je viens de passer à côté d'un élément majeur concernant le profil psychologique de Vance, alors je ne me sens pas vraiment infaillible aujourd'hui.

— Est-ce que tu pourrais me donner une indication qui nous mettrait sur la piste du tueur ?

Tony afficha un air désespéré.

— La seule chose...

Il s'interrompit, les yeux fixés sur la table.

— Oui... ?

— Je ne devrais pas te dire ça... Parce que c'est uniquement fondé sur mon intuition.

— Si je me souviens bien, tes « intuitions » nous ont dépannés plus d'une fois. Allez, Tony, dis-moi ce qui te travaille.

— On dirait qu'il cherche à dire quelque chose. Quelque chose du genre : « Vous êtes toutes en danger. Pas seulement les plus défavorisées. Vous toutes. » Comme si aucune d'entre elles n'était en sécurité tant qu'elle fait le trottoir. Peter Sutcliffe, l'éventreur du Yorkshire, voulait nettoyer les rues. Ce meurtrier a une ambition semblable. Il veut leur faire peur pour qu'elles arrêtent de se prostituer.

Sans s'en rendre compte, il saisit la tasse de Paula et but une gorgée de café.

— Je ne sais pas..., reprit-il. Il y a autre chose qui me tracasse et je n'arrive pas à mettre le doigt dessus. Quelque chose qui touche aux meurtres eux-mêmes. Ça me taraude et je ne comprends pas pourquoi.

— Eh bien, il utilise à chaque fois une méthode différente. C'est inhabituel, non ?

Paula reprit son café.

— À ce point-là, oui. Mais ce n'est pas ça qui me gêne. J'ai bien conscience que les méthodes sont différentes et je classe ça parmi les éléments inhabituels mais néanmoins explicables. Il y a autre chose qui me gêne, je ne sais pas quoi et ça m'énerve.

— Arrête d'y penser. Tu trouveras la réponse au moment où tu seras concentré sur autre chose.

Tony grogna, guère convaincu.

— C'est étrange, j'ai presque une sensation de déjà-vu dans cette affaire. Comme si j'avais déjà assisté à ces scènes-là alors que je sais pertinemment que ce n'est pas le cas. Je n'ai même pas connaissance dans les archives d'un tueur qui tatoue ses victimes après leur mort. J'aimerais bien que cette sensation disparaisse, mais elle reste là et ça m'énerve vraiment. Est-ce que vous avez avancé dans l'enquête, de votre côté ?

Paula lui expliqua ce qu'avait découvert Sam la veille au soir.

— Stacey bosse dessus. S'il y a quelque chose à trouver, elle le trouvera.

— Tu peux aussi lui demander de rechercher des motels situés entre le *Flyer* et le *Dances with Foxes*. C'est un territoire qui lui est clairement familier. Et les tueurs préfèrent s'en tenir aux lieux qu'ils connaissent. Suzanne Black a été noyée dans une salle de bains. Je ne pense pas qu'il l'ait ramenée chez lui. Il ne prendrait pas ce risque. Par contre, le genre de motel où tu prends une chambre qui donne directement sur le parking, ça lui conviendrait parfaitement.

— Bonne idée, merci.

Elle termina son café et repoussa sa chaise.

— Ils vont tous me manquer, dit-elle. Blake va nous éparpiller à droite à gauche. Je ne retrouverai jamais une équipe pareille. C'est comme la fin d'une époque.

— Blake est un idiot, répondit Tony.

À ce moment-là, son téléphone portable émit une brève sonnerie. Il tâta ses poches jusqu'à ce qu'il le trouve.

— Message de Carol. Elle veut que je vienne au bureau pour que Chris puisse nous exposer ce qu'elle a trouvé.

— Elle travaillait sur quoi ? Je ne l'ai pas vue depuis hier midi.

— Elle a essayé de retrouver la trace des trois autres policiers qui ont arrêté Vance avec Carol et moi. Il fallait les prévenir personnellement avant qu'ils n'apprennent son évasion dans les journaux, expliqua-t-il en se levant. Il vaut mieux que j'y aille.

— Je te laisse dix minutes d'avance, répondit Paula. La dernière fois qu'on a comploté derrière son dos, je me suis pris un sacré savon. C'était pas très agréable. Ne lui donnons pas de bonnes raisons de s'intéresser à ce qu'on fait.

Dès qu'il franchit la porte de la brigade, Tony prit conscience que c'est lui qui aurait dû rester un peu plus longtemps au café. Assise à côté de Chris, Carol leva la tête dans sa direction.

— Tu as fait vite, dit-elle. Je croyais que tu avais prévu de rester à la maison toute la journée ?

— En effet, mais Penny Burgess est venue frapper à la porte et je me suis dit que j'allais me réfugier ici.

Il faillit développer mais s'arrêta juste à temps. Les meilleurs mensonges sont ceux qui contiennent le plus de vérité, se souvint-il.

Chris avait des cernes noirs sous les yeux et les cheveux en bataille. D'ordinaire enjouée, elle était ce jour-là éteinte, comme un chien qu'on aurait promené jusqu'à l'épuisement. Elle bâilla en mettant la main devant sa bouche et leva à peine les yeux pour le saluer.

— Quoi de neuf, docteur ? demanda-t-elle en essayant vainement de retrouver sa verve habituelle.

— Vance nous mène tous par le bout du nez, répondit-il d'un air contrit tout en approchant une chaise pour s'asseoir à côté d'elles. Il doit se frotter les mains à l'idée de nous savoir tous sur le pied de guerre, à se demander où il est et ce qu'il fait.

— Je viens d'avoir la West Mercia au téléphone, annonça Carol. Ce sont eux qui coordonnent l'enquête. Ils ont reçu un déluge de coups de fil des quatre coins du pays : des tas de gens prétendent avoir aperçu Vance. Pas une seule de ces déclarations n'a été confirmée.

— Le problème, c'est qu'on ne sait pas du tout de quoi il a l'air, poursuivit Tony. Ce dont on peut être certain, c'est qu'il ne ressemble plus à une caricature de supporteur de foot. Il porte sûrement une perruque, une barbe et des lunettes différentes.

— Oui, mais il n'a qu'un bras, intervint Chris. Et ça, il ne peut pas le cacher.

— La prothèse qu'il porte ne se remarque pas à première vue. Après m'être entretenu avec mon contact au ministère de l'Intérieur, j'ai vérifié sur Internet. Le matériel dont on dispose à l'heure actuelle est extraordinaire. Il faudrait vraiment y regarder de près pour s'apercevoir qu'il ne s'agit pas d'un vrai bras, et peu de gens prennent la peine de le faire. La prothèse qu'a achetée Vance est la meilleure du marché.

— Et ce, grâce à la Cour européenne des droits de l'homme, ironisa Carol. Bon alors, ce qu'on sait, c'est qu'on ne sait pas grand-chose. Vance peut effectivement se trouver à n'importe quel coin du pays. Chris, qu'est-ce que ça a donné de votre côté ?

Chris se redressa sur son siège et jeta un œil à son bloc-notes.

— Alors, Leon travaille toujours pour la Met. Il a bien réussi. Il représente exactement ce que recherche la direction : il est diplômé, black, intelligent et présentable. Et ostensiblement non corrompu, ajouta-t-elle en lançant un sourire à Carol. Il est commandant dans le Groupe de protection diplomatique.

Tony émit un gloussement.

— Leon est à la protection diplomatique ? Leon, celui qui était à peu près aussi diplomate que moi ?

— D'après mes vieux collègues de la Met, il a appris à se taire et à jouer le jeu. Il est respecté, à tous les niveaux de la hiérarchie. Je l'ai appelé pour le mettre au courant de la situation.

— Comment a-t-il réagi ? demanda Tony.

Il se souvenait de ses costumes bien taillés et de son assurance. Il était intelligent mais guère travailleur. Pour gravir les échelons, il avait dû se mettre sérieusement au boulot. Il aurait bien aimé voir ça, un Leon transformé par le travail et les responsabilités.

— Il a pris ça à la légère. Mais ça, ce n'est pas étonnant.

— Quelle est sa situation familiale ? demanda Carol.

— Il a une ex-femme et deux enfants à Hornsey et il vit avec sa compagne actuelle dans les Docklands. J'ai essayé de le convaincre de reloger sa famille pour un temps, mais il n'a rien voulu entendre, expliqua-t-elle en faisant la moue. Il m'a dit : « Si je tombe sur l'avis de décès de Carol Jordan et Tony Hill, alors là je prendrai la poudre d'escampette. Mais pour le moment, je ne peux pas dire que je me fasse du souci. » Et il n'a pas voulu en démordre.

— Il n'a pas complètement tort, répliqua Tony. Rien ne fait de lui une cible de choix, ni son ancienneté, ni sa place dans l'ordre alphabétique, ni son lieu de résidence. Et comme aucun d'entre nous ne sait combien de temps ce petit jeu va durer, il a peut-être raison d'attendre un peu avant de bouleverser ses habitudes.

— Sauf bien sûr si Vance ne parvient pas à nous atteindre et qu'il se venge sur Leon par défaut, rétorqua Carol. Il faudrait peut-être le lui expliquer, Chris.

Cette perspective ne sembla guère la réjouir.

— Simon McNeill a quitté la police. Il est resté à la brigade de Strathclyde pendant deux ans après le meurtre de Shaz Bowman, après quoi il a démissionné pour enseigner la criminologie à l'université.

Tony se souvenait de Simon, sa tignasse noire, son sérieux et son faible pour Shaz Bowman. Tony avait entendu dire qu'il avait fait une dépression, qu'on lui avait diagnostiqué un stress post-traumatique avant de le mettre gentiment au placard.

— Pauvre vieux, dit-il à voix haute.

Il se rendit compte que les deux autres le regardaient étrangement.

— Je veux dire, parce qu'il était amoureux de Shaz, pas parce qu'il enseigne maintenant à l'université, bien entendu.

Chris poursuivit d'un air amusé.

— Il vit avec une femme depuis longtemps et ils ont quatre enfants. Ils vivent dans la campagne, à une heure de route de Glasgow. Il a paru assez anxieux quand je lui ai annoncé la nouvelle. Il va demander à la police locale de renforcer la sécurité.

Mais il m'a dit qu'ils vivaient tout seuls au bout d'un chemin, il n'y a qu'une seule route pour y accéder. Et ils ont des armes. Il prend la menace au sérieux et j'ai eu l'impression qu'il était déjà prêt pour un siège, de toute façon. Il m'a dit également que le capitalisme courait à la catastrophe et qu'à ce moment-là la criminalité allait monter en flèche. Ce serait chacun pour soi. Il s'y est préparé.

Apparemment, il ne s'était pas totalement remis de son syndrome de stress post-traumatique.

— Bon Dieu, j'espère que Vance ne va pas se pointer là-bas, commenta Tony. Il va y avoir un bain de sang.

— Bon, alors on ne peut pas faire grand-chose pour ces deux-là, constata Carol. Dites-moi que Kay Hallam n'est pas devenue dingue ou qu'elle n'a pas monté sa propre milice.

— Kay Hallam... c'est à cause d'elle que j'ai l'air d'avoir dormi dans ma voiture cette nuit. Parce que c'est effectivement ce que j'ai fait. J'ai eu du mal à retrouver sa trace. Ça m'a pris du temps parce qu'elle s'est mariée. L'heureux élu est un comptable avec un bureau aux îles Caïmans. Le genre de connard qui permet à tous les mecs pleins aux as de ne pas payer d'impôts, contrairement à nous.

Carol émit un petit sifflement.

— La sage petite Kay... Qui l'aurait cru ?

— Moi ça ne me surprend pas, répliqua Tony. Elle a toujours eu le don de se mettre tout le monde dans la poche. Elle disait aux autres uniquement ce qu'ils avaient envie d'entendre. Quand l'heureux élu est entré dans sa vie, elle l'a charmé de cette façon et il est tombé dans le panneau.

Les deux femmes acquiescèrent.

— C'est pour ça qu'elle était si douée pour questionner les suspects, reprit-il. Paula a ce même côté caméléon, mais elle possède par ailleurs une vraie personnalité. Je n'ai jamais vraiment su qui était réellement Kay Hallam.

— Sous ses airs timides, c'est une solide, dit Chris. Elle se trouve au Royaume-Uni en ce moment. Elle et son mari ont une maison près de Winchester. Ses fils y sont en pension et elle revient leur rendre visite. Quand je lui ai exposé la situation, elle a tout de suite compris de quoi il s'agissait. Elle a exigé une protection. Elle m'a menacée d'alerter le *Daily Mail* et la Commission des réclamations de la police. J'ai été obligée d'aller chez elle en personne pour briefer la police de son secteur et les deux gorilles qu'elle a engagés je ne sais où. Je ne suis pas sûre qu'ils repousseraient Vance, mais moi, ils m'ont foutu les jetons.

— J'aurais fait la même chose à sa place, répondit Tony. Vance est vraiment dangereux. Dis-moi, Chris, il n'y avait pas un type qui avait écrit un bouquin sur Vance après son premier procès ?

— Ça me dit vaguement quelque chose. Ils n'ont pas été obligés de le retirer de la vente après qu'il a gagné son procès en appel ?

— Si, répondit Carol. Le livre a été jugé diffamatoire puisque Vance avait été innocenté. Ça pourrait valoir le coup de retrouver l'auteur et voir s'il a quelque chose à nous apprendre. Il se peut qu'il dispose d'informations que nous n'avons pas au sujet d'associés ou d'autres propriétés que Vance pourrait posséder.

— Je vais m'y coller, dit Chris.

Avant que Carol ne puisse poursuivre, Paula entra dans la pièce avec le journal du soir.

— Le secret est révélé, lança-t-elle.

Elle brandit le journal dont la une annonçait : « Un tueur en série vise Bradfield. »

28

C'était une journée magnifique, songea Vance, bien que le ciel soit gris et les nuages chargés de pluie. Il était loin de la prison, maître de son destin et traversait en voiture les Yorkshire Dales. Ce ne pouvait donc qu'être une journée magnifique. La voiture était facile à conduire et possédait un autoradio numérique, ce qui permettait de changer de station très rapidement. Grâce à son GPS, il ne pouvait pas se perdre dans ce paysage composé de murs de pierre sèche et de bergeries. Il avait bien dormi et pris un bon petit déjeuner devant son ordinateur portable, où il avait suivi avec plaisir l'annonce de son évasion sur Internet. Il éprouvait presque de la pitié pour ce malheureux directeur de prison assailli par les médias. Les journalistes le présentaient comme un incompétent qui était tombé dans le panneau de Vance. Comme d'habitude, la vérité était plus complexe que cela. C'était un homme qui avait bon cœur et ne voulait pas abandonner le peu d'idéalisme qui lui restait. Il voulait croire qu'un homme comme Vance était capable de se racheter. C'est pourquoi il s'était avéré si facile à manipuler.

Cet homme n'était pas un incapable. Il avait simplement rencontré un individu beaucoup plus doué que lui.

Après le petit déjeuner, Vance avait vérifié ses caméras. Dans la matinée, Terry avait reçu un e-mail du détective privé l'informant qu'il avait fini de toutes les installer. Une fois que Vance avait entré le code d'accès, il avait pu activer ces caméras et espionner ainsi une nouvelle cible. C'était la dernière en date sur sa liste, fruit des recherches de Terry. C'était le petit plus qui allait lui permettre d'achever la première phase de son plan.

Mais ça, ce serait pour plus tard. Pour l'heure, il devait se concentrer sur la tâche qui l'attendait. Ce jour-là, il était Patrick Gordon, un homme à l'épaisse chevelure châtain et au visage constellé de taches de rousseur. Une moustache et des lunettes en métal complétaient ce déguisement. Il était vêtu à la manière d'un propriétaire terrien : chaussures de marche marron, pantalon en velours, chemise à carreaux et pull col en V moutarde. Tout ce qui lui manquait, c'était un labrador.

Peu après midi, il se gara dans la cour d'un pub de campagne chic où l'on servait des plats et des bières traditionnels. Terry étant quelqu'un de méticuleux, il avait déniché pour Vance de bonnes adresses à proximité des lieux où résidaient ses cibles. Il s'imaginait peut-être que Vance ferait la tournée de ses anciens amis avec qui il irait prendre le thé ou déjeuner. Au début, ce dernier avait jugé cette attention de Terry complètement excentrique, mais plus il y réfléchissait, et plus il trouvait cela réjouissant de s'afficher au nez et à la barbe du voisinage.

Seules deux tables étaient occupées, la première par un couple d'âge moyen équipé pour une randonnée dans la vallée, la seconde par deux hommes en costume. Vance passa en revue les bières dont les noms étaient tous basés sur de mauvais jeux de mots ou du faux patois et il opta pour l'une d'entre elles, appelée Bar T'at. Le barman qui lui servit sa pinte ne lui prêta aucune attention. Il commanda une tourte à la viande et s'installa dans un coin tranquille où il pouvait consulter sa tablette numérique sans être incommodé. C'était un objet extraordinaire. Il l'avait trouvée dans le tiroir du bureau et il avait été fasciné par tout ce qu'on pouvait faire avec. Son format était bizarre, trop grand pour la glisser dans une poche, mais elle était toutefois nettement plus pratique qu'un ordinateur portable. Tandis qu'il attendait son plat, il se brancha sur les caméras installées dans la grange reconvertie.

Maintenant qu'il faisait jour, Vance y voyait beaucoup plus clair. Il vit que la zone qui avait été jusqu'alors plongée dans l'obscurité était en fait séparée du reste de l'habitation ; c'était une sorte de studio pour les invités muni d'une kitchenette et d'une salle de bains privative. Il possédait sa propre porte d'entrée et Vance distinguait une autre porte, qui devait sans doute mener au reste de la maison.

Ce n'était cependant pas l'élément le plus intéressant. Tout près de la caméra, si près qu'on ne voyait que ses cheveux blonds, un homme était assis à un grand bureau. L'angle de la caméra ne permettait pas à Vance de distinguer davantage que le coin d'un clavier et le haut d'un écran d'ordinateur. Sur le bureau se trouvait un autre clavier, posé devant deux écrans. Il était impossible pour Vance de distinguer quoi que ce soit sur les écrans, mais il supposait qu'il s'agissait de logiciels de programmation informatique. L'homme ne bougeait pas beaucoup ; vraisemblablement, il était occupé à travailler sur son ordinateur.

Il n'y avait aucun signe de vie dans les autres pièces. Dans la chambre, la couette avait été remontée à la va-vite sur le lit et le panier à linge sale débordait. La femme n'était donc pas là, en conclut Vance. Peu importait. Il avait le temps. Il ferma la fenêtre quand on lui servit son plat et posa la tablette à côté de lui le temps de manger. Après des années de cantine en prison, n'importe quel repas paraissait appétissant, mais ce plat était un pur régal. Il prit son temps et s'offrit ensuite un crumble aux pommes accompagné de crème anglaise.

Quand il quitta le pub, l'établissement était plein. Personne ne fit attention à lui quand il se fraya un chemin parmi les clients debout au bar pour regagner le parking. La moitié des clients était habillée comme lui. Une fois dans la voiture, il se détendit. Il se rendit compte qu'il avait été légèrement stressé pendant cette première sortie en public. Mais tout s'était parfaitement bien déroulé.

Vingt minutes plus tard, il dépassa au volant de sa voiture la grange reconvertie sur laquelle il avait fixé toute son attention. Cinq cents mètres plus loin, il s'arrêta sur un bas-côté herbeux. Il sortit sa tablette et attendit que la page se mette à jour. Depuis qu'il avait quitté le pub, la situation avait changé : l'homme se tenait dans la cuisine où il remuait une casserole en rythme, comme s'il écoutait de la musique. Vance regretta de ne pas avoir le son. Il y avait pensé, mais à ce moment-là, c'était trop tard, les caméras avaient déjà été posées.

Soudain, la porte de la salle de bains s'ouvrit et la femme en sortit, vêtue de la tenue noir et blanc de l'avocate qui vient de passer la matinée à plaider au tribunal. Passant une main dans sa chevelure, elle ôta une sorte de barrette et laissa ses cheveux tomber sur ses épaules. Elle enleva sa veste qu'elle posa sur la rambarde. Elle retira ses chaussures et avança vers l'homme, en rythme. Elle se colla contre son dos et passa les bras autour de sa taille. D'une main, il lui caressa la tête par-dessus son épaule.

La femme s'éloigna pour saisir une miche de pain. Elle prit un couteau, une planche à découper et une corbeille. Elle trancha le pain puis posa la corbeille sur la table tandis que l'homme remplissait deux bols de soupe. Ils s'assirent pour déjeuner.

Vance s'installa confortablement dans son siège de voiture. Il lui fallait attendre le bon moment, ce qui pouvait prendre du temps. Mais cela ne lui posait pas de problème. Cela faisait des années qu'il patientait. Il était très doué pour ça.

Carol lut attentivement l'article du *Bradfield Evening Sentinel Times*. Parfois, quand un journal récupérait des infos au sujet d'une affaire, l'article qui en résultait était bancal, bourré de rumeurs et de on-dit. Cette fois, Penny Burgess avait sorti l'artillerie lourde. Elle avait tous les éléments d'un bon article et avait bien joué ses cartes. Évidemment, cela ne la dérangeait pas le moins du monde d'exploiter la mort de trois jeunes femmes. Après tout, pourquoi s'en soucier puisqu'il s'agissait de femmes dont la vie même avait été exploitée ? Carol tenta sans y parvenir de ne pas se laisser aller au dégoût.

— Quelqu'un a vendu la mèche, déclara-t-elle. Et pas qu'un peu.

— Ouais, et on sait tous qui c'est, répondit Paula avec amertume. D'abord ils nous cassent du sucre sur le dos et ensuite, quand ils se font taper sur les doigts, un petit con décide de se venger en appelant la presse, ajouta-t-elle en pointant le journal du doigt. Ils s'en foutent qu'on veuille garder ça secret pour des raisons d'efficacité. Manifestement, flinguer la « brigade des étrangers de Pétaouchnok » leur importe plus qu'arrêter un meurtrier.

Tony lui prit le journal des mains et lut l'article.

— Elle ne suggère même pas qu'il puisse s'agir de crimes sexuels. C'est intéressant. On dirait que sa source lui a donné suffisamment d'éléments pour qu'elle n'ait même pas besoin d'émettre la moindre hypothèse.

— Qu'elle aille se faire mettre ! s'exclama Chris.

— Kevin s'en chargeait bien avant, non ? demanda Sam sans s'adresser à personne en particulier.

— La ferme, répliqua Paula.

— Sam, si vous n'avez rien d'intéressant à dire, pas la peine de parler, renchérit Carol. Cela veut dire qu'on ne peut pas faire confiance à la Division nord concernant la suite de l'enquête. On peut toujours demander à leurs agents en uniforme de faire le travail préparatoire : porte-à-porte, enquêtes de voisinage, ce genre de choses. Mais tout le reste, on le garde pour nous.

Stacey surgit de derrière ses écrans avec un papier à la main.

— Est-ce que ça veut dire qu'on doit éviter d'inscrire des choses sur le tableau ? demanda-t-elle.

— Ça dépend de quel genre de choses, répondit Carol.

Elle sentait une migraine pointer. Trop de décisions, trop de pression, trop d'éléments avec lesquels jongler. Son transfert lui paraissait de plus en plus réjouissant. Au moins quand elle serait là-bas, à Worcester, elle ne ressentirait sûrement pas le besoin de boire un verre alors qu'il n'était même pas encore midi. Et c'était une des raisons pour lesquelles elle avait demandé cette mutation.

Stacey leur montra le papier qu'elle tenait à la main.

— La prise de vue d'une des caméras de surveillance située à deux cents mètres du *Dances With Foxes*. En direction de la sortie de la ville.

L'image couleur montrait une Toyota qui pouvait être rouge ou bordeaux, avec une plaque d'immatriculation clairement lisible. Le passager était visiblement une femme, aux cheveux longs. Le visage du conducteur était à moitié caché sous une casquette de baseball. On n'y voyait pas suffisamment pour établir son identité.

— Est-ce que c'est notre type ?

— Il est là pile au bon moment. Cette voiture n'apparaît pas sur les caméras de surveillance avant le *Dances With Foxes*, elle surgit juste ici. Alors il vient soit du club, soit du magasin de tapis à côté, soit du salon de beauté et bronzage, un peu plus loin. Je ne pense pas que ces deux boutiques soient ouvertes à cette heure-ci. Donc on peut être quasiment sûrs que cette voiture vient du club. Deux autres véhicules apparaissent sur la caméra dans le laps de temps qui nous intéresse, mais aucune d'elles ne transporte de passager. Je dirais que selon toute probabilité, cette voiture est celle de l'homme qui a embarqué Leanne Considine à la sortie du club de strip-tease.

Stacey partageait toujours ses informations comme si elle témoignait à la barre d'un tribunal. Carol appréciait beaucoup sa clarté mais aurait parfois préféré davantage de conviction.

— Beau travail, Stacey, dit-elle. L'immatriculation a donné quelque chose ?

— Les plaques sont volées, répondit-elle brièvement. Elles appartenaient à une Nissan qui a été mise à la casse il y a six mois.

— Et le visage du conducteur ? Est-ce qu'on peut zoomer dessus ?

— On ne voit pas suffisamment son visage pour obtenir un résultat valable. En tout cas, on n'obtiendra pas une image assez nette pour être diffusée.

Sam frappa de la main sur le bureau.

— Alors ça ne nous mène nulle part !

— Ça nous indique que le conducteur de la voiture est certainement le tueur, répondit Tony. Si c'était un simple client, il ne s'embêterait pas à mettre de fausses plaques d'immatriculation. Cela suggère une préméditation.

Stacey se tourna vers Sam qu'elle gratifia d'un de ses rares sourires.

— En fait, Sam, je ne crois pas qu'on soit dans une impasse. Il faut simplement qu'on creuse encore. Comme toutes les villes du Royaume-Uni, Bradfield possède un réseau de surveillance routière très performant. Aujourd'hui, les agents de circulation et les services de sécurité peuvent suivre les mouvements d'un véhicule à travers tout le pays. Sur les nationales et les autoroutes, ils peuvent sélectionner une voiture et suivre son parcours en temps réel. Ou presque. Et, cerise sur le gâteau, tous les mouvements de son véhicule sont enregistrés et conservés pendant cinq ans au Centre national des immatriculations. Ces données peuvent donc être analysées pour fournir des renseignements. Ou constituer des preuves. Tout ce qu'on a à faire, c'est demander les enregistrements concernant cette immatriculation après la mise à la casse de la Nissan. Ça pourrait pratiquement nous mener jusqu'à chez lui. Ou au moins nous permettre d'avoir une photo de lui assez nette pour la faire circuler et obtenir des informations. Est-ce que vous ne trouvez pas ça merveilleux ?

— Merveilleux ? C'est encore mieux que ça, répondit Carol. Est-ce que vous pouvez les contacter, Stacey ? Mettez-leur la pression. Question de vie ou de mort, comme d'habitude. On a besoin de ça immédiatement.

Sa migraine se calmait. Comme toujours dans ce métier, une bonne nouvelle pouvait les mener très loin.

— On tient quelque chose. Et cette fois, l'information ne sort pas de cette pièce.

29

Après la soupe, ils dégustèrent du fromage avec des fruits et des crackers. Quelle perte de temps, toute cette nourriture saine, songea Vance. Bientôt, ils seraient morts ; peu importait la qualité de leur alimentation. Il remua dans son siège pour s'installer plus confortablement. S'ils retournaient tous les deux au travail ensuite, il allait devoir patienter un bon moment avant de pouvoir les prendre par surprise. Cela pourrait durer des heures. Mais ce n'était pas grave. Il aimait bien faire durer le plaisir. Il savait que tout vient à point à qui sait attendre. Cette phrase était devenue pour lui une sorte de mantra, comme les « mais où est donc Ornicar » que récitaient par cœur les écoliers.

Cette fois cependant, les choses ne se déroulèrent pas comme il l'avait prévu. Une fois qu'ils eurent fini de manger, ils mirent leurs assiettes dans le lave-vaisselle. Puis la femme se tourna vers l'homme, s'assit sur lui et passa une main sur son entrejambe. Il pencha la tête en arrière et caressa ses seins en faisant des gestes circulaires comme un mime prétendant toucher une vitre. Elle l'embrassa dans le cou et il la serra contre lui en soulevant son chemisier, passant une main en dessous tandis que de l'autre, il lui caressait le dos. Elle le poussa en direction de l'escalier.

Ils desserrèrent leur étreinte. Elle lui ôta son tee-shirt et le laissa tomber par terre. À son tour, il dégrafa sa jupe qui tomba à ses pieds.

— Oh ! là, là ! murmura Jacko en voyant ses bas et son porte-jarretelles.

Il n'était pas venu là pour se rincer l'œil, mais le spectacle qui se déroulait sur l'écran lui donnait déjà une érection.

Il se redressa sur son siège, prenant conscience qu'il tenait là une excellente occasion. S'ils étaient occupés à s'envoyer en l'air, ils ne prêteraient guère attention à ce qui se passait autour d'eux. Il attrapa un petit sac posé au pied du siège passager avant de sortir de la voiture, tablette à la main, et de se diriger vers la grange. Il y avait un chemin qui menait de la route jusqu'au palier. Il l'avait repéré sur Google Earth. Il l'emprunta en gardant un œil sur l'écran.

Quand il s'engagea sur le chemin, Vance dut passer à la caméra suivante car le couple était monté à l'étage, sur la mezzanine, semant leurs vêtements derrière eux. Elle avait gardé ses bas et son porte-jarretelles, lui ne portait plus qu'une chaussette. Vance avança tant bien que mal, incapable de détourner le regard de l'écran tandis qu'elle s'agenouillait sur le lit et posait la bouche sur son sexe en érection. Il passa les mains dans ses cheveux ébouriffés puis la repoussa doucement pour l'allonger sur le ventre avant de la pénétrer par-derrière en lui caressant les seins et en lui mordillant l'épaule.

Vance pressa le pas. Il ne pouvait pas passer à côté de cette opportunité. Bien entendu, la porte n'était pas fermée à clé : nous étions à la campagne, en plein jour. Il l'ouvrit sans faire de bruit avant d'enlever ses chaussures. Il entra et, à ce moment-là, l'image qu'il avait sur l'écran se doubla d'une bande sonore constituée de gémissements, de râles et de mots à moitié prononcés. Vance posa la tablette afin de prendre dans le sac une paire de gants en latex qu'il enfila. Ensuite il sortit le couteau dont il s'était servi pour tuer Terry. Il gravit l'escalier sans bruit.

Il se rendit compte en montant les marches qu'il n'avait pas besoin de prendre autant de précautions. Ils baisaient comme si leurs vies en dépendaient et Vance sentait son sexe durcir sous ses vêtements. Bon Dieu, cela faisait si longtemps qu'il n'avait pas couché avec une femme. L'espace d'un instant, il songea à tuer l'homme pour prendre sa place. Ce serait la baise du siècle. Mais la raison l'emporta : cela comporterait trop de risques. C'était déjà difficile de maintenir une femme effrayée avec deux bras, alors quand on n'en avait qu'un, ce n'était pas envisageable.

Il gravit les dernières marches lestement et avec confiance. Il se sentait toujours sûr de lui lorsque les choses se déroulaient comme il le voulait. Or cette fois, c'était encore mieux que prévu. Il avança derrière le couple tandis que l'homme atteignait presque l'orgasme ; les muscles de ses fesses étaient tendus, sa respiration haletante. La femme criait, cambrée contre lui, une main entre ses jambes afin qu'ils jouissent en même temps.

Vance tomba sur eux et, de son bras valide, il atteignit la gorge de la femme. Avant que ses victimes n'aient le temps de comprendre ce qui se passait, il lui trancha la gorge. Le sang gicla et, de l'autre main, Vance attrapa le type par les cheveux en lui penchant la tête en arrière. Ce dernier paniqua et essaya de le repousser. Mais la surprise jouait en faveur de Vance : il lui trancha la gorge à son tour et, en un instant, toute la pièce fut éclaboussée de sang. Il recula d'un pas puis retourna l'homme sur le dos. Le sang coulait de sa carotide, la pression sanguine ayant été augmentée par l'activité sexuelle. Ses yeux roulèrent dans leurs orbites avant de se figer.

Vance retourna la femme. Elle était mourante, sa peau déjà pâle, mais le sang coulait encore de sa gorge. Il ôta rapidement ses vêtements entièrement tachés et s'approcha d'elle, le sexe en érection. Il savait qu'elle était presque morte, mais elle était encore si proche de la vie que cela lui semblait moins pervers. Or il n'était pas un pervers. Il n'y avait aucun doute là-dessus : il ne prenait aucun plaisir à tuer et n'avait absolument rien d'un nécrophile.

N'empêche que tout ce sang... c'était incroyable. Après tout, ce n'était pas le meurtre qui l'avait excité. C'était elle qui avait provoqué cela, pendant qu'elle était encore en vie. Toutefois, il ne voulait pas regarder sa blessure ni sa tête presque détachée du cou. Vance la retourna donc de nouveau sur le ventre puis, tout couvert de leur sang, il s'allongea sur elle.

30

Tony suivit Carol jusqu'à son bureau et s'arrêta à la porte.

— Bon, je vais y aller, dit-il. Maintenant que Penny Burgess a eu son scoop, je pense qu'elle va me laisser tranquille.

Carol s'assit et lui lança un regard qui prouvait qu'elle n'était pas dupe.

— Les révélations de Penny n'ont pas eu l'air de te surprendre, commenta-t-elle. Ni les dernières découvertes de Stacey.

Le sourire qu'afficha Tony trahissait sa nervosité. Il aurait mieux fait de se taire et il le savait.

— Il faut croire que j'apprends à dissimuler mes réactions.

— Ou alors tu étais déjà au courant de tout ça.

Il haussa les épaules en affectant un air détaché.

— La plupart des enquêtes suivent le même schéma. Tu le sais mieux que moi.

— Sans doute, répondit-elle sans conviction.

Un mouvement attira son regard dans la pièce adjacente.

— Merde, dit-elle, c'est Blake. Et tu n'es pas censé être ici.

— Je suis ici pour parler de Vance ! répondit-il sur la défensive. Je suis envoyé par le ministère de l'Intérieur. Ça ne regarde pas Blake.

Mais il savait bien que si le supérieur de Carol cherchait la bagarre, il prendrait n'importe quel prétexte.

Blake se dirigea droit sur le bureau, l'air sérieux, la peau rougie autour des yeux. Carol se leva quand il arriva à la porte. Le commissaire jeta un œil à Tony en hochant la tête.

— Docteur Hill. Je ne m'attendais pas à vous trouver ici.

Étrangement, son ton était dénué de toute agressivité.

— Je travaille avec le ministère de l'Intérieur sur l'affaire Jacko Vance. J'avais besoin d'éclaircir certains points avec le commandant Jordan. Mais nous avions terminé, expliqua Tony en se dirigeant vers la porte dans l'espoir d'échapper à la tempête.

Blake plissa les yeux comme s'il avait mal quelque part.

— À vrai dire, docteur Hill, je préférerais que vous restiez un moment.

Surpris, Tony et Carol échangèrent un bref regard. Du plus loin que Tony s'en souvienne, Blake n'avait jamais approuvé sa présence, même quand ils défendaient les mêmes intérêts.

— Pourriez-vous fermer la porte, s'il vous plaît ?

Voilà qui inquiétait Tony pour de bon. Blake agissait comme s'il était chargé d'une grave mission. Or si cette mission concernait à la fois Carol et lui, cela voulait sans doute dire que quelqu'un était mort. Il ferma la porte avant de s'adosser à l'armoire de classement, bras croisés.

D'un geste nerveux, Blake lissa ses cheveux impeccablement coiffés.

— J'ai une mauvaise nouvelle à vous annoncer, dit-il avec un accent du Sud-Ouest plus prononcé que d'habitude.

Carol tourna la tête vers la salle où travaillait son équipe. Tony comprit qu'elle comptait les absents. Tout le monde était là, sauf Kevin.

— Est-ce qu'il est arrivé quelque chose à l'inspecteur Matthews ? demanda-t-elle en essayant de dissimuler son angoisse.

L'espace d'un instant, Blake parut décontenancé.

— L'inspecteur Matthews ?

Il ignorait manifestement de qui il s'agissait.

— Non, non, cela n'a rien à voir avec votre équipe, reprit-il. Carol, je suis désolé, mais il y a eu... un incident.

— Comment ça, « un incident » ? Où ? Qu'est-ce qui s'est passé ?

La panique était maintenant visible sous le masque professionnel de Carol. Tony se redressa. Il vit une petite pellicule de sueur sur la lèvre supérieure de Blake et cela n'annonçait rien de bon.

— Votre frère et sa compagne... Quelqu'un s'est introduit chez eux. Avec violence.

Tony ressentit un choc dans la poitrine et imagina ce que cela devait être pour Carol. Elle se leva, les yeux écarquillés, essayant en vain d'articuler un mot.

— Est-ce qu'ils sont vivants ? demanda Tony en s'approchant de Carol pour la prendre par les épaules.

Ce genre de geste n'était pas naturel chez lui, mais il savait comment les gens étaient censés se comporter dans les situations critiques. Carol lui était plus chère que n'importe qui d'autre ; la moindre des choses, c'était d'adopter l'attitude qu'on attendait de lui.

Blake parut abattu. Il secoua la tête.

— Je suis vraiment désolé, Carol. Ils sont morts tous les deux.

Elle s'effondra contre Tony, tremblant de tout son corps.

— Non... non, non, non !

Sa voix se fit de plus en plus grave si bien qu'elle prononça le dernier « non » dans un râle. Il sentit une tension terrible la traverser. Elle retint son souffle, faillit sangloter mais parvint à se retenir.

— Qu'est-ce qui s'est passé ? demanda Tony.

Blake fit un mouvement des yeux signifiant qu'il préférait ne pas répondre.

— Dites-moi ce qui s'est passé ! cria Carol en se tournant pour faire face au commissaire. Vous n'avez pas le droit de me cacher quoi que ce soit.

Manifestement, Blake ne savait vraiment pas quoi dire.

— Les informations dont je dispose sont très partielles. Votre frère et sa compagne...

— Michael et Lucy, intervint Carol. Ils ont des prénoms. Michael et Lucy.

À présent, Blake avait l'air totalement anéanti.

— Je m'excuse. Michael et Lucy ont été surpris par un intrus qui les a attaqués avec un couteau. Apparemment, tout est allé très vite.

— Ça s'est passé à la grange ? Pendant la nuit ? demanda Tony.

Il était allé dîner là-bas trois ou quatre fois, avec Carol. Il ne parvenait pas à se représenter cette maison transformée en scène de crime. Il n'imaginait pas non plus que quiconque puisse s'introduire chez eux en plein jour sans que personne le remarque.

— Comme je vous l'ai dit, je dispose de très peu d'éléments. Mais les inspecteurs sur place pensent que cela a eu lieu il y a deux heures maximum.

— Qui les a trouvés ? demanda Carol qui essayait de se ressaisir.

Elle était passée en mode défensif à présent et construisait autour d'elle un mur de glace qui allait la séparer du reste du monde. Tony l'avait déjà vue une fois traverser une crise personnelle très grave. Il avait également assisté au contrecoup, quand elle avait fini par s'effondrer.

— Je ne sais pas, Carol, je suis désolé. J'ai préféré vous transmettre au plus vite le peu d'informations que j'avais plutôt que d'attendre d'en savoir plus.

Blake leva les yeux vers Tony pour chercher de l'aide. Mais ce dernier était tout aussi démuni. Il n'arrivait pas à comprendre. Il était abasourdi et savait que le choc allait se faire ressentir de façon encore plus violente d'une minute à l'autre. Deux personnes de son entourage étaient mortes. Assassinées. Et il n'avait aucun doute quant à l'identité du coupable.

Carol se détacha de lui pour aller prendre sa veste suspendue au portemanteau.

— Il faut que je me rende sur les lieux, annonça-t-elle.

— Je ne pense pas que ce soit une bonne idée, intervint Blake en essayant de faire preuve d'autorité.

— Je me fiche de ce que vous pensez, répondit-elle. C'est mon frère, c'est moi qui décide.

Sa voix se brisa en disant cela. Elle ouvrit son tiroir d'où elle tira deux mignonnettes de vodka. Elle les avala l'une après l'autre. Elle serra les dents sous l'effet de l'alcool en clignant plusieurs fois des yeux. Puis, après s'être ressaisie, elle déclara :

— Tony, il faut que tu m'emmènes là-bas.

— Si vous souhaitez vraiment y aller, je vais demander à un agent de vous y conduire, proposa Blake.

— Je ne veux pas y aller avec quelqu'un que je ne connais pas, répliqua-t-elle. Tony, tu m'emmènes ? Ou est-ce qu'il faut que je demande à Paula de le faire ?

C'était bien la dernière chose dont il avait envie. Mais il n'avait pas le choix.

— Je t'emmène.

— Bien entendu, prenez tout le temps dont vous avez besoin, dit Blake tandis que Carol enfilait sa veste et sortait du bureau.

Elle avança avec précaution, comme si elle se relevait tout juste d'une chute sur un terrain de sport. Tony la suivit sans savoir s'il valait mieux lui passer le bras autour de l'épaule ou la laisser tranquille. Paula, Chris et Sam la dévisagèrent, perplexes.

— Expliquez-leur, dit Tony à Blake par-dessus son épaule. Il vaut mieux qu'ils soient au courant.

D'un mouvement de tête, il indiqua Chris. Si son hypothèse concernant le meurtre de Michael et Lucy se confirmait, il fallait qu'elle le sache.

— Chris en particulier.

Il vit le choc se dessiner sur le visage de cette dernière, mais il n'avait pas le temps de s'occuper d'elle. Carol était la seule personne qui comptait, dorénavant.

31

En voiture, chaque binôme a ses propres habitudes. Chez certains, c'est toujours le même qui conduit et le même qui occupe la place passager ; d'autres se partagent le volant selon un schéma préétabli ; d'autres encore ne cèdent le volant que quand ils ont bu. Quand ils sont passagers, certains se concentrent sur la carte, restent impassibles ou s'endorment tandis que d'autres critiquent la conduite de leur partenaire en retenant leur respiration au moindre risque d'accident. Quelles que soient leurs habitudes, celles-ci se modifient uniquement en cas de crise grave.

Le fait que Carol tende sans un mot ses clés de voiture à Tony prouvait à quel point elle était bouleversée. Si elle était une conductrice confiante, assurée et rapide, il était au contraire nerveux, hésitant et incertain. Conduire n'avait jamais été chez lui quelque chose de naturel. Il lui fallait toujours réfléchir à ses manœuvres et, étant donné qu'il était souvent perdu dans ses pensées, Carol répétait toujours qu'elle avait l'impression de mettre sa vie en danger chaque fois qu'elle était sa passagère. Mais ce jour-là, elle s'en fichait complètement.

Il programma le GPS avant de démarrer. Même si la crise avait réduit le nombre d'embouteillages en ville aux heures de pointe, la circulation était encore dense à cette heure de l'après-midi. En temps normal, Carol aurait juré et pris un raccourci qui ne leur aurait pas forcément fait gagner du temps mais qui aurait permis de ne pas rester immobiles. Cet après-midi-là, elle se contenta de regarder par la fenêtre, les yeux dans le vide. Elle s'était refermée sur elle-même, comme un animal hibernant une fois le froid venu, économisant ses forces.

Il l'avait vue une seule fois dans un état semblable. Elle avait été violée et violentée, frappée et blessée, battue mais pas complètement vaincue. Elle s'était protégée en rentrant en elle-même, comme aujourd'hui. Cela avait duré des mois, durant lesquels elle n'avait trouvé de réconfort que dans la boisson ; elle s'était éloignée de ses amis et de sa famille. Tony lui-même, malgré tous ses talents, avait failli perdre contact avec elle. Au moment où il craignait qu'elle ne disparaisse complètement, son travail l'avait sauvée. Cela lui avait donné une raison de vivre que Tony n'avait pu lui procurer. Il s'était senti impuissant et s'était toujours demandé si Carol partageait cet avis.

Ils venaient tout juste de sortir de Bradfield quand le téléphone de Carol sonna. Elle ne prit même pas la peine de regarder qui l'appelait.

— Je n'ai pas envie de parler.
— Même pas à moi ? demanda Tony en lui jetant un coup d'œil.

Elle lui lança un regard indéchiffrable qui n'avait rien d'affectueux. Au lieu de répondre, elle se recroquevilla un peu plus sur elle-même. Tony se concentra sur la route en essayant, sans y parvenir réellement, de se mettre à sa place. Fils unique, il n'avait jamais eu personne avec qui partager ses souvenirs d'enfance. Avoir un frère ou une sœur pouvait vous rendre plus fort pour affronter le monde ou, au contraire, vous pourrir la vie à coups de relations perverses et de personnalités tordues. Carol et son frère appartenaient sans aucun doute à la première catégorie.

La première fois que Tony avait collaboré avec elle sur une affaire de meurtre, il y avait bien des années de cela, à l'époque où le profilage n'en était qu'à ses débuts et que Carol le défendait haut et fort, elle partageait avec Michael un loft situé dans un entrepôt reconverti du centre-ville, typique des années 1990. Tony se souvenait que Michael avait proposé de les aider à développer leur logiciel. Il se souvenait aussi qu'il s'était demandé à un moment si le tueur n'était pas Michael lui-même. Heureusement, il s'était trompé. Plus tard, quand il avait appris à le connaître, il s'était senti gêné d'avoir pu envisager une chose pareille. Et puis quand il s'était rappelé le nombre de tueurs qui parvenaient à tromper leur entourage, sa gêne s'était légèrement estompée.

Il n'avait pas oublié non plus sa première rencontre avec Lucy. Il était revenu à Bradfield le temps d'une incursion – brève et maladroite – dans le milieu universitaire. Carol était de retour elle aussi, après le traumatisme qui avait bien failli la détruire. Elle avait emménagé de nouveau dans le loft que Michael partageait désormais avec Lucy. Il suffisait de passer cinq minutes avec le couple pour comprendre pourquoi Carol avait envisagé cela comme une solution temporaire uniquement. Certains couples allaient tellement bien ensemble qu'on ne voyait pas ce qui pouvait les séparer. Après une soirée en compagnie de Michael et Lucy, il était facile de les imaginer quarante ans plus tard, toujours ensemble, toujours heureux à rire de leurs blagues respectives.

C'est pourquoi Carol avait emménagé dans le studio au sous-sol de la maison de Tony. Michael et Lucy, eux, avaient profité du boom de l'immobilier du nouveau millénaire pour quitter le loft au profit d'une incroyable grange reconvertie à la lisière des Yorkshire Dales. S'ils avaient déménagé, c'était en partie pour fonder une famille loin du stress de la ville. Tony pensait que c'était encore plus stressant d'élever des enfants au milieu de nulle part, où chaque activité, l'école comme les loisirs, nécessitait un trajet en voiture. Mais personne ne lui avait demandé son avis. Maintenant ils étaient morts. Et leur rêve de vie de famille était mort avec eux.

La voix posée du GPS lui indiqua de prendre la prochaine à droite. Ils étaient presque arrivés et cela le surprit. Le trajet était passé sans qu'il s'en rende compte et il se demanda si cela avait ou non amélioré sa façon de conduire.

Quand ils prirent le dernier virage, le décor changea. Le paysage rural constitué de prés à perte de vue et de murs de pierre sèche céda la place à un environnement qui semblait trop urbain. Des voitures de police, une fourgonnette de la morgue et plusieurs véhicules banalisés étaient alignés le long de la route. Une toile de tente blanche avait été tendue derrière la maison où, d'après les souvenirs de Tony, se trouvait la porte d'entrée. Il freina brusquement et se gara derrière une voiture qu'il faillit emboutir.

Il avait fallu moins d'une heure pour venir du commissariat de Bradfield, mais Carol paraissait avoir vieilli d'un coup. Elle était pâle et les rides naissantes de son visage s'étaient creusées.

— J'avais tellement envie de croire que Blake s'était trompé, gémit-elle.

— Tu veux que j'aille chercher le responsable de l'enquête ? proposa Tony.

Il avait envie de l'aider mais ne savait pas comment faire. Il la connaissait depuis longtemps et il se sentait désemparé précisément au moment où elle avait besoin de lui.

Elle prit une profonde inspiration avant d'expirer lentement.

— Il faut que je voie ça de mes propres yeux, déclara-t-elle.

Elle ouvrit la portière et un vent froid s'engouffra dans la voiture.

Ils étaient à peine sortis du véhicule qu'un agent en uniforme muni d'un bloc-notes s'approcha d'eux à grands pas.

— L'accès est interdit, dit-il. Vous ne pouvez pas vous garer ici.

Tony s'avança.

— Voici Jordan et je suis le Dr Tony Hill, du ministère de l'Intérieur. Où peut-on trouver le responsable de l'enquête ?

Le jeune agent parut perplexe. Puis son visage s'éclaira, comme s'il venait de trouver la solution à un dilemme.

— Je peux voir votre badge ? demanda-t-il.

Carol s'adossa à la voiture en fermant les yeux. Tony prit le jeune homme à part.

— C'est son frère qui a été tué. Elle est commandant de police à Bradfield. Elle a droit à tout le respect dont vous êtes capable. Vous n'allez pas vous attirer des ennuis en nous conduisant à votre chef mais par contre, si vous refusez, je ferai tout ce qui est en mon pouvoir pour vous pourrir l'existence.

Il afficha un sourire qui était tout sauf conciliant.

Avant que la situation ne puisse dégénérer, un homme de grande taille au teint cadavérique, aux sourcils épais et au nez pointu sortit de la tente et les aperçut.

— Grimshaw ? cria-t-il en secouant la main. Laissez passer le commandant Jordan.

Libéré d'un poids, le jeune agent les escorta jusque dans l'allée de Michael et Lucy. L'homme vint à leur rencontre.

— Tu le connais ? demanda Tony à Carol.

— C'est le commandant Franklin, répondit-elle. On a travaillé ensemble, plus ou moins, sur l'affaire des meurtres de RigMarole. L'une des victimes se trouvait dans son secteur. Il ne m'aime pas. Dans le West Yorkshire, personne ne m'aime. Toi non plus, d'ailleurs. Parce qu'on les a fait passer pour des cons au moment du meurtre de Shaz Bowman.

Franklin s'approcha d'eux rapidement, ce qui fit claquer son imperméable au vent.

— Commandant Jordan..., commença-t-il, embarrassé.

Il avait un accent du Yorkshire à couper au couteau. Il avait beau essayer, la compassion n'était apparemment pas son fort.

— Je suis désolé, dit-il finalement.

Il dévisagea Tony.

— On ne se connaît pas, lui dit-il.

— Dr Tony Hill. Du ministère de l'Intérieur.

Franklin haussa ses sourcils broussailleux.

— Le profileur ? Qui a eu l'idée de vous prévenir ?

— Je ne suis pas ici en tant que médecin. Je suis un ami proche du commandant Jordan. Je connaissais également les victimes. Alors si je peux vous être utile en quoi que ce soit...

Franklin eut l'air sceptique. Une petite pluie tombait et Carol frissonna.

— On peut aller discuter dans ma voiture, proposa-t-il.

— Je veux les voir, annonça Carol.

— Je ne crois pas que ce soit une bonne idée, répondit Franklin, inquiet. Ce n'est pas le genre de souvenirs qu'on veut garder d'un proche...

Elle parut faire un réel effort physique pour garder son calme.

— Je ne suis pas une enfant, monsieur Franklin. J'ai assisté à des scènes qui auraient coupé l'appétit pendant des jours à la plupart des policiers. Je suis une professionnelle. Et je connais les lieux. Je serai plus à même de repérer un élément incongru que n'importe lequel de vos inspecteurs.

D'un mouvement de tête, elle indiqua Tony avant d'ajouter :

— Quant à lui, il déchiffre une scène de crime comme vous lisez le journal.

Franklin se frotta le menton.

— Mais vous faites partie de la famille des victimes. S'il y a procès, la défense pourrait utiliser cet argument contre nous.

— Est-ce que vous avez la moindre idée de ce qui s'est passé ? demanda Tony.

— Un inconnu a surpris le couple. Ils étaient au lit, apparemment en plein rapport sexuel...

— Ils étaient en train de faire l'amour, le corrigea Carol. Entre eux, c'était toujours de l'amour. Vous n'imaginez pas à quel point ils étaient amoureux l'un de l'autre.

Elle était furieuse.

Franklin prit un instant avant de répondre.

— Si vous le dites. L'agresseur les a attaqués par-derrière et leur a tranché la gorge.

Franklin leva les yeux vers les collines environnantes. Tony supposa qu'il faisait tout pour éviter de croiser le regard de Carol.

— C'est une vraie boucherie. Ils se sont littéralement vidés de leur sang.

Carol se tourna vers Tony et lui saisit le bras.

— C'est bien lui, non ?

— À mon avis oui, répondit-il. C'est la première pensée qui m'est venue à l'esprit quand Blake nous a annoncé la nouvelle. J'espérais me tromper.

— Mais tu ne te trompes pas. Tu aurais dû y penser plus tôt, ça c'est sûr, mais tu ne te trompes pas.

Franklin poussa un soupir d'exaspération.

— Vous voulez bien m'expliquer de quoi vous parlez, tous les deux ?

— De Jacko Vance, répondit Carol. C'est lui, le meurtrier.

Franklin essaya de réprimer son incrédulité.

— Jacko Vance ? Il vient juste de s'échapper de prison, dans les Midlands. Comment se serait-il retrouvé ici ? Et pourquoi est-ce qu'il assassinerait votre frère et sa compagne ?

— Parce que d'après lui, c'est à cause de nous qu'il a passé douze ans en prison, expliqua Tony. Admettre sa culpabilité, ce n'est pas son fort. J'ai d'abord pensé qu'il allait se venger contre l'équipe de police qui l'avait arrêté à l'époque et contre son ex-femme. Je ne pensais pas qu'il se vengerait de cette façon, ajouta-t-il en jetant à Carol un regard désolé.

Franklin sortit un paquet de cigarettes et s'en alluma une.

— Donc vous n'avez aucune preuve tangible de sa culpabilité ?

— Je suis sûre que la police scientifique va trouver quelque chose, dit Carol. Bon, est-ce que je peux entrer dans la maison ?

Franklin haussa les épaules.

— Je crois que vous vous trompez de coupable. C'est sans doute une horrible coïncidence, rien de plus, dit-il en remontant son col pour se protéger de la pluie qui s'intensifiait. Venez, on va vous donner des combinaisons.

Il les conduisit jusque dans la tente en lançant à la cantonade :

— Trouvez-moi des combinaisons pour le commandant et le profileur !

Tandis qu'ils enfilaient maladroitement les combinaisons blanches, Tony essaya de parler à Carol.

— Tu es sûre de vouloir faire ça ?

— J'ai pas envie d'en parler, répondit-elle.

Elle lui tourna le dos le temps d'enfiler les chaussons de protection par-dessus ses chaussures.

— Je crois vraiment que c'est une mauvaise idée. Tu ne laisserais jamais la famille d'une victime voir le corps de leur proche sur les lieux du crime.

— Je suis flic. J'ai l'habitude.

Elle fit claquer l'élastique du chausson sur sa cheville et se leva pour enfiler le haut de la combinaison.

— Là c'est différent. Tu les aimais. Laisse-moi au moins aller jeter un œil en premier.

— Tu veux dire que, toi, ça te touche moins parce que tu les aimais moins, c'est ça ?

— Non, bien sûr que non, ce n'est pas ce que je veux dire. Mais un truc pareil, ça va te donner des cauchemars, Carol.

Elle se redressa pour le regarder bien en face.

— Et tu crois vraiment que je dormirai mieux si je ne vois pas ça de mes propres yeux ? C'est justement parce que je sais à quoi ressemble ce genre de scènes que j'ai besoin de la voir. Sinon c'est mon imagination qui va prendre le relais. Et tu crois vraiment que ça me donnera moins de cauchemars ?

Il n'avait pas de réponse à ça. Comme elle était déjà prête, elle sortit de la tente sans l'attendre en empruntant le chemin tracé à l'aide de plaques de métal jusqu'au lieu du crime. Tony enfila sa combinaison en vitesse pour pouvoir la rattraper mais il se prit les pieds dedans. Le temps qu'il atteigne la porte d'entrée de la maison, elle avait déjà disparu.

Le rez-de-chaussée paraissait étrangement normal. La veste de Lucy était posée sur la balustrade, et ses chaussures un peu plus loin. Il y avait un tee-shirt froissé par terre près de la table et une jupe au pied des escaliers. En dehors de l'odeur si reconnaissable du sang, aucun signe de violence n'était apparent.

Tony leva les yeux en haut des escaliers et ce qu'il vit lui coupa le souffle. Au-dessus de la mezzanine, le plafond était couvert d'éclaboussures, de projections et de taches écarlates. Comme si quelqu'un avait balancé un pot de peinture rouge.

— Tu leur as tranché la carotide..., murmura-t-il.

Il gravit l'escalier en prenant garde à ne marcher que sur les plaques de protection.

La scène qu'il découvrit en haut des marches était monstrueuse. Michael était allongé sur le dos, sur un lit trempé de sang. Lucy était à côté de lui, sur le ventre, la chevelure collée et ensanglantée. Il y avait un trait de sperme séché au bas de son dos. Les murs, le sol et le plafond étaient maculés de rouge. Carol se tenait au pied du lit et la rage montait peu à peu en elle. Il eut envie de pleurer, pas pour Michael et Lucy, mais pour Carol.

— Il y a une photo qui a disparu, annonça-t-elle tout à coup à l'agent de la police scientifique qui travaillait dans un coin de la pièce. Là, sur le mur.

On voit le contour, tracé par le sang. C'était une photo de famille : Michael, Lucy, moi, mes parents. Elle a été prise il y a deux ans lors du mariage d'une cousine. Michael trouvait que c'était la plus belle photo de nous tous. Il l'avait fait tirer en plusieurs exemplaires pour nos parents et moi, et il avait affiché la sienne sur ce mur-là, pour qu'elle soit exposée à la lumière du matin.

Elle se tourna pour regarder Tony. Comme elle portait un masque, il ne voyait que ses yeux bleu-gris remplis de larmes.

— Maintenant ce connard de Vance a ma photo de famille. Il m'a pris mon frère et il a emporté la photo comme un trophée. Ou alors pour pouvoir reconnaître mes parents plus facilement au moment où il voudra s'en prendre à eux.

Elle prononça cette phrase en élevant la voix ; le choc cédait peu à peu la place à la colère.

— C'est ta faute ! s'emporta-t-elle en visant Tony. C'est toi qui m'as attirée dans cette affaire. C'était ton combat, à toi et à tes étudiants. Mais tu m'as traînée là-dedans pour que je t'aide à coincer Jacko Vance.

Cette attaque était violente. Depuis qu'ils se connaissaient, c'était la première fois qu'elle s'en prenait à lui de cette façon. Ils s'étaient déjà disputés par le passé mais cela n'avait jamais atteint de telles proportions. Il y avait toujours eu entre eux une sorte de ligne rouge qu'ils n'avaient jamais franchie. D'après Tony, c'était parce qu'ils étaient tous les deux conscients du mal qu'ils pouvaient se faire. Mais cette ligne venait d'être franchie, à cause de Vance.

— C'est toi qui as voulu t'impliquer dans cette affaire, à l'époque, se défendit-il faiblement en sachant très bien que rétablir la vérité ne servirait à rien.

— Et tu n'as jamais essayé de m'en empêcher ! Tu n'as jamais pensé que je pourrais en subir un jour les conséquences. Pas une seule seconde. Combien de fois je me suis mise en danger pour toi ? Parce que tu avais besoin de moi ?

Son ton devenait agressif à présent.

— Et voilà où on en est maintenant. Tu as passé la journée d'hier à rédiger ta putain d'évaluation psychologique et tu n'as pas suggéré une seule fois que Vance pourrait s'en prendre aux gens que j'aime. Pourquoi ça, Tony ? Tu as préféré ne pas me le dire ? Ou bien tu n'as pas envisagé cette possibilité ?

Il avait déjà souffert physiquement dans la vie. Il avait été ligoté nu et laissé pour mort sur un sol de béton. Il avait affronté un tueur armé. Mais rien de tout ça ne l'avait fait souffrir autant que les accusations de Carol.

— Je n'y ai pas...

— Regarde-toi ! Tu as l'air contrarié ! C'est ça qui t'embête, hein ?

Elle s'approcha de lui et le poussa violemment. Il fit quelques pas maladroits en arrière.

— Ce qui t'embête, c'est de ne pas avoir prévu ça, hein ? De ne pas y avoir pensé ? De ne pas être aussi intelligent que tu le pensais ? Le grand Tony Hill a merdé et maintenant mon frère est mort !

Elle le poussa de nouveau et il dut faire un pas de côté pour ne pas dégringoler dans l'escalier.

— Parce que c'est ce qui vient de se passer. Tu es censé anticiper les actions de types tordus comme Jacko Vance. Mais tu as échoué. Regarde-les ! ajouta-t-elle en pointant le doigt vers le lit. Regarde-les jusqu'à ce que tu ne puisses plus t'enlever cette image de la tête. C'est toi qui es responsable, Tony. Tout autant que Jacko Vance.

Elle serra les poings et il tressaillit.

— C'est pitoyable, conclut-elle.

Elle tourna les talons et descendit l'escalier d'un pas rapide. Tony baissa les yeux vers l'étage inférieur et vit Franklin secouer la tête. Il s'aperçut que dans la grange, tout le monde s'était interrompu pour les regarder, lui et Carol.

— Je peux vous demander où vous allez ? dit Franklin en tendant le bras pour ralentir Carol quand elle arriva à sa hauteur.

— Il faut que quelqu'un prévienne mes parents, répondit-elle. Et il faut que quelqu'un reste avec eux pour s'assurer que Vance ne va pas les attaquer à leur tour.

— Est-ce que vous pouvez donner leur adresse au lieutenant Moran ?

Il indiqua une femme vêtue d'une doudoune et d'une casquette de baseball, assise à une table installée dans un coin de la tente.

— On va demander à la police locale d'envoyer quelqu'un en attendant que vous arriviez, ajouta-t-il.

— Merci, répondit-elle. Vous devriez aussi contacter la West Mercia au sujet de Vance. Je vais donner au lieutenant Moran les coordonnées des inspecteurs qui travaillent sur l'enquête.

Tony se força à sortir de sa torpeur et l'appela :
— Carol ! Attends-moi.
— Toi, tu ne viens pas avec moi ! répondit-elle.

Sa réponse était aussi brutale qu'un claquement de porte. Et Tony venait de se la prendre en pleine figure.

32

Il valait mieux éviter le bureau. Ce qui était arrivé à Carol avait plombé l'atmosphère, se dit Chris tandis qu'elle descendait en voiture les Pennines en direction du Derbyshire. Elle sirotait un café tout en conduisant. Il était froid et quiconque l'aurait goûté aurait été bien en peine de savoir s'il s'agissait d'un café frappé qu'on avait réchauffé ou d'un fond de café chaud qui avait refroidi. Elle s'en fichait. Elle le buvait pour une seule raison : rester éveillée. Depuis le voyage de la veille jusque chez Kay Hallam, elle avait l'impression d'avoir passé le plus clair de son temps dans cette voiture.

Idéalement, elle aurait bien voulu mettre la main sur un exemplaire du livre de Geoff Whittle consacré à Vance le tueur de flics afin de le lire tranquillement dans un coin de son bureau avant d'aller rencontrer son auteur. Mais « retiré de la vente » voulait tout dire : il n'existait plus aucun exemplaire disponible de *Tuer est un sport* et même si elle en avait trouvé un, elle n'aurait pas eu le temps de s'y plonger. Depuis que les meurtres avaient commencé, le temps était compté. Pour le moment, personne n'avait accusé publiquement Vance pour le double meurtre de Michael Jordan et sa compagne, mais au bureau de la BEP, tout le monde savait qui était le coupable.

Stacey avait mis à peu près six minutes à trouver l'adresse et le numéro de téléphone de Geoff Whittle ; elle avait également réussi à découvrir qu'il sortait rarement de chez lui dernièrement parce qu'il était sur une liste d'attente pour une opération de la hanche. Si elle avait eu le temps, Stacey aurait sans doute pu trouver une version en ligne du texte de Whittle. Mais le temps, c'était précisément ce qui lui manquait.

Le meurtre de Shaz Bowman par Vance avait eu lieu il y avait bien longtemps, mais l'émotion entourant cette affaire était toujours vive. Depuis la mort de sa collègue, Chris avait changé. Elle était devenue plus sérieuse, plus mesurée. Elle avait arrêté de chercher l'amour là où il ne fallait pas et avait pris des décisions réfléchies sur la façon dont elle souhaitait mener sa vie plutôt que de suivre des lubies. Grâce à la BEP de Bradfield, elle était devenue exactement ce qu'elle voulait être. Elle ne savait pas si cela allait durer.

Elle dépassa le mont Dark Peak avec ses teintes brunes et vertes puis le White Peak, aux tonalités plutôt grises et argentées. Quelques moutons étaient encore dehors, au bord de la route qui menait à Winnats Pass et ils s'éloignèrent quand la voiture approcha. Un rayon de soleil filtra à travers les nuages, baignant le paysage d'une douce lumière.

Castelton était un village idéal pour les touristes et les marcheurs. Chris et sa compagne s'y rendaient parfois en hiver pour promener les chiens et profiter du paysage. En ce jour de fin de printemps, les trottoirs et les rues grouillaient de visiteurs. Arrivée au centre du village, Chris prit à droite et parcourut le flanc de la colline jusqu'à un petit lotissement de quatre maisons. D'après les informations de Stacey, Whittle occupait la plus reculée des quatre.

Chris se gara sur un bas-côté où on voyait des traces de pneus et se dirigea vers la maison. C'était une habitation de plain-pied bâtie avec la pierre calcaire de la région. Elle supposa qu'elle se composait de trois pièces, plus une cuisine et une salle de bains, guère lumineuses. Transformée en location de vacances, ce genre de maison pouvait rapporter une petite fortune. Mais à l'année, Chris imaginait que les inconvénients étaient nombreux, surtout si on était bloqué chez soi. Manifestement, l'expérience de Geoff Whittle dans le domaine du livre à sensation n'avait pas été très fructueuse.

De près, la propriété n'était pas vraiment reluisante. La peinture des fenêtres était écaillée, les dalles de l'allée étaient envahies de mauvaises herbes et les voilages des fenêtres pendaient à leur tringle. Chris souleva un heurtoir en fer noir qu'elle laissa retomber bruyamment.

— J'arrive ! lança une voix à l'intérieur.

Il y eut une longue pause suivie de bruits divers et variés puis la porte, retenue par une chaîne, s'entrouvrit de quelques centimètres. Un homme aux cheveux blancs ébouriffés et aux lunettes crasseuses passa la tête dans l'entrebâillement.

— Qui êtes-vous ? demanda-t-il d'une voix forte.

Chris présenta son badge.

— Je suis l'inpecteur Devine. Vous êtes bien M. Whittle ?

— Vous êtes là pour me protéger ? demanda-t-il sur un ton indigné. C'est pas trop tôt ! Il est en liberté depuis hier et je me suis fait un sang d'encre depuis que j'ai vu la nouvelle aux infos. Et pourquoi vous ne m'avez pas prévenu personnellement au lieu de me laisser apprendre ça à la télé, d'ailleurs ?

— Parce que vous croyez que Vance va s'en prendre à vous ? demanda Chris tout en essayant de dissimuler son désarroi.

— Mais enfin, bien sûr que oui ! Mon livre a été le premier à dire la vérité à son sujet. Il a réussi à le faire interdire, mais il m'a juré de se venger. Vous feriez mieux d'entrer, dit-il en refermant la porte de façon à pouvoir ôter la chaîne.

— Je ne suis pas ici pour vous protéger, expliqua Chris en le suivant jusqu'à une cuisine sombre et encombrée qui faisait également office de bureau.

Il s'arrêta et se retourna.

— Comment ça ? Si vous n'êtes pas là pour me protéger, qu'est-ce que vous voulez ?

— Des informations. Vous avez raison : vous avez dit la vérité sur lui et j'ai besoin de vos lumières.

Il lui jeta un petit coup d'œil.

— Normalement, je fais payer ce genre de choses. Mais je pourrai toujours vendre mon histoire au journal du coin et ça me rapportera encore plus : « La police demande à l'auteur de l'aider à traquer Jacko. » Ça serait pas mal. Si j'arrive à caser dans l'article un petit quelque chose sur les réductions budgétaires dans la police, je pourrai même essayer de le fourguer au *Guardian*. Asseyez-vous, dit-il en indiquant les chaises autour de la table en pin.

Il prit place quant à lui sur un fauteuil en bois en bout de table.

— Qu'est-ce que vous voulez savoir ?

— Tout ce qui nous aiderait à coincer Vance, répondit Chris en posant une pile de journaux par terre pour libérer une chaise. Les gens auprès de qui il pourrait chercher de l'aide. Les lieux où il pourrait se cacher. Ce genre de choses.

Whittle frotta son menton couvert d'une barbe de quelques jours.

— C'est un solitaire, Vance. Pas très fort en amitié. Il était proche de son producteur, mais il a passé l'arme à gauche il y a quelques années. La seule autre personne vers qui il pourrait se tourner, ce serait un type qui s'appelle Terry Gates. Un marchand...

— On sait qui c'est, intervint Chris.

Whittle fit une moue. Il avait de la salive séchée à la commissure des lèvres.

— Dans ce cas, je ne vois personne d'autre. À part peut-être... Vous avez pensé à son ex-femme ?

— Je croyais qu'ils étaient en froid, répondit Chris soudain intéressée.

Whittle gloussa, des glaires au fond de la gorge, et rétorqua avec un clin d'œil :

— C'est ce qu'elle veut vous faire croire.

Toujours rien à la radio au sujet de ses récents exploits, s'étonna Vance. Il aurait cru que dans un monde d'information continue, quelqu'un aurait contacté les médias pour leur parler du double meurtre. Il avait espéré qu'on prendrait au sérieux l'appel anonyme qu'il avait passé depuis la cabine téléphonique située devant le pub où il avait déjeuné. Ce serait trop drôle s'ils avaient pensé que cet appel était un canular.

Évidemment, il n'était pas retourné sur les lieux pour voir ce qu'il en était. Il avait du travail et même s'il était convaincu de l'efficacité de son déguisement, il n'allait pas prendre de risques inutiles.

Après en avoir terminé avec la jolie Lucy, Vance avait ôté ses vêtements pleins de sang pour les mettre dans un sac plastique. Il avait pris une bonne douche chaude afin d'éliminer toute trace de ses victimes. Il avait décroché du mur la photo de famille dans le but de faire peur à Carol Jordan puis, une fois parvenu au rez-de-chaussée, avait enfilé les vêtements propres qu'il avait emmenés avec lui : un pantalon de costume rayé et une chemise. Il avait échangé sa perruque contre une autre, coiffée différemment. Elle correspondait davantage à la photo d'identité de Patrick Gordon. Il avait repris l'allée qui menait à sa voiture en prenant garde de ne pas paraître pressé et de ne pas laisser transparaître son allégresse. Carol Jordan allait désormais devoir vivre avec ça, jusqu'à la fin de ses jours. De la même façon que lui avait dû subir douze ans de prison à cause d'elle, entouré par la laideur et la bêtise. C'était à son tour maintenant de souffrir. La seule différence, c'est qu'elle ne pourrait jamais s'échapper de la prison qu'il venait de lui construire.

Il avait jeté ses vêtements souillés dans une benne, derrière un hôtel près de l'aéroport de Leeds Bradford avant de garer la Mercedes dans un parking à stationnement longue durée. À l'image de bien d'autres choses, tout avait changé dans ce domaine pendant son incarcération. Désormais, il fallait prendre un ticket que l'on gardait pour payer ensuite à une machine à la sortie. Il se demanda combien d'agents de parking idiots avaient ainsi perdu leur emploi et dans quelle mesure ce changement avait amélioré la qualité de vie des gens qui n'avaient plus besoin d'adresser la parole à ces abrutis.

Vance enfila sa veste de costume et empoigna un attaché-case. Il prit ensuite un bus qui le mena au terminal, mais au lieu de se diriger vers le comptoir des enregistrements, il bifurqua vers le bureau de location des voitures. On avait pu remarquer la Mercedes ou bien elle pouvait apparaître sur une caméra de surveillance et il était hors de question pour lui de prendre le moindre risque. À l'aide de sa pièce d'identité établie au nom de Patrick Gordon, il loua une Ford berline anonyme équipée d'un GPS et régla avec une carte de crédit débitant un compte aux îles Caïmans. Voilà une autre chose qui avait changé : la facilité de paiement. Il flirta brièvement avec la femme qui se trouvait derrière le comptoir mais pas assez pour qu'elle se souvienne de lui.

Vingt minutes plus tard, il était en route en ayant pris soin de transférer le matériel dont il aurait besoin de son ancienne voiture à la nouvelle. Si tout se déroulait comme prévu, il aurait accompli la deuxième partie de son plan d'ici quelques heures. Peut-être même la troisième, avec un peu de chance. La seule question en suspens était de savoir s'il passerait la nuit suivante dans un motel ou s'il retournerait à Vinton Woods. Quel luxe d'avoir autant d'options, se dit-il. Pendant si longtemps il n'avait eu que des choix limités, restreints par des règles qui n'étaient pas les siennes. Il avait perdu beaucoup de temps à cause de Carol Jordan, Tony Hill et sa salope d'ex-femme. Ils allaient tous le payer.

Vance sourit à cette pensée tandis qu'il se garait dans une station-service. Ce qu'il faisait lui apportait une réelle satisfaction. Quand il serait en sécurité dans sa villa des Caraïbes ou dans son domaine des Émirats, il pourrait se repaître de cette pensée jusqu'à la fin de ses jours. Savoir que ses victimes souffraient toujours serait la cerise sur le gâteau.

33

Il n'était pas question qu'il suive Carol. Tony resta interdit en haut de l'escalier, blessé et anéanti par la violence de sa réaction. Il avait l'impression que le lien qui les unissait venait d'être brutalement rompu. Il se sentait abandonné ; Carol avait su frapper là où ça faisait mal. Elle n'avait pas tort : elle lui avait accordé toute sa confiance, avait pris des risques pour lui, mis sa vie en danger. Et il ne s'était pas montré à la hauteur.

Il aurait dû prendre davantage de recul. Mais il était persuadé qu'il connaissait Vance par cœur. Il n'avait pas pris la peine d'interroger la psychologue de la prison parce qu'il pensait qu'elle était tombée sous le charme de Vance et que son avis n'avait pas de valeur. Cela ne voulait pas dire qu'elle n'avait pas un point de vue valable. Il n'avait pas pris la peine d'interroger le prisonnier dont Vance avait usurpé l'identité ; il était sûr et certain que ce type n'avait rien d'intéressant à lui apprendre. Il avait laissé Ambrose se débrouiller seul alors qu'il aurait dû au moins l'accompagner. Ce n'était pas de l'arrogance que de penser qu'il aurait obtenu davantage d'informations qu'Ambrose, c'était la vérité. Et il s'était laissé distraire par Paula qui voulait à tout prix que Carol quitte la brigade couronnée de lauriers. Tony partageait ce souhait, lui aussi. Il avait toujours souhaité le bonheur de Carol. Mais sur ce coup-là, il avait bel et bien échoué.

Il était planté en haut de l'escalier, les yeux fixés sur ce spectacle macabre en essayant d'y voir plus clair. Tony voulait bien admettre la notion de hasard, mais parfois il fallait suivre sa raison : qu'il s'agisse là d'une coïncidence n'était tout simplement pas crédible.

Il y avait bien sûr une autre possibilité, comme toujours.

— Docteur Hill ? cria Franklin, ce qui le ramena sur terre.

Il tourna le dos à la scène et descendit l'escalier.

— Ce n'est pas un crime sexuel, déclara-t-il à Franklin qui ne parut pas partager cet avis.

— Comment ça, ce n'est pas un crime sexuel ? D'après les premières analyses, il les a tués pendant leur rapport sexuel et après lui avoir tranché la gorge, il a baisé une femme qui était en train de mourir, répliqua-t-il, partagé entre sarcasme et colère. Vous pouvez m'expliquer en quoi ce n'est pas un crime sexuel ?

Tony se gratta le bout du nez.

— Je vais vous exposer les choses autrement : Michael et Lucy étaient ensemble depuis une dizaine d'années. Si vous aviez eu l'intention de les surprendre au lit pour les tuer en pleine action, est-ce que vous auriez choisi un vendredi après le déjeuner ? demanda Tony qui avait à son tour opté pour le sarcasme. Vous croyez vraiment que vous auriez eu toutes les chances de les trouver en train de baiser comme des sauvages, monsieur le commandant ? Vous y croyez vraiment ?

— Vu comme ça..., admit Franklin d'un air renfrogné.

— Moi, je pense qu'il a eu de la chance, c'est tout. Il est venu pour les tuer et la tâche s'est avérée encore plus facile que prévu. Quant au sexe... il a passé douze ans en prison. Lucy était une jolie femme. Même morte. Il l'a retournée pour ne pas voir son visage. Pour ne pas voir ce qu'il avait fait.

— Qu'est-ce qui vous fait dire qu'il l'a retournée ? Elle était peut-être allongée sur le ventre dès le départ.

— Le sang. Si elle avait été allongée sur le ventre, le sang n'aurait pas giclé si loin.

— Alors maintenant vous êtes expert en analyse des traces de sang, en plus d'être psy ? rétorqua Franklin en secouant la tête.

— Non, mais je n'en suis pas à mon premier meurtre. Pensez ce que vous voulez, mais ce n'est pas un crime sexuel.

— Alors c'est quoi ?

Tony cligna des yeux pour ravaler ses larmes.

— C'est une vengeance. Bienvenue dans le monde merveilleux de Jacko Vance, commandant.

Franklin ne savait plus sur quel pied danser.

— Vous avez l'air drôlement sûr de vous, docteur...

— Qui les a trouvés ?

— On a reçu un coup de fil anonyme, passé depuis une cabine du village, à une quinzaine de minutes d'ici. C'est un homme qui a appelé, sans accent particulier. On a envoyé une voiture sur les lieux. Comme la porte était ouverte, nos gars sont entrés, ajouta-t-il d'un air peiné. Premier meurtre pour eux deux. Je pense qu'ils ne vont pas beaucoup dormir cette nuit. Ça vous aide ?

— C'est Vance. Le seul meurtre pour lequel il a été inculpé comportait le même élément spectaculaire. Il reproduit ce qu'il a fait à l'époque. C'est un message. Un message destiné à un groupe de gens bien précis, exactement comme la dernière fois. Et il veut être sûr que le message sera entendu. Il vous a appelés une fois qu'il était en sécurité parce qu'il voulait qu'on découvre cela rapidement. Il voulait que Carol Jordan prenne la mesure de l'horreur qu'il a commise.

Il pouvait presque sentir le goût de l'amertume dans sa bouche. Il avait été trop lent, trop bête.

Franklin ne parut pas convaincu.

— Vous ne croyez pas que vous exagérez un peu, que vous vous donnez trop d'importance ? Peut-être que tout ne tourne pas autour de vous et du commandant Jordan. Peut-être que c'est juste un fou. Ou bien quelqu'un qui est lié à Lucy Bannerman. Après tout, elle était avocate. C'est un boulot où on ne se fait pas que des amis, dit-il avec un accent encore plus prononcé.

— Au point de se faire assassiner ? demanda Tony.

— C'est vous, le psychologue. Vous devez savoir que les gens n'agissent pas toujours... comment vous dites, déjà ? « en toute rationalité ». Peut-être qu'un de ses clients a été condamné et qu'il a voulu se venger sur elle. Ou bien un petit caïd s'est dit qu'en supprimant une avocate il se ferait respecter.

Il sortit de la tente pour allumer une autre cigarette. Tony le suivit à l'extérieur, où une petite pluie voilait les plaines alentour.

— Ou alors elle a réussi à faire innocenter un client – un pédophile, un violeur, le genre d'affaires un peu sensible – et un bon citoyen a décidé de le lui faire payer.

Franklin mit une main devant sa cigarette avant de l'allumer puis il inspira une longue bouffée qu'il expira en soupirant.

— Depuis que je fais ce métier, je n'ai jamais eu affaire à un meurtre d'avocats qui ait été lié à un de ses clients. À part dans les séries télé, rétorqua Tony. C'est un peu léger comme hypothèse. Tout autant que celle du fou qui aurait tué au hasard. Ces tueurs-là sont généralement des criminels sexuels. Et je viens de vous expliquer pourquoi ce n'était pas le cas ici. Dire que le meurtre est lié au métier de Lucy est à peu près aussi censé que prétendre qu'il ait été provoqué par la violence des jeux vidéo que Michael programmait.

Franklin allait ouvrir la bouche pour rétorquer quand il fut interrompu par un technicien qui l'appela à l'intérieur de la tente.

— Chef ? Venez voir !
— Quoi ?

D'un geste irrité, Franklin jeta sa cigarette et pénétra à l'intérieur. Tony lui emboîta le pas en se disant que toutes les informations liées à l'enquête étaient bonnes à prendre.

Le technicien montra du doigt l'endroit où la poutre du plafond touchait le mur de la grange. Un escabeau était posé contre le mur.

— C'est presque impossible à distinguer. J'ai vu une toute petite lumière quand j'ai descendu l'escalier. On ne la verrait pas en temps normal, mais là, avec nos spots qui éclairent...

— Je ne vois toujours pas de quoi vous parlez, dit Franklin en plissant les yeux.

— Je suis monté jeter un œil. C'est une minuscule caméra. Il va falloir qu'on l'analyse, mais on dirait que quelqu'un les espionnait.

Franklin jeta un regard méprisant à Tony par-dessus son épaule.

— Vous voyez, votre théorie tombe à l'eau. Vance était en prison jusqu'à hier matin. Il n'aurait jamais pu installer ça.

— Vous en êtes sûr ? Appelez l'inspecteur Ambrose, de la West Mercia, il vous en dira long sur les contacts que cultivait Vance en dehors de la prison.

— Si ça peut vous faire plaisir, docteur, j'y penserai, répondit Franklin d'un air condescendant. Mais je ne miserai pas mon prochain salaire sur la tête de Jacko Vance.

— On verra bien à qui appartient le sperme retrouvé sur le dos de Lucy.

Frustré et agacé, Tony se retourna et commença à ôter sa combinaison. Il n'avait plus rien à faire ici. Franklin avait beau prétendre être ouvert à toutes les hypothèses, c'était faux. Il était convaincu que le meurtrier était lié à la vie professionnelle de Lucy Bannerman et c'est par là qu'il orienterait son enquête jusqu'à ce que les médecins légistes fournissent une preuve plus tangible que les affirmations de Tony, fondées sur l'expérience et l'instinct.

Ce n'est qu'une fois parvenu au milieu de l'allée qu'il s'aperçut que Carol l'avait laissé en plan.

34

En un peu moins de vingt-quatre heures, la vie de Micky Morgan avait été bouleversée. Une demi-douzaine de policiers s'étaient présentés dans sa ferme pour lui annoncer l'évasion de son ex-mari. Ils paraissaient sortir tout droit d'une série télé : costumes noirs, képis, gilets pare-balles et gueules de dix pieds de long. Habituée aux regards admiratifs, Micky était déconcertée de voir des hommes qui prêtaient plus attention à la disposition de sa cuisine et de son jardin qu'à sa personne. Le chef du groupe se présenta. Il s'appelait Calman. Elle supposa qu'il s'agissait d'un surnom mais était trop abasourdie pour poser la question.

Bien que sa cuisine soit suffisamment spacieuse pour accueillir régulièrement une douzaine de garçons d'écurie à l'heure du petit déjeuner, les six hommes vêtus de noir paraissaient remplir tout l'espace.

— Je ne comprends pas, dit Micky. Comment a-t-il pu s'évader ?

— Je n'ai pas beaucoup d'informations, répondit Calman. Je sais seulement qu'il a pris la place d'un prisonnier qui devait sortir pour la journée.

— Et il était à Oakworth ? C'est à deux pas d'ici.

— À environ soixante-dix kilomètres, oui. C'est pourquoi nous nous préoccupons de votre sécurité.

Betsy entra au moment où Calman prononçait cette phrase. Elle ôta sa bombe de cavalière et secoua la tête pour ébouriffer ses cheveux. La promenade à cheval qu'elle venait de faire lui avait rosi les joues et elle avait bien meilleure mine que la section d'assaut qui avait envahi leur cuisine.

— Qu'est-ce qui se trouve à soixante-dix kilomètres ? demanda-t-elle en rejoignant Micky et en posant la main sur son bras.

— La prison d'Oakworth. Apparemment, Jacko vient de s'évader de là-bas, répondit Micky en lançant à Betsy un regard qui commandait la prudence. Ces policiers sont là pour nous protéger.

— On a besoin d'être protégées ? Pourquoi est-ce que Jacko nous voudrait du mal ?

— Je ne fais qu'obéir aux ordres, madame Thorne, répondit Calman.

Il sait exactement où il met les pieds, se dit Micky. Il a été bien briefé. On lui a expliqué que le mariage entre Jacko et moi n'était qu'un subterfuge destiné à sauver ma carrière de présentatrice des attaques homophobes des tabloïds. Est-ce qu'il est là pour nous protéger ou pour nous surveiller ?

— Je suis d'accord avec Betsy, déclara Micky.

C'est à ce moment-là que Calman leur annonça qu'un double meurtre avait été commis dans le Yorkshire, pour lequel ses supérieurs accusaient Vance. Un des policiers s'approcha d'elles ; il était armé, remarqua Micky, il portait un de ces gros revolvers qu'elle n'avait jamais vus qu'à la télé. C'était complètement incongru dans cette cuisine.

— Je ne crois pas que Jacko pourrait faire une chose pareille, répondit-elle. Il y a sûrement d'autres suspects, non ?

— D'autres suspects ? répéta Calman comme s'il n'avait jamais entendu ce mot. Nous nous concentrons sur les hypothèses les plus probables. L'expérience prouve que c'est souvent de cette façon qu'on découvre la vérité. Nous allons protéger votre maison. Des officiers seront postés à l'entrée de vos deux allées et des hommes armés patrouilleront dans votre propriété. Je sais que vous avez des employés qui travaillent ici, au haras. Je vais aller les avertir afin qu'ils sachent ce qui se passe. Je ne veux pas que vous vous inquiétiez, mesdames, mais simplement que vous preniez vos précautions.

Quand ils sortirent dans la cour, Micky et Betsy échangèrent un regard.

— Est-ce qu'il t'a appelée ? demanda Betsy.

— Ne dis pas n'importe quoi. Il ne serait pas assez fou pour faire ça. Et s'il l'avait fait, tu ne crois pas que je te l'aurais dit ?

Betsy esquissa un sourire pincé.

— La fidélité, ça peut durer longtemps.

Micky contourna la table pour prendre Betsy dans ses bras.

— La seule personne à qui je suis fidèle, c'est toi. Je l'ai épousé simplement parce que je voulais être avec toi.

Betsy lui caressa la tête.

— Je sais. Mais on se doutait toutes les deux qu'il y avait un truc qui ne tournait pas rond chez Jacko et on a fermé les yeux. Peut-être qu'il s'attend à ce qu'on refasse la même chose aujourd'hui.

— Tu as entendu ce qu'a dit Calman. Ils pensent qu'il va s'en prendre à nous, pas venir boire le thé, dit-elle avant de l'embrasser sur le front. Ils vont nous protéger.

Elle ne pouvait pas voir l'expression sur le visage de Betsy, et c'était peut-être mieux comme ça.

— L'agent Calman et ses joyeux drilles ? Si tu le dis, ma chérie, si tu le dis...

Les rues de banlieue étaient calmes à cette heure de la journée ; on pouvait se garer facilement parce que la plupart des gens étaient au travail. Vance s'arrêta à quelques encablures de sa cible. Il n'avait pas fait installer de caméras dans cette maison-là. Il avait jugé cela trop risqué. Carol Jordan était un ennemi de poids ; avec elle, il valait mieux prendre toutes ses précautions. Toutefois, son enquêteur lui avait fourni quelques informations qui allaient grandement lui faciliter la tâche.

Il sortit sa tablette numérique afin de vérifier ce qui se passait à la grange. Comme il s'y attendait, Jordan et Hill se trouvaient là. Elle était en train de descendre l'escalier qui menait à la chambre, sans lui. Il fut tenté de les observer plus longtemps, mais ce qui comptait, c'était de les savoir loin d'ici. Il enfila en souriant une paire de gants en latex.

Tout ce dont il avait besoin se trouvait dans un des sacs que Terry lui avait fournis. Il jeta un œil aux alentours pour vérifier que la voie était libre, puis il empoigna le sac et se dirigea vers la maison de Tony Hill. Il la contourna en passant devant le porche et les escaliers qui descendaient au studio de Carol.

Parvenu à l'arrière de la propriété, il posa délicatement le sac puis avança jusqu'à un petit tas de pierres, à l'angle de la bâtisse. L'une des pierres était fausse ; elle était creuse et contenait une clé qui ouvrait la porte de derrière. L'enquêteur avait écrit dans son compte rendu : « Hill est tête en l'air. Pendant les cinq jours où je l'ai suivi, il a oublié ses clés deux fois. » Tant mieux pour moi, se dit Vance en pénétrant dans la maison.

Il parcourut le rez-de-chaussée et s'accorda quelques instants pour découvrir l'intimité de Tony Hill, ce minable qui s'était cru plus fort que lui. Un type solitaire, avait dit l'enquêteur. Apparemment, sa seule amie, c'était Carol Jordan. Alors plus il la ferait souffrir, plus il souffrirait avec elle.

Sous l'escalier se trouvait une porte qui devait mener au sous-sol. Elle possédait un verrou mais il n'était pas fermé. Il lui suffit de tourner la poignée. Ils essayaient de faire croire que leur relation était celle d'un propriétaire et d'une locataire, mais en réalité, ils vivaient ensemble, constata Vance.

Il ne lui vint pas à l'idée que ces deux personnes respectaient tellement la vie privée de l'autre qu'ils n'avaient pas besoin de se protéger en fermant les portes à clé.

D'un pas léger, il descendit jusqu'aux appartements de Carol et manqua d'écraser un vieux chat noir qui prit tout de même la peine de se lever pour saluer ce nouvel arrivant.

— Merde ! jura Vance en chancelant, soucieux de ne pas faire tomber son sac.

Il retrouva son équilibre.

Il posa son sac par terre avant d'examiner les lieux. Il trouva ce qu'il cherchait dans un petit cagibi donnant sur le couloir. Par terre se trouvaient une gamelle de croquettes pour chats et un bol d'eau. À côté, il vit un distributeur de croquettes en plastique, à moitié rempli. Il gloussa de satisfaction. Comme la vie était belle quand tout se déroulait comme prévu.

Il alla chercher son sac et l'ouvrit avant de refermer la porte du cagibi derrière lui pour ne pas attirer le chat. Il vida le contenu du distributeur de croquettes dans un sachet en plastique. Il sortit ensuite de son sac un ressort en métal solide, retenu par une pince. Il le plaça au fond du distributeur et attacha la pince à un mécanisme sensible relié au bord de la boîte. Il enfila par-dessus ses gants en latex une paire de gants résistant à l'acide. Puis, avec la plus grande précaution, il ouvrit le contenant en polystyrène qu'il avait transporté jusque-là et en tira un récipient en verre rempli d'un liquide incolore. Il le déposa sur le ressort, au fond du distributeur de croquettes. Il ôta le couvercle du récipient en verre, exposant ainsi l'acide à l'air libre. Enfin, il fixa une cellule photosensible au mécanisme placé à l'intérieur avant de refermer le couvercle.

La prochaine fois que Carol Jordan ouvrirait le distributeur, le ressort se déclencherait, projetant le récipient d'acide sur son visage. Elle allait sans doute y survivre. Mais l'acide lui brûlerait la peau, la défigurerait, lui laisserait des cicatrices irréversibles. Elle allait sûrement devenir aveugle et endurer une souffrance atroce. Rien que d'y penser, cela excitait Vance. Elle allait souffrir. Horriblement.

Mais Tony Hill souffrirait davantage parce qu'il se sentirait coupable de ne pas avoir su arrêter Vance. Un coup double, en somme.

Kevin en avait marre. Il y avait beaucoup trop de motels près de l'aéroport. Et Stacey avait réussi à dénicher toutes les adresses. Le choix était vaste, offrant tous les prix et divers services. Il savait par avance qu'aucun d'eux ne voudrait coopérer avec la police à un moment de la journée où le travail ne manquait pas. C'était une tâche ingrate et ça l'agaçait profondément de devoir s'y coller une fois de plus. Il avait commis une faute professionnelle qui lui avait coûté son grade, mais cela remontait à plusieurs années. Il lui semblait qu'on ne lui pardonnerait jamais. Peut-être qu'en quittant la BEP il réussirait à décrocher une promotion.

Il avait séparé les motels en trois catégories. D'un côté les chaînes pratiquant des tarifs bas. Malheureusement, leur système de surveillance n'était pas des plus fiables. Ils étaient tellement habitués à fermer les yeux sur les groupes d'étudiants ou les équipes de foot qui s'entassaient à huit dans une seule chambre pour faire des économies que même si une troupe de strip-teaseuses avait fait son apparition dans le hall, personne ne l'aurait remarquée. Le tueur aurait pu prendre une chambre avec Suze Black dans ce genre d'établissements, mais faire disparaître le corps lui aurait tout de même posé quelques problèmes.

Il y avait cependant une possibilité : l'un de ces motels possédait un parking sous-terrain desservi par un ascenseur. Kevin trouvait toutefois peu probable que le tueur ait choisi une solution aussi risquée étant donné la minutie dont il avait fait preuve par ailleurs. Mais il n'exclut pas complètement cette hypothèse ; il explorerait cette piste si les autres ne donnaient rien.

La deuxième catégorie de motels était à l'opposé de la première : des chambres d'hôtes améliorées. Kevin ne prit même pas la peine de s'y rendre. Suze Black n'aurait jamais pu y mettre les pieds vivante, alors inutile de chercher à savoir si elle avait pu y mourir.

La troisième catégorie était constituée d'établissements indépendants qui luttaient pour survivre à la crise et étaient enclins à fermer les yeux sur quelques irrégularités. Malgré tout, Kevin supposait qu'aucun d'entre eux n'aurait toléré qu'un de leurs clients quitte sa chambre en traînant derrière lui un cadavre aux vêtements trempés.

Il s'apprêtait à jeter l'éponge quand il eut un coup de chance. Le *Sunset Strip* était tombé si bas qu'on se demandait comment il avait pu un jour attirer le moindre client. C'était une bâtisse de deux étages enduite de stuc ocre écaillé et dotée d'un parking dont les emplacements étaient délimités à coups de peinture blanche à moitié effacée. L'établissement était divisé en appartements individuels. Ceux du rez-de-chaussée avaient un accès direct à l'extérieur. Idéal pour cacher une prostituée morte dans le coffre sans éveiller le moindre soupçon.

Kevin se gara devant le bureau qui était situé dans le premier appartement sur la gauche. Le jeune grassouillet qui était assis derrière le comptoir ne paraissait ni en âge de se raser, ni en âge de boire. Il avait une peau cireuse couverte de boutons et des sourcils hérissés. Avec ses cheveux châtains enduits de gel, on aurait dit un personnage dans un sketch. Il leva à peine les yeux de la bande dessinée qu'il était en train de lire.

— Ouais ? grogna-t-il.

Kevin présenta son badge. Le jeune mit trente secondes avant de comprendre qu'il y avait quelque chose à regarder. Il mâchonna son chewing-gum en affichant un air las.

— Ouais ? répéta-t-il.

Il n'avait visiblement pas très envie de bavarder.

— Est-ce que vous travailliez ici la nuit du 3 ?

Il mâchonna de plus belle. D'une main boudinée, il ouvrit un tiroir d'où il sortit une feuille remplie de cases portant les initiales KH, BD, RT. Il indiqua la troisième case.

— Ouais. C'est moi, ça. RT. Robbie Trehearne.

— Est-ce qu'il s'est passé quoi que ce soit de particulier cette nuit-là ?

— Non, répondit-il en secouant la tête.

— Est-ce que je peux jeter un œil à vos archives ?

— Vous avez un mandat ? Vous êtes censé avoir un mandat pour ces trucs-là, non ?

Supposant que Robbie Trehearne devait être aussi débile qu'il en avait l'air, Kevin tenta sa chance et lui répondit :

— Non, pas si vous me montrez les documents de votre plein gré.

— Ah bon, d'accord.

Il posa sa BD et tourna l'écran de l'ordinateur de sorte que Kevin puisse le voir. Ses doigts pianotèrent sur le clavier avec une dextérité surprenante puis une page s'ouvrit, correspondant à la date en question. Seules les chambres occupées cette nuit-là apparaissaient sur l'écran. Il y en avait six, accompagnées des noms, adresses, numéros d'immatriculation et moyen de paiement des occupants. Sur les six, trois avaient payé en liquide.

— Est-ce que vous vérifiez les informations que vous donnent vos clients lorsqu'ils prennent une chambre ?

— Les vérifier comment ?

— En leur demandant une pièce d'identité ou en comparant leur immatriculation avec la plaque de la voiture ?

Trehearne le regarda comme s'il venait de dire une énormité.

— Tout ce que je suis censé vérifier, c'est que leur carte de crédit fonctionne correctement. S'ils mentent sur leur identité ou sur leur adresse, qu'est-ce que ça peut bien me faire ?

— C'est vrai, pourquoi s'embêter, après tout ?

Le jeune ne comprit pas que sa remarque était sarcastique.

— Exactement, c'est plus simple comme ça.

— Est-ce que vous pouvez quand même m'imprimer cette page ? demanda Kevin. Et est-ce que vos clients remplissent ces informations à la main, sur papier ?

— Oui, mais on les jette une fois qu'on a recopié les infos dans l'ordinateur. Pas d'empreintes digitales pour vous ce soir, monsieur l'inspecteur.

Kevin trouvait l'endroit idéal pour commettre un meurtre. Il suffisait d'être venu une fois pour s'en rendre compte.

— Je sais que ça va vous demander un petit effort de mémoire, mais est-ce qu'un de vos collègues ou un de vos clients se serait plaint récemment de l'humidité d'une chambre ? Ou d'une salle de bains vraiment très humide ? Anormalement humide ?

— Ça c'est bizarre, comme question ! répliqua Robbie. Y a plein d'eau dans une salle de bains. Entre les baignoires, les douches, les toilettes et les lavabos... C'est normal que ce soit humide, non ?

Kevin était père de famille. Il savait qu'on aimait ses enfants de façon inconditionnelle, quoi qu'ils disent et quoi qu'ils deviennent. Mais il avait du mal à croire qu'on puisse aimer Robbie Trehearne.

— J'ai bien dit « anormalement humide », répéta-t-il en essayant de garder son calme.

Robbie se nettoya l'oreille d'un doigt avant d'examiner sa trouvaille.

— Je sais plus quand c'était, mais un soir quand je suis arrivé, Karl m'a demandé s'il s'était pas passé un truc bizarre à la 5. Parce que la femme de ménage avait dit que toutes les serviettes de toilette étaient trempées. Mais trempées de chez trempé, hein. Et la moquette de la chambre aussi, du côté de la porte de la salle de bains. C'est ça que vous voulez dire ?

— Exactement, répondit Kevin en jetant un œil à l'écran.

La chambre 5 avait été retenue pour une nuit et réglée en espèces par un certain Larry Geitling. Ce nom ne lui disait rien. Mais c'était un début.

— Il va falloir que je pose quelques questions à cette femme de chambre.

— Elle sera là à six heures demain matin.

— Je voudrais la voir ce soir...

Trehearne émit un petit gloussement énervant.

— Je sais pas où elle habite. Je connais même pas son nom de famille. On l'appelle So.

Kevin interpréta cette phrase de travers et fronça les sourcils.

— Vous la surnommez « seau » ?! Pourquoi ? Parce qu'elle est femme de ménage, c'est ça ? Vous ne pouvez même pas faire l'effort de l'appeler par son prénom ?

— Mais non, pas « seau », « So » ! C'est son nom, elle est asiatique, répondit Trehearne, ravi de pouvoir se moquer de Kevin. J'ai pas son numéro de portable. Le seul moyen de la voir, c'est de revenir quand elle sera là. Entre six heures et midi. Ou alors vous pouvez peut-être essayer l'entrepôt de moquette de l'autre côté de la route. Elle fait le ménage là-bas certains soirs, de vingt heures à vingt-trois heures.

Ce n'était pas un résultat très satisfaisant, mais c'était mieux que rien.

— Très bien, je repasserai, dit-il. Et elle a intérêt à être là, Robbie, sinon vous et votre patron aurez des ennuis.

35

Vance s'était arrêté dans six stations-service entre Leeds et Worcester. À chaque fois il y avait acheté un bidon en plastique de cinq litres qu'il avait rempli d'essence. Au dernier arrêt, il avait également acheté un paquet de cigarettes ainsi qu'un briquet. Aux environs de Worcester, il avait quitté la route encombrée par la circulation du début de soirée pour réserver une chambre dans un motel quelconque. La journée avait été longue et il se sentait fatigué. Quand on était fatigué, on commettait des erreurs. Or Vance ne tolérait pas l'erreur.

La réceptionniste lui jeta à peine un coup d'œil tellement elle était accaparée par sa conversation avec sa collègue.

— Petit déjeuner entre six heures trente et dix heures, annonça-t-elle de façon automatique en lui tendant un rectangle de plastique. Votre clé commande l'éclairage, il faut l'insérer dans la fente à côté de la porte.

Autre nouveauté, songea Vance.

Une fois dans la chambre, il tira les rideaux, enleva ses chaussures et se déshabilla. Il se glissa entre les draps avant d'allumer la télévision, optant pour une chaîne d'informations. Le double meurtre constituait le deuxième titre, après un énième soulèvement dans le monde arabe. Aucune identité n'était encore révélée, bien entendu. Avec un fort accent du Yorkshire, un policier qualifia l'événement de tragédie et évoqua différentes pistes. En d'autres termes, ils n'avaient aucune preuve contre lui pour le moment. Les résultats des analyses scientifiques allaient l'accuser, bien entendu. Il n'avait pas pris la peine d'effacer ses traces. Il se fichait d'être découvert. Le plus important, c'était de garder une longueur d'avance afin de pouvoir finir ce qu'il avait à faire avant de quitter le pays.

À la fin du journal, on évoqua son évasion. Le policier qui se tenait devant la caméra paraissait furieux d'être là. C'était un type costaud au crâne rasé et à la peau sombre qui portait un costume serré aux épaules. Il semblait plus à même de régler une querelle d'ivrognes en fin de soirée qu'une enquête nécessitant délicatesse et intelligence. Si c'était lui qui s'occupait de son cas, Vance n'avait rien à craindre.

Il régla le réveil sur son téléphone puis se mit au lit afin d'être en pleine forme pour la prochaine étape de son plan. Quand il se réveilla, il faisait noir dehors, les nuages étaient bas et la pluie tapait au carreau. Il sortit son ordinateur portable afin de vérifier ses caméras de surveillance. Toujours aucun signe de vie dans la belle demeure édouardienne. C'était ce à quoi il s'attendait. L'ordure qui vivait là avait d'autres chats à fouetter en ce moment. Mais mieux valait rester prudent.

Il se demanda ce qui se passait à la grange. L'enquête de la police devait avoir bien avancé, maintenant. Il vérifierait cela plus tard. Il devait d'abord accomplir sa tâche du jour. Il enfila un jean et un sweat à capuche avant de se diriger vers sa voiture.

L'adresse était déjà programmée dans le GPS ; c'était une rue tranquille à la sortie de l'A38 qui surplombait Gheluvelt Park. Il se gara directement dans l'allée gravillonnée de la maison en question en s'amusant du fait qu'il apparaissait sur sa propre caméra. C'était une bâtisse massive en brique rouge avec de grandes baies vitrées et une porte d'entrée imposante. On voyait d'épais rideaux retenus par des embrasses ainsi qu'un jardin bien entretenu. C'était une maison qui faisait envie, songea Vance, mais plus pour très longtemps.

Il se gara en marche arrière. Il effectua trois voyages jusqu'à l'arrière de la maison en transportant à chaque fois six bidons d'essence. Enfin, il prit un tas de journaux gratuits qu'il avait récupérés dans l'une des stations-service. Sur le mur arrière se dressait un treillis de bois où grimpait une clématite. C'est de là que partirait le feu.

Le détective sans scrupule que Terry avait engagé pour Vance lui avait fourni des informations sur le système d'alarme. Malheureusement, il n'avait pas réussi à en découvrir le code pour le désactiver. Ce n'était pas la fin du monde. Cela rendait simplement les choses un peu plus compliquées. Vance retourna à la voiture et revint avec un sac à dos. Il regarda par la fenêtre pour s'assurer qu'il avait choisi la bonne pièce. Son choix s'était porté sur le salon où trônaient quantité de meubles inflammables, d'étagères en bois remplies de vinyles et de CD qui alimenteraient le feu une fois qu'il aurait démarré. Son deuxième choix s'était porté sur le bureau dont les bibliothèques croulaient sous les livres. Autre combustible idéal.

Il sortit une ventouse qu'il fixa fermement sur la fenêtre du bureau. Il prit ensuite un cutter pour verre avec lequel il détacha la vitre de son cadre, en maintenant le carreau et la ventouse avec sa prothèse. Une fois le carreau enlevé, il versa deux bidons d'essence à l'intérieur. Il répéta la même opération pour la fenêtre du salon puis aspergea le treillis avec le reste de l'essence. Il froissa quelques pages de journaux, y mit le feu puis les jeta par la fenêtre. L'essence s'enflamma d'un coup et le feu se propagea instantanément sur le tapis.

Vance sourit. Il fourra des boules de papier journal entre le treillis et les plantes puis les alluma. Il attendit un instant pour être sûr que cela prenne. Enfin, il mit le feu au bureau et le regarda qui se propageait sur le sol.

Il aurait bien aimé rester, mais c'était trop dangereux. Il allait retourner au motel et observer le spectacle grâce aux caméras. Cette fois, il ne passerait pas de coup de fil anonyme. Il ne voulait pas que les pompiers arrivent trop vite et puis de toute façon, quelqu'un remarquerait l'incendie tôt ou tard. Cela pouvait prendre du temps car la maison était assez isolée, mais ça convenait à Vance. Il ne se satisferait que d'une destruction totale.

Il retourna rapidement à la voiture avant de quitter l'allée de Tony Hill.

Après avoir manqué de provoquer deux accidents en une heure, Carol se rendit à l'évidence : il valait peut-être mieux ne pas conduire. Malheureusement, elle n'avait pas d'autre choix. Elle devait leur annoncer cette nouvelle en personne. Elle ne pouvait pas laisser un inconnu informer ses parents. C'était sa responsabilité et elle devait l'assumer. Elle s'arrêta à une station-service où elle commanda un chocolat chaud accompagné d'un muffin aux myrtilles en espérant que le sucre allait lui redonner de l'énergie et atténuer le choc qu'elle continuait de ressentir.

Elle remua sa boisson d'un geste compulsif, incapable de se rappeler si elle s'était déjà sentie aussi affaiblie. Après le viol, quand elle avait décidé de quitter la police, elle avait cru avoir touché le fond. Mais ce qu'elle ressentait à présent était mille fois pire. À l'époque, elle s'était battue pour s'en sortir. Aujourd'hui, elle aurait beau se battre, rien ne pourrait ramener son frère et sa compagne.

Carol n'avait jamais eu besoin de s'entourer d'un large cercle d'amis. Elle s'était toujours contentée de quelques proches, un petit groupe d'intimes en qui elle avait une confiance absolue. Michael en avait toujours fait partie ; ils n'avaient que quelques années d'écart et avaient réussi à forger une relation qui n'était pas le lot de tous les frères et sœurs. Quand il avait commencé à sortir avec Lucy, Carol avait eu peur que ce lien ne se délite. Elle avait eu peur que Lucy et elle n'entrent en compétition. Au début, cela avait été tendu entre elles. Les relations entre un policier et un avocat l'étaient toujours. Mais en apprenant à se connaître, elles avaient compris qu'elles étaient faites de la même étoffe. Elles partageaient la même soif de justice. Leurs différences s'étaient estompées avec le temps et Lucy avait peu à peu intégré le cercle restreint de Carol. En une journée, celle-ci venait de perdre deux des personnes qui lui étaient les plus chères au monde, et elle en avait envoyé une troisième sur les roses.

Elle grignota son muffin en l'émiettant. Elle n'avait jamais ressenti une telle colère envers Tony. Il aurait dû prévoir que la revanche de Vance allait prendre une forme aussi perverse. Vance avait toujours été tordu et la prison n'avait certainement pas changé ça. Cela lui paraissait évident maintenant, mais ce n'était pas elle, la psychologue. C'est Tony qui aurait dû s'en rendre compte dès le départ.

Après avoir terminé sa boisson, elle reprit la route, qui était terriblement embouteillée. Personne ne se risquait à emprunter la M1 un vendredi soir à moins d'y être contraint et forcé. Un bouchon se formait et dès que la circulation redevenait fluide, tout le monde appuyait sur l'accélérateur pour se retrouver bloqué au bouchon suivant. Les visages éclairés par les phares exprimaient la fatigue, la colère ou l'ennui. Personne n'avait l'air content d'être ici.

Elle venait de passer la sortie de Nottingham quand elle se rappela son vieux chat, Nelson. Elle ne rentrerait pas chez elle ce soir et, à dix-sept ans, Nelson était trop vieux pour passer la nuit sans nourriture ni eau fraîche. En temps normal, elle aurait demandé à Tony de s'occuper de lui, mais aujourd'hui, elle ne voulait pas lui adresser la parole. Elle gardait une clé de chez elle dans le tiroir de son bureau. Elle pouvait demander à Paula de s'y rendre ; elle savait que celle-ci n'irait pas fouiller dans ses affaires. À une autre époque, cela aurait peut-être été différent. Carol était quasiment sûre que Paula avait longtemps été secrètement amoureuse d'elle. Mais maintenant qu'elle avait rencontré Elinor, c'était terminé. Maintenant, Carol savait que si elle lui demandait d'aller nourrir le chat, c'est tout ce qu'elle ferait.

D'un geste las, elle consulta l'écran de son ordinateur de voiture pour trouver le numéro de Paula. Celle-ci répondit à la deuxième sonnerie.

— Commandant, on est tous vraiment désolés, dit-elle avec sincérité.

— Je sais. J'aurais besoin que vous me rendiez un service.

— Bien sûr, sans problème, ça vaut pour nous tous. Si on peut faire quoi que ce soit pour vous aider...

— Je ne pourrai pas rentrer chez moi ce soir. Il y a une clé de l'appartement dans le tiroir de mon bureau. J'aurais besoin que vous alliez donner à manger à Nelson.

Il y eut un bref silence.

— Lui donner à manger... c'est tout ?

— Oui, et lui donner de l'eau, aussi. Il y a un reste de poulet et de riz au frigo. Et des croquettes dans une boîte, par terre.

— Carol..., dit Paula d'une voix douce.

Elle fut surprise : c'était la première fois que Paula l'appelait par son prénom.

— Quoi ? répondit-elle d'un ton plus brusque que prévu.

Elle n'était pas sûre de pouvoir supporter autant de gentillesse ce soir.

— Il paraît que c'est Vance qui a tué Michael et Lucy...

— En effet.

— Je ne veux pas avoir l'air parano, mais... eh bien, je peux ramener Nelson chez nous. Comme ça vous n'aurez pas de souci à vous faire.

L'espace d'un instant, Carol resta sans voix. Elle retint un sanglot.

— Merci, répondit-elle d'une voix qui ne lui ressemblait pas.

— De rien. Vous avez une caisse pour transporter le chat ?

— Oui, dans le placard sous l'escalier. Ça ne vous embête pas ?

— Non, je suis contente de pouvoir me rendre utile. Si vous avez besoin de quoi que ce soit, n'hésitez pas. C'est valable pour nous tous. Même Sam.

Carol esquissa presque un sourire.

— Je suis en route pour annoncer la nouvelle à mes parents. Je ne sais pas quand je vais rentrer. Je vous tiens au courant, Paula, merci.

Il n'y avait rien de plus à dire et Paula était assez intelligente pour s'en rendre compte. Carol poursuivit sa route en passant en revue dans sa tête tous les éléments concernant Vance. Mais elle ne parvint pas à une conclusion satisfaisante. La dernière fois qu'elle s'était sentie aussi impuissante, elle s'était réfugiée dans la boisson. La seule chose dont elle était sûre, c'est qu'elle ne commettrait plus la même erreur aujourd'hui.

Quand elle quitta l'autoroute, la circulation devint plus fluide. Ses parents s'étaient installés dans un village de l'Oxfordshire deux ans plus tôt afin de se consacrer entièrement à leurs deux passions : le jardinage et le bridge. Son père aimait regarder les matchs de cricket de l'équipe locale et sa mère s'enthousiasmait pour les œuvres caritatives. Ils étaient devenus la caricature d'un couple d'âge moyen de la classe moyenne. Une fois adultes, Carol et Michael n'avaient pas développé d'intérêts communs avec leurs parents, et la dernière fois que Carol leur avait rendu visite, elle s'était trouvée très rapidement à court de sujets de conversation.

En ce vendredi soir, la seule chose qui indiquait qu'il y avait de la vie dans ce village, c'était les lumières. Le pub était éclairé et derrière les rideaux et les volets des maisons, on apercevait un léger halo lumineux. Seuls quelques lampadaires éclairaient les rues désertes. Ici, tout le monde vivait dans le respect de la loi et l'attitude la plus rebelle qu'on pouvait rencontrer consistait à sortir sa poubelle de déchets recyclables un peu trop bruyamment.

Carol s'engagea dans l'allée étroite qui menait chez ses parents. Leur maison était la dernière d'une série de trois et, en se garant devant, elle aperçut un véhicule de police un peu plus loin. Elle éteignit le moteur, sortit de sa voiture puis attendit que l'agent de liaison des familles vienne à sa rencontre.

L'agent en question paraissait à peu près du même âge que Carol, mais la ressemblance s'arrêtait là. C'était une femme trapue dont la chevelure brune parsemée de mèches blanches était coiffée en un chignon peu flatteur coincé sous son képi. Sa peau portait les cicatrices d'une acné sévère, ses yeux étaient resserrés et son nez pointu. Mais quand elle sourit, son visage s'adoucit et Carol comprit pourquoi elle faisait ce métier qui attirait peu de policiers.

— Commandant Jordan ? Je suis Alice Flowers, l'agent de liaison. Je suis postée ici depuis seize heures trente, personne ne s'est approché de la maison. J'ai vu les occupants à l'intérieur, donc pas d'inquiétude, ils vont bien, dit-elle avec un léger accent de la région qui était aussi rassurant que son sourire. Je voulais juste vous dire que j'étais désolée pour votre frère.

Carol répondit à sa remarque par un hochement de tête.

— Je n'ai jamais été très forte pour annoncer ce genre de nouvelles..., dit cette dernière.

— Il n'y a rien de honteux à ça, répondit Alice. On y va, madame ?

Carol prit son manteau dans la voiture, l'enfila et releva le col. Elle poussa un bref soupir.

— Allons-y, dit-elle en se redressant.

Elle pria le ciel pour ne pas craquer.

Elles s'engagèrent sur le chemin dallé bordé d'une haie que son père taillait précisément à hauteur des genoux. Elles parvinrent à un porche en bois et Carol appuya sur la sonnette tandis qu'Alice restait discrètement en retrait. Il y eut un silence puis un bruit de pas derrière la porte et enfin, une lumière s'alluma au-dessus de leurs têtes.

La porte s'ouvrit et la mère de Carol apparut. On aurait dit une version plus âgée et moins élégante de sa fille. Sur son visage, la curiosité céda bientôt la place à l'étonnement.

— Carol ! Quelle surprise ! Tu aurais dû téléphoner, s'exclama-t-elle en souriant.

En voyant l'expression de sa fille et en apercevant l'agent en uniforme qui l'accompagnait, son visage se figea. Elle porta la main à sa bouche.

— Carol ? demanda-t-elle d'une voix tremblante. Carol, qu'est-ce qui se passe ?

36

Kevin se posa sur un coin du bureau de Paula. Elle ne leva même pas les yeux du compte rendu qu'elle était en train de lire.

— Quoi ? demanda-t-elle.

— La femme de ménage du motel, tu sais, celle qui a trouvé les serviettes toutes mouillées ? Elle travaille dans un magasin de moquette le soir. Je me suis dit que j'allais y faire un tour pour lui poser quelques questions. Ça te dirait de m'accompagner ?

— Non. J'ai presque fini de lire les enquêtes de voisinage. Ensuite il faut que j'aille chercher le chat du commandant. Il va mourir de faim si je le fais attendre.

— Oh, allez, Paula ! Tu sais bien que tu sais mieux t'y prendre que moi avec les femmes.

— Dans tous les sens du terme..., lança Chris depuis son bureau.

Kevin feignit d'être vexé.

— Au moins je l'admets ! Elle est asiatique, Paula. Elle doit sans doute bosser au noir. Moi, je vais lui faire peur. Avec toi, elle sera plus à l'aise.

— Mais j'ai promis d'aller récupérer Nelson, gémit Paula.

— Est-ce qu'Elinor est à la maison ? demanda Chris.

— Normalement, oui.

— Alors je m'en charge, reprit Chris. Je dois sortir, de toute façon, pour aller interroger les prostituées, leur demander si elles n'auraient pas remarqué un type louche traîner avec les victimes. Je peux prendre le chat en passant et le déposer à Elinor. Je le ramènerais bien chez nous, mais je ne crois pas que les chiens seraient très contents.

— Voilà, le problème est réglé, conclut Kevin, soulagé.

— Il y a une clé de son appartement dans son tiroir, dit Paula, résignée.

Elle attrapa sa veste et emboîta le pas à Kevin.

Le magasin de moquette était aussi joyeux qu'un réveillon de Noël en célibataire. Les stores étaient tirés devant la grande vitrine, mais ils trouvèrent une petite porte sur le côté du bâtiment. L'ampoule qui la surmontait était grillée, ce qui n'était peut-être pas plus mal. Kevin frappa à la porte qu'ouvrit une femme maigre à la peau noire typique de l'Afrique équatoriale.

— Quoi ? dit-elle.

— On aimerait parler à So, annonça Paula.

— Y a personne, répondit la femme en secouant la tête fermement.

— So travaille ici. On ne lui veut pas de mal, on a juste besoin de lui parler.

La femme détourna le regard.

— Pas ici, dit-elle.

— Nous sommes de la police, expliqua Paula. Il n'y a aucun problème, je le promets. Mais il faut qu'on lui parle. Vous êtes obligée de nous laisser entrer.

C'était le genre de petits mensonges sans importance qu'un policier chevronné débitait sans même s'en rendre compte.

La femme recula d'un pas et ouvrit grand la porte.

— Aucun problème, répéta-t-elle en disparaissant derrière un immense présentoir à moquettes.

Ils entendirent au loin un aspirateur. Les bruits résonnaient dans ce vaste entrepôt mais les moquettes absorbant les sons, il était difficile de dire d'où ils venaient. Ils se dirigèrent tant bien que mal vers le bruit et finirent par déboucher sur une salle où des échantillons de moquette fixés à des panneaux de bois étaient empilés. Une petite femme était en train de manier un aspirateur industriel avec une énergie surprenante.

Paula entra dans son champ de vision et lui fit un signe de la main. La petite femme sursauta puis tâtonna pour éteindre son appareil. L'aspirateur s'éteignit lentement, laissant derrière lui un faible écho.

— Vous êtes So ? demanda Paula.

Elle écarquilla les yeux et regarda à gauche et à droite comme si elle cherchait une issue de secours. Kevin s'avança et esquissa un sourire qui se voulait rassurant.

— Nous ne sommes pas du service de l'immigration, expliqua-t-il.

— On n'est pas ici pour savoir si vous avez des papiers ou si vous êtes payée au noir, poursuivit Paula. Nous sommes de la police, mais vous n'avez rien à craindre. Asseyons-nous.

Elle indiqua un bureau ainsi que quelques chaises destinées aux clients. So se laissa tomber sur l'un des sièges, les épaules basses. Kevin ignorait comment Paula s'y prenait, mais elle arrivait toujours à faire parler un témoin récalcitrant.

— Vous êtes bien So ? demanda-t-elle gentiment.
— C'est mon nom, répondit la femme.

— Vous travaillez également au *Sunset Strip* ?

Elle eut de nouveau ce regard affolé. Elle se décomposa et se mordit la lèvre inférieure.

— Je veux pas problèmes.

— On ne vous causera aucun problème. On veut simplement vous poser des questions sur un événement qui s'est déroulé au motel il y a quelque temps.

— Je sais rien, répondit-elle d'emblée.

Paula poursuivit malgré tout.

— Une des chambres que vous avez nettoyée était très mouillée.

Le visage de So s'éclaira comme si on venait de lui annoncer une bonne nouvelle.

— La chambre était mouillée, oui. C'est ça que vous voulez savoir ?

— Oui. Vous pouvez m'en dire un peu plus ?

— Beaucoup d'eau. Les serviettes sont lourdes et très mouillées. La salle de bains est pleine d'eau par terre, des grandes flaques. La moquette près de la salle de bains fait « floc floc » sous les pieds. J'ai dit au patron, je veux pas problèmes.

— Est-ce que vous pensez que la baignoire avait débordé ?

— Débor... ?

— Il y avait trop d'eau dans la baignoire ?

— Oui, dans la baignoire, oui, dit-elle en hochant la tête vigoureusement. L'eau est propre, pas sale. Pas l'eau des toilettes. Ça sent bon.

— Est-ce que vous vous rappelez le numéro de la chambre ?

— 5. Je suis sûre.

— Et est-ce que vous avez vu les gens de la chambre 5 ? Peut-être le matin, quand ils sont partis ?

— Non, personne. Je vois autres gens, mais pas de la chambre 5. Je la nettoie en dernier parce que je pense les gens dorment encore mais quand j'ouvre la porte, y a personne.

Paula se tourna vers Kevin.

— Est-ce que tu as d'autres questions à poser à So ?

— Non, juste son nom et son adresse, répondit-il en souriant mais en parlant rapidement. On aura aussi besoin de prendre ses empreintes et son ADN pour pouvoir l'éliminer de l'enquête. Bonne chance pour les obtenir...

Travailler un vendredi soir avait le don de mettre l'inspecteur Alvin Ambrose en rogne. C'était le dernier jour d'école de la semaine, un soir où les enfants pouvaient rester debout un peu plus tard. Il aimait bien les emmener à la piscine. Cela lui donnait l'impression d'être un papa normal, le genre de type qui passait du temps avec ses enfants plutôt qu'avec des idiots, des drogués et des ivrognes.

Il était encore plus énervé d'être coincé au commissariat. Il ne savait pas ce que Patterson avait en tête, mais apparemment il n'avait pas l'intention d'assumer ses responsabilités de chef. Il était parti en milieu d'après-midi en disant à Ambrose de prendre le relais. Comme il n'y avait rien à faire, Ambrose avait autorisé le reste de l'équipe à rentrer chez eux mais leur avait demandé de rester joignables. Personne ne savait où ni quand Vance frapperait. Ils devaient être prêts à réagir. Il avait envoyé des agents interroger le personnel de la prison qui ne travaillait pas le jour de l'évasion, mais à part ça, il ne voyait pas quoi faire de constructif.

Le pire, c'est que, d'après son expérience, il ne se passait jamais rien d'important le vendredi soir. Au fil des années, il avait obtenu de bons résultats, procédé à des arrestations spectaculaires suivies d'aveux sincères. Mais jamais un vendredi soir, inexplicablement. Son ressentiment était donc d'autant plus fort. Sans oublier qu'il devait obéir au doigt et à l'œil à un groupe de policiers du Nord tarés qui ne savaient même pas parler anglais.

S'il était coincé à son bureau, c'était parce que la police de la Northumbrie n'avait guère obtenu de résultats après avoir fouillé la maison de Terry Gates et le box où il stockait son matériel. Ambrose avait voulu mener lui-même la fouille, mais son chef lui avait rétorqué que ce n'était pas la peine, que l'équipe de Newcastle était capable de le faire. Ce qui voulait dire : « Je n'ai pas les moyens de vous envoyer vous balader là-bas. »

Il était donc là à attendre le prochain échec de ses collègues du Nord. Jusque-là, Terry Gates n'avait pas été aussi négligent que l'avait prédit Tony. Tous les documents que la police de la Northumbrie avait scannés et envoyés par e-mail à Ambrose concernaient les finances personnelles et professionnelles de Gates. Il possédait toutefois deux ordinateurs. Le premier se trouvait dans son box et semblait être dédié au travail et le second se trouvait chez lui ; il était plus moderne et son disque dur paraissait avoir été partiellement effacé. Les deux machines avaient été expédiées à Ambrose par coursier sécurisé et arriveraient le lendemain matin. Il avait tenté de joindre leur expert en décryptage informatique, Gary Harcup, afin qu'il soit sur place quand les ordinateurs arriveraient, mais ce dernier ne l'avait pas rappelé. Cet abruti était sûrement trop occupé à jouer à un jeu en ligne pour consulter ses messages. Après tout, c'était vendredi soir pour les geeks aussi.

Ambrose était en train de se demander s'il était raisonnable de rentrer chez lui quand le téléphone sonna.

— Inspecteur Ambrose, répondit-il en soupirant.
— C'est Robinson Davy, de Newcastle.
— Bonsoir, Robinson.

Qu'est-ce que c'était que ce prénom ? Ambrose pensait qu'il n'y avait que les Américains pour perpétuer cette étrange habitude de donner des noms de famille en guise de prénoms, mais apparemment, c'était également la mode dans le nord de l'Angleterre. Aujourd'hui, il avait eu affaire à un Matthewson, un Grey et maintenant, un Robinson. Incroyable.

— Vous avez quelque chose pour moi ?
— Je crois bien que oui, Alvin. Un de mes gars a trouvé une carte SIM scotchée sous le tiroir d'un bureau, dans le box. On l'a activée pour voir les appels passés. Bizarrement, aucune trace d'appels. Elle n'a jamais été utilisée pour téléphoner, apparemment. Mais j'ai une petite jeune dans mon équipe qui s'y connaît bien dans ce genre de choses et elle a découvert qu'il avait utilisé le calendrier. C'est rempli de rendez-vous, principalement à Londres. Il y a aussi des numéros de téléphone et des adresses e-mails.

C'était le premier élément important qu'ils découvraient et Ambrose eut enfin le sentiment que l'enquête devenait intéressante.

— Est-ce que vous pouvez me transmettre ces informations ? Me les imprimer, par exemple ?
— La petite de mon équipe dit qu'elle peut les charger dans le réseau et que vous pourrez les télécharger là-dessus. Je comprends rien à ce

qu'elle raconte, mais elle dit que ça se fait facilement.

— Super. Dites-lui de m'envoyer la marche à suivre par e-mail quand ce sera prêt. Merci Robinson, c'est du bon travail.

Ambrose raccrocha en souriant comme un idiot. Ce vendredi-là faisait donc exception à la règle. Ça se fêtait. Il avait peut-être le temps d'aller boire un petit verre au pub avant que les informations lui parviennent de Newcastle. De toute façon, il ne pourrait pas en faire grand-chose ce soir.

Il se leva et, au même moment, un agent en uniforme déboula dans la pièce. Il avait le visage rougi et l'air excité. L'espace d'un instant, Ambrose se demanda si Vance ne venait pas d'être capturé lors d'un contrôle de routine. Les tueurs en série se faisaient souvent avoir comme ça : l'éventreur du Yorkshire avait utilisé de fausses plaques d'immatriculation sur sa voiture, Dennis Nilsen avait bloqué les canalisations en voulant évacuer de la chair humaine dans les toilettes et Fred West avait été démasqué le jour où son fils avait raconté à ses copains que sa sœur Heather était « sous la terrasse ».

— Vous êtes ami avec le profileur, non ? Celui qui a emménagé dans la grosse maison près de Gheluvelt Park ?

Alvin se demanda dans quel pétrin Tony s'était fourré. Il avait déjà dû le tirer d'affaire une fois. Apparemment, il s'était encore attiré des ennuis.

— Tony Hill ? Oui, je le connais. Qu'est-ce qu'il y a ?

— C'est sa maison. Elle est en feu. D'après la patrouille sur place, c'est une vraie fournaise.

Le jeune agent se rendit compte que son enthousiasme était déplacé.

— J'ai pensé qu'il valait mieux vous prévenir, inspecteur, conclut-il.

Ambrose ne connaissait pas Tony Hill depuis très longtemps, mais il savait que cette maison à Gheluvelt Park avait bien plus d'importance aux yeux de cet étrange petit bonhomme qu'une banale habitation. Puisqu'il considérait Tony Hill comme un ami, Ambrose ne pouvait pas faire semblant de ne pas être au courant.

— Putain de vendredi soir, grommela-t-il.

Il attrapa son manteau et se retourna vers le jeune agent.

— Est-ce que la maison était vide ?

Le jeune homme était manifestement décontenancé.

— Heu... je ne sais pas. On m'a rien dit.

Ambrose esquissa une grimace. C'était toujours au moment où vous pensiez que les choses ne pouvaient pas aller plus mal qu'elles empiraient.

37

Même si elle savait que Carol vivait dans un studio au sous-sol de la maison de Tony, Chris l'avait imaginé plus grand que cela. Habituellement, les hauts gradés essayaient de décrocher un prêt immobilier conséquent afin de s'offrir la maison la plus chic possible. Cet appartement, avec ses trois pièces et sa kitchenette, donnait l'impression que Carol Jordan ne l'occupait que provisoirement, comme si elle n'était pas sûre de se plaire suffisamment à Bradfield pour s'y installer. À une époque, le hasard avait voulu qu'elles soient voisines dans le domaine de Barbican, à Londres. Ces appartements spacieux et luxueux correspondaient davantage au standing de quelqu'un comme Carol Jordan que ce petit studio en sous-sol, malgré tout le charme qu'il possédait.

Chris s'en voulut de se comporter comme si elle présentait une émission de télévision consacrée à la déco. Elle trouva la caisse pour chat sous l'escalier et alla chercher Nelson. Une fois qu'elle eut réussi à le faire entrer à l'intérieur, elle le porta à l'étage et le déposa dans sa voiture, sur le siège arrière. Il ne restait plus qu'à prendre sa nourriture, et c'était terminé.

Elle trouva les restes de riz au poulet dont lui avait parlé Paula puis se dirigea vers le cagibi pour prendre les croquettes.

— Je ferais mieux de vérifier qu'il y en a assez, se dit-elle en tendant la main pour ouvrir la boîte.

Il y eut un bruit métallique puis un liquide l'éclaboussa. L'espace d'un instant, elle sentit que son visage était mouillé. Elle eut tout juste le temps de se demander pourquoi il y avait de l'eau dans la boîte de croquettes avant de ressentir une douleur atroce. Elle avait le visage en feu. Ses yeux la faisaient particulièrement souffrir. Elle essaya de crier mais ses lèvres et sa bouche la brûlaient et aucun son ne sortit. Malgré cette souffrance insupportable, elle eut la présence d'esprit de ne pas se toucher le visage avec les mains.

Elle tomba à genoux en essayant de résister au supplice. Elle rampa jusqu'au couloir pour s'éloigner de la flaque d'acide. Ses genoux commençaient à la brûler eux aussi.

Elle gémit et parvint à attraper son téléphone. Heureusement, il s'agissait d'un BlackBerry avec un vrai clavier. Elle composa à tâtons le numéro des urgences et, au comble du martyre, réussit à grogner.

Elle n'en pouvait plus. Elle perdit connaissance et s'écroula par terre.

Quand il regagna enfin sa voiture, Tony eut l'impression qu'il venait de tourner dans un remake du film *Un ticket pour deux*. Franklin avait refusé de le déposer à la gare la plus proche.

— Mon équipe enquête sur un double meurtre, on n'est pas là pour jouer les taxis, avait-il grommelé avant de tourner les talons.

Ne connaissant pas l'adresse de la grange et étant incapable de donner les indications pour la trouver, Tony ne pouvait pas appeler de taxi, ce qui ne lui laissait d'autre choix que de marcher. Il avait du mal à parcourir de longues distances à pied. Peu de temps auparavant, un patient de l'hôpital psychiatrique de Bradfield qui n'avait pas pris son traitement avait menacé tout le monde avec une hache d'incendie. Tony s'était interposé pour protéger ses collègues et avait récolté une blessure au genou. Son chirurgien avait fait de son mieux mais il boitait toujours et ne voulait pas retourner sur le billard une nouvelle fois. Désormais, son genou était raide le matin et lui faisait mal quand il pleuvait. Mais Carol n'avait pas pris ça en compte aujourd'hui.

Après plus d'un kilomètre de marche sous la pluie, il atteignit une route à peine plus large et prit à gauche en devinant que c'était la direction de Leeds et, plus loin, de Bradfield. Il tendit le pouce tout en continuant à marcher. Dix minutes plus tard, un Land Rover s'arrêta. Tony monta et poussa un border collie récalcitrant pour s'asseoir sur le siège. Le conducteur de la voiture portait une casquette plate et un imperméable marron ; un fermier typique de la région. Il jeta un bref coup d'œil à Tony avant de redémarrer en disant :

— Je peux vous déposer au prochain village. Il y a des bus.

— Merci, répondit-il. Sale temps, hein ?

— Surtout si on est dehors.

La conversation s'arrêta là. Il le déposa à un petit abribus en pierre où Tony constata que le prochain départ pour Leeds était dans vingt minutes. Depuis Leeds, il lui resterait quarante minutes de train jusqu'à Bradfield. Enfin, dix minutes de taxi pour rejoindre sa voiture.

Après tout ce temps passé à ressasser les événements de la journée, Tony fut tenté de rentrer chez lui, de se mettre au lit et d'y rester. Mais cela ne réglerait pas ses problèmes. Il fallait qu'il se rende à Worcester, pour deux raisons : c'était là qu'était coordonnée l'enquête sur Vance. Il pouvait collaborer avec Ambrose, analyser les informations obtenues, faire tout son possible pour mettre Vance sous les verrous. Pour de bon, cette fois.

L'autre raison, c'était qu'à Worcester il avait trouvé la paix. Il ne pouvait pas l'expliquer, mais la maison qu'Edmund Arthur Blythe lui avait léguée avait apaisé les angoisses qui l'avaient toujours rongé. Il ne s'était jamais senti chez lui nulle part auparavant. C'était difficile à comprendre : Blythe était son père biologique, certes, mais ils ne s'étaient jamais rencontrés. Jamais parlé. Ils n'avaient jamais eu de contact direct et puis un jour Blythe était mort, laissant à Tony une lettre et un héritage.

Tout d'abord, ce dernier avait refusé d'accepter quoi que ce soit de la part de l'homme qui les avait abandonnés, lui et sa mère, avant sa naissance. Et ce même s'il avait suffisamment de recul pour comprendre une telle attitude. Il avait compris cela bien avant de connaître les circonstances exactes de cet abandon.

Finalement, il était allé voir la maison. Sur le papier, ce n'était pas le type de propriétés qu'il aurait choisi. Ce style d'architecture n'était pas trop à son goût. Le mobilier était confortable et correspondait au genre de la maison, c'est-à-dire qu'il lui paraissait démodé. Le jardin était méticuleusement pensé et merveilleusement bien entretenu, bien au-delà toutefois de ses capacités de jardinier, lui qui engageait quelqu'un tous les quinze jours pour tondre son petit carré de pelouse.

Toutefois, dans cette maison, il se sentait en sécurité. C'était à la fois mystérieux et tout à fait naturel. Ce soir-là, alors que la personne qui lui était le plus cher venait de le rejeter, il avait envie de se réfugier dans un endroit où il se sentait lui-même.

Il s'installa donc derrière le volant et démarra. Il ne pouvait pas échapper aux pensées qui lui tournaient dans la tête. Carol avait raison. Son rôle était d'anticiper ce genre de choses. Il avait eu toutes les cartes en main, tous les exploits passés de Vance à analyser. Ce qui l'avait poussé à tuer la première fois, ce n'était pas le désir mais la vengeance ; il s'était vengé d'avoir perdu son pouvoir sur autrui et, par la même occasion, l'avenir qu'il s'était imaginé. Cette revanche avait été indirecte, tout comme l'était celle-ci. Quand on l'avait arrêté et qu'on avait compris la nature de ses crimes, Shaz Bowman s'était sentie coupable, convaincue que si elle ne l'avait pas provoqué, il n'aurait jamais tué. Elle avait tort, bien entendu. Vance était un psychopathe ; un jour ou l'autre, il aurait eu recours à l'extrême violence.

Sachant cela, il aurait dû deviner comment Vance allait se venger. Selon ce dernier, Tony, quelques policiers et son ex-femme lui avaient gâché la vie. Il avait dû vivre avec ça. Tous les jours, en prison, il se remémorait la vie qu'il avait perdue. Alors pour que sa revanche prenne tout son sens, il fallait que ses ennemis aient eux aussi à ressentir cette perte. Œil pour œil, dent pour dent. Désormais, il ne se passerait pas un jour sans que Carol n'ait à vivre avec la culpabilité. L'équation était claire : Michael et Lucy étaient morts à cause de ce que Carol avait fait à Vance. Son arrestation avait constitué la première étape d'une nouvelle vie qu'il détestait. La première étape de sa revanche avait donc consisté à tuer les gens que Carol aimait.

Depuis combien de temps Vance préparait-il ça ? Manifestement, des mois, voire des années. D'abord, il avait dû endosser le rôle du prisonnier modèle. Ça n'avait pas dû être facile pour quelqu'un d'aussi connu. En général, les prisonniers gagnaient le respect des autres en s'en prenant à des gens comme Vance ; il avait dû être une victime idéale. Sans oublier la nature de ses crimes : kidnapping, viol et meurtre de jeunes filles, cela frôlait la pédophilie. Il avait dû faire preuve de beaucoup de talent pour être accepté, et il avait sans aucun doute reçu de l'aide à l'intérieur et à l'extérieur de la prison.

Bien entendu, l'argent n'avait jamais posé de problème. Vance avait amassé sa richesse légalement si bien que les autorités n'avaient pas pu mettre la main dessus. Quand Vance était passé devant les tribunaux, sa fortune était déjà à l'abri dans un paradis fiscal. Le seul bien qu'il lui restait en Angleterre était sa chapelle aménagée dans le Northumberland où il avait retenu ses victimes en otage avant de les laisser mourir. Elle avait finalement été vendue à un Canadien qui avait un goût pour le morbide et que son histoire macabre n'avait pas rebuté. Les recettes de cette vente avaient été reversées aux familles des victimes, mais cela représentait une bagatelle par rapport aux sommes astronomiques que Vance avait mises à l'abri.

C'est grâce à cet argent qu'il avait réussi à obtenir des faveurs ou des petits avantages. C'était la seule façon dont il avait pu survivre en prison, c'était comme ça qu'il avait pu endosser le rôle de prisonnier modèle. Finalement, il avait même réussi à manipuler un psychologue qui l'avait placé dans le service thérapeutique.

Tony regretta que personne n'ait pris la peine de l'informer du parcours de Vance en prison. Il aurait remué ciel et terre pour qu'on le remette avec le commun des prisonniers. Tony croyait fermement que tout le monde avait droit au pardon. Mais les conditions de ce pardon n'étaient pas les mêmes pour chacun. Des hommes comme Vance étaient trop dangereux pour qu'on leur donne une seconde chance en dehors de la prison.

Ainsi, tout en jouant au détenu, Vance avait organisé son évasion. Peut-être que pour l'arrêter il fallait reconstituer les éléments qui l'avaient mené à ça. Le sésame, c'était Terry Gates.

Pour commencer, Vance avait eu besoin d'un logement. Terry n'avait pas pu l'héberger chez lui, cela se serait avéré beaucoup trop risqué. Vance devait donc disposer d'une cachette. Une maison plutôt qu'un appartement, où il était libre d'aller et venir sans qu'on le remarque. Pas en ville parce que les villes étaient pleines de gens susceptibles de reconnaître l'ancienne star de la télévision. Pas dans un village non plus, où tous ses gestes seraient épiés. Un pavillon de banlieue, peut-être. Dans une cité-dortoir où personne ne se souciait de ce que leurs voisins faisaient chez eux. Terry avait sûrement visité et acheté la propriété pour Vance. Ils devaient donc examiner les efforts de Terry en ce sens.

La question suivante concernait la région géographique choisie par Vance. Ses cibles principales étaient Tony, Carol et Micky, son ex-femme. Bradfield et le Herefordshire. Les autres cibles potentielles se trouvaient à Bradfield, Londres, Glasgow et Winchester. D'après Tony, Vance allait éviter Londres justement parce que c'était un endroit qu'il connaissait bien et que la police le chercherait sûrement là. Tony pensait qu'il s'était rabattu sur le nord du pays. Dans la région de Bradfield, mais pas dans la ville même. Pas trop loin d'un aéroport afin de pouvoir filer rapidement le moment venu.

Tony était persuadé que Vance avait le projet de quitter le pays. Il n'allait pas refaire sa vie ici où presque tout le monde connaissait son visage. Il devait donc avoir une identité d'emprunt. Tony allait conseiller à Ambrose de prévenir tous les aéroports afin qu'ils accordent une attention particulière aux passagers munis d'une prothèse. Avec tous les composants électroniques que comportait ce genre de matériel de pointe, il allait affoler les portiques de sécurité. Vance avait été incarcéré avant le 11 Septembre ; il ne savait pas à quoi ressemblait le système de sécurité d'un aéroport d'aujourd'hui et peut-être que cela s'avérerait son talon d'Achille.

Toutefois, si Vance avait anticipé ce problème, il opterait pour le ferry. Or pour quitter le Royaume-Uni par la mer, le Nord n'était pas ce qui venait immédiatement à l'esprit. Il pouvait gagner la Hollande ou la Belgique depuis Hull et l'Irlande depuis Holyhead ou Fishguard et de là, la France ou l'Espagne. Une fois sur le continent, il serait hors d'atteinte.

Ou alors il avait un bras artificiel de rechange sans aucun composant électronique. Quelque chose qui pouvait faire illusion au cas où on l'examinerait, même s'il ne fonctionnait pas. Tony soupira. Quand l'adversaire était intelligent, les possibilités étaient nombreuses.

Peut-être ferait-il mieux de laisser Ambrose et ses collègues se charger de l'enquête pour se concentrer sur ce qu'il était censé savoir faire : pénétrer les méandres de la psyché. Même s'il avait l'impression d'avoir perdu ce talent, il devait essayer malgré tout.

— Quelle est ta prochaine cible, Jacko ? se demanda-t-il à voix haute.

Il se déporta sur la voie centrale. Cela faisait vingt minutes qu'il roulait sur la file réservée aux véhicules lents sans s'en rendre compte.

— Tu as fait des recherches. Tu as donné à quelqu'un une liste de noms. Tu l'as envoyé nous espionner, se renseigner sur nos proches. Tu lui as demandé d'installer des caméras pour surveiller tes cibles et frapper au moment opportun. C'est comme ça que tu as tué Michael et Lucy. Tu n'es pas tombé sur eux par hasard, pendant qu'ils faisaient l'amour. Tu les surveillais en attendant le bon moment. Tu t'es introduit chez eux sans qu'ils le remarquent, tu les as pris par surprise et leur as tranché la gorge sans qu'ils comprennent ce qui leur arrivait. Prendre ton pied avec Lucy pendant qu'elle mourait, c'était juste la cerise sur le gâteau. Ce n'était pas prévu. Tu n'as pas pu te retenir, hein, Jacko ?

La voiture qui le suivait lui fit un appel de phares et il se rendit compte qu'il roulait à quatre-vingts kilomètres heure. Il appuya sur l'accélérateur jusqu'à atteindre de nouveau les cent vingt kilomètres-heure réglementaires.

— Alors ton espion t'a dit que Carol aimait Michael et Lucy. Qu'elle passait souvent du temps avec eux. Que si tu voulais faire souffrir Carol, il fallait s'en prendre à eux. Quelqu'un est donc allé poser des caméras dans leur maison.

C'était une autre piste qu'Ambrose allait devoir explorer. Peut-être arriverait-il, lui, à convaincre ce con de Franklin que Vance était bel et bien coupable.

— Je suis donc le prochain sur la liste. Qui sont les gens que j'aime ? Que j'aie jamais aimés ? Il n'y a guère que toi, Carol... Je ne suis pas très doué pour les relations humaines. Je t'aime et je suis incapable de te le dire. Mais il ne va pas te tuer. Il veut que tu souffres. Peut-être qu'en visant Michael et Lucy il veut tenter un coup double : tu vas souffrir jusqu'à la fin de tes jours et moi aussi parce que je ne supporterai pas de te voir malheureuse. Et s'il réussit bien son coup, tu vas finir par t'éloigner de moi.

Ses yeux se remplirent de larmes. Il s'essuya le visage du revers de la main.

— Si ton espion a bien travaillé, Jacko, tu sais que le meilleur moyen de me faire souffrir, c'est en visant Carol.

Il ne restait plus que Micky, installée dans le Herefordshire avec Betsy, où elles élevaient des chevaux. C'était Betsy qui avait décidé de ce nouveau mode de vie, il était prêt à le parier. Cette femme était un pur-sang elle aussi, elle vivait dans un monde où l'on portait des vestes en tweed et des pulls en cachemire pour promener son labrador tout en déplorant l'état du monde. Tony sourit en se remémorant Betsy, ses cheveux châtains parsemés de mèches blanches retenus par un serre-tête, ses joues rondes ; elle présentait son émission télévisée exactement comme sa mère avait présidé le conseil municipal de son village. Quand le monde de Micky s'était effondré, quand la télévision avait tourné le dos à une présentatrice dont le mari était accusé d'avoir assassiné des jeunes filles, quand ses millions de fans l'avaient reniée, c'était Betsy qui l'avait sauvée et lui avait offert une nouvelle vie.

Les chevaux de course étaient devenus leur passion. Tony l'avait appris dans les journaux le matin même. Le milieu hippique, qui possédait ses propres lois, était le refuge idéal pour une snob comme Betsy. Micky avait dû s'y intégrer sans problème : charmante mais pas séductrice, bien élevée, aimable. Il fallait être honnête : ce milieu-là était peuplé de gens au passé trouble qui parvenaient à se faire oublier.

Betsy était sans aucun doute dans la ligne de mire de Vance, même si, à l'époque, les deux femmes lui avaient rendu service sans le vouloir. Le mariage blanc que Micky et Vance avaient contracté avait non seulement permis aux deux femmes de sauver leur réputation, mais il avait également servi d'alibi au tueur. Mais Vance avait été arrêté et elles, elles vivaient toujours ensemble. Et ça, il ne pouvait pas le supporter.

Il s'aperçut avec surprise qu'il avait déjà atteint la sortie pour Worcester. Il fallait dire à Ambrose de protéger Betsy. Sa mort seule suffirait à réjouir Vance, mais en plus de cela, elle détruirait Micky. Nouveau coup double.

Tony bâilla. La journée avait été longue et stressante. Tout ce qu'il voulait, c'était se mettre au lit, mais il savait qu'il devait d'abord s'entretenir avec Ambrose. Au moins, il passerait son coup de fil confortablement installé dans un fauteuil, avec à la main un verre d'armagnac tiré de l'excellente cave d'Arthur Blythe. Quand il s'engagea dans sa rue, il fut surpris d'apercevoir trois camions de pompiers bloquant l'accès. Des véhicules de police étaient garés à côté. Sur le trottoir, des badauds observaient la scène, se tordant le cou pour mieux voir ce désastre qui ne les concernait pas.

L'estomac noué, Tony sortit de la voiture. Une odeur de fumée, âcre et dense, lui parvint aux narines. Il s'avança au milieu de la rue puis se mit à courir ; à la sortie du virage, il vit des flammes s'élever dans le ciel et distingua la maison d'où venait l'incendie. La fumée le faisait pleurer. Il continua à courir tandis que des larmes roulaient sur ses joues. Il se mit à hurler.

Un type baraqué lui barra la route et le prit dans ses bras.

— Tony, dit Ambrose. Je suis désolé.

— Ça ne m'a pas traversé l'esprit, pas une seule seconde, merde ! articula-t-il entre deux sanglots. Pas une seule seconde !

Il enfouit son visage dans l'épaule d'Ambrose.

— Quel abruti ! hurla-t-il. Je n'ai pas réussi à protéger Carol et je ne peux même pas me protéger moi-même !

38

À l'hôpital, Paula serra dans ses mains sa tasse de café en frissonnant. Kevin était assis par terre, dans un coin de la salle d'attente, les genoux repliés sur la poitrine, les yeux fixés sur la moquette.

— Je n'arrête pas de me dire que j'aurais dû être à sa place, dit Paula en tremblant.

— Non, c'est Carol qui aurait dû y être, répondit Kevin d'une voix sourde et rauque. C'était elle qui était visée. C'est son chat, son appartement. Jacko Vance a encore frappé, putain !

— Je sais bien que c'est Carol qui était visée. Mais c'est moi qui aurais dû être à la place de Chris.

— Tu crois que Carol aurait préféré ça ? Vous comptez toutes les deux beaucoup pour elle, on compte tous pour elle. Le seul responsable, c'est Vance.

— On n'en parle pas à Carol, OK ?

— On ne peut pas lui cacher un truc pareil. Elle va forcément le savoir. Les médias vont en parler.

— Blake a dit qu'ils le traitaient comme un accident pour l'instant. Sans mentionner Vance. Carol a suffisamment à faire en ce moment avec ce qui vient d'arriver. Ça peut attendre.

— Je ne sais pas..., répondit Kevin d'un air peu convaincu.

— Écoute, on en parlera à Tony et on verra ce qu'il en pense. Il la connaît mieux que n'importe qui. Il saura si c'est mieux de lui en parler ou pas, OK ?
— Ok.
Ils retombèrent dans le silence, chacun perdu dans ses pensées.
— Tu as dit que Sinead était où ? reprit Kevin.
— À Bruxelles. Elle va prendre le premier avion, mais elle n'arrivera sans doute pas avant demain matin. Tu devrais rentrer chez toi, Kevin. C'est mieux que l'un de nous deux se repose.
Avant qu'il n'ait le temps de répondre, la porte s'ouvrit et un homme de grande taille vêtu d'une blouse entra. Il regarda les deux policiers d'un air surpris.
— Vous êtes la famille de Christine Devine ? demanda-t-il.
— Si on veut, répondit Kevin en se levant. Nous sommes policiers. Nous travaillons dans la même unité d'élite. C'est comme une famille.
— Je ne peux parler qu'à la famille proche.
— Sa compagne va bientôt arriver de Bruxelles. On est venus à sa place, expliqua Paula. S'il vous plaît, dites-nous comment va Chris.
— Son état est très grave, répondit le docteur. Elle a reçu de l'acide sulfurique sur le visage. C'est un produit corrosif, ce qui veut dire qu'elle a des brûlures très sévères. L'acide détruit davantage que le feu parce qu'il cause une déshydratation extrême. Son visage est brûlé au troisième degré. Elle gardera de nombreuses cicatrices, irréversibles. Elle a également perdu l'usage de la vue.
Paula laissa échapper un cri avant de poser la main sur sa bouche. Kevin s'approcha d'elle et la prit par les épaules.

— Ce n'est pas mortel en soi, poursuivit le médecin. Toutefois, elle a ingéré et inspiré des gouttes d'acide et ça, c'est beaucoup plus préoccupant. Il y a un risque d'œdème pulmonaire. Nous allons surveiller ça de très près dans les heures et les jours qui viennent. Pour le moment, nous l'avons plongée dans un coma artificiel afin que son corps puisse commencer à récupérer. Cela évite également qu'elle ne souffre.

— Elle va rester comme ça pendant combien de temps ? demanda Paula.

— C'est difficile à estimer. Au moins quelques jours, peut-être davantage. Je ne peux rien vous dire de plus, ajouta-t-il en soupirant. Vous devriez rentrer chez vous vous reposer. Il y a peu de chances que ça évolue dans les prochaines heures.

Il tourna les talons avant de se raviser.

— Votre amie va avoir de très grandes difficultés à surmonter avant de pouvoir retrouver une vie aussi normale que possible. Elle aura besoin de vous à ce moment-là.

Sur ce, il quitta la pièce.

— Putain, jura Kevin. Est-ce que tu as vu le documentaire sur Katie Piper, la top-modèle qui a reçu de l'acide au visage ?

— Non.

— Je ne te conseille pas de le regarder, alors.

Sa voix se brisa et il se mit à sangloter. Paula le prit dans ses bras et pleura avec lui.

Ce n'était pas la première fois que Carol devait annoncer à une famille la mort de leur enfant. Mais ça n'avait jamais été aussi difficile pour elle. Il y avait quelque chose de profondément déplacé à devoir annoncer cette nouvelle à ses propres parents. Toutefois, elle préférait encore le leur dire elle-même, même si elle savait que sa mère ne pourrait plus jamais la recevoir sans se rappeler ce terrible moment.

Quand elle prononça les mots « Michael est mort », sa mère s'effondra dans ses bras. Toutes ses forces l'abandonnèrent et Jane Jordan poussa un cri déchirant. Le père de Carol accourut depuis la cuisine, affolé, et resta les bras ballants sans comprendre ce qui se passait.

— Michael est mort, répéta Carol.

Elle se demanda si elle pourrait un jour le dire sans ressentir cette douleur dans la poitrine. David Jordan vacilla et se rattrapa à une petite table branlante. Sa femme continuait de hurler.

Carol tenta d'entrer dans la maison, mais ils bloquaient le passage. Elle fut surprise de voir Alice Flowers se faufiler derrière ses parents malgré son gabarit ; elle prit Jane par les épaules et, ce faisant, libéra le passage pour que Carol puisse entrer et refermer la porte. Toutes les deux, elles menèrent Jane dans le salon et l'allongèrent sur le canapé.

David les suivit, abasourdi.

— Je ne comprends pas, dit-il. Comment Michael peut-il être mort ? Il m'a envoyé un e-mail ce matin. Il doit y avoir une erreur, Carol.

— Papa, il n'y a pas d'erreur.

Elle laissa Alice s'occuper de sa mère et s'approcha de son père. Elle le prit dans ses bras mais il resta aussi raide qu'à son habitude. Il avait été un père formidable qui aimait jouer avec ses enfants et les aider pour faire leurs devoirs de maths. Mais ce n'était pas le genre de personnes vers qui on se tournait quand on avait du chagrin. Elle resta néanmoins serrée contre lui, se rendant compte qu'il avait maigri et était moins vigoureux qu'avant. *Comment cela a-t-il pu se passer sans que je m'en aperçoive ?* Des minutes s'écoulèrent, qui lui semblèrent infinies. Finalement, elle desserra son étreinte.

— J'ai besoin de boire un verre, annonça-t-elle. Et vous aussi.

Elle se rendit dans la cuisine d'où elle revint avec une bouteille de whisky et trois verres. Elle les remplit généreusement et descendit le sien d'un trait. Elle le remplit de nouveau avant d'en tendre un à son père qui le regarda fixement comme s'il n'avait jamais vu de verre de sa vie.

Épuisée, Jane était appuyée contre Alice, le visage figé par la tristesse. Elle tendit le bras pour saisir son verre qu'elle vida d'une seule gorgée, comme Carol.

— Qu'est-ce qui s'est passé ? Un accident de voiture ? demanda-t-elle d'une voix brisée. C'est à cause de cette voiture de sport, celle de Lucy. Je savais que c'était dangereux.

Carol s'assit.

— Non, ce n'était pas un accident, maman. Michael a été assassiné. Et Lucy aussi.

Sa voix termina sur une note aiguë tandis que les sanglots lui serraient la gorge. Elle avait tenu le coup toute la journée et à présent, elle commençait à craquer. Elle mit ça sur le compte de la présence de ses parents. Bien qu'elle soit adulte, elle se sentait de nouveau petite fille en leur compagnie.

Jane secoua la tête.

— Ce n'est pas possible, ma chérie. Michael n'avait pas un seul ennemi. Tu dois te tromper.

— Je sais que c'est dur à accepter, mais Carol a raison, intervint Alice avec un mélange de douceur et de fermeté qui correspondait parfaitement à son rôle.

— Qu'est-ce qui s'est passé ? demanda David brusquement en s'affalant sur la chaise la plus proche.

Il essaya de boire, mais il tremblait tellement qu'il reposa son verre.

— Est-ce qu'il y a eu un cambriolage ?

— Nous pensons que quelqu'un s'est introduit chez eux, en effet, répondit Alice. Peut-être un criminel en cavale.

Jane se redressa en fronçant les sourcils.

— Celui de la télé ? Cet affreux bonhomme, Vance ? Lui ?

— C'est possible, répondit Alice. Nos collègues n'ont pas fini d'examiner les lieux. C'est tout récent. Nous vous tiendrons informés, bien entendu.

— Vance ? répéta Jane en regardant Carol d'un œil accusateur. C'est toi qui as arrêté ce type. Tu l'as envoyé en prison. Ce n'est pas un hasard, si ? C'est à cause de toi et de ton métier.

Nous y voilà. Carol posa la main sur sa joue.

— C'est possible, répondit-elle. Peut-être qu'il me cherchait.

Ou peut-être qu'il voulait simplement me voir souffrir le martyre. Le regard de Jane exprimait la haine et Carol ne pouvait pas lui en vouloir. À sa place, elle aurait ressenti la même chose.

— Ce n'est pas la faute de Carol, madame Jordan, intervint Alice. C'est la faute de celui qui a attaqué votre fils et sa compagne.

— Elle a raison, Jane, reconnut David d'une voix éteinte.

— Crois-moi, maman, j'aurais fait n'importe quoi pour éviter ça. Je me serais sacrifiée pour Michael, tu le sais.

Des larmes roulaient sur ses joues à présent.

— Mais c'est lui qui est mort, répliqua sa mère en se balançant d'avant en arrière, les bras croisés sur la poitrine. Mon beau garçon. Mon Michael. Mon si beau garçon.

La soirée se déroula ainsi, entre larmes, reproches et whisky. Carol alla se coucher à trois heures, tellement épuisée qu'elle eut à peine la force de se déshabiller. Alice Flowers avait promis de rester jusqu'au matin, moment où un collègue devait venir la relayer. Elle comprenait que Carol soupçonne Vance de vouloir aussi s'en prendre à ses parents.

Carol était allongée dans un lit où elle n'avait dormi qu'une demi-douzaine de fois. Elle avait peur de fermer les yeux, peur des images que son esprit allait projeter si elle baissait la garde. Finalement, l'épuisement eut raison d'elle et elle sombra dans le sommeil.

Elle se réveilla peu après huit heures avec un mal de tête, effrayée du silence qui régnait dans la maison. Elle resta allongée quelques minutes afin de se préparer à la journée à venir puis s'extirpa du lit. Elle s'assit sur le bord, la tête dans les mains, en se demandant comment elle allait bien pouvoir continuer à faire son travail, à vivre, à affronter ses parents. Alice Flowers se trompait : la mort de Michael était bel et bien sa faute. Elle était responsable. Elle ne l'avait pas protégé. C'était aussi simple que cela.

Par conséquent, elle ne pouvait pas rester une minute de plus dans cette maison. Elle enfila ses vêtements de la veille et descendit au rez-de-chaussée. Ses parents étaient dans le salon avec Alice. Ils ne paraissaient pas avoir bougé.

— Il faut que j'y aille, annonça-t-elle.

Jane leva à peine la tête.

— Comme tu veux, se contenta-t-elle de répondre.

— Tu ne peux pas rester ? protesta David. Tu devrais rester avec nous. Faire le deuil avec ta famille. On a besoin de toi, ici.

— Je vais revenir, dit Carol. Mais je ne peux pas rester les bras croisés pendant que l'homme qui a tué Michael est en liberté. Trouver des tueurs, c'est ce que je sais faire. Je ne peux pas rester ici, je vais devenir folle.

Elle s'approcha de sa mère pour la serrer gauchement dans ses bras. Elle sentait le whisky et la transpiration.

— Je t'aime, maman.

— Je t'aime aussi, Carol, répondit-elle avec un soupir comme si cela lui coûtait de le dire.

Carol s'accroupit ensuite à côté du fauteuil de son père.

— Occupe-toi de maman, lui dit-elle.

Il hocha la tête en lui tapotant l'épaule.

— Je t'aime, papa.

Puis elle se leva et adressa un mouvement de tête à Alice.

Une fois sur le seuil, elle se redressa, essayant d'endosser l'habit du commandant Carol Jordan, qui semblait hors d'atteinte.

— Je ne veux pas qu'ils restent seuls, dit-elle à Alice. Vance est en liberté, il se venge sur l'équipe qui l'a arrêté. Je ne crois pas qu'il en ait tout à fait terminé avec moi. Il faut s'occuper d'eux et les protéger. C'est clair ?

— On s'occupera bien d'eux, répondit Alice solennellement. Est-ce que je peux savoir où vous allez ?

— À Worcester. C'est là que se trouvent les policiers qui traquent Vance. C'est là que je dois être.

Et Dieu vienne en aide à Tony Hill s'il croise mon chemin.

39

La marina était enveloppée d'une brume matinale d'où émergeaient peu à peu les cabines des bateaux peintes de couleurs vives, qui s'étendaient à perte de vue. Au-dessus de la bande de brume se dressaient les bâtiments en brique rouge d'anciens entrepôts de porcelaine, récemment rénovés dans le cadre de la réhabilitation du quartier. Sauvés de l'abandon, ils étaient devenus la terre promise de la classe moyenne et avaient été transformés en lofts avec vue sur le canal. Jadis, le bassin Diglis avait constitué l'un des hauts lieux de l'industrie, la plaque tournante du transport de marchandises dans les Midlands. Aujourd'hui, c'était devenu une marina, un centre de loisirs et de détente. C'était plus agréable, sans aucun doute. Et il y avait toujours un pub traditionnel avec une piste de bowling où les gens pouvaient aller boire une bière après une bonne journée de travail.

Tony était assis sur le toit de sa péniche, une tasse de thé à la main. Il ne s'était jamais senti aussi déprimé. À cause de son incompétence, deux personnes étaient mortes et une troisième était meurtrie à vie. Et il avait perdu le seul endroit où il se sentait chez lui. Carol Jordan et cette maison avaient représenté pour lui un foyer. Voilà qu'il les avait perdues toutes les deux. Carol ne lui adressait plus la parole et la maison était détruite. Elle était remplie d'objets (livres, boiseries, tableaux, tapis) qui avaient nourri le feu et n'étaient plus à présent qu'un tas de cendres.

Il ne s'était jamais apitoyé sur son sort, et heureusement. Même aujourd'hui il s'y refusait. Il ressentait de la colère, suivie de très près par le dégoût. Évidemment, le coupable, c'était Vance. C'était lui, le tueur, l'incendiaire, le briseur de vies. Mais Tony aurait dû le voir venir. Il avait échoué à prédire les mouvements de Vance et ce à deux reprises. Certes, les actes de ce dernier étaient extrêmes, mais ce n'était pas une excuse. Tony était formé et payé pour anticiper ce genre de réactions, pour comprendre ce type de personnages et les neutraliser.

Pour la plupart des gens, une faute professionnelle n'avait pas trop de conséquences. Mais quand Tony commettait une erreur, c'était irréparable. Il se sentait littéralement malade à la seule pensée que Vance soit en liberté en train de prévoir son prochain coup. Plus les jours passaient, plus Tony comprenait qu'il avait eu raison au moins sur un point : Vance avançait selon un plan précis qu'il avait concocté bien avant de s'évader de prison.

La veille au soir, Ambrose l'avait forcé à détourner les yeux de l'incendie et à s'asseoir à l'arrière d'une ambulance pour boire une boisson chaude. Il était resté à ses côtés pendant que les pompiers éteignaient les flammes. Il avait passé son bras autour de son épaule au moment où la charpente avait cédé. Il n'avait pas levé un sourcil quand Tony avait accusé Vance. Il avait écouté tout ce que Tony avait à lui dire.

Quand ils s'étaient séparés après minuit, Ambrose était retourné au commissariat pour parler avec son équipe et lancer une procédure d'enquête. Tony, lui, n'avait plus rien à faire. Heureusement, il lui restait *Steeler*, la magnifique péniche d'Arthur Blythe. Il ne s'y sentait pas aussi bien que dans sa maison, mais c'était mieux que rien. Et puis il lui restait des photos de la maison. Tony essaya de se consoler avec ça, en vain. Il se sentait vidé, violé.

Quand il reçut le message de Paula l'informant de ce qui était arrivé à Chris, il prit conscience de l'ampleur de son échec. Vance était décidé à leur arracher tout ce qui leur était cher. Il y avait deux façons de réagir à cela : il pouvait céder au chagrin, jeter l'éponge et passer sa vie à regretter ; ou bien il pouvait tenter le tout pour le tout et essayer de neutraliser Vance. Tony se rappela qu'il avait vécu des années sans Carol et sans cette maison. Il avait réussi à s'en sortir seul. Il en était encore capable.

Il vida sa tasse et se mit debout. Après tout, quand on ne possédait rien, on n'avait rien à perdre.

40

Épuisée, à bout de nerfs, Paula s'assit sur le capot de la voiture et alluma une cigarette.

— Je peux t'en piquer une ? demanda Kevin.

Il était encore plus pâle que d'habitude et la peau autour de ses yeux avait une teinte presque verdâtre. Apparemment, il avait aussi peu dormi que Paula. Sinead était arrivée peu après minuit ; ils étaient restés avec elle pendant deux heures en essayant de la consoler, même si c'était impossible. Ensuite, Paula était rentrée chez elle et s'était allongée dans son lit à côté d'Elinor, les yeux fixés sur le plafond.

— Je croyais que tu avais arrêté, dit-elle en lui tendant le paquet.

— Oui, mais y a des jours..., répondit-il en frissonnant.

Paula comprenait parfaitement ce qu'il voulait dire. Certains jours, même un non-fumeur ressentait un besoin de nicotine. Il l'alluma avec le plaisir du fumeur accompli et inspira avidement avant d'expirer.

— Après ce qui s'est passé hier... on croyait que ça ne pouvait pas être pire. Et puis on tombe sur ça.

Par « ça », il désignait le contenu d'un carton découvert à l'arrière d'un magasin de produits surgelés, près des tours de Skenby. C'était un employé qui l'avait trouvé tôt ce matin-là, au moment d'ouvrir l'entrepôt du magasin pour une livraison. Le carton mesurait environ un mètre de long sur cinquante centimètres de large et de profondeur. Il était posé au milieu de la zone de livraison et avait autrefois contenu des paquets de frites congelées. Les taches noires sur le carton et la flaque de liquide rouge qui s'en écoulait indiquaient qu'il contenait à présent quelque chose de nettement différent. L'employé, qui n'était pas suffisamment bien payé pour se permettre de réfléchir, l'avait ouvert puis s'était évanoui et, ce faisant, s'était cogné la tête en tombant. Le livreur était arrivé et l'avait trouvé allongé par terre à côté d'un carton contenant un corps démembré. Il avait vomi, finissant ainsi de contaminer les lieux du crime.

Les premiers policiers à arriver sur les lieux avaient appelé directement la BEP, notamment parce que dans ce carton se trouvait un bras où le mot « MIENNE » avait été tatoué, juste au-dessus du poignet. Paula et Kevin étaient arrivés au moment où le docteur finissait d'examiner le corps de la victime.

— Qu'est-ce qu'on a ? demanda Kevin.

— Il faudra attendre le diagnostic du médecin légiste, répondit le docteur sans se mouiller.

Même lui paraissait un peu pâle et fatigué à cette heure matinale.

— Mais en attendant, je peux vous dire que vous avez sous les yeux un corps qui a été découpé en plusieurs morceaux. Il y a un torse, une tête, deux bras, deux cuisses et deux jambes.

— Bon sang..., dit Kevin en détournant le regard.

— Est-ce qu'elle a été réellement démembrée ou simplement découpée ? demanda Paula qui ne pouvait pas s'empêcher de regarder ce spectacle macabre.

— Qu'est-ce que ça peut bien faire ? rétorqua Kevin. Aujourd'hui, il suffit d'allumer la télé pour apprendre à découper une viande comme un apprenti boucher.

— C'est plus grossier que ça, répondit le docteur en secouant la tête. À mon avis... et ce n'est que mon avis, d'accord ? Ne répétez pas ça à Grisha Shatalov... je dirais qu'il a utilisé quelque chose comme une scie circulaire. On voit les entailles sur l'os, ajouta-t-il en pointant son stylo vers le fémur. Votre type a sûrement utilisé un outil mécanique.

— Bon Dieu, pesta Kevin. Et elle est morte depuis combien de temps, vous avez une idée ?

— Pas très longtemps, répondit-il en haussant les épaules. Le sang a déjà coagulé, on a des signes visibles d'hypostase. Vu la température... je dirais deux heures maximum. Mais c'est à prendre avec précaution, ce n'est pas mon travail.

— Est-ce que vous avez une idée de la cause du décès ? demanda Paula en suivant le médecin qui se détournait du corps.

— Il faudra vraiment attendre Grisha pour ça, répondit-il en se dirigeant vers sa voiture.

Paula se résolut donc à fumer des cigarettes avec Kevin pendant que les agents de la police scientifique prenaient des photos, collaient des adhésifs un peu partout et déposaient leurs produits chimiques. De leur côté, des agents de police en uniforme interrogeaient les voisins dans l'espoir de trouver un témoin. Il y avait peu de chance qu'ils aboutissent à quelque chose. La galerie marchande était isolée au milieu d'un quartier de HLM peuplé par des gens qui bataillaient pour survivre. Personne n'aurait vu quoi que ce soit. Même ceux qui avaient vu quelque chose.

— Il a changé de méthode, avec celle-là, constata Kevin.

— J'aimerais bien que Tony nous trouve une bonne piste. Mais il a des préoccupations plus urgentes en ce moment.

— Est-ce que tu as eu le commandant au téléphone ?

— Non, et tant mieux. C'est dur de lui mentir. Si elle m'appelle, il faudra que je me force à ne lui parler que du chat, qui est bien en sécurité chez nous, couché sous le radiateur.

— C'est vrai ?

— Oui, un des policiers l'a retrouvé dans sa caisse de transport, dans la voiture de Chris. Elinor est allée le récupérer.

— Crois-moi, je n'aimerais pas être à la place de Vance si jamais elle lui met le grappin dessus avant tout le monde.

— Elle n'enfreindra jamais la loi, répliqua Paula qui était convaincue qu'elle comprenait Carol beaucoup mieux que son collègue. Elle place la justice au-dessus de tout, tu le sais bien.

— Oui, mais... il s'agit de son frère, cette fois. C'est humain de vouloir faire payer Vance pour ça.

— Réfléchis un peu, Kevin. Vance a fait ça parce que Carol l'a envoyé en prison. Il a tellement détesté ça qu'il s'est vengé en tuant deux personnes de son entourage et en installant ce piège atroce. Le plus ironique, c'est que c'est Chris qui en a été victime, et qu'elle faisait également partie de l'équipe qui a arrêté Vance la première fois. Alors tu ne penses pas que le remettre derrière les barreaux serait la meilleure façon de le faire payer ?

Il termina sa cigarette et l'écrasa sous son talon avant de relever le col de sa veste.

— Oui, tu dois avoir raison. Bon sinon, est-ce que tu sais comment on va identifier cette fille si ses empreintes ne sont pas dans le fichier ? Les agents ne vont pas se trimballer avec sa tête sous le bras pour savoir si quelqu'un la reconnaît, dit-il en lançant un clin d'œil à Paula.

L'humour macabre était parfois la seule chose qui les aidait à tenir. C'était impossible de l'expliquer à quelqu'un qui n'était pas dans la maison.

— Si je pensais que ça pourrait accélérer les choses, je le ferais, répliqua-t-elle en jetant sa cigarette et en sortant son téléphone. Bon alors, qu'est-ce que tu veux pour le petit déjeuner ? Je vais demander à Sam de nous prendre des sandwichs sur la route. Bacon ? Saucisse ? Œufs ?

— Bacon pour moi. Avec plein de sauce tomate. J'adore quand ça dégouline sur les bords...

— T'es vraiment dégueulasse, répondit Paula en se retournant juste à temps pour apercevoir Penny Burgess qui avançait à grands pas dans leur direction. Ah, il ne manquait plus qu'elle...

Après avoir échangé un regard, ils se réfugièrent derrière le ruban de police où des agents en uniforme montaient la garde. Penny les appela par leurs noms. Paula jeta un œil à la journaliste furieuse et donna un coup de coude à Kevin.

— La journée n'est jamais complètement foutue quand on a réussi à énerver un journaliste, hein ?

Sa remarque fit soudain exploser en eux toute la douleur accumulée depuis la veille. Ils se mirent à rire comme des gamins et ne prêtèrent pas la moindre attention à Penny Burgess qui demandait d'une voix forte des explications au sujet de l'incendie qui avait ravagé la maison de Tony Hill.

Ambrose était en pleine discussion avec son chef quand Carol déboula dans le vaste bureau le visage fermé et le regard absent. Stuart Patterson daigna à peine la gratifier d'un hochement de tête, mais cela ne parut pas la refroidir. Elle ne prêta aucune attention aux autres policiers qui s'interrompirent tous pour observer la nouvelle venue.

— Alvin, dit-elle en approchant une chaise de son bureau. On en est où avec Vance ?

Désemparé, Ambrose tourna la tête vers Patterson qui prit soin d'éviter le regard de son lieutenant et sortit un chewing-gum qu'il déballa avant de le mettre dans sa bouche.

— C'est mon enquête, commandant Jordan, dit le capitaine.

— Vraiment ? rétorqua Carol d'un ton qui frisait l'insolence. Très bien, alors où en est-on, capitaine Patterson ?

— Lieutenant ? Vous voulez bien avoir la courtoisie de mettre le commandant au courant ?

Ambrose lui décocha un regard qu'il réservait habituellement aux enfants qui faisaient des bêtises.

— Nous sommes désolés pour ce qui est arrivé à votre frère et sa compagne, dit Ambrose. Vraiment désolés.

— Ça vaut pour moi aussi, précisa Patterson honteux de ne pas l'avoir dit plus tôt. Je croyais que vous étiez en arrêt, que vous aidiez vos parents.

— La meilleure façon pour moi d'aider ma famille, c'est de participer à cette enquête. Je sais que le commandant Franklin ne privilégie aucune piste pour le moment, mais je suis persuadée que Vance est coupable. C'est pourquoi je suis ici.

Ambrose imaginait que Carol fournissait un effort surhumain pour ne pas craquer. Peut-être que certains allaient la critiquer de ne pas rester avec sa famille après un tel drame, mais lui, il comprenait ce besoin irrésistible de faire quelque chose. Il savait aussi à quel point cela devait lui coûter.

— On ne sait toujours pas où il se trouve, dit-il.
— On sait où il était hier soir ! ironisa Patterson.

Le visage de Carol s'éclaira.

— Ah bon ? Et où ça ?
— En plein centre de Worcester, sous notre nez !

Patterson afficha un air dégoûté, comme si une mauvaise odeur venait précisément de lui parvenir aux narines.

— Et comment le savez-vous ? demanda-t-elle en se penchant vers lui.
— Nous n'en sommes pas sûrs, intervint Ambrose prudemment.
— Pas sûrs ? protesta Patterson en levant les yeux au ciel. Vous connaissez d'autres gens qui en veulent à ce point à Tony Hill ?
— Tony ? reprit Carol en écarquillant les yeux. Il lui est arrivé quelque chose ?
— Il va bien, répondit Ambrose qui aurait bien aimé que son chef fasse preuve d'un peu plus de délicatesse. Il n'est pas blessé, en tout cas. Mais il est bouleversé. Quelqu'un a réduit sa maison en cendres hier soir.

Carol sursauta comme si elle venait de recevoir une gifle.

— Sa maison ? Sa superbe maison ? Détruite ?
— Oui, incendie criminel, aucun doute là-dessus. Avec de l'essence. Le feu a pris à l'arrière de la maison, là où il n'y a pas de vis-à-vis. Le temps que quelqu'un le remarque, l'incendie était bien avancé. Les pompiers n'ont rien pu faire.
— Cette maison était remplie d'objets qui ont dû s'enflammer en un rien de temps, dit Carol en

passant une main dans ses cheveux. Vous n'aviez pas posté un agent pour la surveiller ? Bon sang, c'est Vance, j'en suis sûre.

— C'est ce qu'on pense aussi, répondit Ambrose. J'ai une équipe qui épluche les enregistrements des caméras de surveillance au moment où nous parlons pour essayer de repérer sa voiture. Mais s'il est intelligent, il se sera débarrassé du véhicule juste après.

— Et il aura changé d'apparence, ajouta Carol. On ne sait pas à quoi il ressemble.

À ce moment-là, un agent en uniforme poussa la porte du bureau de l'épaule et entra, suivi d'un collègue. Les deux hommes portaient chacun une unité centrale d'ordinateur dans les bras.

— On pose ça où, patron ? lança-t-il à Patterson.

— Qu'est-ce que c'est que ça ? demanda ce dernier surpris.

— Des ordinateurs, répondit l'agent sans parvenir à dissimuler son impatience. Des unités centrales, avec leur disque dur.

Patterson n'était pas d'humeur à supporter l'insolence d'un subordonné.

— Je vois bien ce que c'est. Mais pourquoi vous m'apportez ça ici ?

— Ça vient de la Northumbrie. Livraison urgente. Alors, on les pose où ?

— Ce sont les ordinateurs de Terry Gates, expliqua Ambrose. C'est moi qui les ai réclamés. Tony pense que Gates n'est pas assez futé pour avoir effacé toutes les données correctement. Posez-les là, s'il vous plaît, ajouta-t-il en indiquant une table contre un mur.

— Personne ne m'a parlé de ça, protesta Patterson, de plus en plus mécontent. Et bien sûr vous allez vouloir payer des mille et des cents pour faire venir Gary Harcup, c'est ça ?

— Absolument, répondit Ambrose d'un ton provocateur, dès qu'on aura réussi à le joindre. C'est lui, l'expert. Et il se trouve qu'on a besoin d'un expert.

— Le commissaire va péter un plomb quand il verra que vous avez explosé le budget pour faire intervenir Gary, maugréa Patterson. Il est plutôt du genre lent, en plus. Vance sera déjà à l'autre bout du monde quand Gary arrivera à tirer quelque chose de ces disques durs.

Carol s'éclaircit la voix.

— Qui est Gary Harcup ?

— Notre expert en informatique. Il coûte une fortune, il ressemble à un ours et il est à peu près aussi commode qu'un ours.

— Je peux vous proposer mieux que ça, dit-elle.

— Vous êtes experte en informatique ? Excusez-moi, commandant, mais vous n'avez pas vraiment l'air d'un geek.

Patterson pouvait être vraiment pénible, songea Ambrose.

Carol ne prêta pas attention à sa remarque et poursuivit :

— Mon experte en informatique, Stacey Chen, est un génie. Elle sait faire des choses qui font pleurer ses confrères.

— Très bien pour elle, mais elle est employée par la BEP, pas par la West Mercia.

— Elle est flic et c'est aussi une experte en informatique. C'est tout ce qui importe, répondit-elle en sortant son téléphone. Je vous la prête. C'est la meilleure.

Du regard, elle rechercha l'approbation d'Ambrose.

— Je ne dis pas non ! répliqua ce dernier.

Patterson tourna la tête d'un air manifestement agacé. Carol trouva le numéro de Stacey.

— Je vais lui dire de venir tout de suite.

— Elle n'a pas autre chose à faire ? Je croyais que vous enquêtiez sur des meurtres en série, dit Ambrose.

— C'est une question de priorités, répliqua Carol. Et mes collègues savent parfaitement quelles sont les leurs.

41

S'il voulait résoudre l'énigme, il fallait bien commencer quelque part. Tony alluma donc son ordinateur et se prépara un autre thé pendant que s'ouvraient les derniers documents en provenance de Bradfield. Il s'assit puis ouvrit un e-mail de Paula, envoyé depuis son téléphone moins d'une heure plus tôt. Il fut peiné d'apprendre qu'ils avaient trouvé une quatrième victime et se sentit d'autant plus impuissant. Toutefois, il ne laissait jamais ses sentiments interférer avec son travail.

La mise en scène paraissait encore plus étrange que lors du meurtre précédent. On ne rencontrait pas si souvent des cadavres démembrés. Les tueurs professionnels avaient recours à cette pratique pour éviter toute identification du corps. Mais c'était à exclure ici puisque, d'après Paula, tous les morceaux étaient présents et intacts. Si Tony avait dû analyser cette affaire indépendamment des autres, il aurait pu spéculer sur les raisons qui avaient poussé le tueur à agir de la sorte. Cela pouvait dénoter la volonté d'exercer un contrôle total sur sa victime : « Si elle n'a plus de jambes, elle ne pourra pas m'échapper. » Ou bien cela pouvait représenter une punition : « Elle a besoin d'une bonne leçon. »

Il se gratta la tête.

— Mais ce n'est pas de ça qu'il s'agit ici, commenta-t-il à voix haute. Ce qu'il nous a montré précédemment n'a rien à voir. Bien sûr, il cherche à exercer un contrôle sur ses victimes. C'est le principe même du meurtre en série. Mais il y a autre chose ici.

Il avait envie de marcher de long en large, mais le bateau n'était pas assez grand pour ça.

— Reconnais-le, Tony, le fait qu'il ait démembré le cadavre est peut-être un pur hasard. Sans aucune signification. C'est peut-être simplement la première chose qui lui a traversé l'esprit.

Sauf que c'était ridicule. Un tueur ne pouvait pas planifier scrupuleusement ses meurtres, se procurer de fausses plaques d'immatriculation et se munir d'une casquette de baseball afin qu'on ne le reconnaisse pas, puis décider au dernier moment de la façon dont il allait se débarrasser de sa victime. Tout cela était structuré, même si Tony ne comprenait pas quelle était la logique sous-jacente. Et plus il essayait d'y réfléchir, plus elle semblait lui échapper.

Il but son thé en regardant à travers le hublot. Il y avait quelque chose qui le chiffonnait depuis le meurtre précédent, mais il était incapable de savoir quoi exactement. Peut-être qu'il trouverait la réponse en examinant une nouvelle fois les photos des lieux des différents crimes.

Il retourna à son ordinateur puis ouvrit le document. À ce moment-là, il se dit que parfois la vie était bien faite. Quand il passa en revue les photos des meurtres par ordre chronologique, les pièces du puzzle se mirent en place dans sa tête. Tout à coup, il comprit ce qu'il avait sous les yeux.

C'était à la fois parfaitement logique et complètement insensé.

— *Maze Man*, dit-il dans un murmure.

Il s'agissait d'une série américaine des années 1990. Diffusée la nuit sur Channel 5, seuls Tony et quelques autres téléspectateurs avaient dû la visionner, à en croire l'audimat. C'était une série à petit budget mettant en scène un profileur qui faisait constamment référence aux « méandres de l'esprit » et parlait toujours de criminels perdus dans ce labyrinthe, faisant fausse route et s'abandonnant au Minotaure. Tony avait regardé cette série pour la simple raison qu'il avait des problèmes de sommeil, à tel point que l'insomnie était quasiment devenue pour lui un hobby.

La bêtise de l'intrigue et les conclusions invraisemblables auxquelles parvenait le protagoniste expliquaient sans doute pourquoi il n'y avait pas eu de deuxième saison. Il était fort possible qu'une chaîne du câble l'ait rediffusée depuis, mais si c'était le cas, Tony l'avait ratée. En revanche, le tueur de Bradfield, lui, n'était manifestement pas passé à côté.

En proie à l'excitation, Tony tapa « Maze Man » dans Google et se rendit sur le site d'IMDB. Les vingt-quatre épisodes avaient été tournés en 1996 et les principaux acteurs étaient Larry Geitling et Joanna Duvell. Tony ne se souvenait pas vraiment d'elle, une blonde californienne passe-partout, mais il n'avait pas oublié le visage de l'acteur, son menton, ses pommettes bien découpées et les rides qui se creusaient autour de ses yeux bleus quand il devenait pensif. Chose qui survenait en général juste avant la coupure de pub, se rappelait-il. Le nom de Geitling lui disait vaguement quelque chose mais il n'arrivait pas à mettre le doigt dessus et Google ne lui fut d'aucune aide.

Pourtant, il savait qu'il avait vu ce nom quelque part. Partant du principe que ça ne coûtait rien d'essayer, il ouvrit le programme d'indexation des données mis au point par Stacey. Celui-ci permettait de rechercher un nom dans tous les documents relatifs à une affaire donnée. Il tapa « Larry Geitling » et faillit tomber de sa chaise quand il vit le résultat. Larry Geitling était le nom utilisé par l'homme qui avait occupé la chambre 5 du *Sunset Strip Motel*, chambre dont la moquette et les serviettes avaient été retrouvées gorgées d'eau, la nuit où Suze Black avait disparu. Il s'agissait là d'une piste sérieuse et non d'une intuition de profileur farfelu.

Retournant sur Google, il trouva un résumé épisode par épisode accompagné de captures d'écran basse résolution, le tout archivé par un pauvre abruti d'Oklahoma City persuadé que *Maze Man* était la série la plus injustement méconnue de la télé américaine. Néanmoins, Tony lui était reconnaissant car sur ce site Internet, il trouva confirmation de ce qui l'avait taraudé ces derniers jours : aussi impossible que cela puisse paraître, les quatre meurtres de Bradfield correspondaient exactement aux crimes des quatre premiers épisodes de *Maze Man*.

Il ne s'était donc pas trompé ; ces meurtres n'avaient rien à voir avec le sexe ou le désir. Ils n'avaient même rien à voir avec le pouvoir. Il s'agissait là de quelque chose de complètement différent. Le meurtrier avait besoin de tuer, mais pas pour les raisons habituelles. Il ne tuait pas par plaisir de voir des gens mourir ou par haine des femmes. Les rites qui accompagnaient généralement un meurtre lui importaient peu. Il changeait à chaque fois de méthode, comme s'il voulait en essayer plusieurs avant de trouver celle qui lui convenait le mieux. Il utilisait la série télé comme un modèle. Tony n'avait jamais rencontré un cas comme celui-ci, mais il parvenait à saisir cette logique démente.

Alors s'il ne prenait pas plaisir à tuer, quelles étaient ses motivations ? La réponse devait se trouver du côté des victimes. Mais où exactement ?

Quoi qu'il en soit, il avait une nouvelle information à apporter. Il décrocha son téléphone pour appeler Paula. Dès qu'elle décrocha, il lui annonça de but en blanc :

— Ça va te paraître vraiment bizarre.

— J'allais justement t'appeler, répondit-elle.

— Vous avez avancé sur l'enquête ?

— Non, Tony. J'allais t'appeler parce que j'ai entendu ce qui était arrivé à ta maison et je voulais te dire que j'étais désolée, répondit-elle patiemment.

Tony n'était vraiment pas doué pour ce genre de choses. Comme il ne savait pas quoi dire, il ne répondit rien.

— C'est ce que font les amis, reprit Paula. Je suis vraiment désolée pour ta maison.

— Moi aussi. Et pour le frère de Carol et sa compagne. Et pour Chris. Comment va-t-elle, d'ailleurs ? Du nouveau ?

— Pas de changement. C'est plutôt bon signe, paraît-il.

— J'aimerais bien me rendre utile et remettre Vance derrière les barreaux. Mais comme je n'arrive pas à grand-chose avec lui, j'ai décidé de jeter un œil à ce que m'a envoyé Stacey ce matin.

— C'est moi qui te l'ai envoyé, en fait. Stacey est en route pour Worcester. Si tu es sage, elle te paiera un café.

Tony fut surpris. Il se sentait complètement à côté de la plaque.

— Stacey vient ici ? Pourquoi ? Qu'est-ce qui s'est passé ?

— Le commandant l'a chargée de se rendre à Worcester pour qu'elle bosse sur deux vieux ordinateurs qu'ils ont retrouvés chez un certain Terry Gates. Apparemment il...

— Je sais qui est Terry Gates et ce qu'on espère tous trouver sur ces disques durs. Mais je ne savais pas que Stacey travaillait dessus. Je pensais que la West Mercia possédait ses propres experts.

— Ambrose n'arrivait pas à le joindre. Bref, la chef a décidé de...

— Tu l'as déjà dit. Comment se fait-il que Carol soit sur l'enquête ? Elle n'est pas avec ses parents ?

— D'après Stacey, elle est au commissariat de la West Mercia et c'est elle qui donne les ordres... Elle n'a pas perdu de temps pour remonter en selle, c'est le moins qu'on puisse dire.

Cette nouvelle inquiéta Tony. Carol se croyait capable de mener une enquête, mais elle se trompait. Elle avait besoin de temps pour digérer le drame qui venait de se produire et ses conséquences. Sans quoi elle risquait de s'effondrer et le choc serait violent. Il avait déjà assisté à ça par le passé et n'était pas sûr de pouvoir le supporter une nouvelle fois, d'autant qu'il portait une grande part de responsabilité.

— Super, dit-il d'un ton grave. J'imagine que personne n'a eu le courage de l'en empêcher ?

— Tu parles ! répliqua Paula.

— Elle ne devrait pas revenir si vite.

Il y eut un long silence puis Paula reprit :

— Bon, tu m'appelais pour me dire quelque chose ?

— Est-ce que tu es trop jeune pour te souvenir d'une série qui s'appelait *Maze Man* ?

— Je ne sais pas... peut-être, parce que ça ne me dit rien.

— Elle passait sur Channel 5.

— Je ne crois pas avoir un jour regardé cette chaîne de mon plein gré.

Tony gloussa.

— Quelle snob ! De toute façon, il n'y a eu qu'une seule saison. Il y avait un profileur et une flic...

— Tiens, ça me rappelle quelque chose... Elle était blonde ?

— Ce n'est pas drôle, Paula. Enfin bref, la série était assez mauvaise, mais je l'ai regardée parce qu'elle était tellement nulle qu'à côté j'avais l'impression d'être un profileur de génie. Le truc, c'est que vos quatre meurtres, ce sont exactement les mêmes que dans les quatre premiers épisodes de *Maze Man*.

— Tu en es sûr ?

— Sûr et certain. Strangulation. Noyade dans un bain et corps retrouvé dans un canal. Crucifixion inversée et égorgement. Et enfin, démembrement avec livraison dans un carton. Mais ce qui m'a vraiment convaincu, c'est que le tueur utilise le nom de l'acteur qui jouait le héros, le psychologue. Larry Geitling. C'est sous ce nom qu'il a pris la chambre du motel, non ?

— Merde, ça alors !

— Je vais t'envoyer le lien vers un site. Un type d'un bled paumé aux États-Unis est fan de *Maze Man* et il a recensé tous les épisodes. Maintenant que j'y pense, peut-être que tu devrais lui parler pour savoir s'il est en contact avec d'autres blaireaux. Parce que notre tueur est forcément accro à cette série. Apparemment, elle n'est jamais sortie en DVD ni en vidéo. Notre type doit l'avoir enregistrée à sa diffusion en 1997. Il doit toujours l'avoir en sa possession.

— Ou bien son magnétoscope a avalé les cassettes et il se sent obligé de recréer lui-même la série.

— Je t'ai déjà dit que je détestais les blagues de flic ? Je suis sérieux, Paula. Les tueurs comme lui tuent parce que quelque chose là-dedans, dans l'acte lui-même, les y pousse. Ils mutilent des poitrines parce qu'ils ont un problème avec la féminité. Ils violent avec des couteaux parce qu'ils ont un problème de virilité. Ils arrachent des yeux parce qu'ils ont peur d'être espionnés. Peu importe. Mais ce type-là, rien ne l'y pousse. Ou en tout cas, il n'a pas encore trouvé ce que c'était. On dirait qu'il expérimente plusieurs méthodes, pour voir. Est-ce que celle-ci me convient ? Est-ce que celle-là m'excite ?

— Quoi ? Tu veux dire qu'il a envie d'être tueur en série mais il ne sait pas ce qui lui plaît le plus ?

— En quelque sorte, oui. Ou alors, il change de méthode à chaque fois parce que ça le dégoûte.

Tony marchait de long en large.

— Il ne tue pas sans raison, reprit-il. Mais il ne tue pas pour l'acte lui-même. Les tatouages lui permettent de faire passer un message, de dire : « Regardez-moi, regardez ce que j'ai fait, MOI. » Paula, s'il pouvait trouver un autre moyen de dire ça, un moyen qui exclurait le meurtre, il ne tuerait pas.

— C'est sacrément bizarre, Tony.

— Je sais. Et le pire, c'est que vous n'êtes pas plus avancés avec ça...

— Je ne suis pas sûre, répondit Paula. Ton idée qu'il puisse être en contact avec le mec qui est fan de *Maze Man*, c'est une super idée. Ils ont peut-être un forum, une liste de membres ou un truc comme ça. Ou même un système qui enregistre tous les visiteurs du site. Stacey va adorer ; elle aura enfin quelque chose à se mettre sous la dent, plutôt que de faire le sale boulot à la place de la Division nord. Dès qu'elle reviendra, elle pourra s'y mettre. Tony, je savais que j'avais raison de faire appel à toi.

— Vu comme je me sens ce matin, ce serait plutôt à moi de te remercier. C'est bien d'avoir une occupation qui m'évite de me jeter dans le canal.

— Tu plaisantes ? demanda-t-elle, un peu mal à l'aise.

Elle n'avait pas l'habitude d'avoir des conversations aussi personnelles avec Tony. Leur complicité n'allait pas jusque-là.

— Bien sûr que oui, mentit-il.

— Alors si ta théorie s'avère juste, quel sera le prochain meurtre de la série ?

Tony se racla la gorge.

— Elle sera écorchée. Son visage sera intact, mais son corps sera écorché.

Paula eut la nausée.

— C'est ce que j'aime dans ce boulot, conclut-elle. Il y a toujours de bonnes surprises en perspective.

42

Carol savait qu'elle emmerdait Ambrose et Patterson, mais elle s'en fichait. Ce qu'ils pensaient d'elle lui importait peu, sa priorité, c'était d'arrêter Vance. Ambrose avait imprimé la liste des rendez-vous de Terry Gates trouvés dans son téléphone et la lui avait donnée.

— J'ai mis mes meilleurs gars dessus mais on n'a pas abouti à grand-chose pour l'instant parce qu'on est samedi et que tous les bureaux sont fermés, lui dit-il. J'ai pensé que vous pouviez y jeter un œil, ça vous donnera peut-être des idées.

Elle pensa qu'il essayait simplement de se débarrasser d'elle, mais ça lui était égal. Elle était contente d'avoir quelque chose à faire. Carol ne savait pas gérer l'inactivité. C'était en vertu de cela – et non parce qu'elle était incapable de supporter le chagrin et les reproches de ses parents – qu'elle était venue à Worcester. Si elle ne se trouvait pas une occupation, elle ne pourrait pas s'empêcher de penser à Michael et cela la mènerait tout droit vers la boisson. Cette fois-ci, elle ne voulait vraiment pas retomber dans ce piège. Elle ne voulait pas se gâcher la vie toute seule. Parce que si elle suivait cette pente, elle n'était pas sûre d'en revenir une seconde fois.

Elle se concentra sur la liste. Elle constata que Gates avait effectué trois allers-retours à Londres et un à Manchester. Sa première visite à Londres avait comporté trois rendez-vous ; il avait noté les initiales des personnes rencontrées ainsi que leurs coordonnées. Patterson avait fourni à Carol de mauvaise grâce un téléphone et un ordinateur, si bien qu'elle commença par rechercher ces contacts dans Google. Elle tomba sur une entreprise proposant un annuaire de locataires de bureaux dans tout Londres. Deux des adresses notées dans l'agenda du portable de Gates apparaissaient sur le site, accompagnées de la liste complète des locataires de l'immeuble, mais la troisième était introuvable.

Les deux entreprises en question possédaient chacune leur site Internet. Elles étaient spécialisées dans l'implantation d'établissements commerciaux dans des pays dont les systèmes de contrôle financier étaient plus qu'opaques. Carol imprima les quelques informations obtenues et les mit de côté.

Elle composa le numéro de téléphone correspondant à la troisième adresse et tomba sur le répondeur des archives de Westminster. Cela éveilla sa curiosité si bien qu'elle alla consulter leur site. En examinant le contenu du site, elle trouva un service qui avait certainement intéressé Gates : les registres de l'état civil. Si Vance avait endossé une nouvelle identité, il lui fallait un document officiel. Par le passé, un criminel en quête d'une nouvelle identité n'avait qu'à se présenter à St Catherine's House ou au Centre des archives familiales où étaient consignés les actes de naissance, de mariage et de décès. Là, il lui suffisait de trouver le certificat de décès de quelqu'un de son âge qui était mort de préférence jeune. Ensuite, il n'avait plus qu'à remonter jusqu'au certificat de naissance dont il demandait une copie.

Armé de ce dernier, il pouvait se faire fabriquer différentes pièces d'identité : permis de conduire, passeport, factures diverses, relevé de comptes, cartes de crédit. Et passer incognito les formalités de contrôle d'un aéroport ou d'un terminal ferry.

Mais le terrorisme avait fermé de nombreuses portes, rendant la tâche beaucoup plus ardue. Les certificats officiels n'étaient plus accessibles au public. Pour obtenir la moindre information, il fallait désormais être muni d'un numéro d'identification, lequel était obligatoire pour toute demande de certificat. La procédure nécessitait beaucoup plus de temps et de patience qu'auparavant et elle laissait des traces. Carol rédigea rapidement un e-mail à Ambrose suggérant d'envoyer quelqu'un à l'état civil dès lundi afin de vérifier si Terry Gates avait fait des demandes de pièces officielles. Cela pouvait constituer un bon point de départ pour découvrir les noms d'emprunt de Vance.

Évidemment, de nos jours, personne ne s'embêtait à passer par le circuit légal. La contrefaçon était devenue tellement sophistiquée que le faussaire n'avait qu'à inventer un nom, une date de naissance et fournir une photo pour se procurer ensuite tout un tas de documents qui paraissaient conformes. Toutefois, il fallait quand même un point de départ authentique, au cas où quelqu'un vérifierait. Carol était prête à parier que Terry Gates s'était rendu aux archives de Westminster afin de dénicher une identité possible pour Jacko Vance. Peut-être même plusieurs.

Vérifier les informations contenues dans la carte SIM de Gates s'avéra infiniment plus rapide et facile grâce aux ressources d'Internet et de la base de données de la police. Quelques années plus tôt, ce que Carol avait effectué en deux heures aurait nécessité plusieurs jours de travail durant lesquels quelques policiers auraient dû battre le pavé et interroger des gens qui travaillaient à la limite de la légalité. Après avoir réussi à joindre par téléphone un vieil ami de la brigade de répression des fraudes, Carol était parvenue à lister les différentes démarches effectuées par Terry Gates : création d'entreprise, documents d'identité, contacts avec des banques privées, avec une agence de détectives qui paraissait plus que douteuse et avec un ancien notaire qui faisait son beurre en vendant aux tabloïds des informations immobilières obtenues au cadastre. Cela indiquait deux activités principales : la première consistait à créer une nouvelle identité et à mettre en place des moyens de paiement afin que Vance puisse accéder à son compte en banque. La seconde consistait clairement à retrouver la trace de plusieurs individus. Probablement les cibles de Vance. Les collègues d'Ambrose auraient du pain sur la planche en arrivant lundi matin, sauf si Vance était arrêté d'ici là. Au moins, grâce à ces informations, ils auraient une idée du nombre de victimes que visait le criminel.

Elle finissait de rédiger un compte rendu pour Patterson quand Stacey Chen fit son entrée dans la pièce. On aurait dit qu'elle sortait tout droit du supplément mode d'un magazine avec sa tenue décontractée signée d'un grand couturier et sa mallette Henk assortie. Carol savait pour avoir vérifié sur Internet que cette mallette noire et élégante en fibre de carbone coûtait plus de dix mille livres. À une époque, elle s'était même demandé si Stacey n'acceptait pas les pots-de-vin. Après quelques recherches, elle avait découvert qu'un seul des logiciels qu'elle avait développé pendant son temps libre lui avait rapporté plusieurs millions ces cinq dernières années.

Carol lui avait demandé pourquoi elle s'embêtait encore à venir travailler.

— Ce que je fais ici au travail, je ne pourrais pas le faire si je ne faisais pas partie de la police, ce serait illégal. J'aime bien avoir l'autorisation pour fouiller dans les données personnelles, avait-elle répondu.

Elle avait jeté un bref regard à Sam Evans, lourd de sous-entendus.

Stacey s'approcha de Carol.

— Merci d'être venue, lui dit le commandant.

— Ça m'a l'air beaucoup plus intéressant que les affaires de Bradfield. Jusqu'à maintenant, je n'ai fait que du travail de routine. Même si Paula a trouvé une piste qui promet d'être une véritable mine d'or pour moi.

— Ah oui ?

Carol avait complètement oublié l'enquête de Bradfield. Le commentaire de Stacey lui rappela que cette affaire était toujours sous sa responsabilité.

— Elle ne m'a rien dit, reprit Carol.

Stacey demeura impassible.

— On s'est dit que vous aviez suffisamment de soucis comme ça. Et puis son idée est tellement tordue que Paula préférait vérifier ses infos avant de la crier sur tous les toits.

— Eh bien, de quoi s'agit-il ?

Carol était contente de pouvoir penser à autre chose, même si cette affaire lui paraissait très éloignée de ses préoccupations actuelles.

— On a trouvé un nouveau cadavre, vous étiez au courant ?

Carol secoua la tête.

— Vous auriez dû me le dire, quand même.

Stacey lui fit un résumé de l'affaire.

— C'est assez bizarre, mais je pense qu'on tient une piste. Il y a eu une série télé américaine peu connue, dans les années 1990, qui s'intitulait *Maze Man* et ces meurtres font écho à ceux des quatre premiers épisodes. Il existe un site, géré par un gars en Oklahoma. Paula voulait l'appeler pour savoir s'il était en contact avec d'autres fans au Royaume-Uni, mais je lui ai dit qu'il risquait de se braquer. Ces types-là se protègent souvent les uns les autres, ils se voient comme des héros seuls face à l'ennemi, expliqua-t-elle en levant un sourcil. L'ennemi, c'est nous, en l'occurrence. Ils sont tous un peu barges. Bref, j'ai suggéré à Paula de me laisser jeter un coup d'œil au site d'abord. Ils ont peut-être un forum ou une liste de visiteurs, ou un compte Twitter que je peux pirater... Je vais regarder pour voir ce que je trouve. On arrive toujours à entrer par la petite porte, conclut-elle avec un sourire qui adoucit son air sérieux.

— Très intéressant. Et Paula a eu cette idée toute seule ?

Stacey entreprit de poser sa mallette sur un bureau avant de l'ouvrir.

— Apparemment.

Si son interlocutrice n'avait pas été Stacey, Carol aurait interprété son attitude comme une tentative de lui cacher quelque chose. Mais avec Stacey, c'était difficile de savoir. Toutefois, elle avait le pressentiment que cette dernière ne lui avait pas tout dit.

— Est-ce que ce serait insensé de dire que ce raisonnement ressemble à ceux de Tony ?

— Paula l'admire beaucoup, vous le savez bien. Peut-être qu'il a fini par déteindre sur elle.

Carol savait reconnaître la loyauté quand elle se manifestait.

— Les ordinateurs de Terry Gates sont par ici, dit-elle en indiquant une table. Voyez ce que vous pouvez en tirer. Mais n'oubliez pas l'affaire de Bradfield. Le tueur accélère le rythme, manifestement.

— Je peux lancer des programmes sur le disque dur de Gates et m'occuper du site d'Oklahoma en attendant les résultats, dit-elle en haussant les épaules. Avec un peu de chance, j'aurai quelque chose pour vous aujourd'hui. Ou demain, au pire.

L'efficacité de Stacey rassura Carol ; c'était exactement ce dont elle avait besoin. C'était agréable de pouvoir compter sur quelqu'un de compétent. Mais si Tony Hill interférait avec l'affaire de Bradfield, elle préférait le savoir. Le meurtre de son frère avait prouvé que Tony n'était plus le professionnel qu'il avait été par le passé. Elle n'était pas sûre de vouloir retravailler avec lui. Et elle ne voulait surtout pas qu'il agisse dans son dos.

— Merci, Stacey, dit-elle avant d'aller chercher Ambrose afin de lui poser la question qui la taraudait à présent : où se trouvait Tony Hill, exactement ?

43

La soif de vengeance qui animait Vance ne troublait en rien son sommeil. Il ne faisait aucun cauchemar, ne passait pas la nuit à se retourner dans son lit ou à regarder fixement le plafond en attendant de s'endormir. Après s'être acquitté de sa tâche chez Tony Hill, il avait acheté un plat chinois qu'il avait rapporté à son hôtel où il avait zappé sur les chaînes d'information jusqu'à ce qu'il somnole. Il ne s'intéressait pas seulement à la manière dont ses exploits étaient traités, il avait été déconnecté du monde médiatique pendant de longues années et était également curieux de voir comment celui-ci s'était développé en son absence.

Il ne pouvait pas s'empêcher d'éprouver quelques regrets : il aurait été parfaitement à son aise dans cet univers multimédia. Twitter, Facebook et les autres lui auraient très bien convenu, bien plus que beaucoup d'idiots qui jouissaient de l'adoration du public ces temps-ci. Encore une chose dont Carol Jordan, Tony Hill et sa salope d'ex-femme l'avaient privé. Peut-être devrait-il créer un compte Twitter pour narguer la police. Il pourrait l'appeler « Vanceenfuite ». Aussi tentante que soit cette possibilité, elle lui était interdite. S'il avait appris quelque chose derrière les barreaux, c'était que dans le cyberespace, tout laissait une trace. Il avait bien assez de pain sur la planche sans s'embêter avec ça. La police savait déjà qu'il était en liberté et qu'il avait un plan d'action, c'était suffisant.

Il se réveilla en milieu de matinée et eut la joie de voir des photos de l'incendie de la veille sur un site d'informations locales. La piste criminelle était privilégiée. On ne mentionnait pas Vance et celui qui avait rédigé l'article n'avait pas pris la peine de se renseigner sur le propriétaire, Dr Tony Hill. Un détail fit tiquer Vance. Sur l'un des clichés, en arrière-plan, il aperçut la silhouette reconnaissable du policier qui était apparu à la télévision au moment de son évasion. Crâne noir luisant, regard vigilant, visage qui avait sûrement reçu quelques coups au cours de sa carrière. Et il se tenait là, sur les lieux de l'incendie.

Quelqu'un avait manifestement fait le lien entre les différents événements, ce qui ne dérangeait pas Vance. Même s'ils étaient sur la bonne piste, Vance aurait toujours une longueur d'avance. Preuve en était qu'en ce moment même il se trouvait dans le lieu le plus sûr du pays pour lui : Worcester. Puisque la police était persuadée qu'il n'allait pas traîner dans les parages, il savait qu'elle ne viendrait pas le chercher ici. Il aurait pu traverser le centre commercial de Cathedral Plaza sans le moindre risque. Cette idée le mit en joie.

Toutefois, même s'il était en sécurité ici, il n'avait nullement l'intention de s'y attarder. Il avait des projets à mettre à exécution, des gens à voir. Et cela n'allait pas être du joli. Avant tout, il devait terminer ses préparatifs. Il vérifia ses caméras. Écran noir à la grange. La police avait sûrement découvert son système de surveillance. C'est pourquoi, chez Tony Hill et Micky, il avait placé les caméras à l'extérieur : les enquêteurs n'iraient pas les chercher là. Il avait fait le bon choix, une fois de plus.

Il observa les prises de vues en provenance du haras du Herefordshire où son ex-femme et sa maîtresse avaient refait leur vie. Il leur avait bien rendu service à toutes les deux en épousant Micky. En se mariant, les rumeurs scandaleuses qui avaient coûté à Micky sa carrière télévisuelle avaient cessé. Tout le monde avait pensé que Vance, qui pouvait choisir n'importe quelle femme, ne pouvait pas avoir épousé une homosexuelle. Certains cyniques avaient tenté d'insinuer que Vance était gay, lui aussi. Mais personne n'y avait cru. Il avait une longue liste de conquêtes féminines et rien ne suggérait qu'il ait jamais viré de bord.

Bien entendu, ce mariage n'était qu'une supercherie. Les bénéfices qu'en retirait Micky étaient clairs dès le début et elle avait tellement besoin de racheter son image qu'elle avait fermé les yeux sur les motivations de Vance à l'épouser. Il lui avait raconté qu'il cherchait à se protéger de ses fans qui le harcelaient, qu'il ne gardait jamais contact avec les prostituées de luxe qu'il employait et qu'elle pouvait être sûre de ne jamais en croiser une par hasard dans la maison. C'était plus facile à avaler que la vérité, à savoir qu'il lui fallait une couverture pour son autre vie, celle de kidnappeur et de tueur en série. Mais cela, il ne l'avait jamais révélé à Micky.

Il avait rempli sa part du contrat et s'était attendu à ce qu'elle fasse de même. Mais quand les choses avaient tourné au vinaigre pour lui, au lieu de lui fournir les alibis nécessaires, elle s'en était lavé les mains plus rapidement encore que Ponce Pilate. Rien ne l'irritait davantage que les gens qui ne tenaient pas parole. Lui, il avait toujours tenu ses promesses. La seule fois où il avait manqué à sa parole, c'était quand il avait dit au peuple britannique qu'il ramènerait une médaille d'or. Toutefois, ses concitoyens n'avaient pas considéré cela comme un manquement parce que ses raisons étaient héroïques.

Il regrettait qu'ils n'aient pas fait preuve de la même indulgence vis-à-vis de ses crimes. Il avait fait ce qu'il avait à faire. Ce n'était peut-être pas la réaction que la plupart des gens attendaient, mais il ne ressemblait pas à la plupart des gens. Jacko Vance était exceptionnel. Cela signifiait qu'il était spécial, qu'il vivait en dehors des règles médiocres qui les gouvernaient. Les autres avaient besoin de règles. Ils ne pouvaient pas vivre sans. Lui, si. Et c'était précisément ce qu'il avait fait.

Vance examina les images une à une, attentivement, en zoomant quand c'était possible. Il comprit rapidement où s'étaient postés les policiers. Ils bloquaient les deux entrées du haras. L'allée était encombrée par un van. Un Land Rover avec trois policiers à l'intérieur était garé à l'entrée de l'allée arrière. Deux officiers coiffés du képi des forces armées patrouillaient le périmètre de la maison, leurs fusils automatiques à hauteur de poitrine.

Apparemment, la propriété était protégée par les garçons d'écurie, un groupe d'hommes dégingandés. Deux d'entre eux portaient une carabine. Ce qui intéressait Vance, c'était leur tenue ; ils portaient tous plus ou moins la même : casquette plate, veste matelassée ou huilée, jean et bottes d'équitation. Quand l'un d'entre eux allait et venait entre la maison et les écuries, les flics ne leur jetaient même pas un coup d'œil.

Ce détail l'aurait intéressé s'il avait eu l'intention de s'introduire dans la maison. Mais il avait un autre projet qui, s'il en croyait le dispositif de sécurité mis en place, s'annonçait très prometteur. Après s'être douché et habillé, Vance quitta l'hôtel avec une demi-heure d'avance, sans attirer l'attention.

Il laissa la voiture dans une petite rue non loin de l'agence de location où Patrick Gordon avait loué son prochain véhicule : un 4×4 parfaitement adapté à la campagne. Il était muni, comme Vance l'avait demandé, d'une boule d'attelage. Il gara le 4×4 à côté de sa voiture précédente et sortit du coffre les bidons d'essence, sa sacoche d'ordinateur portable et des sacs avant de prendre la route pour le Herefordshire. Il lui restait une étape à faire avant d'atteindre son but et il avait tout le temps devant lui. C'était une journée magnifique, constata-t-il en laissant Worcester derrière lui.

Il fallait en profiter.

Les heures avaient filé sans que Tony, perdu dans ses pensées, s'en aperçoive. C'est seulement quand son estomac se mit à gargouiller qu'il se rendit compte qu'il était tard et qu'il avait sauté le petit déjeuner ainsi que le déjeuner. Il y avait quelques provisions dans les placards de la péniche, mais cuisiner n'était pas son fort en temps normal ; or un jour comme aujourd'hui était tout sauf normal. Il sortit donc sur la terre ferme et verrouilla la porte derrière lui. Il envisagea de faire un saut au pub avant de rejeter cette option. Il n'était pas prêt à affronter d'autres gens, même des inconnus.

À quelques rues de là, il trouva ce qu'il cherchait : un *fish and chips* à emporter. Il s'empressa de retourner au *Steeler* avec un paquet de colin garni de frites tellement chaud qu'il lui brûlait le bout des doigts. La perspective de manger un bon plat le réconforta quelque peu.

Après s'être engagé sur le ponton où sa péniche était amarrée, il s'arrêta net. Une silhouette familière se tenait à la poupe du *Steeler*, adossée à la cabine, bras croisés, chevelure blonde balayée par le vent. L'espace d'un instant, il crut à une possible réconciliation et son humeur s'égaya. Puis il observa plus attentivement son attitude et comprit que Carol n'était pas venue enterrer la hache de guerre et mettre au point une tactique efficace pour arrêter Vance.

Il se demanda pourquoi elle était venue, au juste. Rester planter là à la regarder ne risquait pas de lui apporter la moindre réponse. Lentement, comme s'il craignait qu'elle ne s'en prenne physiquement à lui, Tony avança sur le ponton jusqu'à la péniche.

— J'ai probablement suffisamment à manger pour deux, annonça-t-il.

Carol ne mordit pas à l'hameçon.

— Je n'ai pas prévu de rester déjeuner, répondit-elle sur un ton cassant.

Il n'était jamais arrivé à rien avec elle en se montrant conciliant.

— Comme tu veux, répliqua-t-il, mais moi, j'ai besoin de manger.

Il monta à bord et soutint son regard jusqu'à ce qu'elle daigne se pousser afin qu'il puisse ouvrir la porte et accéder à la cabine. Si elle voulait lui parler, elle n'avait pas d'autre choix que de le suivre à l'intérieur.

Il sortit une assiette, déballa son *fish and chips* et l'y déposa. Tandis qu'elle descendait lentement les marches qui menaient à la cabine, il poussa son ordinateur et ses papiers afin de pouvoir manger. Il tira une canette de Coca de la poche de sa veste et la posa à côté de son assiette.

— Certains diraient que cette péniche me ressemble davantage que la maison que je viens de perdre, commenta-t-il.

— On m'a dit pour ta maison, je suis désolée, répondit-elle.

— Moi aussi. Je sais que c'est trivial comparé à ce qui est arrivé à Michael et Lucy, mais ça fait mal quand même. On dirait que j'ai un peu payé le prix de ma stupidité.

Il essaya de ne pas paraître trop amer. Il vit à l'expression de Carol qu'il n'avait pas réussi.

— Je ne suis pas venue te reprocher de les avoir laissé tomber.

Elle s'appuya contre la paroi, bras croisés, le visage peiné. Il l'avait si souvent imaginée ici, avec lui, pour de longues promenades en péniche comme le faisaient les gens normaux. Qu'est-ce qu'il s'était figuré ? Ils n'étaient pas normaux, ni l'un ni l'autre. Même s'ils terminaient leur carrière vivants, ils ne deviendraient jamais le genre de retraités qui parcouraient les canaux tout en s'adonnant à la peinture ornementale et en se demandant quel pub du Cheshire Ring faisait la meilleure tourte à la viande.

Tony mordit dans une frite qui lui brûla la langue.

— Ah, c'est chaud !

Il mâcha bouche ouverte jusqu'à ce que la frite ait suffisamment refroidi pour qu'il puisse l'avaler.

— Pardon.

Il esquissa un sourire de dépit et un haussement d'épaules. Qu'est-ce qu'il croyait ? Il n'avait jamais pu compter sur son charme pour le tirer d'un mauvais pas, encore moins avec Carol.

— Alors, qu'est-ce que tu fais là ?

Elle avança de quelques pas, activa l'écran de l'ordinateur portable et saisit les papiers couverts de notes qui étaient posés à côté. Sur l'écran, une photo s'afficha ; elle représentait un carton ouvert contenant un corps démembré. Elle lut à voix haute :

— « *Maze Man*, 1996. Une saison sur la chaîne Channel 5. Adapté d'un roman de James Sarrono. Site Internet : www.maze-man.com. Facebook ? Twitter ? » Et bien d'autres choses encore sur le même sujet. Tu peux m'expliquer ce que ça veut dire ?

Il envisagea de raconter un mensonge. De prétendre qu'il avait fait pression sur Paula pour qu'elle lui donne des informations et qu'il puisse ainsi se racheter aux yeux de Carol. Mais c'était pitoyable et l'une des décisions qu'il avait prises durant la longue nuit précédente, c'était d'essayer de ne plus être pitoyable à l'avenir.

— Ton équipe t'aime. Ils ne veulent pas que tu partes. Et le plus beau cadeau d'adieu qu'ils peuvent t'offrir, c'est la résolution de cette affaire. Alors même s'ils savent que tu refuses que je travaille pour rien, et même s'ils ont dû comprendre que j'avais ma part de responsabilité dans la mort de ton frère, malgré tout, ils m'ont appelé à l'aide. Parce qu'ils pensent que je peux les aider. Et c'est ce que j'ai fait, je crois, ajouta-t-il en indiquant les papiers qu'elle venait de lire. C'est moi qui ai fait le lien avec *Maze Man*.

— C'est ce que t'appelles de l'aide, ça ? Un lien foireux avec une série télé confidentielle qui n'est même pas disponible en DVD ? À supposer que tu aies raison, à quoi ça peut bien nous servir ?

Elle était furieuse et, d'après Tony, cette colère n'avait pas grand-chose à voir avec les meurtres de Bradfield. En temps normal, elle aurait ravalé son agacement et passé un savon à Paula ensuite. Cette colère-là était d'un autre ordre.

Il prit le temps de couper un morceau de poisson et de l'avaler avant de répondre.

— Les meurtres sont quasiment identiques. Le tueur a utilisé le nom de l'acteur pour prendre une chambre de motel où il a probablement tué la deuxième victime. Il existe un site Internet avec une douzaine d'habitués qui interviennent régulièrement sur le forum. Si l'un d'eux habite Bradfield, il pourrait être notre tueur. Ou il pourrait le connaître. C'est mieux que rien et précisément, avant que je suggère ça, ton équipe n'avait rien.

Carol fit claquer les papiers sur la table.

— Comment tu peux t'intéresser à cette affaire ? Comment tu peux te préoccuper d'un tordu qui tue des putes alors que Jacko Vance est en liberté ? Tu es dans sa ligne de mire autant que moi. Tu devrais collaborer avec Ambrose et Patterson pour coincer Vance au lieu de t'immiscer dans une enquête qui ne te regarde pas.

Elle criait à présent et sa voix tremblait. Elle faisait tout pour refouler ses larmes, il le savait.

— Tu n'en as rien à faire de moi, c'est évident, mais tu ne te soucies même pas de ce qui pourrait t'arriver ?

Tony lui lança un regard de défi.

— Tu te trompes, justement. Je ne me soucie sans doute pas assez de moi, c'est vrai, mais de toi, oui, beaucoup. Et Vance le sait. C'est sûrement la raison pour laquelle Chris se trouve à l'hôpital en ce moment même.

Tout en prononçant ces paroles, il se maudit lui-même. Carol eut l'air d'avoir reçu une gifle.

— Chris est à l'hôpital ? Je ne savais pas. Qu'est-ce qui lui est arrivé ?

Tony n'arriva pas à la regarder dans les yeux.

— Elle est allée chercher Nelson à la place de Paula. Vance s'était introduit dans ton appartement et avait piégé le distributeur de croquettes. Elle a reçu de l'acide sulfurique en plein visage.

— Oh mon Dieu, dit Carol doucement. C'est moi qui aurais dû être à sa place...

— Sans doute. Pour te faire souffrir encore plus, et pour me faire souffrir aussi.

— Qu'est-ce que... comment va-t-elle ?

— Pas bien.

Il n'y avait plus moyen d'épargner Carol maintenant qu'il lui avait dit ça.

— Elle a perdu la vue, son visage est brûlé au troisième degré et il y a un risque que ses poumons soient endommagés. Ils l'ont plongée dans un coma artificiel pour que son état se stabilise et qu'elle ne souffre pas, expliqua-t-il. On ne t'a rien dit parce qu'on pensait que tu avais assez de soucis comme ça.

— Putain, dit-elle. C'est de pire en pire. Et toi, qu'est-ce que tu fabriques ? Pourquoi tu ne travailles pas sur Vance ?

Il s'éclaircit la gorge.

— Je ne peux pas faire des miracles, Carol.

— À une époque, je croyais que si, répondit-elle dépitée. Elle se mordit la lèvre et détourna le regard.

Tony esquissa un sourire mais le reste de son visage demeura sérieux.

— On peut se tromper sur le compte de certaines personnes parfois... Je suis désolé, Carol. Vraiment.

Si ça peut te rassurer, je peux te dire que je suis quasiment sûr qu'il va maintenant s'en prendre à Micky. Ce qui veut sans doute dire que c'est Betsy qui est en danger. Alvin a mis la pression à la police du Herefordshire ; ils ont envoyé des agents armés protéger leur maison, dit-il en soulevant une frite, sans guère d'appétit désormais. Je ne sais pas ce qu'on peut faire de plus. Il a d'autres projets en tête et ça me terrifie.

— C'est comique, non ? On protège la femme qui a rendu la carrière criminelle de Vance possible. Leur simulacre de mariage lui a permis de kidnapper, séquestrer, torturer, violer et tuer des jeunes femmes. C'est toi et moi, ceux qui l'ont arrêté, qui trinquons. Elle va encore s'en tirer sans une égratignure, dit Carol gagnée par la colère. C'est injuste.

Elle se laissa tomber en face de lui dans le gros fauteuil pivotant en cuir, à bout de forces.

— Je sais. Mais au moins ici tu ne crains rien.
— C'est-à-dire ?
— Je ne crois pas qu'il connaisse l'existence de cet endroit. Je pense qu'il a engagé quelqu'un pour enquêter sur nous, surveiller nos trajets, nos activités, nos relations. Ces caméras cachées dans la grange...

— Quelles caméras cachées ? Pourquoi on ne m'a pas parlé de ça ? s'indigna-t-elle avec ce qui lui restait d'énergie. Et comment se fait-il que toi, tu sois au courant ?

— Les techniciens les ont découvertes pendant que j'étais sur place. Franklin ne t'a rien dit ?

— Franklin m'en dit à peu près autant que toi.

Tony ne releva pas sa remarque. Il n'avait pas envie de se disputer avec elle.

— Quoi qu'il en soit, je ne crois pas qu'il sache que cette péniche existe. Ça fait des lustres que je n'y étais pas venu. Saul, qui bosse au pub, garde un œil sur elle pour moi. Et quand je suis arrivé hier soir, Alvin a envoyé un technicien qui a tout ratissé : pas de caméras, pas de micros. Alors je pense qu'ici on est à l'abri de Vance. On est en sécurité.

— Il surveillait Michael et Lucy ?

— Il a choisi son moment. Le moment où ils ne risquaient pas de remarquer sa présence.

— Quelle ordure...

Elle ferma les yeux et se prit la tête dans les mains.

— Il y a une cabine à l'avant de la péniche, dit-il. Avec un bon lit. Arthur aimait son petit confort. Tu peux faire une sieste avant de tomber de fatigue.

Elle se redressa, se leva et se rassit aussitôt.

— Oh là, je n'ai pas vraiment le pied marin. Merci, mais j'ai besoin de...

— Tu n'as pas besoin d'aller où que ce soit. Ton équipe à Bradfield sait mener une enquête. Alvin Ambrose et Stuart Patterson ont besoin d'avoir les coudées franches pour pouvoir te prouver de quoi ils sont capables avant que tu ne deviennes leur chef. S'ils ont besoin de toi, ils t'appelleront.

Il n'avait jamais déployé autant d'efforts pour gagner sa confiance. Même si cela ne durait que le temps de sa sieste, ça valait le coup.

Carol regarda autour d'elle, hésitante.

— Et toi ? T'as une sale tête. Tu as dormi cette nuit ?

— Je ne dors jamais, répondit-il. Une nuit de plus ne change rien.

Ce n'était pas tout à fait vrai. Son sommeil terriblement capricieux avait trouvé la paix dans la maison d'Arthur Blythe. C'était une des raisons pour lesquelles il s'y plaisait tellement. Mais il ne l'avait jamais dit à personne et ce n'était pas le moment de lui en parler.

— Va te reposer, Carol. On pourra recommencer à se disputer à ton réveil.

— OK, répondit-elle.

Elle ne chercha pas à le contredire. Il la regarda parcourir les quelques pas qui la séparaient de la cabine. Il avait le cœur plus lourd que jamais. Il ne pouvait pas s'empêcher de penser qu'ils avaient atteint un point de non-retour.

44

En Grande-Bretagne de nos jours, on pouvait louer tout et n'importe quoi, remarqua Vance. Avant, tout était à vendre. Maintenant, il semblait que tout était à louer. Quand on n'avait pas les moyens de posséder quelque chose, on pouvait faire comme si. Et grâce à Internet, il n'était pas difficile de trouver la personne susceptible de satisfaire vos besoins.

En fin d'après-midi, il avait récupéré un quad, posé sur une remorque tirée par son 4×4. Il avait également acheté un énorme paquet de granulés pour chevaux. Comme c'était drôle qu'un couple de lesbiennes tienne un haras rempli d'étalons. Au moins, il n'avait pas eu de mal à trouver son déguisement. Il avait acheté un gilet vert matelassé, un pull en laine, une casquette de tweed et une paire de bottes d'équitation. Il était équipé.

À trois kilomètres de chez Micky, il quitta la petite route pour une piste qui menait à un bois. Quand il se fut suffisamment éloigné, il déchargea le quad puis détacha la remorque et fit demi-tour avec le 4×4, de façon à pouvoir déguerpir rapidement. Il enfila son déguisement, peigna sa moustache et troqua la paire de lunettes de Patrick Gordon contre des lunettes de moto. Il chargea le sac de granulés à l'arrière du quad, au-dessus de son nécessaire de pyromane, et démarra.

Il reprit la route pendant un kilomètre environ puis, comme l'indiquaient les cartes qu'il avait consultées et Google Earth, il bifurqua à droite, en direction de la ferme. Le chemin était couvert d'herbes et remplis d'ornières ; heureusement, le temps était plutôt sec. Au bout du chemin, il aperçut une barrière qui donnait sur un pré où se trouvait une demi-douzaine de chevaux qui levèrent la tête avec indifférence quand il approcha. La ferme de Micky apparut, à moitié cachée par les écuries et la grange à foin.

Vance sentit son cœur battre plus vite au fur et à mesure qu'il s'approchait. Il prenait trop de risques à son goût, mais il était décidé à faire payer Micky. Il avait envisagé de la laisser tranquille un moment, d'attendre que la police relâche sa surveillance. La laisser avoir peur pendant quelques mois, sans jamais qu'elle sache quand il allait frapper. Cela lui aurait apporté une certaine satisfaction. Toutefois, ce qu'il désirait par-dessus tout, c'était en finir. Il voulait accomplir sa tâche puis quitter le pays l'esprit tranquille. Il voulait passer à autre chose. Régler ses comptes et s'en aller.

Voilà pourquoi il était là, en route vers le petit monde parfait de Micky, espérant qu'elle profitait bien de sa dernière soirée.

Tandis que le jour déclinait, il franchit la barrière et se dirigea vers la grange. L'un des garçons d'écurie apparut et lui fit signe de s'arrêter.

— Micky m'a demandé de lui déposer ces granulés, dit Vance tout naturellement avec un accent aussi snob que possible. Qu'est-ce qui se passe ? Il y a des policiers partout.

— Vous avez entendu parler de ce type, Vance, qui s'est échappé de prison ? Celui qui est en fuite ?

Son accent était irlandais, ce qui était parfait : il ne devait pas connaître tous les voisins.

— C'est l'ex de Micky, poursuivit-il. Il l'a menacée, apparemment.

Vance émit un petit sifflement.

— Pas de chance. Ça doit être dur pour elle, et pour Betsy aussi, la pauvre. Enfin bon, je ferais mieux d'aller déposer ça dans la grange comme je le lui ai promis.

— C'est pas notre marque habituelle, remarqua le garçon d'écurie en fronçant les sourcils.

— Je sais. J'ai eu d'excellents résultats avec ceux-là. Des vrais progrès. Je lui ai dit que je viendrais lui en déposer un paquet pour qu'elle essaie, expliqua-t-il en souriant. J'avais promis de faire ça hier mais j'ai été débordé.

Le garçon le laissa passer et Vance démarra.

La grange à foin était une vieille bâtisse en bois adossée aux écuries. D'un côté étaient entassées des bottes de paille, de l'autre, des sacs et des balles de fourrage. Il avança au fond de la grange, fit demi-tour et coupa le contact avant de descendre du quad. Il ôta la clé et se mit au travail.

Il avança jusqu'au fond de la grange. Là, il entassa des bottes de paille contre la paroi en bois de façon à former une pyramide, en prenant soin de laisser un petit espace en dessous. Il arrosa la paille d'essence puis combla l'espace vide avec des billes de polystyrène. Enfin, il alluma une douzaine de cigarettes qu'il planta dans les billes. Si le pyromane qu'il avait interrogé en prison avait dit vrai, le polystyrène allait chauffer lentement, puis l'essence enflammerait la paille. La grange serait ainsi piégée et l'incendie s'étendrait jusqu'au toit des écuries qui dégringolerait sur les chevaux terrifiés.

Le seul inconvénient, c'est qu'il ne serait plus là pour assister au spectacle. Passer inaperçu était beaucoup plus difficile dans la campagne du Herefordshire que dans une ville comme Worcester. Vance enfourcha son quad et rebroussa chemin. Cette fois-ci, personne ne l'arrêta. Le garçon d'écurie à qui il avait parlé lui adressa même un signe de la main.

Les gens étaient tellement faciles à berner. Un vrai tour de prestidigitateur. Il n'avait rien perdu de ses talents de magicien. Et Micky n'allait pas tarder à s'en rendre compte.

45

Paula était assise sur le siège de Stacey, qui l'avait laissée en charge du système informatique de la BEP. Cette dernière lui avait donné des instructions très strictes : Paula n'avait le droit de toucher qu'à trois des six ordinateurs de l'informaticienne. Paula était capable de mentir à Carol Jordan, mais elle savait qu'il valait mieux obéir à Stacey. Les ordinateurs traitaient des informations en permanence, mais elle ignorait de quoi il s'agissait. Stacey lui avait assuré qu'elle contrôlerait cela à distance, ce qui convenait très bien à Paula.

Toutes les informations découvertes par l'équipe de la Division nord étaient entrées dans un fichier partagé avec la BEP. À supposer que les policiers de la Division nord entrent toutes leurs données, sans faire de tri. Elle espérait aussi qu'un imbécile ne déciderait pas de garder pour lui ses trouvailles dans l'espoir de mener sa propre enquête et de se faire un nom. Sam avait tendance à adopter ce genre d'attitude et les dernières années avaient prouvé qu'on ne pouvait jamais complètement éliminer cette préférence à faire cavalier seul.

C'est ainsi que Paula apprit qu'on avait identifié la quatrième victime. Cette fois, le tueur avait pris moins de précautions et avait jeté le sac à main de la fille dans une poubelle, non loin de l'endroit où l'on avait retrouvé le corps. Paula ouvrit les photos et vit un petit sac taché orné de perles, muni d'une longue bandoulière. Son contenu était étalé à côté : une douzaine de préservatifs, un porte-monnaie contenant soixante-dix-sept livres, un rouge à lèvres et un téléphone portable. Quelle triste fin, songea Paula.

Le téléphone appartenait à une certaine Maria Demchak qui vivait dans le quartier de Skenby. L'enquête préliminaire avait conclu qu'il s'agissait d'une Ukrainienne sans papiers qui vivait dans une maison qu'elle partageait avec une douzaine d'autres femmes sous la protection d'un ancien boxeur professionnel marié à une ex-strip-teaseuse russe.

— C'est intéressant, commenta-t-elle.

Kevin Matthews, qui était seul dans la pièce avec Paula, s'approcha.

— Celle-ci avait un souteneur, apparemment, dit-elle.

— Il prend des risques, remarqua Kevin. Les trois premières victimes travaillaient seules. Mais un mac surveille ses filles. Ce connard doit penser qu'il est invincible. C'est peut-être comme ça qu'on arrivera à le coincer.

— J'espère que tu as raison. Il prend moins de précautions. Avec les trois premières, on n'a trouvé aucune pièce d'identité ni de sac à main. D'après Tony, il les a peut-être gardés en souvenir.

— Crois-moi, il a fait exprès de laisser sa quatrième victime là, dans un endroit public. Tous les gens qui font leurs courses dans cette galerie marchande vont avoir droit aux détails sanglants. Cette fois, il n'y aura pas que Penny Burgess que ça va intéresser. L'affaire va devenir nationale, voire internationale, comme Ipswich il y a deux ans, ajouta-t-il en gloussant. J'étais en vacances en Espagne à ce moment-là. Si tu avais entendu tous ces journalistes espagnols essayer de prononcer « Ipswich » ! Crois-moi, Vance va passer au second plan et nous, on va faire les gros titres dans le monde entier.

— Ça ne va pas plaire au commandant...

— Elle n'est pas là. Elle n'aura pas son mot à dire. C'est Pete Reekie qui va décider ou non de donner une conférence de presse et, à mon avis, il ne va pas s'en priver. Prépare-toi, Paula, on va être assiégés par les vautours de la presse dès demain. Et on n'aura absolument que dalle à leur donner.

À ce moment-là, le téléphone de Stacey retentit. Ils tendirent tous les deux la main vers le combiné, mais Paula fut plus rapide et décrocha.

— McIntyre, dit-elle.

— C'est Stacey.

— Salut, Stacey. On a identifié la quatrième...

— Je sais, je t'avais dit que je gardais un œil sur mes moniteurs à distance. J'ai quelque chose pour toi en provenance du site de l'Oklahoma.

Paula sourit et leva le pouce à l'attention de Kevin.

— Tu es un génie. Est-ce que tu as un nom à nous donner ?

— J'ai un point de départ. Parmi ceux qui ont posté des messages sur le forum, personne ne vient du Royaume-Uni. Mais j'ai réussi à pirater le site et à accéder aux e-mails archivés. Il y a environ un an, le site a reçu un message, que j'ai transféré dans ma boîte, et qui doit donc apparaître sur mon premier moniteur. Je suis en train de rechercher l'expéditeur et je te transmettrai ses coordonnées dès que je les aurai.

— Merci. Comment ça se passe là-bas ? La chef tient le coup ?

— Je n'ai pas le temps de parler de ça, Paula. Je te donnerai des infos pertinentes dès que j'en aurai.

Sur ce, elle raccrocha.

— Aussi sociable qu'un bernard-l'ermite, commenta Kevin.

— Je croyais qu'elle avait changé, mais je vais devoir m'y faire : cette fille ne sera jamais élue Miss Potins. Voyons ce qu'elle nous a envoyé.

Paula ouvrit l'e-mail. Elle agrandit la fenêtre et lut :

— « Salut ! Bravo pour ton site. Je suis anglais et personne ici ne se souvient de la série. J'ai toute la saison en vidéo, mais mes cassettes commencent à s'user. Est-ce que tu connais quelqu'un en Angleterre qui aurait des cassettes que je pourrais copier ? Merci, un fan de *Maze Man*. »

Suivait un commentaire de Stacey :

« Voir réponse : "Désolé, fan de *Maze Man*, aucun Anglais par ici. Bonne chance pour ta recherche." L'adresse e-mail appartient à un certain Kerry Fletcher. Je recherche ce nom dans mon système. À plus. »

Paula se tourna vers Kevin et ils se tapèrent dans la main.

— C'est un début, dit-elle.

— C'est plus que ça ! On a un nom. Une piste solide, la première depuis le début de l'enquête. On va essayer de boucler ça avant que la chef revienne de Worcester. Worcester ! Je n'avais jamais entendu parler de cette ville jusqu'à il y a six mois. Maintenant, où que je regarde, je tombe sur ce nom.

Le portable de Paula sonna. Elle regarda l'écran et fit une moue.

— Je vais te dire ce qu'il y a de bien à Worcester : Penny Burgess n'y travaille pas.

Un épais nuage de fumée s'élevait dans le ciel, se dissipant peu à peu dans l'air. Des fétus de paille prenaient feu puis s'éteignaient d'eux-mêmes. D'autres en revanche s'enflammaient rapidement. Ils craquaient, sifflaient et nourrissaient le feu.

L'incendie se propagea rapidement ; en quelques minutes le tas de paille entreposé au fond de la grange devint un mur de flammes et une épaisse fumée envahit la bâtisse. Le feu atteignit les poutres et se propagea aussi rapidement qu'un liquide renversé par terre. Personne ne s'était encore rendu compte de rien.

La grange jouxtait les écuries et les poutres étaient communes à ces deux bâtiments, qui se soutenaient ainsi mutuellement. Le feu longea les solives, ralenti mais pas entravé par le mortier qui les soudait.

Les chevaux sentirent la fumée avant tout le monde. Ils commencèrent à s'agiter, à ruer et à s'ébrouer dans leurs box, en secouant la tête, les yeux roulant dans leurs orbites. Une jument grise tapa des sabots contre la paroi de son box en poussant un hennissement. Quand les premières flammes pénétrèrent le grenier à foin au-dessus d'eux, les chevaux se mirent à paniquer. Ils tapèrent des sabots, la salive écumant au coin des lèvres.

L'incendie se propagea vite, nourri par tous les obstacles qui se trouvaient sur son passage : le bois, le foin et la paille brûlaient rapidement. Les chevaux terrifiés hennirent de plus belle et donnèrent des coups de sabot contre les portes de leurs box. Les garçons d'écurie étaient tous occupés à protéger la propriété, si bien que quand ils remarquèrent l'incendie, celui-ci avait déjà causé beaucoup de dégâts.

Le premier à arriver sur les lieux fut Johnny Fitzgerald. Quand il ouvrit la porte de l'écurie, il découvrit une scène infernale. Les chevaux, en proie aux flammes qui les atteignaient, se cabraient en hennissant, leurs sabots dressés les rendant impossibles à approcher.

Johnny décida de braver le danger. Il hurla :

— Au feu ! Au feu ! Appelez les pompiers !

Il se rua sur la jument alezane qu'il avait montée le matin même en attrapant au passage une longe suspendue à un crochet près de la porte. Falier's Friend était l'une de ses montures préférées, une jument au caractère doux qui, quand elle concourait au saut d'obstacles, se transformait en véritable petit bolide. Johnny s'approcha d'elle en lui parlant sans discontinuer d'une voix basse et monotone. La jument reposa ses quatre sabots au sol, secouant la tête à droite et à gauche, les yeux roulant dans leurs orbites, grognant et gémissant tandis qu'autour d'elle l'incendie se propageait. La chaleur était insupportable et Johnny avança, le nez et la gorge brûlés par la fumée, le cœur serré par le spectacle des chevaux terrorisés. Il adorait ces animaux et il ne voyait pas comment les sauver du brasier.

Sans perdre une minute, Johnny passa la longe autour du cou de la jument.

— Viens, ma fille, lui dit-il.

Falier's Friend n'eut pas besoin qu'on le lui répète deux fois. Elle se rua vers l'ouverture et faillit bousculer Johnny qui sortit avec elle dans la cour.

La ferme était à présent en pleine effervescence. Le feu était concentré sur une partie de l'écurie ; les garçons et les officiers de police chargés de la protection des lieux faisaient leur possible pour l'empêcher de se propager davantage et pour sauver les chevaux. Johnny prit quelques précieuses secondes pour calmer la jument et tendit la longe à un policier. Il ôta son pull, le plongea dans un abreuvoir rempli d'eau puis s'en couvrit la tête avant de retourner à l'intérieur.

La situation était devenue cauchemardesque. Il avança à travers la fournaise vers un autre cheval. Midnight Dancer, une beauté noire qu'enviaient tous les haras alentour. À présent, ses flancs brillants étaient ternis par la fumée, la cendre et la transpiration. Ses hennissements percèrent les tympans de Johnny. Il se brûla la main en voulant attraper une autre longe suspendue à un crochet, mais parvint tout de même à l'empoigner.

Il était presque impossible de lui passer la corde autour du cou. Elle secouait la tête, montrait les dents et agitait les oreilles, ce qui la rendait difficile à atteindre. Il jura à voix basse en essayant de faire passer ces jurons pour des mots d'affection destinés à la jument. Tout à coup, il prit conscience d'une silhouette à côté de lui. À travers l'épaisse fumée noire, il reconnut le visage familier de Betsy Thorne, sa patronne et son mentor.

— J'ai de l'eau ! cria-t-elle. Je vais la lancer sur la jument pour la surprendre, pendant ce temps-là tu lui passes la longe.

C'était difficile de l'entendre à cause du bruit du brasier, des claquements de sabots et des hennissements des chevaux, mais Johnny comprit l'essentiel.

Besty lança le seau d'eau sur Midnight Dancer et, l'espace d'un instant, la jument s'immobilisa. Johnny ne perdit pas de temps pour lui passer la longe autour du cou. Tandis que Betsy tendait le bras pour ouvrir le battant de la porte, il y eut un craquement sonore, suivi d'un long crissement. Ils levèrent les yeux pour voir l'une des énormes solives en chêne se détacher du toit et se diriger droit sur eux tel un missile en feu.

Sans hésiter, Johnny lâcha la longe et se jeta sur Betsy. Malgré son poids léger, le jeune homme réussit à la pousser hors d'atteinte. Quand elle se releva, Betsy se retourna et vit Johnny et Midnight Dancer écrasés par la poutre en feu. Quand elle entendit un nouveau craquement au-dessus de sa tête, Betsy enjamba le garçon mort et se rua vers la sortie.

Elle parvint dans la cour en titubant et Micky la prit dans ses bras. Betsy s'éloigna pour vomir. Des larmes lui inondaient le visage, et elles n'étaient pas seulement provoquées par la fumée. Elle essaya de retrouver son équilibre en posant la main sur le mur d'un autre bâtiment. À ce moment-là, les camions de pompiers déboulèrent dans la cour, gyrophares allumés.

Haletante, Betsy sentit ses jambes se dérober sous elle. Voilà à quoi ressemblait votre vie quand Jacko Vance vous en voulait. À cette pensée, elle vomit de nouveau.

46

La péniche tangua soudainement et Tony eut un haut-le-cœur. Quelqu'un venait de monter sur le pont. Il essaya de se mettre debout, mais l'espace entre le banc et la table était trop étroit. Il eut un instant de panique avant d'entendre avec soulagement la voix d'Ambrose.

— Je peux descendre ?

— Nom de Dieu ! répondit Tony. J'ai failli avoir une crise cardiaque !

Ambrose apparut.

— Il te faudrait une sonnette. Ou une cloche en cuivre comme on en voit sur certaines péniches. Pour faire comme les vrais plaisanciers.

Il regarda dans la pièce et vit l'ordinateur portable et les papiers éparpillés.

— Le commandant Jordan te cherchait. Je lui ai dit que tu étais sûrement ici.

— Merci, répondit Tony. Est-ce que j'ai mentionné par hasard qu'elle me tient pour responsable du meurtre de son frère ?

— Ah... Je ne savais pas. Je croyais...

— Jusqu'à hier, tu aurais eu raison.

— Elle est passée te voir ?

Tony indiqua l'avant du bateau d'un signe de tête.

— Elle se repose.

Ambrose esquissa le sourire entendu de l'homme marié qui savait ce que cela voulait dire.

— Alors vous vous êtes rabibochés ?

Tony secoua la tête en tentant de dissimuler sa peine.

— On a fait une trêve. L'épuisement l'a emporté sur la colère.

— Au moins elle t'adresse la parole.

— Je ne suis pas sûr que ce soit mieux.

À ce moment-là, la porte de la cabine s'ouvrit. Carol apparut, le teint brouillé et les cheveux en bataille.

— Est-ce que cet endroit a des... oh, lieutenant Ambrose. Je ne savais pas que vous étiez là.

— Je viens juste d'arriver, madame. J'espérais vous trouver ici. J'ai du nouveau pour vous deux, dit-il en redevenant sérieux maintenant que sa future chef était dans la pièce.

— Dans une minute, répondit Carol. Tony, est-ce que tu as des toilettes là-dedans ?

— La porte sur la gauche, dit-il en pointant le doigt à droite.

Carol lui lança un regard furieux et disparut.

— C'est une vraie salle de bains, dit-il à Ambrose. Elle va être impressionnée.

— Si tu le dis, répondit Ambrose d'un air sceptique.

— Alors comme ça, tu as du nouveau... c'est une mauvaise nouvelle, non ? Je le sens.

— Attendons que le commandant nous rejoigne, répondit-il avant de jeter un œil autour de lui. C'est charmant, ici. J'aimerais bien avoir un bateau comme ça. Avec ma femme et mes enfants, on passerait de bons moments.

— Vraiment ? demanda Tony d'un air surpris.

— Oui, il n'y a que des avantages : tu décides de tout, tu n'as pas d'embouteillages, tu te la coules douce mais tu as quand même ton petit confort.

— Je peux te le prêter, tu sais. Je n'y viens presque jamais. Autant que ça serve à quelqu'un.

— Tu es sérieux ?

— Bien sûr. Crois-moi, Alvin, je ne vais pas en faire ma résidence principale. Si je suis là, c'est parce que j'ai pris conscience ce matin que j'y étais plus en sécurité qu'à Bradfield.

Carol réapparut au moment où il prononçait cette dernière phrase. Elle paraissait à présent fraîche et alerte.

— Dommage que tu n'aies pas songé à ta sécurité un peu plus tôt, dit-elle avant d'adresser un sourire rayonnant à Ambrose.

Tony se demanda où elle trouvait l'énergie pour s'en prendre à lui.

— Alors, Ambrose, que me vaut l'honneur de votre visite ?

Ambrose esquissa une moue qui ressemblait presque à un sourire.

— Pour être honnête, j'avais besoin de prendre l'air. Quand une enquête n'avance pas comme on le voudrait, il y a une sorte d'énergie qui s'accumule, mais c'est une énergie négative. Parfois, on a envie de s'éclaircir les idées. J'avais besoin de faire une pause, alors je me suis dit que j'allais en profiter pour venir vous annoncer les dernières nouvelles en personne, ajouta-t-il dans un soupir. Et ce ne sont pas de bonnes nouvelles, malheureusement, même si ça aurait pu être bien pire.

— Micky ? demanda Tony. Il s'en est pris à elle ? Est-ce qu'elle va bien ? Betsy aussi ?

Ambrose hocha la tête.

— Oui, elles vont bien toutes les deux.

— Qu'est-ce qui s'est passé ? demanda Carol d'un ton ferme et professionnel.

— Vance a réussi à franchir le cordon de sécurité, expliqua-t-il en secouant la tête. Il était sur un quad et transportait un sac de granulés pour chevaux. Habillé comme un propriétaire du coin. L'un des garçons d'écurie l'a arrêté, mais il lui a raconté qu'il avait promis à Micky de lui déposer ces granulés. Il est allé directement dans la grange et a mis le feu. Et puis il est reparti sur son foutu quad, sous les yeux des policiers. Quand l'incendie a été découvert, il était déjà loin.

— Il y a eu des blessés ?

— Un garçon d'écurie est mort en voulant sauver Betsy Thorne. Elle a failli recevoir une poutre sur la tête. Ce garçon l'a sauvée. Deux ou trois autres ont eu des brûlures superficielles, apparemment. Ils pensent que Vance visait l'écurie elle-même. Les chevaux, ajouta Ambrose d'un air contrit. Ça se passe comme l'a dit Tony : il s'en prend à ce que ses cibles ont de plus cher, pour qu'elles soient obligées d'assumer les conséquences de ce qu'elles lui ont fait subir à lui.

Le visage de Carol se figea.

— Qu'est-ce qui est arrivé aux chevaux ? demanda Tony.

C'est la première question qui lui vint à l'esprit.

— Deux d'entre eux sont morts, les autres étaient dans les prés ou ont été secourus à temps par les garçons d'écurie, qui se sont montrés très courageux, d'après les agents sur place.

— Et personne ne l'a arrêté ? Il est reparti tranquillement sur son quad ? demanda Carol, exaspérée et furieuse.

— Ils ont retrouvé le quad dans un bois, pas très loin. Ainsi qu'une remorque. D'après les traces de pneu, il conduirait un 4×4. La police du West Midlands a déjà dégotté les coordonnées du loueur de remorque et ils espèrent en savoir plus sur le véhicule que Vance conduit. Mais comme on est samedi soir, il n'y a personne, alors Dieu sait quand on pourra obtenir des infos.

— Ce n'était pas un 4×4 qu'il conduisait hier, n'est-ce pas ? demanda Tony. L'un de tes hommes m'a dit qu'un voisin avait vu une berline Ford dans mon allée, avant l'incendie.

— Oui, nous avons examiné les caméras de surveillance, et nous pensons qu'il conduisait bien une Ford. Mais on ne voit pas son visage et on le perd à environ un kilomètre de chez toi. Il a dû prendre des petites rues et éviter les grandes artères.

— Et ensuite il a abandonné sa voiture pour louer un 4×4, continua Carol. Vous avez vérifié tous les loueurs de voitures de la zone ? Il a forcément changé de véhicule quelque part et je ne pense pas qu'il ait couru le risque de rester longtemps au volant de sa Ford. Il fallait qu'il s'en débarrasse.

Ambrose eut l'air interloqué.

— Je ne crois pas qu'on ait exploré cette piste.

Il paraissait inquiet. À juste titre, songea Tony. Carol le fixa d'un regard froid.

— Vous n'avez vraiment pas l'habitude des opérations de cette envergure, n'est-ce pas, inspecteur ? Vous n'avez pas eu souvent l'occasion de diriger des chasses à l'homme dans la région ? Vous n'avez pas vraiment les bases pour ça, hein ?

— Nous avons découvert qu'il conduisait un 4×4 juste avant que je quitte le bureau. J'imagine que mes collègues ont lancé les recherches, maintenant. Mais je n'en sais rien puisque j'étais absent. Nous ne sommes pas incompétents, madame.

— Non, je le sais, répondit-elle en soupirant. Est-ce que j'exagère ou est-ce que vous trouvez vous aussi que Micky s'en tire plutôt bien dans toute cette histoire ? Comparée à Tony et moi ? Et Chris, bien sûr, qui a trinqué à ma place.

— Où veux-tu en venir ? demanda Tony avant qu'Ambrose ne puisse faire une remarque qui lui attirerait les foudres de Carol.

Elle cligna des yeux puis les plissa.

— Pendant des années, elle a été son alibi. Les vieilles habitudes ont la vie dure. C'est ce que tu nous répètes à longueur de journée, Tony, non ? Et si l'incendie n'était que de la poudre aux yeux ? Et si Terry Gates n'avait pas été le seul à aider Vance ?

47

Même un samedi soir, il y avait tellement de monde à Heathrow qu'en dehors du personnel de sécurité personne ne prêtait attention aux voyageurs. Personne ne remarqua que l'homme brun aux yeux noisette portant lunettes et moustache qui était entré dans les toilettes en était ressorti avec une chevelure châtain clair coiffée différemment, les yeux bleus et le visage glabre. Patrick Gordon avait été remisé au placard, remplacé par Mark Curran, chef d'entreprise à Notting Hill.

Il avait laissé le 4×4 sur un parking et une demi-heure plus tard s'était installé au volant d'une nouvelle Ford, une Focus grise cette fois, en écoutant *Better Days*, de Bruce Springsteen, qui lui promettait des jours meilleurs. Et en effet, l'avenir s'annonçait radieux pour lui. Ce soir, il dormirait dans son lit, à Vinton Woods. Il prendrait peut-être même une journée de repos le lendemain. Après tout, même le Seigneur s'était reposé le septième jour. Il lui restait quelques projets à accomplir, des projets sanglants. Ensuite, l'heure serait venue pour lui de tourner le dos à ce bon vieux pays. Il avait d'abord pensé refaire sa vie aux Caraïbes. Toutefois, le monde arabe était au cœur de tous les changements actuels. Un homme aisé pouvait vivre très confortablement à Dubai ou Djedda. Il existait des coins du Golfe où la vie était encore abordable, où un homme pouvait se livrer à tous les plaisirs sans être incommodé, tant qu'il y mettait le prix. Surtout, ces pays n'avaient pas d'accords d'extradition avec le Royaume-Uni. Et tout le monde y parlait anglais. C'est pourquoi il avait assuré ses arrières en achetant une propriété dans chaque région.

Vance pouvait presque déjà sentir la chaleur sur sa peau. Il était temps de reprendre ce qui lui appartenait. Il avait travaillé dur pour réussir. Toutes ces années d'hypocrisie durant lesquelles il avait dû cacher son mépris pour des gens à qui il devait plaire et prétendre qu'il leur ressemblait. On disait qu'il savait toucher les gens. Tu parles. En réalité, il préférait plutôt les taillader.

La prison avait presque été pour lui un soulagement. Bien sûr, il avait dû faire bonne figure devant les autorités. Mais derrière les barreaux, il avait eu de nombreuses occasions d'ôter son masque et de montrer le vrai Jacko Vance dans toute sa crudité et sa force. Il adorait ce moment où des prisonniers soi-disant endurcis prenaient conscience que Vance n'était pas le faiblard qu'ils avaient cru ; ce moment où leurs yeux s'écarquillaient et où leur bouche se déformait en un rictus de peur quand ils comprenaient que ce type ne connaissait aucune limite. Qu'il était prêt à tout. Oui, la prison avait été le lieu idéal pour parfaire ses talents.

Mais l'heure était venue de laisser tout cela derrière lui et d'entamer une nouvelle vie en se concentrant sur les bonnes choses. Tout en conduisant dans la nuit, il alluma la radio pour écouter les informations. Son attaque du haras de Micky devrait normalement être relayée par les médias à l'heure qu'il était. Il ne prêta guère attention aux titres du journal : révolte populaire dans les pays arabes, coupes budgétaires, meurtre d'une prostituée à Bradfield. Jusqu'à ce qu'on évoque le sujet qui l'intéressait.

« Le haras de l'ancienne star de télévision Micky Morgan a été en partie détruit par un incendie criminel ce soir. Un garçon d'écurie est mort alors qu'il essayait de sauver les chevaux des flammes. Deux chevaux ont également péri dans l'incendie qui a commencé dans la grange à foin. Grâce aux efforts des autres garçons d'écurie, les quinze étalons restants ont pu être sauvés. Le bâtiment a subi des dégâts conséquents. La police n'a pas souhaité confirmer le lien éventuel entre cet incendie criminel et l'évasion cette semaine de l'ex-mari de Micky Morgan, l'ancien athlète et présentateur de télévision Jacko Vance. Toutefois, une source proche de Mrs Morgan a déclaré : "Nous nous attendions à ce que ce type attaque Micky. S'en prendre à des chevaux sans défense est vraiment minable." Plus de détails dans notre prochain journal, dans une demi-heure. »

Vance donna un grand coup sur le volant et fit une embardée, ce qui lui valut un coup de klaxon du véhicule qui le suivait.

— Deux chevaux et un garçon d'écurie ? cria-t-il. Deux putains de chevaux et un pauvre garçon d'écurie ? Tous ces risques, toute cette préparation pour ça ?

Ça ne suffisait pas. C'était loin d'être satisfaisant. Ce n'était même pas Micky qui aimait les chevaux, mais Betsy. Il voulait réduire les écuries à néant, détruire la nouvelle vie de Betsy, condamner Micky au chagrin. Le pyromane qui lui avait fourni des informations s'était trompé. Ou alors cette ordure lui avait délibérément menti.

La colère l'envahit et la voiture lui parut soudain très étouffante. Il prit la première sortie et se gara sur une aire de repos. Après être sorti du véhicule, il se mit à donner des coups de pied dans une poubelle en plastique en jurant dans la nuit. Toute la tension qu'il avait accumulée pendant la préparation de l'attaque de la ferme de Micky explosa violemment.

— Salope ! hurla-t-il.

Épuisé, il alla s'adosser à la voiture en titubant, envahi par la colère et le désespoir. Il se serait contenté de son objectif initial. Mais elle avait réussi une fois de plus à lui échapper. Il ne pouvait pas tolérer cela. Il allait devoir passer à la vitesse supérieure. Il allait accomplir ce soir même la mission qu'il avait prévue pour le lendemain. Grâce à son organisation habituelle, il avait tout ce qu'il lui fallait sous la main. Après quoi, il retournerait à Vinton Woods où il ferait profil bas pendant quelques jours. Là, il pourrait activer ses autres systèmes de surveillance afin de mettre au point un moyen de régler leur compte aux autres policiers. Après ça, il s'en prendrait de nouveau à Micky et lui ferait payer.

C'était la seule option possible.

Malgré les années qui s'étaient écoulées depuis sa dernière apparition télévisée, ses milliers de fans auraient encore pu reconnaître Micky Morgan. Qu'importent les mèches grises dans son épaisse chevelure blonde ou les rides autour de ses yeux bleus. Elle n'avait rien perdu de sa beauté et ils auraient retrouvé en elle la même femme qui leur avait souri à l'heure du déjeuner quatre jours par semaine. Elle avait gardé la forme à force de travailler avec les chevaux ; ses longues jambes étaient toujours aussi belles, comme ne cessait de le lui répéter Betsy pour la rassurer.

Ce soir-là pourtant, son apparence était bien le cadet de ses soucis. Betsy avait failli perdre la vie en sauvant les chevaux qu'elle aimait tant. Si Johnny Fitzgerald n'avait pas été là, elle aurait été écrasée par cette poutre et Micky aurait perdu la seule personne qui lui donnait encore une raison de vivre. Elles vivaient ensemble depuis plus de quinze ans à présent et Micky ne pouvait pas imaginer son existence sans elle. Entre elles, c'était plus que de l'amour ; elles partageaient des valeurs et des plaisirs, leurs qualités et leurs défauts se complétaient. Et ce soir, elle avait failli tout perdre.

Les mêmes pensées et les mêmes peurs tournaient en boucle dans sa tête, excluant tout le reste. Elle savait que Betsy était saine et sauve, qu'elle prenait en ce moment même un bain bien chaud pour se débarrasser de l'odeur de fumée qui lui collait aux cheveux et à la peau. Pourtant, Micky était encore sous le coup de l'émotion. Elle ne faisait pas très attention au policier qui lui posait des questions auxquelles elle n'avait pas de réponse.

Oui, elle pensait que Jacko était derrière tout cela. Non, il ne l'avait pas contactée depuis son évasion. Elle n'avait pas eu de ses nouvelles depuis des années, ce qui lui convenait très bien. Non, elle ne savait pas où il se trouvait. Non, elle ne savait pas non plus qui l'aidait. Il n'avait jamais eu beaucoup d'amis. Il se contentait d'utiliser les gens. Non, elle n'avait ni vu ni entendu quoi que ce soit d'anormal ce soir-là. Betsy et elle étaient en train de jouer au bridge avec des amis d'un village voisin quand l'alerte avait été donnée.

Micky frissonna en se rappelant ce moment. Betsy avait bondi sur ses pieds en jetant ses cartes sur la table et s'était ruée vers la porte. Les agents chargés de leur protection avaient tenté de la retenir. Manifestement, ils ne s'attendaient pas à être rembarrés par une femme d'âge mûr qui avait plus de force qu'eux. Micky lui avait couru après, mais l'un des policiers avait été plus rapide et l'avait attrapée par la taille, la forçant à rester à l'intérieur.

— C'est peut-être un piège, cet incendie ! avait-il crié. Il essaie de vous attirer dehors pour pouvoir vous tirer dessus.

— Il ne sait pas tirer, avait répliqué Micky en criant elle aussi. Il faut deux bras pour viser une cible correctement, or il ne fait rien qu'il ne sache accomplir parfaitement.

Elle ne savait pas d'où était venue cette réflexion. Jusqu'aux événements de cette semaine, elle n'avait pas pensé à Jacko depuis longtemps. Mais depuis son évasion, il était comme une présence constante, toujours derrière elle, qui la surveillait. Quand la police avait frappé à sa porte pour lui annoncer la nouvelle, elle avait su immédiatement qu'elle était en danger.

S'il n'y avait pas eu Betsy et les chevaux, elle aurait fui. Daphne, l'une des amies avec qui elles jouaient au bridge, lui avait conseillé de partir :

— Ma chérie, c'est une brute. Ne le laisse pas t'atteindre. Et dis à Betsy de se cacher quelque part où il n'ira pas la chercher.

Mais ce n'était pas envisageable. Elle ne pouvait pas laisser Betsy. Et puis si elle partait, combien de temps cela durerait-il ? S'ils l'attrapaient dans un jour ou deux, pas de problème, elle pourrait revenir. Mais Jacko était plein de ressources. Il avait sûrement planifié son évasion dans ses moindres détails. Il pouvait être en cavale pendant des mois. Pour toujours. Et que ferait-elle alors ? Non, fuir n'était pas envisageable.

Le policier lui posa une question et Micky sortit de sa rêverie pour lui demander de répéter.

— Je vous ai demandé si vous pouviez nous donner une liste des gens qui se sont proposés d'héberger vos chevaux.

— Moi, je peux le faire, répondit Betsy qui pénétra dans la pièce à ce moment-là.

Son premier réflexe après que les ambulanciers l'avaient examinée avait été d'appeler des voisins disposant d'écuries pour savoir s'ils pouvaient héberger ses chevaux adorés.

— Je suis désolée, j'aurais dû vous donner leurs coordonnées. Mais j'avais vraiment besoin de me débarrasser de cette odeur de fumée.

— Je comprends, dit-il.

De son écriture soignée, Betsy inscrivit des noms sur une feuille de papier. Elle la donna au policier puis vint poser une main rassurante sur l'épaule de Micky.

— Maintenant, si vous avez fini, nous aimerions bien un peu de calme, dit-elle d'un ton aimable mais ferme.

Une fois seule, elle posa la tête de Micky sur sa poitrine, nue sous sa robe de chambre écossaise.

— Pour rien au monde je ne veux revivre une soirée pareille.

— Moi non plus, dit Micky en soupirant. Je n'arrive pas à croire qu'il ait essayé de tuer les chevaux. Qu'est-ce qu'il cherche ?

— À nous faire du mal, je pense, répondit Betsy.

Elle se détacha de Micky pour aller se servir un scotch.

— Tu en veux un ?

Micky secoua la tête.

— Dans ce cas, je suis contente qu'il s'en soit pris aux chevaux plutôt qu'à toi, reprit cette dernière.
— Oh, ne dis pas ça. N'oublie pas que Johnny a perdu la vie. Et ces pauvres chevaux... Ils ont dû atrocement souffrir. Ça me rend furieuse. Pauvres Midnight Dancer et Trotters Bar. Des animaux innocents. J'ai toujours cru Jacko capable de tout, mais tuer ces bêtes si nobles, c'est pire que ce que je pouvais imaginer.

Micky secoua de nouveau la tête.

— Il serait prêt à tout par ambition, dit-elle. On aurait dû s'en rendre compte avant de lier nos existences à la sienne.

Betsy se recroquevilla sur sa chaise.

— On ne pouvait pas savoir ce qu'il faisait quand on avait le dos tourné.

— Non. Mais on a toujours su qu'il menait une double vie, dit Micky en enroulant une mèche de cheveux autour de son doigt. Je suis tellement contente que tu sois saine et sauve.

— Et moi donc ! Pendant une seconde, je me suis dit : « C'est fini, Betsy, ton heure est arrivée. » Et puis à ce moment-là, Johnny m'a sauvé la vie, dit-elle avec gravité.

Micky frissonna.

— N'en parlons plus.

Elles entendirent des voix dans le hall d'entrée. Elles ne distinguaient pas la conversation, mais il leur semblait qu'il y avait une voix d'homme et une voix de femme.

La porte s'ouvrit et une femme entra, cheveux blonds coupés court, taille moyenne, yeux bleu-gris, belle malgré des signes évidents de fatigue. Micky avait l'impression de la connaître mais ne parvenait pas à savoir qui c'était. Elle portait un costume bleu marine, élégant et classique, un chemisier bleu pâle au col ouvert, une fine veste de cuir qui descendait en haut des cuisses. Il pouvait tout aussi bien s'agir d'une avocate que d'une journaliste. La bouche de la femme se pinça en apercevant Betsy et Micky qui passaient apparemment un bon moment dans leur cuisine.

— Vous ne vous souvenez pas de moi, on dirait, dit-elle en leur jetant un regard froid.

— Si, moi je m'en souviens, répondit Betsy. Vous êtes l'inspectrice qui a arrêté Jacko. Vous avez témoigné lors de son procès.

— « Jacko » ? Ce type essaie de réduire votre haras en cendres et vous l'appelez toujours Jacko ?

Micky lança un regard interrogateur à sa compagne dont le visage avait revêtu une expression plus dure et plus méfiante.

— On l'a appelé Jacko pendant des années. C'est une habitude, rien de plus.

— Vraiment rien de plus ? Vous êtes sûre ? Ou est-ce que cela cache autre chose, madame Thorne ?

La voix de la femme s'étrangla, comme si elle avait du mal à se contrôler.

— Excusez-moi, mais je ne me rappelle pas votre nom.

— Vous devriez. On l'a suffisamment entendu dans les médias cette semaine. Jordan. Carol Jordan. Commandant de police. Sœur de Michael Jordan.

La réponse de Carol fut suivie d'un long silence qui sembla emplir toute la pièce. C'est Betsy qui finit par le briser.

— Je suis vraiment désolée. Ce qui est arrivé à votre frère et sa femme est atroce.

— Sa compagne. Lucy était sa compagne, pas sa femme. Ils n'étaient pas mariés. Et maintenant, grâce à votre ex, dit-elle en pointant la tête vers Micky, cela n'arrivera jamais.

— Je ne peux pas vous dire à quel point je suis désolée, répondit Micky.

— Vous pourriez essayer, répondit Carol en la fusillant du regard.

— Nous sommes des victimes aussi, vous savez. Betsy aurait pu mourir dans cet incendie.

— Mais elle n'est pas morte. Elle a été sauvée comme par miracle, répliqua Carol en jetant son sac à main sur la table de la cuisine. Dans mon métier, un miracle est quelque chose de suspect, pas un heureux événement. Vous voyez, en général, les « miracles » sont des coups montés.

Son regard passa de l'une à l'autre, jaugeant leurs réactions, cherchant les signes qu'elle avait appris à déchiffrer après des années passées aux côtés de Tony Hill.

— Ce que vous dites est révoltant. Un de nos employés est mort en me sauvant la vie, répondit Betsy sans perdre son calme.

Micky savait que sous ses apparences imperturbables, Betsy bouillait.

— Est-ce vraiment si révoltant ? En comparaison de ce qu'a fait Vance, par ailleurs ? La maison de Tony Hill a été entièrement détruite. Le seul endroit sur terre où il se soit jamais senti chez lui. Mais chez vous, il n'y a eu qu'un petit incendie localisé dans l'écurie. Mon frère et sa compagne ont été sauvagement assassinés. Je n'ai jamais vu autant de sang sur les lieux d'un crime. Mais chez vous, il n'y a que deux chevaux qui sont morts. Et un garçon d'écurie que vous ne prenez même pas la peine de nommer. Est-ce que cela ne vous semble pas étrange ?

— Il pensait sûrement que l'incendie ferait davantage de dégâts. D'après les pompiers, si nous n'avions pas ignifugé les solives de l'écurie, le toit tout entier se serait effondré. Ja... Vance ne pouvait pas le savoir.

Carol haussa les épaules.

— Sauf si vous le lui avez dit.

Elle tourna la tête vers Micky.

— Mais pourquoi est-ce qu'on aurait fait ça ? Pourquoi l'aurait-on aidé ? Ce n'est pas comme s'il nous avait épargnées par le passé. Il a détruit la carrière de Micky !

Betsy tentait de contenir sa colère.

— Ce qui vous a plutôt convenu, non ? Avouez-le, Betsy, la télévision n'a jamais été votre univers, n'est-ce pas ? Ici, vous êtes beaucoup plus dans votre élément. La campagne, le tweed, les chevaux. Les parties de polo et le respect de l'étiquette. J'ai plutôt l'impression que l'affaire Vance vous a rendu service.

— Non, vous vous trompez, répondit Micky. Nous étions des parias, il nous a fallu des années pour reconstruire notre vie.

— Vous avez été son alibi, son excuse. Quasiment sa complice. Il s'est caché derrière vous pendant des années, alors qu'il kidnappait et torturait des adolescentes. Vous deviez savoir qu'il ne jouait pas franc jeu avec vous. Et je devrais croire que cette fois-ci, c'est différent ? Quelqu'un l'a aidé à mettre tout cela en place. Pourquoi pas vous ? Vous étiez proches, à une époque.

— C'est scandaleux ! l'interrompit Betsy d'un ton glacial.

— Vous trouvez ? Je viens de perdre mon frère, Betsy, vous ne pensez pas que c'est un peu plus grave ?

Tout à coup, Carol se laissa tomber sur la chaise la plus proche.

— Mon frère ! répéta-t-elle dans un sanglot.

Elle cacha son visage dans ses mains et pour la première fois depuis que Blake lui avait annoncé la nouvelle, elle pleura à chaudes larmes. Elle pleura comme si c'était la première fois de sa vie. Son corps tout entier fut secoué de sanglots.

Micky regarda Betsy d'un air impuissant, mais sa compagne s'était déjà levée pour traverser la pièce. Elle tira une chaise et serra Carol contre elle comme si c'était une enfant. Elle lui caressa les cheveux en murmurant des paroles réconfortantes tandis que Carol pleurait toutes les larmes de son corps. Désemparée, Micky se leva pour aller servir trois grands verres de whisky. Elle les posa sur la table avant d'aller chercher le rouleau d'essuie-tout.

Carol arrêta enfin de pleurer. Elle leva la tête, déglutit et s'essuya le visage du revers de la main. Micky déchira quelques feuilles d'essuie-tout qu'elle lui tendit. Carol se moucha avant de remarquer les verres de whisky. Elle en vida un d'un trait puis prit une profonde inspiration. Elle avait l'air anéantie, songea Micky. Au sens propre comme au figuré.

— Je ne vais pas m'excuser pour ce que je vous ai dit, dit-elle.

Betsy esquissa un sourire.

— Bien sûr que non. Je crois qu'on se ressemble, commandant Jordan. Mais croyez-moi : ça ne se voit peut-être pas, pourtant nous aussi, nous sommes des victimes de Jacko Vance. La seule différence entre vous et nous, c'est que vous venez seulement d'entrer dans le club.

48

Après que Carol avait claqué la porte de la péniche, Alvin était retourné au commissariat. D'habitude, Tony était content qu'on le laisse seul. Même quand il s'agissait de gens qu'il aimait. Mais en ce moment, chaque fois que Carol partait, il craignait de ne plus jamais la revoir. Elle n'avait pas eu l'intention de venir se réconcilier avec lui, il le savait bien. Elle était venue parce qu'elle avait besoin de lui et ce besoin avait été plus fort que sa colère. Qu'allait-il se passer une fois que toute cette affaire serait terminée ? Cette perspective le déprimait.

Dans des moments comme celui-ci où il ne supportait même plus sa propre présence, le meilleur remède qu'il connaissait, c'était le travail. C'est pourquoi il se tourna vers son ordinateur portable en essayant de chasser Carol Jordan de ses pensées. Ce n'était pas si facile, toutefois. Il ne cessait de repenser à la douleur qu'elle devait ressentir. Il détestait la voir souffrir, en particulier quand il portait lui-même une part de responsabilité dans cette souffrance. Le pire, c'est qu'elle était partie en claquant la porte. Il ne savait pas où elle se trouvait ni comment l'aider.

Tony essaya de se concentrer, en vain. Pour ne rien arranger, la cabine sentait le *fish and chips*, qu'il n'avait pas pu avaler. Il sortit le sac-poubelle de sous l'évier et le noua. Ensuite, il grimpa sur la poupe de la péniche afin d'accéder au ponton pour aller à la poubelle la plus proche en laissant la porte ouverte derrière lui de façon à aérer la pièce.

— Si nous étions dans un thriller, dit-il à voix haute, le méchant en profiterait pour se glisser à l'intérieur et se cacher dans la cabine.

Il se retourna et vit que rien ne bougeait du côté du *Steeler*.

— Pas de chance.

De retour sur la péniche, il s'appuya contre la balustrade de la poupe en admirant la marina. Les toits des bateaux ressemblaient à des carapaces de scarabées, alignés les uns à côté des autres. Quelques-uns étaient allumés et leurs lumières jaunes se reflétaient sur l'eau. Plus loin, un homme promenait deux West Highland terriers. Les voix d'un groupe de jeunes gens quittant le pub lui parvinrent comme un écho. Dans les anciens entrepôts reconvertis en appartement avec vue sur le canal, des carrés de lumière se détachaient çà et là sur la façade sombre.

— La recherche du mobile, dit-il à un colvert qui passait sur l'eau. Voilà ce qui différencie les psychologues et les policiers. Nous, on ne peut pas s'en passer, mais eux ils s'en fichent plus ou moins. Des faits, voilà ce qu'ils veulent. Des preuves, des témoins, des éléments tangibles. Mais moi, les faits ne m'intéressent pas tant que ça. Parce que les faits sont comme les opinions : ils dépendent de votre point de vue.

Le canard qui s'était éloigné fit demi-tour pour revenir vers lui.

— Il me faut un mobile pour ces meurtres. Les gens ne tuent pas sans raison, contrairement à ce que certains prétendent. Dans leur tête, ce qu'ils font a du sens. On a donc un tueur qui assassine des prostituées sans pour autant chercher à avoir des relations sexuelles avec elles. Il n'est pas non plus excité par l'acte de tuer puisqu'il change de méthode à chaque fois. Chez ceux que le meurtre excite, les éléments déclencheurs sont très particuliers. Ce qui me fait réagir te laissera peut-être indifférent, expliqua-t-il au canard qui commençait à décrocher. Je te comprends, mon pote, moi-même je m'ennuie parfois.

Il se redressa et retourna sur le ponton. C'était le lieu idéal pour faire les cent pas. Tête baissée, il avança jusqu'au bout avant de faire demi-tour et de parcourir le ponton en sens inverse, sa démarche devenant plus souple au fur et à mesure que son corps et son cerveau se détendaient.

— Alors si tu ne tues pas pour le plaisir, qu'est-ce qui te motive ? Qu'est-ce que tu cherches à faire ? Je ne crois pas que tu recherches la notoriété. Quand on veut être célèbre, on envoie des e-mails à des gens comme Penny Burgess. Si on veut attirer l'attention des gens, c'est par ce biais-là qu'on réussit.

Il fit demi-tour et repartit en sens inverse, d'un pas plus lent cette fois.

— Examinons les victimes. D'une façon ou d'une autre, ça tourne autour d'elles. Des prostituées. Tu n'es pas un fanatique religieux qui essaie de nettoyer les rues. Un homme investi d'une mission pareille ne s'embêterait pas avec cette histoire de série télé. C'est l'acte qui compte, pas un quelconque message. Quel effet ont tes actes ? À quoi servent-ils ?

Il s'arrêta net, comme s'il venait d'avoir une révélation.

— Tu essaies de les dissuader de faire le trottoir ? C'est ça ?

Il sentait qu'il tenait quelque chose.

— Tu ne cherches pas à leur faire peur mais à *lui* faire peur. Tu veux qu'elle arrête. Qu'elle ne se prostitue plus. Qu'elle revienne à la maison.

Il pivota sur ses talons et courut vers le *Steeler*. L'intuition qu'il venait d'avoir risquait de lui échapper s'il ne la partageait pas avec quelqu'un. Une fois à bord, il attrapa son téléphone pour appeler Paula. Dès qu'elle répondit, il annonça :

— Il essaie de faire peur à quelqu'un.

— Tony ? C'est toi ?

— Oui. Votre tueur, il essaie de faire peur à quelqu'un.

— Il fait peur à beaucoup de gens, répondit-elle exaspérée.

Il imaginait que la journée avait été longue sans Carol pour tenir la barre.

— Je le sais bien. Mais il y a une personne en particulier qu'il cherche à effrayer. Il essaie de l'empêcher de faire le trottoir. Il veut qu'elle revienne à la maison. Ça se voit dans la progression des meurtres : il a commencé tout en bas de l'échelle et il monte peu à peu. Il essaie de lui dire : « Peu importe à quel niveau tu te situes, ça peut quand même t'atteindre. » Il veut qu'elle comprenne que ce qu'elle a fui est moins terrible que ce vers quoi elle se dirige.

— Pas bête, soupira Paula. Mais en quoi ça m'aide ?

— Je ne sais pas. Tu as pensé à la brigade des mœurs ? Est-ce qu'ils recensent les nouvelles filles qui viennent juste d'arriver dans le métier ? Au moins ils devraient savoir où trouver des renseignements. Celle que tu cherches ne fait pas le trottoir depuis longtemps. Elle est sans doute arrivée quelques semaines avant le premier meurtre. Essaie de voir ce que tu peux dénicher. Des noms, tout ce que tu peux avoir. Quand tu l'auras trouvée, tu mettras la main sur le tueur. Celui qui veut qu'elle revienne.

— Pourquoi il ne va pas simplement la chercher ? Il est bien allé chercher les filles qu'il a tuées...

— Il veut se convaincre qu'elle va revenir de son plein gré. N'oublie pas, Paula, il ne voit pas le monde comme nous. Je crois qu'il veut lui faire tellement peur qu'elle se sentira en sécurité auprès de lui.

— Je m'inquiète pour toi parfois, tu sais, commenta Paula. Cette façon que tu as de pénétrer dans les esprits les plus dérangés...

— Je m'inquiète moi-même, à vrai dire. Au fait, est-ce que Stacey est arrivée à quelque chose avec le site de *Maze Man* ?

— Plus ou moins. Il n'y a pas d'habitué du site originaire du Royaume-Uni, mais elle a trouvé un e-mail d'un type qui cherchait à contacter des Anglais qui posséderaient des cassettes de la série. Il utilise une adresse hotmail alors c'est difficile d'obtenir des données fiables. Mais Stacey a actionné sa baguette magique et découvert que la plupart des e-mails envoyés depuis cette adresse provenaient de la région de Bradfield. Après quelques recherches sur la base de données des plaques d'immatriculation, elle a réussi à affiner son résultat sur le quartier de Skenby. Les tours et quelques rues alentour.

— C'est un pas dans la bonne direction. Bonne chance pour tout ça. Tu me diras ce que ça a donné avec la brigade des mœurs.

— OK. Tu as contacté la chef ?

Tony ferma les yeux l'espace d'un instant.

— Je l'ai vue tout à l'heure. Elle a débarqué à l'improviste et m'a surpris en train de travailler sur votre affaire.

— Oh, merde.

— Elle a d'autres chats à fouetter en ce moment. Elle essaie de fuir ses émotions. Quand elles la rattraperont, ça va pas être joli.

— Au moins elle peut compter sur toi.

Tony sentit sa gorge se serrer.

— Oui. Si on veut... Enfin, je te laisse travailler. Tiens-moi au courant.

Il raccrocha avant de retourner à son ordinateur. Quand tout allait à vau-l'eau, on pouvait toujours compter sur l'informatique.

Stacey avait les yeux fixés sur son écran, appuyant de temps en temps sur quelques touches ou cliquant sur sa souris. Ambrose, dont le bureau était situé derrière le sien, leva les yeux et la regarda à la dérobée, admirant la concentration dont elle faisait preuve. Il aurait bien aimé avoir un élément aussi fiable dans son équipe, plutôt que de devoir sans arrêt faire appel à Gary Harcup. Gary n'était pas mauvais, mais il n'était pas toujours là quand on avait besoin de lui et il ne faisait rien d'aussi spectaculaire que cette femme. Il n'était pas certain que toutes ses recherches soient entièrement légales, mais tant qu'elle obtenait des résultats et inventait ensuite une histoire qui satisfaisait le tribunal, il s'en fichait.

Elle se détacha de l'écran et se tourna vers lui, le surprenant en flagrant délit.

— J'ai quelque chose, dit-elle sans la moindre trace de triomphalisme qui accompagnait généralement ce genre d'annonce.

— Vraiment ?

Ambrose se leva et alla jeter un œil à l'écran.

— Vinton Woods ? Qu'est-ce que c'est ?

— Un endroit tranquille à un jet de pierre de Bradfield et Leeds, dit Stacey. C'est dans le West Yorkshire, donc ça doit faire partie du secteur du commandant Franklin, ou en tout cas ce n'est pas loin. J'ai trouvé un fragment du nom dans les éléments effacés du disque dur de Terry Gates et lancé une recherche générale sur les biens immobiliers qui avaient changé de propriétaire ces six derniers mois. J'ai eu quelques résultats, mais Vinton Woods est le seul endroit qui conviendrait exactement à Vance.

Elle cliqua sur la souris puis appuya sur des touches et les coordonnées d'une agence immobilière accompagnées de la photo d'une maison d'un style imitation époque victorienne apparurent sur l'écran.

— La maison a été achetée par une agence basée au Kazakhstan. Le paiement est venu d'un trust du Lichtenstein dont les fonds se situent dans les îles Caïmans. Ça va prendre des semaines pour débrouiller tout ça. Mais c'est exactement le genre de choses que Vance recherche.

— Si vous le dites, commenta Ambrose. Rien que d'y penser, j'en ai mal à la tête.

Stacey haussa les épaules.

— Eh bien, on savait déjà que Vance avait transféré sa fortune à l'étranger avant son arrestation, et qu'il avait beaucoup d'argent. Une maison comme celle-là constitue pour lui la base parfaite. Même s'il n'a pas l'intention de s'éterniser, il a la cachette idéale, ainsi qu'un bien dont il pourra se débarrasser quand il n'en aura plus besoin.

— Oh, je vous crois, dit Ambrose. Je n'arrive simplement pas à imaginer que quelqu'un puisse aller aussi loin juste par vengeance.

Stacey tourna la tête et lui adressa un sourire indulgent.

— C'est sans doute bon signe pour vous, croyez-moi.

— Il faut que j'aille jeter un œil à cette maison.

— Est-ce qu'on ne devrait pas avertir la police locale pour qu'ils envoient quelqu'un surveiller les lieux ? Ça va vous prendre au moins deux heures d'aller là-bas, même avec la sirène et le gyrophare.

Ambrose secoua la tête.

— Non, c'est notre enquête. D'après ce que votre chef m'a dit de Franklin, il va vouloir ressortir de là en héros. Il faut y aller délicatement et je crois que j'ai bien mérité de m'en charger. Je vais y aller avec quelques hommes. On appellera du renfort une fois qu'on aura tâté le terrain. Vous avez fait du super boulot, ajouta-t-il en lui tapotant l'épaule. Je ne manquerai pas de le dire à mon chef. Mais n'en parlez pas à Franklin. Ou à n'importe qui du secteur du West Yorkshire.

Paula espérait qu'il y aurait quelqu'un au bureau de la brigade des mœurs en ce samedi soir. Elle imaginait que la plupart des agents qui n'étaient pas en service étaient en train de profiter de leur soirée. Les autres devaient être en patrouille dans les rues car c'était la nuit la plus chargée pour les prostituées. Toutefois, elle eut de la chance, même si le policier qui décrocha le téléphone paraissait à bout de nerfs.

— Ici Bryant. Qu'est-ce que vous voulez ?

Paula se présenta et indiqua son unité.

— J'ai besoin d'informations, ajouta-t-elle.

— Paula McIntyre ? C'est vous qui vous étiez infiltrée dans cette affaire qui a foiré, non ?

Son ton était accusateur, comme si Paula était responsable de la bourde de ses collègues de l'époque qui avait bien failli lui coûter la vie. Rien que d'y penser, elle en avait des frissons.

— Et vous, vous bossez dans la division d'où venait l'inspecteur qui a tout fait foirer, mais je ne vais pas vous en tenir rigueur, rétorqua-t-elle du tac au tac.

— Pas besoin de le prendre comme ça, grommela-t-il. Alors, qu'est-ce que vous voulez savoir ?

— Est-ce que vous avez des informations sur les nouvelles filles qui font le trottoir ?

— Quel genre d'infos ?

— Des noms, des infos personnelles, des choses comme ça. Depuis combien de temps elles travaillent. Ou au moins, depuis combien de temps vous les connaissez.

Il renifla bruyamment.

— On n'est pas des assistantes sociales, je vous ferai remarquer.

— Croyez-moi, je suis au courant. Vous avez des infos ou pas ?

— Le lieutenant a un dossier. Mais elle ne travaille pas ce soir, ajouta-t-il sur un ton catégorique.

— Est-ce que vous pouvez la joindre ? C'est vraiment important.

— C'est toujours important, avec vous autres de la BEP.

— On a quatre meurtres sur les bras, Bryant. Je n'ai vraiment pas envie de contrarier ma chef en lui rapportant votre attitude puérile, mais si c'est nécessaire pour que vous vous bougiez les fesses, je le ferai. Alors est-ce que vous voulez bien téléphoner à votre lieutenant pour lui poser la question ou est-ce que c'est ma chef qui va devoir le faire à votre place ?

— Faut vous détendre, inspecteur, dit-il sur un ton moqueur. Je vais l'appeler. Mais ne vous attendez pas à un miracle.

Il raccrocha.

— Connard, lâcha Paula.

Elle ne voyait pas d'autre moyen que de passer par la brigade des mœurs pour obtenir ce genre d'informations. Surtout un samedi soir, quand tous ses contacts aux services sociaux étaient pelotonnés devant la télé à regarder un épisode de *Casualty* en mangeant un curry.

Stacey observa Ambrose parlementer avec le capitaine Patterson. Elle était embêtée par la façon dont il comptait s'y prendre pour approcher Vance. Il voulait arrêter le criminel et elle le comprenait. Après tout, c'était eux qui avaient fait tout le travail. C'était normal que lui et son équipe fassent la une des journaux ; leurs enfants seraient fiers de les voir à la télé. Il fallait simplement espérer que Vance n'allait pas passer entre les mailles du filet. Si cela arrivait, Stacey avait le pressentiment qu'on allait la tenir pour responsable.

Elle prit son téléphone et composa le numéro de sa chef. Même dans les circonstances actuelles, Carol était plus apte à diriger une opération que ces hommes pleins de bonne volonté qui n'avaient jamais été confrontés au genre d'affaires que la BEP traitait tous les jours. Quand Carol répondit, sa voix parut bizarre. Comme si elle était enrhumée.

— Bonjour, Stacey, du nouveau ?

Stacey lui rapporta sa découverte de l'adresse de Vinton Woods et la décision d'Ambrose. Carol l'écouta sans l'interrompre puis dit :

— Je ne fais pas confiance à Franklin non plus. Depuis le début il était très sceptique quant à l'implication de Vance dans tout ça. Je crois qu'on devrait travailler sans lui pour l'instant. Je vais y aller, ajouta-t-elle après une pause. Si je pars maintenant, je devrais arriver avant les autres. Je pourrai jeter un œil et réfléchir à un angle d'attaque. Merci de m'avoir prévenue, Stacey.

Elle raccrocha. Stacey garda les yeux fixés sur le téléphone, pas plus rassurée qu'avant. Tout cela commençait à sentir très mauvais. Et avec Jacko Vance qui menait la danse, on pouvait être sûr qu'il allait y avoir du spectacle.

49

Au moment où elle avait reçu l'appel de Stacey, Carol s'était déjà ressaisie. Même si elle était épuisée et honteuse, pleurer lui avait enlevé un poids de la poitrine. Elle se sentait capable de se reprendre en main pour accomplir sa tâche, à savoir arrêter Jacko Vance et l'empêcher de causer davantage de dégâts.

Elle s'était levée et éloignée de Betsy afin de pouvoir parler à Stacey. Une chose était claire dans son esprit : elle ne voulait pas que Micky et Betsy sachent ce qui se passait, au cas où elles seraient bel et bien en contact avec Jacko. Carol raccrocha avant d'annoncer :

— Il faut que j'y aille.

— Je ne suis pas sûre que vous soyez en état d'aller où que ce soit, répondit Betsy sur un ton amical plutôt qu'autoritaire.

— C'est aimable de vous préoccuper de mon état, mais on a besoin de moi. J'ai une équipe à Bradfield qui attend son commandant. Votre ex-mari n'est pas la seule personne à causer des ravages en ce moment.

Elle attrapa son sac et passa une main dans ses cheveux. Elle avait le front en sueur. Elle devait avoir de la fièvre, ce qui n'avait rien d'étonnant après une telle crise de larmes.

— Pas besoin de me raccompagner.

Elle n'était pas fâchée de sortir de la pièce. Betsy avait fait preuve d'une compassion désarmante bien qu'elle n'ait pas paru très émue d'avoir perdu un employé dans l'incendie. Carol n'était pas très à l'aise avec ce genre d'attitude. Par ailleurs, elle pensait qu'au fond Micky Morgan était toujours sous l'emprise de Vance, que ce soit par terreur ou par fascination.

Une fois dans sa voiture, elle prit le temps de retrouver ses esprits. C'était elle qui allait arrêter Vance. Il était légitime que ce soit elle et personne d'autre. Si Ambrose voulait mettre une équipe sur pied, il n'avait sans doute pas encore quitté Worcester. Elle pouvait le coiffer au poteau. Elle était prête à parier qu'il n'allait pas faire le trajet de Worcester à Vinton Woods toutes sirènes hurlantes. Ni Ambrose ni Patterson n'étaient de réels fonceurs. Elle sortit son gyrophare de la boîte à gants, le posa sur le toit de la voiture et l'alluma avant de démarrer sur les chapeaux de roue.

Elle arrêterait Vance ce soir, quitte à y laisser sa peau.

Tony se demanda comment Paula s'en sortait avec la brigade des mœurs. Cette dernière avait toujours fonctionné selon ses propres règles, naviguant dans cette zone d'ombre séparant le respectable du peu recommandable. Pour faire leur travail, ces inspecteurs-là étaient obligés de développer de bonnes relations avec une partie des gens sur lesquels ils enquêtaient. Et cela menait aisément à la corruption. Par le passé, de nombreux agents de la brigade avaient franchi la ligne rouge, de façon parfois imprévisible.

Par ailleurs, Paula avait déjà eu maille à partir avec eux. Tony se demandait si la culpabilité allait les pousser à coopérer avec elle ou bien si elle leur rappelait une période de leur histoire qu'ils préféraient oublier.

Son téléphone sonna, l'écran affichant un numéro caché. Il se demanda si cela pouvait être Vance qui l'appelait pour se vanter de ses crimes. Cependant, ce n'était pas son genre ; Vance ne tuait pas pour attirer l'attention.

Il n'y avait qu'une façon de savoir qui était au bout du fil. Tony appuya sur une touche du téléphone puis attendit.

— Docteur Hill, c'est bien vous ?

C'était une voix de femme qui lui rappelait quelque chose mais qu'une sorte de grésillement l'empêchait de reconnaître.

— Qui est-ce ?

— C'est Stacey Chen, docteur Hill.

Tout s'expliquait : Stacey utilisait sans doute un système électronique pour dissimuler sa voix ; elle se méfiait de tout le monde.

— Qu'est-ce que je peux faire pour vous, Stacey ? Au fait, bravo pour les résultats sur le site Internet de l'Oklahoma.

— C'était juste du travail de décryptage, répondit-elle avec modestie. N'importe qui aurait pu le faire avec le logiciel adéquat.

— Où en êtes-vous avec Kerry Fletcher ? Vous lui avez mis la main dessus ?

— Pour être honnête, c'est très frustrant et je n'aime pas être frustrée par des systèmes informatiques. Il ne figure ni sur les listes électorales, ni sur le registre des impôts. Il ne touche pas d'aides sociales et je ne trouve personne qui lui corresponde dans les archives médicales. Je ne sais pas qui il est, mais il n'est répertorié nulle part.

— Je comprends que ce soit frustrant.

— Je vais finir par y arriver. Docteur, je ne suis pas sûre que j'aurais dû vous appeler, mais je suis un peu inquiète et vous êtes le seul à pouvoir faire quelque chose, je pense.

Tony émit un petit rire.

— Vous en êtes sûre ? Ces derniers temps je ne suis pas vraiment utile...

— Je crois que j'ai trouvé où se cache Vance.

— C'est super ! Où ça ?

— Un endroit qui s'appelle Vinton Woods, entre Leeds et Bradfield. La dernière zone boisée avant d'arriver aux Dales.

— C'est dans le secteur de Franklin, non ?

— C'est une zone qui dépend de la police du West Yorkshire, en effet.

— Vous avez prévenu Franklin ?

— C'est justement le problème. L'inspecteur Ambrose était avec moi quand j'ai trouvé l'adresse, alors je la lui ai donnée. Il est décidé à procéder à l'arrestation avec son équipe de la West Mercia et m'a ordonné de ne rien dire à Franklin ou aux détectives du West Yorkshire.

— En effet, ça vous met dans une situation embarrassante, répondit Tony qui ne comprenait toujours pas pourquoi Stacey lui racontait tout ça.

— Un petit peu. Alors je me suis dit que j'allais appeler le commandant Jordan pour qu'elle se charge de prévenir Franklin.

— Mais elle ne veut pas le faire non plus, c'est ça ?

— Exactement. Elle est déjà en route pour Vinton Woods. Je ne sais pas d'où elle est partie, mais il y a des chances qu'elle arrive avant l'équipe d'Ambrose. Et j'ai peur qu'elle ne s'attaque à plus fort qu'elle. C'est vraiment un type dangereux, docteur Hill.

— Vous avez raison, Stacey.

Tout en parlant, il saisit son manteau et fouilla ses poches à la recherche de ses clés de voiture. Il passa un bras dans une manche avant de changer le téléphone d'oreille.

— Vous avez bien fait de m'appeler. Je m'en charge.

— Merci.

Stacey émit un bruit étrange comme si elle s'apprêtait à parler mais se ravisa. Puis elle ajouta à toute vitesse :

— Prenez soin d'elle.

Après quoi, elle raccrocha.

Tandis qu'il enfilait sa seconde manche, gravissait les marches et fermait la péniche, Tony songea que ces mots prononcés par Stacey avaient le même effet que si on l'avait empoigné par le col en lui hurlant : « Si vous laissez quoi que ce soit lui arriver, je vous tue. »

— Je vais prendre soin d'elle, Stacey, dit-il dans la nuit tandis qu'il parcourait le ponton au pas de course en direction du parking de la marina.

C'est seulement une fois sur l'autoroute qu'il réalisa qu'il ne savait pas où aller. Et qu'il n'avait pas le numéro de Stacey non plus.

— Espèce d'abruti ! cria-t-il. Espèce d'abruti !

La première idée qui lui vint fut d'appeler Paula. Il tomba directement sur son répondeur et jura pendant toute la durée du message d'absence. Après le bip, il dit :

— C'est très important, Paula. Je n'ai pas le numéro de Stacey et j'ai besoin qu'elle m'envoie par texto l'adresse du lieu dont elle vient de me parler.

Et ne me demande pas de quoi il s'agit sinon je vais me mettre à pleurer.

Ce n'était pas une phrase en l'air. Malgré sa volonté de garder ses émotions pour lui, Tony commençait à craquer, comme si sa carapace se fendait petit à petit. Ce n'était pas difficile de voir ce que Carol représentait pour lui. Il s'était habitué à sa présence à ses côtés, au regain de joie qu'il ressentait quand il la voyait et elle constituait pour lui une force constante, un gage de stabilité.

En grandissant, il ne s'était pas construit grâce à l'amour et l'amitié. Vanessa, sa mère, était une personne dure. Chacun de ses gestes ou de ses commentaires était calculé et calibré afin d'obtenir exactement ce qu'elle désirait. Elle avait attaqué Eddie Blythe, son fiancé de l'époque, avec un couteau, quand cela lui avait paru être la meilleure chose à faire. Heureusement pour Tony, elle n'avait pas réussi à le tuer. Simplement à le terroriser pour toujours.

Quand Tony était enfant, Vanessa était trop occupée à bâtir sa carrière pour s'embêter avec lui et l'avait refilé à sa mère qui était à peu près aussi affectueuse qu'elle. Sa grand-mère en voulait à cet enfant qui lui pourrissait sa retraite et elle ne s'était pas gênée pour le lui faire savoir. Vanessa ou sa grand-mère n'invitaient personne à la maison si bien que Tony n'avait jamais vraiment eu l'occasion de voir des gens discuter ensemble de façon normale.

Quand il se remémorait son enfance, il retrouvait les mêmes éléments que dans la jeunesse des déséquilibrés qu'il soignait en tant que médecin ou qu'il traquait en tant que profileur. Un enfant privé d'amour, non désiré, sévèrement puni pour des bêtises sans importance ou des étourderies, étranger aux relations normales qui permettent de grandir et de se développer. Un père absent et une mère agressive. Quand il interrogeait les psychopathes qui devenaient ses patients, il entendait de nombreux échos de sa propre enfance. C'était selon lui la raison pour laquelle il excellait dans ce qu'il faisait. Il les comprenait parce qu'il avait bien failli devenir comme eux.

Ce qui l'avait sauvé, ce qui lui avait donné le don inestimable de l'empathie, c'était la seule chose qui pouvait sauver les gens comme lui : l'amour. Et c'était arrivé de façon complètement inattendue.

Il n'avait pas été un enfant mignon. Il le savait parce qu'on le lui avait toujours répété. Il ne disposait pas réellement de preuve objective. Il n'existait quasiment aucune photo de lui. Simplement une ou deux photos de classe que l'instituteur avait réussi à faire acheter à Vanessa, mais rien de plus. Il savait où il se trouvait parmi ses camarades uniquement parce que sa grand-mère le lui avait montré en disant : « N'importe qui reconnaîtrait le bâtard de la classe », et en tapotant la photo du bout de son doigt arthritique.

Tony Hill, le bâtard. Un pantalon toujours un peu trop court, trop serré, qui révélait ses jambes maigrichonnes et ses genoux cagneux. Les épaules voûtées, toujours raide comme un piquet. Un visage menu sous une épaisse tignasse bouclée trop longue. L'expression lasse du gamin qui ne sait pas d'où viendra la prochaine gifle, mais qui sait qu'elle viendra. Pourtant, même à cette époque-là, son regard retenait l'attention. Derrière ces yeux bleus et brillants se cachait un esprit qui n'avait pas complètement renoncé. Pas encore.

À l'école, on s'en prenait toujours à lui. Vanessa et sa mère l'avaient habitué à être une victime, et nombreux étaient ceux qui en profitaient. Ils tapaient Tony Hill parce qu'ils savaient que sa mère ne viendrait pas faire un scandale le lendemain dans le bureau du directeur. Il était toujours le dernier à être choisi en sport et le premier à être raillé. L'école n'avait été pour lui qu'un long chemin semé d'embûches.

Il était toujours le dernier dans la queue de la cantine. Il avait compris que c'était le seul moyen de pouvoir manger quelque chose. En laissant les plus grands passer avant lui, il pouvait transporter son plateau sans que son dessert soit « accidentellement » renversé dans son plat principal. Il passait donc avec les petits, qui ne cherchaient pas à lui faire des croche-pieds ou à cracher sur ses frites.

Il n'avait jamais prêté attention au personnel de la cantine. Tony avait pris l'habitude de garder la tête baissée en espérant passer inaperçu. Il fut donc surpris qu'une dame lui adresse la parole, un jour, alors qu'il s'approchait des plats.

— Qu'est-ce que t'as, toi ? lui demanda-t-elle avec un fort accent du coin, rendant la question presque agressive.

Il regarda derrière lui, pensant qu'un élève plus âgé l'avait suivi, avant de se rendre compte avec étonnement que la question lui était adressée.

— Oui, toi, le grand dadais !

Il secoua la tête et retroussa la lèvre supérieure comme un terrier inquiet.

— Rien, répondit-il.

— Menteur, dit-elle en lui servant une portion supplémentaire de macaronis au fromage. Viens là !

Elle indiqua de la tête le passage qui menait à la cuisine.

Réellement terrifié à présent, Tony s'exécuta après avoir vérifié que personne ne le regardait.

Tenant son plateau contre sa poitrine comme un bouclier, il s'arrêta sur le seuil de la cuisine. La femme s'approcha de lui avant de le conduire dans l'arrière-cuisine, là où tout se passait. Quatre autres femmes étaient en train de récurer d'énormes marmites dans des éviers profonds d'où émergeaient des nuages de vapeur. Une cinquième fumait, adossée à la porte de derrière.

— Assois-toi et mange donc, lui dit la femme qui l'avait amené en lui montrant un tabouret haut à côté d'un comptoir.

— Une nouvelle âme en détresse, Joan ? demanda celle qui fumait.

Tony avait tellement faim qu'il en oublia son angoisse et il se mit à manger. Joan l'observa avec satisfaction, les bras croisés sur la poitrine.

— Tu es toujours le dernier dans la queue, dit-elle d'une voix douce. Ils t'embêtent, les autres ?

Il sentit les larmes monter et faillit s'étrangler avec un macaroni. Il baissa les yeux vers son assiette sans dire un mot.

— J'ai des chiens, ajouta-t-elle. J'aurais bien besoin de quelqu'un pour m'aider à les promener après l'école. Est-ce que ça te dirait ?

Il n'aimait pas vraiment les chiens. Il avait seulement envie de passer du temps avec quelqu'un qui lui parlait comme Joan. Il hocha la tête, les yeux toujours rivés sur son assiette.

— C'est entendu, alors. Je te retrouverai au portail quand la cloche sonnera. Est-ce que tu as besoin de prévenir quelqu'un chez toi ?

Tony secoua la tête.

— Ça gênera pas ma mamie. Et ma mère rentre pas avant sept heures.

Voilà comment tout cela avait commencé. Joan ne lui posa jamais de questions sur sa famille.

Quand il comprit qu'il pouvait lui faire confiance, il lui en parla et elle écouta, mais sans insister ni juger. Elle avait cinq chiens aux personnalités bien différentes et même s'il ne les aima jamais comme Joan les aimait, il apprit à faire semblant. Pas par manque de respect, mais parce qu'il ne voulait pas la décevoir. Elle n'essaya jamais de devenir une mère pour lui ni de prendre une place plus importante dans sa vie. C'était une femme gentille qui n'avait pas eu d'enfant et qui avait été touchée par son chagrin de la même façon qu'elle avait été émue par ses chiens qu'elle avait sauvés du chenil.

— Je repère toujours du premier coup ceux qui ont bon caractère, disait-elle fièrement à Tony et aux autres gens qui promenaient leur chien et avec qui elle bavardait.

Et elle l'encourageait. Même si elle n'était pas intelligente, elle savait reconnaître l'intelligence. Elle lui répétait que le meilleur moyen de fuir ce qui le faisait souffrir, c'était de bien travailler à l'école, pour pouvoir ensuite choisir son métier. Elle le serrait dans ses bras quand il avait de bonnes notes et lui disait qu'il était capable de réussir quand il baissait les bras. Il avait seize ans quand elle lui annonça qu'ils ne pouvaient plus se voir.

Ils étaient assis dans sa cuisine, à la table de formica où ils buvaient un thé.

— Tu ne peux plus venir ici, dit-elle. J'ai un cancer, mon petit Tony. Apparemment, il est partout. Ils m'ont dit que j'avais plus que quelques semaines à vivre. Je vais emmener les chiens chez le vétérinaire demain pour qu'il les pique. Ils sont trop vieux pour s'adapter à quelqu'un d'autre et je crois pas que ta mamie voudrait les accueillir. Je veux que tu te souviennes de moi comme je suis. Comme j'ai été. Alors on va se dire au revoir maintenant.

Il se sentit terrifié. Il protesta, insista pour l'accompagner jusqu'à la fin. Mais elle ne voulut rien entendre.

— Tout est déjà prévu, mon petit. Je règle mes affaires et ensuite je vais à l'hôpital. Il paraît qu'ils sont très gentils là-bas.

Après ça, ils pleurèrent tous les deux. Cela fut difficile, mais il respecta sa volonté. Cinq semaines plus tard, l'une des dames de la cantine vint lui dire que Joan était morte.

— Elle est partie paisiblement, lui dit-elle. Mais elle laisse un sacré vide ici.

Il hocha la tête, incapable de prononcer le moindre mot. Mais il avait déjà compris que, grâce à Joan, il savait désormais comment remplir lui-même ce vide. Il n'était plus le même garçon que quand il l'avait rencontrée.

Ce n'est que des années plus tard, alors qu'il travaillait sa thèse sur les troubles de la personnalité et les comportements psychotiques, qu'il avait pris l'ampleur de ce que Joan avait fait pour lui. Ce n'était pas exagéré de dire que le jour où elle l'avait emmené dans cette cuisine, elle l'avait arraché à son destin. Elle avait été la première personne à lui témoigner de l'amour. Un amour simple et sans chichis, certes. Mais c'était tout de même de l'amour et même s'il n'avait jamais vécu cela auparavant, il l'avait senti comme tel.

Toutefois, malgré l'intervention de Joan, il n'avait jamais réussi à se lier facilement avec les autres. Il avait appris à faire semblant ; c'était ce qu'il appelait « passer pour un humain ». Il n'avait pas de bande de copains comme la plupart des hommes avec qui il travaillait. Il n'avait pas une liste de petites amies comme eux. Aussi les quelques personnes dont il se souciait étaient-elles d'autant plus précieuses à ses yeux. L'idée de perdre Carol Jordan lui causait une violente douleur dans la poitrine. Était-ce cela qu'on ressentait quand on était victime d'une crise cardiaque ?

Il pouvait la perdre de plusieurs façons et notamment en sortant de sa vie pour toujours. C'était ce qu'elle souhaitait, apparemment. Toutefois, il restait toujours un petit espoir qu'elle change d'avis. Mais il y avait d'autres manières pour lui de la perdre. Vu l'état dans lequel elle se trouvait, il ne donnait pas cher de sa peau. Elle risquait d'affronter Vance toute seule et il craignait que l'issue n'en soit tragique.

Il prit subitement conscience qu'il n'était peut-être pas le seul à pouvoir sauver Carol. Il saisit son téléphone pour appeler Ambrose.

— Je suis un peu occupé, là, annonça ce dernier en décrochant.

— Dans ce cas je vais être bref, répondit Tony. Carol Jordan est partie chercher Jacko Vance.

50

D'humeur lasse, Paula consulta sa montre. Elle était à deux doigts de laisser tomber la brigade des mœurs pour rentrer chez elle. À l'heure qu'il était, elle aurait dû être assise dans sa cuisine à boire du vin rouge en regardant le Dr Elinor Blessing découper un gigot d'agneau avec la précision d'un chirurgien. Elle espérait que leurs invités ne mangeraient pas tout et lui laisseraient quelques restes. Elle bâilla, croisa les bras sur le bureau et posa sa tête dessus. Elle décida d'attendre encore cinq minutes, après quoi elle rentrerait chez elle.

Elle se réveilla en sursaut parce que quelqu'un se tenait debout à côté d'elle. Aveuglée par la lumière de sa lampe de bureau, elle ne distinguait qu'une silhouette. Elle se redressa brusquement sur son siège. Elle vit une femme, qui émit un petit rire rauque. Une femme d'âge moyen, de taille moyenne et de poids moyen, cheveux bruns coupés au carré, visage rappelant vaguement celui d'un nain de jardin avec son petit nez rond et sa bouche bien dessinée.

— Désolée de vous avoir réveillée, dit-elle. Je suis le lieutenant Dean. De la brigade des mœurs.

Paula hocha la tête en écartant les cheveux de son visage.

— Bonjour. Désolée. Paula McIntyre. J'ai juste fermé les yeux cinq minutes.

— Pas de problème ! Ne vous sentez pas obligée de vous justifier. Je sais ce que c'est quand on a la tête dans le guidon. Il y a des semaines où on se demande si on va finir par rentrer chez soi.

— Merci d'être passée. Je ne pensais pas que vous alliez sacrifier votre samedi soir pour ça.

— C'était plus simple de venir directement. En plus, mon mari et mes deux fils sont à Sunderland pour le match, ils ne rentreront pas avant onze heures, après avoir mangé un curry. Alors la seule chose dont vous me privez, c'est des émissions merdiques à la télé. D'après ce que m'a dit Bryant, votre affaire me paraît beaucoup plus intéressante. Vous voulez bien m'en dire plus ?

Le lieutenant Dean s'installa confortablement au bureau de Chris Devine et posa les pieds sur la poubelle. Paula essaya de ne pas y prêter attention.

Légèrement agacée par l'intérêt évident de l'inspecteur de la brigade des mœurs, Paula expliqua du mieux qu'elle put la théorie de Tony avant d'esquisser un sourire quelque peu contrit.

— Je sais que les idées du Dr Hill peuvent paraître...

— Complètement farfelues ?

Paula gloussa.

— Oui. Mais je travaille avec lui depuis longtemps et je peux vous dire qu'il voit souvent juste, tellement souvent que c'en est presque flippant.

— Oui, j'ai entendu dire qu'il était doué. Il paraît même que si Carol Jordan a de bons résultats, c'est en partie grâce à lui.

Cette remarque irrita Paula.

— Ne sous-estimez pas le commandant Jordan. C'est une enquêtrice hors pair.

— Je n'en doute pas. Mais on a tous besoin d'un coup de main de temps en temps, et c'est pourquoi je suis venue jusqu'ici. Quand un collègue a besoin de moi, j'essaie toujours d'en savoir un peu plus sur son enquête. C'est normal, on passe du temps à créer des liens avec nos contacts sur le terrain, on n'a pas envie que quelqu'un fasse tout foirer.

Cette remarque mit Paula moins mal à l'aise.

— Naturellement, répondit cette dernière. Alors, est-ce que vous pouvez m'aider ?

Dean plongea la main dans la poche de son jean pour en tirer une carte-mémoire.

— Je vais vous dire ce que je sais. Bryant m'a expliqué que vous vous intéressiez aux nouvelles prostituées ?

— C'est ça. Il paraît qu'il y en a de plus en plus, à cause de la crise ?

— Effectivement, mais la plupart travaillent dans des bars, pas dans la rue. Vous cherchez celles qui sont arrivées quand, à peu près ?

— Un mois avant le début des meurtres.

— Je vais voir, répondit-elle en sortant un smartphone de la poche de son jean. Je n'aime pas rentrer dans l'ordinateur des choses qui n'ont rien à y faire. En particulier quand il s'agit d'informations concernant des jeunes femmes vulnérables.

Après avoir manipulé le téléphone, elle sembla avoir trouvé ce qu'elle cherchait.

— Il n'existe pas de recette miracle pour réguler ce qui se passe dans la rue, dit-elle en passant une liste en revue. C'est toujours un peu de l'improvisation, si vous voulez. Quand des petites nouvelles arrivent, on essaie de les suivre comme on peut. Il y en a certaines qu'il faut rappeler à l'ordre ; on leur explique qu'un casier judiciaire foutra leur vie en l'air, qu'elles ne pourront plus garder leur gosse ni signer un chèque et en général, ça fonctionne. Mais ça, c'est seulement une toute petite minorité des filles. Une fois qu'elles sont sur le trottoir, la plupart peuvent plus revenir en arrière. Moi, ce que je cherche à faire, c'est développer des contacts. Et ouvrir l'œil, vous voyez ?

— Personne n'a envie de se retrouver avec des cadavres sur les bras.

— C'est sûr, et je crois qu'en général on réussit à intervenir avant que les choses ne dégénèrent. Mes petits gars disent que je suis trop idéaliste, mais au moins j'essaie de connaître leur nom et d'où elles viennent, histoire de pouvoir les identifier à la morgue, le moment venu...

— Alors, quel est votre secteur, en gros ?

— Toute la zone couverte par la police de Bradfield. Une population de neuf cent mille personnes environ. Dans cette zone, cent cinquante femmes bossent comme prostituées. Quand on pense que cinquante pour cent des hommes admettent avoir déjà eu recours à des rapports sexuels tarifés, on se dit que ces filles n'ont pas le temps de se tourner les pouces et travaillent dur pour gagner leur vie.

— Et encore... une vie bien misérable, commenta Paula.

— Ça leur permet d'acheter de la drogue afin d'oublier ce qu'elles font pour survivre, dit-elle en secouant la tête. J'espère que mes fils sont suffisamment bien élevés pour se comporter autrement avec les femmes.

Elle ôta ses pieds de la poubelle et se redressa sur son siège.

— Pour la période qui vous intéresse, j'ai trois noms à vous donner.

— Je suis bien contente qu'il n'y en ait pas davantage.

— L'été arrive. Les nuits sont plus claires et les clients ont peur de se faire reconnaître.

— Je n'avais jamais pensé que la prostitution fonctionnait selon les saisons.

— Juste dans la rue. Pour celles qui bossent à l'intérieur, la liste serait interminable. Alors, voilà ce que je peux vous donner : Tiffany Sedgwick, Lateesha Marlow et Kerry Fletcher.

Paula n'arriva pas à en croire ses oreilles.

— Vous avez dit Kerry Fletcher ? demanda-t-elle, sentant l'excitation monter en elle.

— Ça vous dit quelque chose ?

— Kerry Fletcher est une femme ?

Dean eut l'air désemparée.

— Bien sûr que c'est une femme. Vous m'avez pas demandé des gigolos. Pourquoi ? Ce nom vous rappelle quelque chose ?

— On est tombé dessus au cours de l'enquête. Étant donné le contexte, on a pensé qu'il s'agissait d'un homme. Kerry, ça peut être un prénom masculin, aussi. Mais alors tout ça n'a aucun sens..., ajouta-t-elle en fronçant les sourcils.

— Vous pouvez vérifier par vous-même, répondit Dean en souriant. Vous la trouverez la plupart du temps au bout de Camion Way. Près du rond-point.

— Vous savez quelque chose sur elle ? demanda Paula en griffonnant le nom dans son carnet.

Elle ouvrit ses e-mails pour commencer à rédiger une note à l'intention de Stacey.

— Je sais ce qu'elle m'a raconté. Est-ce que tout est vrai, qui peut le savoir ? Elles inventent toutes des trucs. Du bon et du mauvais. Ce qu'il leur faut pour avoir une meilleure image d'elles-mêmes.

— Et Kerry, elle vous a dit quoi ?

Paula aimait bien bavarder, comme tout le monde, mais pour l'heure, la seule chose qui l'intéressait, c'était Kerry Fletcher.

— Eh bien, c'est une fille du coin. Ça, je pense que c'est vrai parce qu'elle a un accent de Bradfield assez prononcé. Elle a grandi sur Toxteth Road, derrière les tours de Skenby.

Paula hocha la tête. Elle connaissait cette rue. Les flics du coin racontaient que même les chiens n'osaient pas se promener tout seuls là-bas. C'était également le secteur qu'avait identifié Stacey à partir des plaques d'immatriculation.

— La zone, commenta-t-elle.

— Exactement. Quand Kerry avait cinq ou six ans, ils ont emménagé dans un appartement au seizième étage. Pour sa mère, ça a été terminé, elle n'est plus jamais sortie de l'appartement. Kerry ne sait pas si elle était claustrophobe, ou agoraphobe, ou encore si elle avait peur d'Éric, le père. Mais en tout cas, elle est devenue prisonnière de sa propre maison.

Elle fit une pause pour accentuer l'effet dramatique. Il était clair qu'elle prenait plaisir à raconter ces histoires.

— Éric Fletcher a sauté sur l'occasion, continua Dean. Il a commencé à abuser sexuellement de Kerry quand elle avait huit ans, à peu près. Si elle n'obéissait pas, Éric s'en prenait à sa mère. Il la frappait ou la laissait dehors sur le balcon jusqu'à ce qu'elle tremble comme une feuille. Et la petite Kerry aimait sa mère...

Paula soupira. Elle avait souvent entendu des variantes de cette histoire, mais à chaque fois, c'était aussi poignant. Elle ne pouvait pas imaginer ce que cela faisait de se sentir aussi impuissant ;

d'évoluer dans un monde si dur, si dénué d'amour. Quand on ne connaissait que cela, comment pouvait-on s'imaginer vivre autrement ?

— Bien sûr qu'elle aimait sa mère, commenta Paula. Jusqu'à ce qu'elle finisse par la mépriser.

Dean parut un peu agacée. C'était son histoire, après tout.

— Ça a continué pendant un bon moment. Même après qu'elle a quitté l'école pour travailler à la station-service sur Skenby Road. Éric ne lui laissait aucune liberté, continua-t-elle en jetant à Paula un regard entendu. Je sais ce que dirait votre Tony Hill : on intériorise son rôle de victime...

— Vous connaissez beaucoup de choses sur Kerry Fletcher.

— C'est mon travail d'essayer de récolter le maximum d'informations sur elles. Un café et un peu de tendresse peuvent vous en apprendre beaucoup dans ce monde de misère, Paula.

— Alors, qu'est-ce qui s'est passé ensuite ?

— La mère est morte. Il y a environ quatre mois, d'après ce que j'ai pu comprendre. Kerry a mis quelques semaines à comprendre que cela voulait dire qu'elle était enfin libre.

— Et elle a commencé à faire le trottoir ? Elle a lâché son job à la station ?

— Quand elle a pris conscience de ce que cela signifiait, elle a compris une chose : elle ne voulait pas seulement être libre, elle voulait narguer son père. Il ne pouvait plus l'avoir gratuitement et elle s'est mise à faire payer d'autres hommes pour ça.

— Et Éric, comment il l'a pris ?

— Pas bien. Il n'a pas arrêté de venir la harceler pendant qu'elle travaillait pour la supplier de rentrer à la maison. Kerry a refusé tout net. Elle lui a dit qu'elle était plus en sécurité dans la rue que chez lui. On lui a donné un avertissement une ou deux fois, parce qu'il faisait une scène en public, et ça commençait à tourner au vinaigre. Depuis, il fait profil bas, d'après ce que je sais.

— Elle a dit qu'elle était plus en sécurité dans la rue que chez lui, répéta Paula. C'est exactement ce dont parlait Tony. Et il a dû utiliser son adresse e-mail, à elle.

Elle se mit à taper sur le clavier de l'ordinateur avec énergie, composant un message urgent à Stacey afin qu'elle recherche un certain Éric Fletcher dans les tours de Skenby, probablement au seizième étage.

Quand elle l'eut envoyé, elle remarqua qu'elle avait reçu des nouvelles du Dr Grisha Shatalov.

— Une minute, dit-elle à son interlocutrice.

Elle lut son e-mail :

— « Paula, nous avons retrouvé un morceau d'ongle dans la chair du dernier corps. Il n'appartient pas à la victime. C'est certainement celui du tueur et nous devrions être en mesure de déterminer son ADN. J'espère que ça va égayer votre samedi soir. Transmettez mes condoléances à Carol si vous la voyez avant moi,

Dr Grisha. »

Parfois, au cours d'une enquête, on parvenait à un point où il suffisait de tourner une clé dans une serrure : chaque rouage se débloquait l'un après l'autre et, inévitablement, la porte finissait par s'ouvrir. Ce samedi soir-là, Paula savait que d'ici quelques heures, la BEP pourrait boucler fièrement sa dernière enquête. Carol partirait la tête haute en sachant qu'elle avait fait quelque chose de constructif, contrairement à Blake.

Ce moment promettait d'être délicieux.

Ambrose éleva la voix :

— Elle a fait quoi ? ! Putain, qui lui a dit où se trouvait Jacko Vance ?

— Stacey, évidemment, répondit Tony d'un ton posé qui dissimulait ce qu'il ressentait en réalité.

— Pourquoi elle a fait ça ? Elle a divulgué une information capitale pour l'enquête.

— Mais sa supérieure, c'est Carol Jordan, pas toi. Et c'est vers elle qu'elle s'est tournée, pas vers toi. Qu'elle reste loyale envers la personne qui lui a donné sa chance ne devrait pas te surprendre.

— Il faut stopper Jordan, annonça-t-il sur un ton ferme. Je n'ai pas envie qu'elle compromette toute l'opération. Vance est trop dangereux pour que Jordan l'affronte seule. Il faut absolument l'arrêter avant qu'il ne soit trop tard.

— C'est bien pour ça que je suis en route, répondit Tony en s'efforçant de rester calme. Toi et ton équipe, vous partez bientôt ?

— Dans cinq minutes. Et elle, elle est partie il y a longtemps ?

— Stacey l'a appelée juste après t'avoir parlé. Et ensuite, elle m'a appelé, moi. Je suis monté en voiture il y a une quinzaine de minutes.

— Merde !

— Il y a quelque chose que tu pourrais faire, suggéra Tony en se déportant sur la voie rapide.

— Quoi ?

— Tu pourrais appeler Franklin pour lui demander de l'intercepter.

— C'est ça, ta solution ? Franklin et Jordan vont se bouffer le nez et, pendant ce temps, Vance en profitera pour se faire la malle.

— Comme tu veux. J'essaie juste de lui sauver la vie, c'est tout, répliqua Tony sèchement.

Il raccrocha et appuya sur l'accélérateur.

— Oh Carol, dit-il à voix haute. Je t'en prie, n'essaie pas de faire quoi que ce soit de téméraire. Ou de noble. Attends-nous. S'il te plaît.

Sam Evans avait toujours aimé parcourir les rues pour interroger les gens. Il n'avait pas le talent dont Paula faisait preuve dans une salle d'interrogatoire, mais il savait s'y prendre pour faire demarrer la conversation et susciter des confidences. Son parler et son accent populaires lui permettaient de gagner la confiance de ceux qui se trouvaient au plus bas de l'échelle sociale. Ils savaient que Sam ne les prenait pas de haut, qu'il ne les jugeait pas.

Quand Paula lui avait transmis les informations données par la brigade des mœurs, il leur avait paru urgent de trouver Kerry Fletcher, afin de pouvoir la protéger. Paula devait rester au bureau où elle tentait par tous les moyens de localiser Éric Fletcher. Pendant ce temps-là, Sam était chargé de mettre la main sur sa fille.

En ce samedi soir, le quartier de Temple Fields grouillait de monde. Drag-queens, beaux garçons, lesbiennes exhibant tatouages et piercings et clones de Lady Gaga se mêlaient à des gens à l'allure plus conventionnelle qui cherchaient simplement à passer un bon moment dans les bars et les restaurants gays du coin. Cet ancien quartier chaud était devenu le haut lieu des soirées gays dans les années 1990 ; depuis le début du nouveau millénaire, la population était plus éclectique et la jeunesse hétéro branchée adorait fréquenter les bars et les clubs du quartier. On y rencontrait donc des gens de tous les horizons et notamment des prostituées, à condition de savoir où les chercher.

Sam se fraya un chemin à travers la foule, à la recherche des prostitués, hommes et femmes confondus. Parfois ces derniers le voyaient venir comme si le mot « flic » était inscrit sur son front et ils disparaissaient dans la foule avant même qu'il ait pu leur adresser la parole. Il avait quand même réussi à aborder une demi-douzaine de femmes depuis le début de la soirée. Deux d'entre elles avaient refusé de lui parler, sans doute parce que leur souteneur les surveillait.

Deux autres avaient prétendu qu'elles ne connaissaient pas Kerry Fletcher. Une cinquième avait dit qu'elle la connaissait mais qu'elle ne l'avait pas vue depuis un jour ou deux ; elle avait précisé que Kerry travaillait principalement sur Campion Way et non dans cette artère principale. Sam s'était donc dirigé vers le boulevard qui séparait Temple Fields du centre-ville. C'est alors qu'il trouva ce qu'il cherchait.

Une femme était adossée contre un mur à l'entrée d'une petite allée. Elle fumait une cigarette tout en buvant un café.

— Bon Dieu, je peux pas avoir dix minutes de répit ? bougonna-t-elle en voyant Sam s'approcher. Je fais pas de passes gratos aux flics.

— Je cherche Kerry Fletcher.

— Vous êtes pas le seul. Je l'ai pas vue ce soir, mais son père la cherchait hier.

— Je croyais qu'on lui avait dit de garder ses distances ?

— Peut-être bien. Il s'est calmé, ça c'est sûr, mais il traîne encore dans le coin pour la surveiller. Hier elle s'est énervée contre lui, elle lui a dit de se casser.

— Et comment il l'a pris ?

— Il a pas eu trop le choix, elle s'est barrée avec un client à ce moment-là.

— Qu'est-ce qu'il lui a dit pour l'énerver ?

— J'ai pas trop fait gaffe, j'étais occupée à gagner ma vie. Il arrêtait pas de répéter que la rue, c'est dangereux. Qu'il y a un type qui tue les putes et qu'il fallait qu'elle rentre à la maison. Elle a répondu qu'elle préférait encore rester dehors que venir avec lui. Il a dit qu'il ferait tout ce qu'elle voudrait si elle arrêtait de vendre son corps. Et là elle a fait : « Je veux juste que tu arrêtes ça. Maintenant, casse-toi. » Après elle est montée dans la voiture d'un mec.

— Vous les aviez déjà vus s'engueuler comme ça avant ?

— Il a essayé de lui faire peur plusieurs fois en lui disant qu'il y avait un tueur en série qui rôde. Comme si on savait pas qu'il y a des connards qui prennent leur pied en nous faisant souffrir. Si t'as peur pour ta sécurité, tu fais pas ce boulot. On le sait toutes. On essaie juste de pas y penser.

— Et ensuite, il a fait quoi, son père ?

Elle jeta son mégot de cigarette sur le trottoir avant de l'écraser.

— Il a fait comme elle avait demandé. Il s'est cassé. Et maintenant, j'aimerais bien que vous fassiez la même chose, dit-elle en joignant le geste à la parole. Vous me faites perdre des clients.

Sam s'éloigna et regarda la femme avancer sur le trottoir chaussée de talons extrêmement hauts. Les informations qu'il avait recueillies ne l'avançaient pas à grand-chose, mais permettaient de corroborer celles de la brigade des mœurs. Et quand on menait une enquête, on devait parfois se satisfaire de cela.

51

Il y avait quelque chose de merveilleux dans la façon dont le gyrophare vous permettait de vous frayer un chemin à travers la circulation. Dès qu'ils apercevaient la voiture de Carol, voitures et camions se déportaient sur le côté comme des crabes. Certains conducteurs roulaient à toute allure jusqu'à ce qu'ils aperçoivent son véhicule dans leur rétroviseur. Ils freinaient alors brutalement en se rabattant sur la file du milieu comme si de rien n'était. Quand elle les doublait quelques secondes plus tard, ils gardaient les yeux résolument fixés devant eux, mais la culpabilité se lisait sur leur visage.

D'autres conducteurs, eux, ne s'apercevaient même pas de sa présence. Ils écoutaient de la musique ou Radio 4, ou bien une émission sur le foot. Elle leur collait au train en klaxonnant. Elle en avait vu un ou deux sursauter, littéralement. Ils donnaient un coup de volant pour la laisser passer. Elle les frôlait en les imaginant en train de jurer.

C'était grisant, cette sensation de prendre enfin le contrôle de la situation. Ce jour où elle avait vu les corps de Michael et Lucy paraissait bien lointain et depuis, elle s'était sentie engluée dans un marasme qui l'avait empêchée d'agir. Elle voulait aller de l'avant, enterrer cette horreur. Or elle ne pouvait pas le faire tant que Jacko Vance était en liberté. Libre, il constituait un affront à l'idée qu'elle se faisait de la justice.

Carol ne désirait pas la mort de Vance, contrairement à bien des gens qui se seraient retrouvés à sa place. Elle ne croyait pas à la peine capitale ni à la vengeance personnelle. Sur ce point, Vance et elle étaient étrangement sur la même longueur d'onde. Elle voulait qu'il subisse les conséquences de ses actes. Que chaque jour il se rappelle qu'il ne connaîtrait plus jamais la liberté.

Et elle voulait qu'il se souvienne de celle qui l'avait mis en prison. Elle voulait qu'il la déteste un peu plus chaque jour.

Vance ne se rappelait pas quand il était venu à Halifax pour la dernière fois. Sans doute à l'époque où il avait tourné son émission à succès, *Un moment avec Vance*. Il était certain d'être déjà venu ici car il se souvenait de cette route spectaculaire qui descendait en sinuant depuis l'autoroute et contournait l'une des collines bordant la ville. Ce soir-là, la ville brillait de mille feux. La révolution industrielle avait dû être un véritable cauchemar, ici. Toutes ces filatures de laine rejetant des nuages de fumée et de saletés, l'air saturé de poussière de charbon et de vapeurs toxiques, le tout emprisonné dans cette cuvette enclavée au milieu des collines. Il comprenait pourquoi les ouvriers aspiraient à se promener dans les hauteurs avoisinantes pour respirer le grand air, pour se sentir de nouveau humain et non plus un rouage de cette machine.

Il quitta l'autoroute pour descendre vers la vallée tout en regardant s'il pouvait trouver un endroit disposant d'un accès Internet. Il avait besoin d'un réseau wi-fi afin de s'assurer que sa cible était bien là où il espérait. Il était trop tard pour trouver un café équipé, à supposer que Halifax possède quelque chose d'aussi branché. Il ne voulait pas aller dans un cybercafé ; quelqu'un pouvait regarder par-dessus son épaule et s'apercevoir qu'il observait grâce à une caméra cachée une vieille femme ayant clairement passé l'âge de susciter des fantasmes sexuels.

Au sortir d'un virage, il aperçut l'enseigne jaune d'un *McDonald's*. Terry lui avait dit que, quand on avait épuisé toutes les possibilités, on pouvait toujours compter sur *McDo*.

— Un café, un casse-croûte ou Internet, ils ont tout ce qu'il faut là-bas, lui avait-il dit.

Cette pensée fit frissonner Vance. Même à l'époque où il prétendait être proche du peuple, il n'avait jamais pu mettre les pieds dans cet endroit. Peut-être allait-il devoir faire une exception ce soir. Il pourrait sans doute y trouver un coin tranquille pour boire un café et se connecter.

Au dernier moment, il bifurqua sur le parking et se gara. Après avoir pris sa sacoche d'ordinateur, il entra. Le restaurant était plein de monde, majoritairement des adolescents qui n'avaient pas réussi à convaincre le plus myope des patrons de bar qu'ils avaient l'âge de consommer de l'alcool. Leur besoin irrépressible de paraître cool les avait forcés à délaisser la télévision familiale qui retransmettait le match de foot du samedi soir pour aller s'exposer sous les néons peu flatteurs du fast-food. Ils étaient avachis derrière leurs milk-shakes et leurs Coca-Cola, les garçons arborant des casquettes de base-ball vissées de travers, les filles exhibant un maximum de nudité. Vance, qui se considérait comme un expert en adolescentes, se sentit légèrement mal à l'aise en voyant cela. Il n'était pas attiré par les filles qui n'avaient aucun sens de la pudeur. Que vous restait-il à dérober quand ces filles s'offraient déjà entièrement ?

Après avoir commandé un café, Vance s'installa à une table pour deux dans le coin le plus reculé, près des toilettes. Il s'arrangea pour incliner son écran de façon à éviter les regards indiscrets. Négligeant son café, il se connecta à Internet et inspecta les prises de vues de ses différentes caméras. Rien à signaler chez Tony Hill. L'accès à la maison avait été barré de panneaux annonçant : « Danger ! Accès interdit ! » Il comprit facilement la raison de ces mises en garde : grâce à une autre caméra postée sur le site, il vit que la maison avait été réduite en cendres. Plus de toit, plus de fenêtres, juste une charpente à moitié calcinée.

Ce qu'il vit sur la troisième caméra lui donna envie d'insulter son écran. Mais Vance savait qu'il devait maintenir les apparences et ne pouvait pas laisser transparaître sa colère. Il ne voulait surtout pas attirer l'attention. Les adolescents se préoccupaient rarement des autres, mais il suffisait que l'un d'eux soit un peu plus attentif et cela pouvait lui causer toutes sortes de problèmes. N'empêche qu'il fut furieux de constater que les écuries de Micky étaient encore debout. Tandis qu'il observait l'image, Betsy entra dans son champ de vision, accompagnée d'un policier armé et de deux épagneuls. Tout en marchant, elle indiquait les diverses parties des écuries en faisant de grands gestes. Elle n'avait pas l'air de souffrir le moins du monde ! Ce qu'il voulait, c'était la voir à genoux, en pleurs, déchirée par le chagrin. Peut-être devrait-il s'en prendre aux chiens, la prochaine fois. Leur trancher la gorge et les laisser sur le lit de Betsy et

Micky. Elles comprendraient à ce moment-là qui était le plus fort. Ou peut-être qu'il s'en prendrait directement à Betsy.

Il prit une profonde inspiration avant de se concentrer sur ses autres caméras. Ces dernières montraient l'allée et la façade d'une maison de pierre caractéristique du nord de l'Angleterre. Ce n'était pas une grande maison, six pièces tout au plus, mais elle était solide et bien entretenue. Dans l'allée, devant un garage en bois séparé de la bâtisse était garée une Mercedes cabriolet.

Sur le plan suivant, on voyait une cuisine moderne impeccable qui n'était visiblement utilisée que pour réchauffer des plats préparés achetés chez *Waitrose* ou *Marks & Spencer*. La lumière était allumée. Derrière la cuisine, on apercevait une véranda, plongée, elle, dans l'obscurité.

Le troisième plan provenait d'une caméra manifestement installée sur le palier intermédiaire de l'escalier et munie d'un objectif grand angle. On voyait, à l'étage, une porte menant à une chambre à coucher et, au rez-de-chaussée, la porte d'entrée dont le carreau était faiblement éclairé par le lampadaire de la rue.

Le quatrième plan montrait une pièce dans laquelle peu de gens paraissaient vivre. Il n'y avait pas de désordre, pas de livres ni de magazines, simplement une petite alcôve où étaient rangés des DVD. Un canapé long et imposant, presque aussi grand qu'un lit et garni de coussins, trônait au milieu de la pièce. Devant le canapé se trouvait une table basse en bois ouvragé où étaient posés trois télécommandes, une bouteille de vin rouge et un verre à moitié plein. Une mallette ouverte était posée par terre. Sur le mur d'en face, on voyait une cheminée victorienne surmontée d'un grand écran plasma. La pièce ressemblait à un cinéma privé, une salle de projection individuelle et triste. Pendant qu'il observait cette scène, une femme entra dans son champ de vision. Elle portait une tunique lâche, et ses cheveux châtains coupés au carré étaient passés derrière les oreilles. La résolution de l'image ne permettait pas à Vance d'apercevoir d'autres détails, mais il fut surpris de constater que cette femme n'avait ni l'apparence ni les mouvements de quelqu'un qui approchait les soixante-dix ans. Elle saisit deux de ses télécommandes avant de se lover dans le canapé en ajustant les coussins pour davantage de confort. Elle alluma la télévision. L'angle de vue ne permettait pas à Vance de distinguer ce qu'elle regardait, mais cela parut la fasciner.

Il n'avait pas besoin d'en savoir plus. Il n'avait pas prévu de faire dans la finesse. Une vieille femme seule chez elle ne constituait pas une cible particulièrement difficile. D'autant qu'il ne paraissait pas y avoir d'arme dans la pièce. Pas de tisonnier en fer ni de statuette en bronze. Rien de plus dangereux qu'une bouteille de vin.

Après avoir observé la scène quelques minutes supplémentaires, il ferma son ordinateur portable et jeta sa tasse de café encore pleine en sortant du restaurant. Personne ne prêta attention à lui. À une époque, cela l'aurait profondément agacé. Mais Jacko Vance commençait à découvrir les joies de l'anonymat.

Tony ne croyait pas aux signes. Le fait qu'il ait roulé sur l'autoroute bien au-dessus de la limite de vitesse sans être arrêté par la police ne signifiait pas pour autant que les astres lui étaient favorables. À un moment, il avait aperçu la lumière bleutée d'un gyrophare dans son rétroviseur mais il s'était rabattu et la voiture de police s'était contentée de le dépasser à toute vitesse. Manifestement, les autorités avaient d'autres chats à fouetter. Cependant, cela ne voulait pas dire que les dieux étaient de son côté.

D'autant qu'il n'avait pas réussi à parler à Carol. Il avait essayé de l'appeler plusieurs fois mais était systématiquement tombé sur son répondeur. Il avait d'abord pensé qu'elle se trouvait dans une zone non couverte par le réseau, mais il avait fini par se rendre à l'évidence. Il lui avait laissé quelques messages pour la supplier de rester prudente puis il avait cessé.

La dernière solution qui lui restait était de la forcer à s'arrêter. C'est pourquoi il fit une halte à la station-service suivante pour lui écrire un texto :

— « Je t'aime. Ne fais RIEN avant mon arrivée. »

C'était la première fois qu'il le lui disait. L'occasion n'était peut-être pas des plus romantiques, mais cela la surprendrait suffisamment pour l'arrêter dans sa course, du moins l'espérait-il. Elle verrait le message dès qu'elle allumerait son téléphone. Il l'envoya avant d'y réfléchir à deux fois.

Il reprit l'autoroute en se demandant où en était Ambrose. La voiture qui l'avait doublé en trombe un peu plus tôt appartenait peut-être à son équipe. Il ne savait pas s'il devait s'en inquiéter ou s'en réjouir, d'ailleurs. Il envisagea de lui passer un coup de fil quand son téléphone sonna. C'était Paula.

— Est-ce que tu peux parler ? demanda-t-elle.

— Je suis en voiture mais j'ai mon oreillette.

— Je crois que tu avais vu juste, annonça-t-elle en lui faisant part des révélations du lieutenant Dean. J'attends que Stacey me trouve la bonne adresse. Elle avait déjà fait les recherches préliminaires en pensant qu'il s'agissait d'un homme et du coup, elle va recommencer. Mais pour le moment, le nom de Fletcher n'apparaît nulle part dans la cité de Skenby.

— Essayez avec le nom de jeune fille de la mère, suggéra Tony.

— Tu penses que ça pourrait donner quelque chose ? D'après le lieutenant Dean, ils vivent là-bas depuis dix ans au moins.

— Il y a des gens chez qui brouiller les pistes est un instinct naturel... Ils le font sans raison précise, juste parce qu'ils peuvent le faire.

— Je vais mettre Stacey sur le coup.

— Parfait. Ça me ferait pas de mal d'avoir au moins une bonne nouvelle ce soir.

— Tu traverses une mauvaise passe ?

— Pour tout dire, Paula, j'ai un peu peur. Je crois que Carol se dirige droit vers une catastrophe et je ne suis pas sûr de pouvoir l'arrêter.

— Ça me paraît bien mélodramatique, tout ça, répondit-elle avec douceur. Ce n'est pas le genre du commandant.

— Je crois que ce soir, elle serait capable de faire une exception.

— Est-ce que je peux t'aider ?

— Non, et je ne veux même pas que tu essaies. Tu as assez de pain sur la planche avec Éric Fletcher.

— Il peut attendre.

Tony soupira.

— Eh bien, je n'en suis pas si sûr, moi. Il accélère le rythme des meurtres et il prend de plus en plus de risques en choisissant ses victimes. Il ne va pas tarder à perdre les pédales. Si Kerry ne cède pas bientôt, il va se retrouver à court d'options.

— Et il fera quoi, à ce moment-là ? Se suicider ? Dans ce cas, je lui souhaite vraiment de réussir, déclara Paula avec dédain.

Paula se souciait beaucoup moins que Carol de garder les méchants en vie. Elle avait toujours attribué cela au fait qu'elle avait eu à affronter des situations très critiques, contrairement à Carol. Mais peut-être que ce n'était pas vrai. Peut-être avaient-elles simplement une opinion différente sur ce point.

— S'il n'arrive pas à lui faire suffisamment peur pour qu'elle rentre à la maison, il va la ramener lui-même, dit Tony.

Il y eut un long silence pendant que Paula assimilait ce qu'il sous-entendait.

— Alors je ferais bien d'aller voir où en est Stacey, conclut-elle.

— Exactement. Si seulement la soirée pouvait se dérouler sans une nouvelle effusion de sang...

Carol franchit le ralentisseur si rapidement que les suspensions grincèrent et qu'elle dut maintenir fermement le volant afin de ne pas dévier. S'il y avait quelqu'un de l'autre côté des caméras de surveillance qu'elle venait de dépasser, il allait immédiatement déclencher l'alerte. Les gens qui vivaient dans des quartiers retirés comme Vinton Woods payaient pour disposer d'un système de sécurité, précisément pour éviter d'avoir des chauffards qui parcouraient leurs rues à toute vitesse. Carol appuya sur le frein, histoire de ne pas dénoter dans cet environnement paisible.

En passant devant ces demeures de style faussement Queen Ann, Carol n'aperçut aucun signe de vie. Certes, les fenêtres étaient éclairées et des voitures étaient garées dans les allées. Mais le seul être vivant qu'elle croisa fut un renard apeuré qui s'enfuit à la lueur de ses phares à la sortie d'un virage. Vance avait bien choisi son quartier, elle était forcée de le reconnaître. Les gens qui recherchaient ce genre d'environnement aseptisé ne risquaient pas de remarquer la présence dans la maison voisine d'un tueur en série évadé de prison. Tout ce qui comptait pour eux, c'était que tout le monde conduise une belle voiture et que personne ne vienne les importuner pour leur emprunter une brique de lait.

Elle se gara sur un trottoir avant de consulter la carte qu'elle avait téléchargée sur son smartphone. Vinton Woods était un lotissement trop récent pour apparaître sur son GPS, mais elle avait trouvé un plan détaillé sur le site Internet du promoteur immobilier. Après avoir repéré l'endroit où elle se trouvait par rapport à la maison de Vance, elle redémarra. Quelques minutes plus tard, elle s'engagea dans le cul-de-sac où il habitait. Faisant mine de s'être trompée de direction, elle effectua un demi-tour dans l'allée d'un voisin pour repartir en sens inverse.

En passant devant chez lui, elle n'aperçut aucun signe de vie. Elle avança jusqu'au bout de la rue pour envisager les différentes options qui s'offraient à elle. Elle avait envie d'aller voir la maison de plus près mais ce n'était pas très facile. On ne pouvait pas prétendre se promener par hasard dans cette impasse. Personne ne se déplaçait à pied parce qu'il n'y avait nulle part où aller. Personne ne garait sa voiture sur le trottoir parce que tout le monde avait une allée privative et un garage suffisamment grand pour abriter tous les véhicules du foyer.

Elle parcourut de nouveau lentement la rue principale et remarqua que la première maison de l'impasse était plongée dans l'obscurité. Il n'y avait pas de voiture garée devant. Décidant que cela valait le coup, Carol se gara en marche arrière dans l'allée, devant la porte du garage. Elle bénéficiait ainsi d'un bon point de vue sur la maison de Vance et de ses voisins. C'était l'endroit idéal pour une surveillance.

Elle ne pouvait pas s'approcher davantage de chez Vance, mais peut-être était-ce inutile, après tout. D'après ce qu'elle pouvait voir, les fenêtres donnant sur l'impasse n'avaient pas de rideaux. On n'apercevait aucune lumière à l'intérieur. À moins que Vance ne soit reclus dans le noir, il n'y avait personne. Ou bien il dormait, auquel cas Carol ferait mieux de rester là où elle était. Il avait peut-être installé des capteurs de mouvement et des caméras dans toute la propriété, afin d'être averti d'éventuels visiteurs. Jusque-là, tout ce qu'il avait accompli avait été soigneusement réfléchi et calculé. Il avait certainement pensé également à la sécurité de cette maison.

Par ailleurs, si elle restait à son poste, elle le verrait forcément sortir. Elle pourrait alors se glisser hors de sa cachette et lui foncer dedans, lui barrer la route ou encore le prendre en filature. Son instinct de policier lui commandait donc de ne pas bouger.

Toutefois, Carol Jordan n'avait pas très envie d'obéir à cet instinct. Plus elle attendait, plus Ambrose et son équipe avaient des chances de tout compromettre. Il n'y avait qu'une voie d'accès pour entrer et sortir de Vinton Woods. Si Vance, en rentrant chez lui, sentait que la police était dans le coin, il poursuivrait sa route et on perdrait de nouveau sa trace. Il fallait qu'elle persuade Ambrose de la laisser mener cette opération. Ils allaient devoir rester en retrait, hors du champ de vision des véhicules susceptibles d'entrer dans Vinton Woods, afin de l'alerter dès que Vance arriverait. Ambrose avait déjà travaillé sous les ordres de Carol et elle comptait bien le convaincre qu'elle était apte à mener cette arrestation.

Restait à savoir si elle était capable de s'en convaincre elle-même.

La remarque que Tony avait faite à Paula avait mis Stacey hors d'elle. Non pas parce qu'elle trouvait que c'était une perte de temps, mais parce qu'elle s'en voulait de ne pas y avoir pensé toute seule. Elle n'aimait pas se trouver des excuses – sa mère lui avait appris à assumer ses succès comme ses échecs – mais elle était certaine que si elle s'était trouvée à son poste de travail habituel, ce genre de recherches lui aurait paru évident. Mener de front deux opérations majeures à partir d'un ordinateur portable de la West Mercia dont le processeur était aussi lent qu'une tortue s'était avéré épuisant.

Il ne lui fallut que quelques minutes pour trouver les renseignements concernant la mort de la mère de Kerry Fletcher. Une fois qu'elle eut découvert son nom de jeune fille, passer en revue la liste des occupants des immeubles de Skenby avait été un vrai jeu d'enfant.

Dix minutes après que Paula eut raccroché, Stacey la rappela.

— Tu avais raison au sujet du seizième étage. Pendle House, appartement 16C. Désolée, j'aurais dû y penser plus tôt.

— Pas de problème, on vient juste d'arriver sur les lieux.

Stacey esquissa une grimace.

— Je sais, et ça ne me gêne pas que le Dr Hill nous aide dans des domaines où nous ne sommes pas compétents. Mais on est des enquêteurs, on est censés trouver ça tout seuls.

— Le commandant y aurait pensé, elle, répondit Paula avec une certaine amertume.

— C'est vrai. Je ne suis pas sûre de vouloir rester dans la police si Blake me cantonne à des tâches routinières...

— Ce serait de la folie, tout le monde sait que tu es la plus douée des geeks ! Pourquoi Blake voudrait se passer de tes talents ?

— Parfois, avoir trop de talent peut coûter cher. Mes parents ont de la famille qui en a payé le prix pendant la Révolution culturelle.

Elle ne s'était jamais confiée de la sorte à aucun de ses collègues. Il y avait quelque chose d'ironique à ce qu'elle le fasse précisément au moment où leur brigade s'apprêtait à disparaître.

— Blake n'est pas Mao, dit Paula. Il est trop ambitieux pour ne pas exploiter toutes tes capacités. À mon avis, tu seras enchaînée à tes moniteurs et tu n'auras le droit de voir la lumière du jour qu'une fois par mois. Crois-moi, Stacey, personne ne va se passer de tes services. Les tâches ingrates, ce sera pour des gens comme Sam et moi, comme d'habitude. À ce propos, tu ne crois pas qu'il serait temps que tu lui parles, à Sam ?

— Que je lui parle de quoi ?

— Ne fais pas la naïve avec moi. Je suis la meilleure de l'équipe pour les interrogatoires, rien ne m'échappe. Propose-lui un rendez-vous. La vie est trop courte. Bientôt, on ne travaillera plus ensemble. Si ça se trouve, tu ne le croiseras qu'une fois tous les quatre matins. Dis-lui ce que tu ressens.

— Tu dépasses les bornes, Paula, protesta-t-elle sans grande conviction.

— Non, je ne crois pas. Je suis ton amie. Moi, j'ai failli passer à côté d'Elinor parce que j'étais plongée dans le boulot. Elle m'a donné une petite chance et j'ai sauté dessus. Et ça a changé ma vie. Il faut que tu fasses la même chose, Stacey. Sinon il va te filer entre les doigts et tu le regretteras. C'est un con et il ne te mérite pas, mais apparemment c'est lui que tu veux, alors bouge tes fesses.

— Bon, mais au fait, tu n'as pas une arrestation à faire, toi ? rétorqua Stacey, retrouvant sa verve habituelle.

— Merci pour l'info.

Après avoir raccroché, Stacey regarda fixement son écran. Puis elle se leva et alla jeter un œil par la fenêtre en songeant à ce que Paula venait de lui dire. Apparemment, il y avait des choses qu'on ne pouvait pas régler par le biais d'un écran d'ordinateur.

Qui l'eût cru ?

52

Vanessa Hill s'étira puis remplit de nouveau son verre avant de se réinstaller dans le canapé. Elle adorait ce canapé, son tissu épais, ses coussins moelleux et ses accoudoirs hauts. Quand elle s'y allongeait, elle se sentait comme un pacha ou un Romain lors d'une orgie. Elle aimait se blottir dans les oreillers et les plaids tout en grignotant des encas sophistiqués et en buvant du vin. Elle avait bien conscience que ses employés à l'agence se posaient des questions au sujet de sa vie privée. La vérité, c'était que son succès et son argent lui avaient donné le droit de se faire plaisir. Or ce qui lui faisait plaisir, c'était cela : être seule avec une bonne bouteille de vin rouge, les chaînes du câble et sa collection de DVD. Elle n'avait pas si souvent le luxe de se chouchouter. Deux soirs par semaine, tout au plus. Le reste du temps, elle se consacrait à sa carrière. Elle bénéficiait peut-être d'une carte senior, mais Vanessa était bien loin de la retraite.

L'épisode de *Mad Men* toucha à sa fin et le générique défila. Elle hésita à en regarder un autre puis décida de jeter un œil à la chaîne d'info. Elle éteignit le lecteur DVD et zappa sur les informations où un reportage consacré aux tensions dans le Moyen-Orient touchait à sa fin. Vanessa soupira.

Il fallait leur donner une bonne leçon, à ces gens-là ! Tous ces types n'avaient pas le courage de leurs convictions. Elle avait cru qu'une fois Hillary Clinton nommée à la tête de la politique étrangère américaine les choses allaient changer, mais en réalité c'était toujours pareil. Même les présentateurs télé paraissaient fatigués de tout cela. La seule personne qui semblait s'en réjouir était cette journaliste de la BBC qui avait débarqué là-bas après la bataille. Vanessa esquissa un sourire pincé qui laissait clairement voir les emplacements où elle avait reçu des injections de Botox.

— Le haras de l'ancienne présentatrice de télévision Micky Morgan a subi une violente attaque plus tôt dans la soirée, annonça le journaliste avec un regain de vivacité dans la voix.

Sur l'écran derrière lui apparut une magnifique ferme avec écurie attenante puis une image de Micky Morgan à son époque la plus glamour, assise sur un canapé, jambes croisées face à la caméra. Pas aussi belle qu'Anne Bancroft, songea Vanessa.

— Un valet d'écurie et deux chevaux sont morts dans l'incendie criminel visant sa maison du Herefordshire. Les autres étalons ont été sauvés par ses employés. L'un d'eux a été hospitalisé après avoir inhalé de la fumée. Ses jours ne sont pas en danger.

Une jeune journaliste envoyée sur les lieux apparut à l'écran, au bout d'une allée où l'on apercevait des policiers en arrière-plan, le vent lui ébouriffant les cheveux. Elle avait l'air un peu surprise, comme si on la dérangeait. Elle attendit qu'on lui passe la parole tandis que le présentateur du journal terminait son annonce :

— Micky Morgan présentait l'émission quotidienne *En tête à tête avec Morgan*. Elle a mis fin à sa carrière après que son mari et collègue de l'époque, l'ancien champion olympique Jacko Vance, eut été impliqué dans les meurtres de plusieurs adolescentes. Vance s'est évadé de prison il y a quelques jours alors qu'il était incarcéré à Oakworth, à soixante-dix kilomètres de la ferme de son ex-femme. Kirsty Oliver est sur place. Kirsty, est-ce que la police soupçonne Vance ?

— Eh bien, Will, la police n'a pas encore fait de déclaration officielle. Mais la ferme était protégée par des officiers armés depuis l'évasion de Vance il y a deux jours. Malgré ce dispositif, un individu a réussi à s'introduire dans la propriété pour mettre le feu à la grange à foin située derrière les écuries que vous pouvez voir derrière moi, dit-elle en indiquant vaguement un point derrière elle. La ferme reste à l'heure qu'il est interdite aux visiteurs. Nous n'avons pas pu apercevoir Micky Morgan ni sa compagne, Betsy Thorne, mais d'après nos informations elles se trouveraient sur place.

— Pas très malin de votre part de révéler cette information à Vance, marmonna Vanessa.

— Merci, Kirsty, nous reviendrons vers vous si vous avez de nouvelles informations, conclut-il d'un air grave. La police a annoncé qu'elle soupçonnait Jacko Vance d'être également responsable du double meurtre perpétré dans le Yorkshire hier matin et d'un autre incendie criminel survenu à Worcester hier soir.

Les portraits de deux trentenaires apparurent derrière lui.

— Les enquêteurs ont identifié les victimes du meurtre. Il s'agirait de Michael Jordan, programmateur de jeux vidéo et de sa compagne, Lucy Bannerman, avocate. La sœur de Michael Jordan fait partie de la police de Bradfield et c'est elle qui a arrêté Jacko Vance à l'époque.

Vanessa posa son verre et se redressa.

— Carol Jordan, lança-t-elle avec une expression aussi dégoûtée que ses traits tirés pouvaient le lui permettre.

Peu nombreux étaient les gens qui s'étaient mis en travers du chemin de Vanessa. Rien que pour ça, elle éprouvait presque du respect pour Jordan : elle avait du pouvoir et savait l'utiliser, elle était sans pitié et déterminée à atteindre son objectif. Ces qualités, Vanessa les possédait également et elle savait les apprécier chez les autres. Jordan et elle avaient une qualité en commun : elles savaient toutes les deux mesurer les forces et les faiblesses d'autrui. Tandis que Vanessa avait utilisé cette faculté pour construire sa réputation de recruteuse, Jordan, elle, semblait l'employer à amener des criminels devant la justice. Vanessa n'en voyait pas l'intérêt. L'existence de la police ne la dérangeait pas ; il fallait bien que quelqu'un remette la vermine à sa place. Mais ce n'était pas le genre de carrière dans laquelle on se lançait quand on avait du talent. Voilà pourquoi, au fond, elle ne pouvait pas réellement respecter Carol Jordan.

Avant qu'elle ne puisse continuer sa réflexion, le journal télévisé attira de nouveau son attention et cette fois, ce qu'elle vit la laissa bouche bée. Le présentateur en avait fini avec le meurtre et était passé à un autre sujet.

— Vance est également recherché dans une autre affaire d'incendie criminel. Hier soir, à Worcester, cette maison a disparu dans les flammes.

Une photo d'une ruine fumante apparut à l'écran.

— Heureusement, il n'a fait aucune victime. La police n'a pas divulgué le nom du propriétaire mais d'après les voisins, le précédent occupant, Arthur Blythe, est mort l'année dernière et l'actuel propriétaire n'y séjournait pas souvent.

Arthur Blythe. Le nom qu'Eddie s'était choisi après l'avoir quittée. Comme s'il voulait changer d'identité. Avec tout ce qu'elle avait traversé, elle aurait mérité d'hériter de cette maison. Mais il l'avait léguée à son fils. Qu'on puisse laisser quoi que ce soit à Tony, cela la dépassait. Elle n'avait certainement pas l'intention de le faire, après sa mort. Elle comptait bien dépenser l'intégralité de sa fortune avant de rejoindre le cimetière. Dans un an ou deux, quand l'économie aurait redémarré, elle revendrait l'entreprise qu'elle avait passé toute sa vie à bâtir. Ensuite, elle ne se priverait pas : sièges VIP à tous les tournois de tennis, safaris pour voir les animaux d'Afrique, croisière aux Galápagos, Festival de Cannes, aurores boréales, et bien d'autres plaisirs encore. Une fois qu'elle aurait terminé, il ne resterait plus un sou pour Tony.

Le journaliste annonçait désormais les résultats du football, mais l'image de la maison en ruines s'était imprimée dans la tête de Vanessa. C'était une étrange façon de se venger de quelqu'un. Toutefois, Vanessa avait du respect pour Jacko Vance. Lui aussi était déterminé quand il s'était fixé un objectif. Même si ses désirs étaient qualifiés d'illégaux, d'immoraux et d'une demi-douzaine d'autres adjectifs par les médias. Il savait ce qu'il voulait et, sans Carol Jordan et Tony qui la suivait comme un toutou, la carrière de Vance serait à ce jour florissante. Pas étonnant qu'il ait eu envie de se venger. À sa place, elle aurait ressenti exactement la même chose.

Vanessa gloussa. Si elle disait tout haut ce qu'elle pensait tout bas, ses collègues seraient outrés. Dans ce monde, quand on voulait réussir, il fallait modérer ses propos. Elle devait bien le reconnaître, Jacko Vance s'était montré impressionnant sur ce front également. Grâce à ses œuvres de charité et à son prétendu soutien aux mourants, tout le monde l'avait pris pour un saint.

Tout le monde sauf Carol Jordan. Et apparemment, Vance jugeait Tony également responsable de son arrestation. De là à réduire en cendres sa maison ? Cela en disait long sur Tony. Au moins, Jordan avait dans sa vie des êtres chers dont la mort allait la peiner durablement. Tout ce que possédait son fils, c'était une maison. Et celui qui imaginait que Tony était attaché aux vieilles pierres se trompait sur son compte.

Tandis que cette pensée se formait dans son esprit, Vanessa eut un frisson. Et si la maison n'avait été qu'un début ? Et si Vance s'était trompé sur toute la ligne ? Carol Jordan avait perdu son frère. Pourquoi Tony ne perdrait-il pas un parent, lui aussi ?

Tony venait d'entrer sur la rocade contournant Manchester quand son téléphone sonna. Il fut tellement surpris de voir le nom de Carol s'afficher sur l'écran qu'il en fit presque une embardée sur le terre-plein central et roula bruyamment sur les bandes rugueuses qui délimitaient la chaussée. Complètement déstabilisé, il décrocha en criant :

— C'est moi, je suis là ! Est-ce que tout va bien ?
— Ça irait mieux si tu arrêtais de laisser des messages stupides et pathétiques sur mon répondeur, dit-elle sans une once d'amitié dans la voix. Où est Vance ?
— Je n'en ai aucune idée, répondit-il.
— Rappelle-moi, tu es bien profileur, c'est ça ?

Il ne releva pas sa remarque sarcastique. Elle essayait simplement de l'énerver.

— Où es-tu ? demanda-t-il.

— À Vinton Woods. Je surveille la maison mais je ne pense pas qu'il soit chez lui. Où est Ambrose ?

— En route pour te retrouver, comme moi.

— J'ai essayé de l'appeler mais il ne répond pas. Il n'y a qu'une seule voie pour accéder à cette espèce de lotissement. Je pense qu'ils devraient rester en retrait. Si Vance arrive et qu'il se doute de quelque chose, il continuera son chemin et nous échappera. Et cette fois, on ne pourra pas le retrouver grâce à un indice récupéré sur le disque dur de Terry Gates.

— Tu as raison, répondit Tony.

— Je le sais bien, mais je n'arrive pas à joindre Ambrose pour le lui dire. Je ne sais pas s'il filtre mes appels ou pas. Il faut que tu le préviennes. Toi, il t'écoutera. Il est persuadé que tu gères la situation.

Elle perdait les pédales, songea-t-il. Elle perdait complètement les pédales et il était trop loin pour pouvoir faire quoi que ce soit.

— Même si j'arrive à le joindre, il ne m'écoutera pas. Je ne suis pas flic. Je n'ai aucun pouvoir de décision ici. Il faut que tu avertisses Patterson. Ou son supérieur. Moi, je ne peux rien faire, Carol.

— Dis plutôt que tu ne *veux* rien faire ! Tu ne peux pas t'en empêcher : tu as merdé, alors maintenant tu essaies de compenser. Tu te sens obligé de me protéger. Tu préférerais encore voir Vance s'échapper plutôt que de me voir l'affronter seule parce que tu penses que je ne fais pas le poids. Eh bien, tu as tort, Tony. Je contrôle la situation. Si tu ne veux pas m'aider, va te faire foutre.

Elle raccrocha. Tony donna un coup de poing sur le volant.

— Bon sang ! hurla-t-il.

Sa colère s'apaisa, bientôt remplacée par un profond dégoût de lui-même. La seule bonne nouvelle, c'était que Vance ne se trouvait pas chez lui. La confrontation était remise à plus tard ; c'était déjà ça.

Il continua sa route tout en réfléchissant. Pourquoi Vance n'était-il pas retourné dans sa maison ? Il avait fait beaucoup de route. Il avait sûrement besoin de repos et ne pouvait pas s'arrêter dans un hôtel, c'était trop risqué. Il devait changer d'apparence physique sans que personne le remarque. L'instinct du prédateur était toujours de retourner à sa tanière. Alors pourquoi Vance n'était-il pas à Vinton Woods ? Où pouvait-il se trouver ? Et pourquoi ?

Tony rumina ces questions tout en contournant Manchester et Stockport puis Ashton et Oldham avant de quitter la M62. Dans quelques kilomètres, il aurait rejoint l'autoroute qui menait à Bradfield. Il se rapprochait de Vinton Woods. Il allait pouvoir discuter avec Carol face à face.

Toutefois, il continuait de se demander où était son tueur.

— Tu veux nous faire souffrir, dit-il à voix haute. Pour le moment, seule Carol a été vraiment touchée. Elle a reçu sa punition tandis que Micky et moi, on en a juste eu un avant-goût.

Il serrait le volant si fort que ses articulations lui faisaient mal.

— Même si tu avais tout misé sur cet incendie, il ne s'est pas déroulé comme tu l'avais prévu. Deux chevaux et un employé sont morts, c'est triste, mais ce n'est pas vraiment tragique, même pour Betsy qui aime les chevaux. Tu ne vas pas pouvoir en rester là. Mais tu n'y retourneras pas ce soir, alors que les flics sont partout. Tu vas devoir attendre, conclut-il en soupirant. Raison de plus pour te mettre à l'abri ! Le seul endroit où tu es en sécurité, où tu peux te reposer, faire le point, planifier la suite. Puis infliger à Micky un châtiment qui la marquera pour toujours.

Il sentait qu'il était sur la bonne piste. Il avait pénétré le raisonnement de Vance. Cela lui avait pris du temps de réussir à penser comme lui, mais maintenant, il en était sûr. Ce n'était pas quelque chose de rationnel, c'était plutôt de l'ordre de l'empathie. Il comprenait ce qui faisait réagir le meurtrier, ce qu'il recherchait et ce qui le satisfaisait.

— Tu pensais que tu pourrais t'acquitter de ça vite fait bien fait. Que tu te vengerais des gens inscrits sur ta liste les uns après les autres. Mais tu te rends compte que ce n'est pas aussi facile.

Il s'interrompit. Si les chevaux ne suffisaient pas, sa maison à lui ne suffisait pas non plus. Pour Tony, perdre cette maison s'était avéré aussi douloureux et bouleversant qu'un deuil. Cependant, aux yeux des autres, c'était différent. Vance aurait pu s'en rendre compte s'il avait réellement fouillé la vie privée du profileur, s'il avait vu la façon dont Tony se comportait dans cette maison. À ce moment-là, il aurait eu conscience de l'importance de son acte. Mais les choses ne s'étaient pas déroulées comme ça. Vance avait été obligé de se fier aux comptes rendus de personnes qui ne possédaient pas le même talent que lui pour analyser le comportement des autres.

Dans ces circonstances, la maison ne pouvait pas lui suffire. La personne la plus proche de Tony était

Carol. Perdre Carol lui fendrait le cœur, sans aucun doute. Mais Vance ne pouvait pas tuer Carol parce que sa souffrance à elle faisait partie intégrante de sa vengeance. Il avait donc choisi de la défigurer, mais ce n'était pas suffisant pour marquer à jamais l'existence de Tony. Tony possédait peu d'amis. Il avait beaucoup de connaissances, de collègues, d'anciens étudiants. Une poignée de gens qu'il considérait comme des amis, mais aucun d'eux n'était réellement proche. Quand il allait boire un verre avec Ambrose ou Paula, pour un observateur extérieur, il s'agissait de collègues buvant un coup ensemble après le travail. Rien de plus. Seul quelqu'un qui connaissait Tony beaucoup mieux que Vance aurait pu savoir à quel point ces relations étaient importantes dans sa vie. Mais il n'y avait aucune chance que Vance se venge sur eux.

Or, pour que la vengeance soit efficace, il fallait qu'elle touche à quelque chose de profond. Tony pouvait comprendre le besoin de se venger. Durant toute sa vie, sa mère s'était défoulée sur lui. Elle l'avait amoindri, critiqué, s'était moquée de lui. Elle l'avait privé de père, de foyer, d'amour. Elle ne s'était jamais préoccupée de ses succès ou de ses échecs. Il était ainsi devenu un homme émotionnellement fragile, instable, sauvé par l'amour que d'autres personnes avaient su lui témoigner, et par le don de l'empathie.

Quand il avait pris conscience de l'ampleur des mensonges de Vanessa, il avait juré qu'il ne lui adresserait plus jamais la parole. Toutefois, il avait choisi d'accepter l'héritage d'Arthur Blythe ; il avait voulu qu'elle sache que, malgré tous ses efforts, elle n'avait pas réussi à le détruire. Que l'enfant qu'elle avait privé d'amour avait trouvé sa force ailleurs, loin de la présence toxique de sa mère. Et cela avait en partie guéri Tony. Il savait que rien n'aurait pu énerver Vanessa davantage que cela.

C'est pourquoi il était allé la voir un jour chez elle, à Halifax. Il avait attendu qu'elle rentre du travail. Elle avait été surprise de le voir mais l'avait laissé entrer. Il lui avait dit ce qu'il avait à dire, élevant la voix chaque fois qu'elle tentait de l'interrompre. Elle avait fini par se taire et afficher un air de mépris amusé. Mais il pouvait déchiffrer son comportement et il savait qu'intérieurement elle bouillait de rage contenue.

— Je ne viendrai plus jamais dans cette maison, avait-il annoncé. Je ne veux plus jamais te voir. Tu ferais mieux d'organiser tes obsèques à l'avance, Vanessa. Parce que je ne serai même pas là pour t'enterrer.

Sur ce, il était parti, le cœur plus léger que jamais, le sourire aux lèvres. Prendre sa revanche était une chose merveilleuse. Il comprenait parfaitement le sentiment de libération qui animait Vance.

C'est à ce moment précis qu'il comprit. Il avait rendu visite à sa mère. Un observateur extérieur n'aurait pas pu savoir ce qu'il allait faire là-bas ni ce qui s'était déroulé à l'intérieur de cette maison. Tout ce qu'on pouvait voir, c'était un fils rendant consciencieusement visite à sa mère et ressortant de chez elle avec un grand sourire. Cet observateur en avait rendu compte à Vance, lequel avait tiré une conclusion erronée.

Tout à coup, Tony comprit où se trouvait Vance.

53

Paula se dandinait d'un pied sur l'autre en tirant sur sa cigarette.

— Qu'est-ce qu'ils foutent ? s'impatienta-t-elle en gardant les yeux fixés sur la rue menant à la tour de béton devant laquelle ils attendaient.

Derrière eux s'élevaient vingt et un étages d'appartements grands comme des boîtes à chaussures, aux murs fins couverts de peinture bon marché, au sol humide caché sous du linoléum à moitié décollé. Le royaume de la débrouille. La tour Skenby. *Blade Runner,* version Bradfield.

— Ils sont toujours en retard. C'est juste pour montrer à quel point ils sont importants, bougonna Kevin en essayant de trouver un coin abrité du vent. Et où est Sam ?

— Parti à Temple Fields pour essayer de trouver Kerry. On sait jamais, elle est peut-être prête à tout révéler, après ces années de cauchemar.

Elle expira longuement la fumée.

— Je comprends pas qu'on puisse laisser un type abuser de sa propre fille sans rien dire, ajouta-t-elle.

Kevin s'apprêta à dire quelque chose avant de se raviser et de secouer la tête.

— Je sais bien ce que disent les féministes au sujet des femmes battues, reprit-elle. Mais il faut reconnaître qu'il n'y a rien de pire que ça. Franchement, je ne comprends même pas pourquoi elles ne se suicident pas, plutôt...

— C'est un peu sévère de ta part, Paula, répondit Kevin.

La porte de l'ascenseur s'ouvrit en grinçant. Deux jeunes vêtus de sweats à capuche et de joggings portés très bas sur la taille leur passèrent devant, dans un relent de cannabis et d'alcool.

— Qu'est-ce que tu ferais si tu apprenais qu'un type a abusé de tes enfants et que ta femme le savait mais qu'elle n'a rien fait ?

Kevin afficha une moue étrange.

— C'est une question débile, Paula, parce que ça ne pourrait pas se passer comme ça chez nous. Mais je vois ce que tu veux dire. Tout le monde devrait savoir qu'il y a une énorme différence entre aimer ses enfants et abuser d'eux. Je suis content de ne pas être à la place de Tony Hill, de ne pas avoir à penser sans arrêt à ce genre de choses. En parlant de lui, tu sais comment il va ? Après ce qui est arrivé à sa maison et tout ?

— Je suis pas sûre qu'il aille très bien, répondit Paula en haussant les épaules. À cause de sa maison et de la chef. Et de ce qu'a subi Chris, bien sûr.

— Tu as des nouvelles de ce côté-là ?

— Elinor m'a envoyé un texto. Aucun changement et apparemment, plus ça durera comme ça, mieux ce sera pour Chris.

Ils restèrent silencieux un moment. Puis Kevin reprit la parole, sur un ton doux :

— Quand elle s'en sortira, je ne suis pas sûr qu'elle leur sera reconnaissante de lui avoir sauvé la vie.

Paula s'était déjà fait cette même réflexion.

— Il ne faut pas penser à ça, dit-elle. Imagine ce que doit ressentir la chef.
— Elle est où, à ce propos ?
— Aucune idée. Elle n'a pas donné de nouvelles. Ah, les voilà, annonça-t-elle.

Une demi-douzaine de policiers avancèrent vers eux au pas de course. Ils étaient vêtus de gilets pare-balles et munis d'un bélier et d'armes semi-automatiques. Paula se tourna vers Kevin :
— Tu as demandé à ce qu'ils soient armés ?
— Non. Ça doit être Peter Reekie, le grand démagogue.

Les policiers s'approchèrent d'eux et se dispersèrent sur le périmètre, les mâchoires serrées, prêts à en découdre. Ils ne portaient ni insigne ni matricule et mettaient Paula mal à l'aise.
— C'est mon opération, annonça Kevin. On va faire ça à l'ancienne. Je vais frapper à la porte, voir si Éric Fletcher est là et s'il nous laisse entrer. S'il refuse, vous enfoncez la porte. Allons-y.

Il appuya sur le bouton de l'ascenseur.
— Il vaudrait mieux qu'on prenne l'escalier, recommanda un des hommes qui dirigeait visiblement l'équipe.
— Si ça vous fait plaisir, répondit Paula. Moi, j'en suis à un paquet par jour et Fletcher habite au seizième étage. Je vous retrouve là-haut, ajouta-t-elle en montant dans l'ascenseur suivie par Kevin. J'ai du mal à croire que ces types-là font le même métier que moi...

Kevin éclata de rire.
— Bah, c'est juste des gamins ! Ils se la jouent truands. Tout ce qu'on doit faire, c'est garder un œil sur eux.

Ils attendirent l'unité d'élite en haut de l'escalier. Paula en profita pour allumer une cigarette. Croisant le regard réprobateur de Kevin, elle dit pour se justifier :

— Je suis stressée.

L'unité arriva et les gars se déployèrent sur le palier. Kevin et Paula avancèrent sur la galerie à ciel ouvert où la pluie les cinglait. La porte du 16C avait été recouverte de tellement de couches de peinture qu'elle faisait penser à une œuvre d'art contemporaine avec ses éclaboussures, ses cloques et ses superpositions de couleurs. La couleur qui dominait était le bleu. Deux chiffres en plastique blanc étaient collés dessus.

Quand Kevin frappa à la porte, ils entendirent des bruits de pas dans le couloir. La porte s'ouvrit et une odeur de bacon et de tabac leur parvint aux narines. L'homme qui se tenait devant eux était plutôt quelconque. Il était un peu plus grand que Paula, avec des cheveux châtains fins qui rappelaient ceux d'un enfant. Il portait un jean et un tee-shirt révélant des bras potelés. Son visage était plus empâté que le reste de son corps et ses yeux bleu pâle n'exprimaient rien de particulier. Toutefois, il dégageait quelque chose d'antipathique qu'on ne pouvait pas s'empêcher de remarquer. Si c'était bien lui, le tueur, Paula était surprise qu'il ait réussi à attirer aussi facilement des prostituées. La plupart d'entre elles savaient d'instinct reconnaître les clients un peu louches. Or Éric Fletcher avait le mot « louche » tatoué sur le front.

Ils se présentèrent puis Kevin demanda si Fletcher pouvait les laisser entrer.

— Pourquoi vous voulez entrer ? demanda Éric.

Sa voix était rauque et son regard défiant sans être pour autant provocateur.

— Il faut qu'on discute de votre fille, répondit Paula.

Il croisa les bras sur sa poitrine.

— J'ai rien à dire au sujet de ma fille. Elle habite plus ici.

— Nous nous faisons du souci pour elle, ajouta Kevin.

Fletcher releva un coin de sa lèvre d'un air sarcastique.

— Eh ben pas moi.

— Est-ce que vous possédez une voiture, monsieur Fletcher ? demanda Paula dans l'espoir qu'un changement de tactique le dérouterait.

— Qu'est-ce que ça peut te faire ma belle ? D'abord c'est ma fille, maintenant ma voiture. Faudrait vous décider. Je sais bien que vous êtes une femme, mais quand même...

Il commença à refermer la porte, mais Kevin tendit le bras pour l'en empêcher.

— On peut discuter chez vous ou au poste, dit-il. Qu'est-ce que vous préférez ?

— Je connais mes droits. Si vous voulez m'emmener au poste, arrêtez-moi. Sinon, allez vous faire foutre.

Kevin et Paula échangèrent un regard qui fit sourire Fletcher. Comme s'il savait qu'ils n'avaient pas beaucoup de preuves et voulait les narguer.

Paula avait envie de l'arrêter pour meurtre. Ses années d'expérience lui disaient que ce type cachait quelque chose. Mais s'ils faisaient cela, le compte à rebours serait lancé et ils ne disposeraient que de trente-six heures pour l'interroger. Après quoi, il faudrait soit l'inculper, soit le relâcher.

— Je crois que vous feriez mieux de nous laisser entrer, dit-elle avec fermeté.

— Je ne crois pas, répondit Fletcher.

Il prononça ces quatre mots avec une détermination qui provoqua la colère de Paula. Elle savait qu'ils avaient raison ; il ne pouvait pas leur filer entre les doigts.

Elle porta la main à son oreille en penchant la tête vers le couloir.

— Vous entendez ça, inspecteur ? On dirait que quelqu'un appelle au secours, lança-t-elle à son coéquipier.

Elle avança d'un pas de façon à ce que son coude frôle la poitrine de Fletcher. Ce dernier parut légèrement décontenancé.

— Mais non, y a personne qui appelle au secours ! C'est le match à la télé, imbécile. C'est seulement les supporteurs qui hurlent.

— Je crois que tu as raison, Paula, répondit Kevin en s'avançant derrière elle.

Fletcher n'avait plus le choix : soit il leur fonçait dessus, soit il reculait dans le couloir. Il se planta bien devant eux en écartant les jambes. Kevin se retourna pour lancer derrière lui :

— On a quelqu'un qui appelle à l'aide à l'intérieur !

Sur ce, il y eut une sorte de mouvement général accompagné de vacarme. Paula se colla contre le mur tandis que l'unité d'élite empoignait Fletcher et le mettait à terre pour le menotter. Ils entrèrent dans le salon situé au bout du couloir comme s'ils s'attendaient à y trouver le fantôme d'Oussama Ben Laden. Deux d'entre eux allèrent vérifier la première chambre. Ils en ressortirent aussitôt en claquant la porte. Ils ouvrirent la deuxième et se figèrent sur le seuil en disant :

— Oh, putain.

Paula les poussa pour regarder. Sur le lit deux places, les restes d'un corps de femme semblaient flotter sur une mer de sang. Elle avait été écorchée, la peau arrachée des os en certains endroits.

Comme l'avait prédit Tony, la seule partie de son corps demeurée intacte était sa tête. Les murs étaient éclaboussés de sang comme s'il s'agissait d'une installation d'art contemporain. Paula se détourna de la scène, submergée par un irrépressible sentiment de gâchis. Tony avait raison sur un autre point : le tueur était passé à la vitesse supérieure. Et eux ne s'étaient pas montrés suffisamment réactifs.

Kevin cita ses droits à Fletcher qui était toujours à terre. L'un des membres de l'unité d'élite était au téléphone, demandant l'intervention d'une équipe de la police scientifique tandis qu'un autre rapportait l'opération au commissaire Reekie. S'il appelle ça une réussite, il peut se la mettre où je pense, songea Paula.

Les deux agents postés à côté de la porte de la chambre se retirèrent dans le salon. Paula les suivit et embrassa du regard la pièce en désordre.

— Il regardait bien le foot à la télé, dit-elle sur un ton las.

À côté du téléviseur trônait une photo encadrée. Elle était certes un peu plus jeune, mais on reconnaissait sans problème la jeune femme morte sur le lit, Kerry Fletcher.

— Elle aurait dû rentrer à la maison ! hurla Fletcher. Rien de tout ça ne serait arrivé si elle était rentrée à la maison !

Tony emprunta la bretelle de sortie d'autoroute et s'engagea dans le rond-point en faisant crisser ses pneus puis reprit la direction de l'autoroute en sens inverse. Dès qu'il en eut la possibilité, il tendit la main pour attraper son portable et appela Ambrose. Comme Carol, il tomba directement sur la messagerie.

— Non ! cria-t-il. C'est pas possible !

Le bip qui suivait le message d'absence retentit.

— Alvin, c'est Tony. Je sais où se trouve Vance. S'il te plaît, rappelle-moi dès que tu peux.

Encore quelques kilomètres sur la M62 avant d'atteindre la sortie pour Halifax. Et s'il arrivait trop tard ? Comment ferait-il pour vivre avec ça ?

Son téléphone sonna, mettant fin à ses questionnements. Au bout du fil, la voix paraissait lointaine et éraillée.

— Docteur Hill ? Ici Singh. Je gère les appels de l'inspecteur Ambrose parce qu'il conduit et ne veut pas qu'on le dérange. Vous avez dit que vous saviez où se trouvait Vance ?

— Passez-moi Alvin. C'est important, je n'ai pas le temps de tout réexpliquer.

La réponse de son interlocuteur fut hachée, puis il entendit la voix d'Ambrose.

— C'est quoi ce bordel, Tony ? Je croyais qu'on était sûrs de Vinton Woods ?

— C'est là où il est basé, mais il est absent pour l'instant.

— Et il est où, alors ?

— Je crois qu'il est chez ma mère. Il veut du sang, Alvin. Pas seulement provoquer des dégâts matériels. Et la seule personne à qui je sois lié par le sang, c'est ma mère.

— J'ai une équipe entière en embuscade à Vinton Woods. Comment peux-tu être sûr qu'il n'y est pas ?

— Parce que Carol Jordan se trouve sur les lieux et elle m'a dit que la maison était vide.

— Tu lui fais confiance ?

— Oui, répondit Tony sans même réfléchir.

Elle était peut-être fâchée contre lui, mais cela ne voulait pas dire qu'elle lui mentait sur ce genre de choses.

— Et tu crois qu'il est chez ta mère ? Tu en as la preuve ?

— Non, mais j'ai passé ma vie à bosser sur des types aussi fêlés que Vance. Crois-moi, il veut tuer. Il a tué le frère de Carol et ma mère est la prochaine sur sa liste.

Inutile d'expliquer que Vance avait sans doute mal interprété la relation que Tony entretenait avec Vanessa.

— Je suis en route, je suis à une quinzaine de minutes de chez elle.

Il y eut un long silence après quoi Ambrose reprit la parole :

— Bon, donne l'adresse à Singh. Et ne fais rien d'inconsidéré !

Tony s'exécuta.

— Où êtes-vous ? demanda-t-il à Singh.

— Sur la M62, à quelques kilomètres de la sortie pour Bradfield.

Tony était en avance sur eux, mais pas de beaucoup. Et Vance, lui, était largement en avance sur tout le monde.

54

Quelques voitures étaient garées dans cette rue tranquille de Halifax. Les maisons ne possédaient pas toutes une allée qui leur permettait d'héberger tous les véhicules du foyer, surtout un samedi soir, quand les gens invitaient des amis pour dîner et se plaindre ensemble du gouvernement. Cela convenait parfaitement à Vance. Personne ne remarquerait sa voiture à lui au milieu de celles des riverains. Il se gara entre une Volvo et une BMW à quelques encablures de chez Vanessa Hill avant d'ouvrir sur son smartphone une fenêtre d'où il pouvait voir ce que filmait la caméra installée dans son salon. L'image était petite et la résolution médiocre mais suffisamment nette pour lui permettre de constater que Vanessa était toujours lovée dans son immense canapé à regarder la télévision.

Il était difficile d'imaginer Tony Hill dans cette pièce qui ne paraissait pas destinée à recevoir des visiteurs. Où s'asseyait-il quand il lui rendait visite ? Est-ce qu'ils se retranchaient dans cette cuisine sans âme ou bien Vanessa recevait-elle plutôt ses invités dans la confortable véranda ? Mais peut-être était-elle aussi peu sociable que son fils. Au fil des années, Vance avait souvent repensé à cet étrange petit homme qui l'avait poursuivi en se fiant davantage à son instinct et à sa réflexion qu'à des preuves tangibles. Il s'était même demandé si Tony Hill était autiste tant le contact humain le mettait mal à l'aise. Mais peut-être que c'était plus simple que ça et qu'il avait tout bonnement été élevé par une mère qui ne recevait jamais personne à la maison, si bien que, pour Tony Hill, le contact avec les autres n'avait jamais été naturel.

Quoi qu'il en soit, tout cela allait changer d'ici peu de temps.

Après s'être assuré une dernière fois qu'il n'y avait personne dans les parages, il sortit de la voiture et prit un sac dans le coffre. Il avança d'un bon pas vers la maison de Vanessa et franchit le portail comme s'il habitait là. Il dépassa la Mercedes en silence, ses chaussures aux semelles de caoutchouc ne produisant pas le moindre bruit sur les dalles de l'allée. Il y avait un espace qui séparait le garage en bois des années 1930 du reste de la maison et il était suffisamment large pour qu'un adulte puisse s'y glisser de profil. Vance emprunta donc ce passage pour accéder au jardin de derrière. Il n'avait pas eu l'occasion d'explorer l'arrière de la maison et ne savait même pas s'il était équipé d'un éclairage automatique. Mais pour une fois, il était prêt à prendre le risque. Après tout, sa cible ne représentait guère de danger. Une vieille femme qui venait de descendre une bouteille de vin ne risquait pas de s'inquiéter si les lumières du jardin s'allumaient brusquement. Même si elle le remarquait, elle mettrait sûrement cela sur le compte d'un chat ou d'un renard.

Quand il arriva à l'arrière, l'extérieur était plongé dans l'obscurité. Tout était calme et silencieux, à l'exception de la rumeur lointaine de la circulation.

Il posa son sac et s'agenouilla à côté. Il en sortit une combinaison blanche identique à celles que portait la police scientifique et batailla pour l'enfiler, manquant perdre l'équilibre au moment d'y passer son bras artificiel en prenant soin de ne pas déconnecter les fils. Après quoi, il mit des chaussons en papier par-dessus ses chaussures et enfila des gants en latex bleu. Ces précautions n'avaient pas pour but de dissimuler toute trace de son passage mais d'éviter qu'il soit couvert de sang. Mieux valait être prudent.

Vance se redressa, bougea les épaules puis courba le dos afin que la combinaison s'ajuste à son corps. Il saisit le pied-de-biche dans une main et posa le couteau sur le rebord de la fenêtre, à côté de la porte dont il examina la structure. Le bois massif d'origine avait été remplacé non pas par du PVC mais par un bois plus fin et par une vitre, ce qui rendait l'ensemble assez fragile. Cela n'allait pas poser trop de difficultés.

Il appuya sur le haut et le bas de la porte afin de déterminer si elle était munie de verrous. Apparemment, Tony Hill n'avait pas proposé à sa bonne amie le commandant Jordan de vérifier la sécurité de cette maison. Cette porte semblait simplement fermée à clé et retenue par une chaîne.

Vance introduisit le pied-de-biche là où la porte et le montant se rejoignaient. La fente était mince mais il était assez costaud pour forcer l'outil à l'intérieur et entailler le bois au passage. Il poussa davantage en essayant de faire pression sur la serrure avant d'entreprendre de la forcer.

Une fois le pied-de-biche bien en place, il appuya dessus de tout son poids. D'abord, il n'entendit rien d'autre qu'un craquement de bois. Il pressa plus fort en grognant doucement. Cette fois, il sentit quelque chose céder. Il fit une pause pour réajuster son outil et, de toutes ses forces, appuya sur le verrou. Le métal crissa, le bois craqua et la porte s'ouvrit.

Vance resta sur le seuil, haletant et content de lui. Il saisit le pied-de-biche avec sa main artificielle en s'assurant que celle-ci le maintenait correctement. Cette technologie était incroyable. Il pouvait réellement « sentir » qu'il tenait quelque chose à la main et il pouvait ainsi jauger la pression nécessaire que ses doigts devaient exercer. Dire que ces ordures avaient essayé de le priver de ça. Il secoua la tête et sourit en repensant à la joie qu'il avait ressentie quand il avait gagné son procès devant la Cour européenne. Toutefois, ce n'était pas le moment de savourer ses victoires passées. Il avait une tâche à accomplir. Il attrapa le couteau muni d'une lame de dix-huit centimètres qu'il avait posé sur le rebord de la fenêtre et pénétra dans la cuisine.

Vanessa Hill n'avait apparemment rien entendu. Certes, il n'avait pas fait beaucoup de bruit, mais la plupart des gens étaient inconsciemment habitués aux bruits de leur maison ; il suffisait d'un son inhabituel pour qu'ils aillent voir de quoi il s'agissait, surtout s'ils étaient seuls chez eux. Manifestement, Vanessa Hill devait être dure d'oreille ou bien tellement fascinée par le programme télé merdique qu'elle regardait qu'elle ne l'avait pas entendu entrer. La porte qui séparait la cuisine du couloir était fermée, ceci expliquant peut-être cela.

Vance traversa la cuisine en silence, prenant garde de bien lever les pieds afin que ses chaussons ne fassent pas le moindre bruit sur le carrelage. Il entrebâilla la porte et ne fut pas surpris d'entendre le son de la télévision. Il avança dans le couloir d'un pas plus détendu maintenant que son objectif était tout proche. Il avait d'abord pris à Tony Hill sa maison. Maintenant, il allait le priver de sa seule famille, sa mère adorée. Il ne serait malheureusement plus là pour assister à sa souffrance.

Il s'immobilisa à deux pas de la porte du salon et se redressa. La lumière de la télévision fit scintiller sa lame d'acier.

Il franchit le seuil, s'approcha du canapé et brandit son pied-de-biche et son couteau. La femme était assise bien droite sur son canapé. Elle n'eut pas la réaction à laquelle il s'attendait. Plutôt que de hurler de terreur, Vanessa se contenta de le dévisager avec une certaine curiosité.

— Bonsoir Jacko, dit-elle. Qu'est-ce qui vous a pris si longtemps ?

55

Tony supposa que le gyrophare bleu qui s'approchait de lui dans l'artère principale appartenait au véhicule d'Ambrose. Il bifurqua dans une petite rue avant de prendre la première à gauche, où habitait sa mère.

Il ne prit même pas la peine de se garer. Il se précipita vers la maison de sa mère mais fut stoppé dans sa course par un jeune Asiatique qui l'attrapa et le plaqua contre la façade de la bâtisse.

— Vous n'irez nulle part, dit-il.

Ambrose surgit devant lui, bataillant pour enfiler un gilet pare-balles large comme une portière de voiture.

— Calme-toi, Tony, on s'en occupe. Est-ce que tu as une clé ?

Tony émit un petit grognement.

— Non. Et non, je ne sais pas non plus si l'un des voisins en possède une. J'en doute. C'est quelqu'un de réservé, ma mère.

Deux agents attendaient près du portail.

— On pourrait se contenter de sonner à la porte, suggéra l'un d'eux.

— On ne veut pas de prise d'otage, commenta Ambrose.

— Il n'y en aura pas, répondit Tony. S'il est là, c'est qu'il a un objectif. Il va tuer puis s'en aller. S'il est encore à l'intérieur, c'est uniquement parce qu'il s'apprête à quitter les lieux.

De la tête, il indiqua l'étroit passage qui longeait le garage.

— Il vaut peut-être mieux envoyer un de tes gars de ce côté, au cas où Vance chercherait à s'enfuir par la porte de derrière.

Ambrose pointa le doigt vers l'un de ses hommes puis, du pouce, lui indiqua le passage.

— Allez jeter un œil, lui ordonna-t-il.

Il jeta à Tony un regard sceptique.

— Allons sonner à la porte, dans ce cas. Mais toi, ajouta-t-il en s'adressant à Tony, tu restes derrière nous. Quoi qu'il arrive, tu restes derrière nous.

Ils s'approchèrent de la porte, étonnamment silencieux pour des hommes de leur gabarit. Tony réussit à jeter un œil entre Singh et Ambrose pour voir ce qui se passait. Ambrose sonna à la porte puis recula d'un pas afin d'être hors de portée d'un éventuel coup de poing de l'agresseur quand il ouvrirait la porte.

Tony sentit son estomac se nouer. Il était convaincu qu'en douze ans il n'avait jamais été aussi près de Vance. Il ignorait si le tueur était déjà dans la maison ou non, mais quoi qu'il en soit, c'était ici qu'ils allaient le trouver. Pour l'heure, il refusait d'envisager les conséquences que pouvait entraîner cette confrontation. Ce qu'il désirait, c'était voir Vance sous les verrous et pour de bon cette fois. Vance faisait partie de ceux à qui la liberté n'était pas permise, c'était indéniable. Tony croyait profondément que le processus judiciaire avait pour but de permettre aux individus de se réintégrer dans la société, toutefois, de temps en temps, il était bien forcé d'admettre que, pour certains d'entre eux, on ne pouvait rien faire. Vance en était l'exemple et son existence même incarnait l'échec du système. Or dans ce domaine, les échecs étaient souvent bien plus retentissants que les succès.

Une lumière s'alluma dans l'entrée et ils entendirent une clé tourner dans la serrure. La porte s'entrouvrit et Vanessa passa la tête dans l'entrebâillement, les cheveux ébouriffés comme si elle venait de se lever. Tout en montrant leur carte de police, Ambrose et Singh se présentèrent. Tony esquissa un léger sourire en secouant la main.

— Bonjour, maman, dit-il en proie à une soudaine lassitude.

— Vous avez fait vite, répondit-elle.

Elle ouvrit la porte en grand et ils virent que sa tunique était tachée de rouge de la poitrine jusqu'au milieu des cuisses.

— Je viens tout juste d'appeler les secours. Vous feriez mieux d'entrer.

Ambrose se retourna vers Tony, les yeux écarquillés. Hébété, ce dernier doubla les policiers et pénétra dans la maison.

Vanessa indiqua la porte du salon, légèrement entrouverte, en annonçant d'une voix neutre :

— Je vous déconseillerais d'entrer dans cette pièce. C'est ce que vous autres appelez « la scène du crime ». Mais nous pouvons aller discuter dans la salle à manger. Il n'y a pas mis les pieds, si bien qu'on ne risque pas de détruire des indices.

Elle les mena dans le couloir jusqu'à une porte qu'elle ouvrit en grand.

— Ne restez pas plantés là, venez.

Ambrose avança et jeta un œil dans le salon. Derrière lui, Tony fit de même. Un homme était étalé sur le sol comme une marionnette, les jambes repliées, les bras tombant d'un côté du corps, une perruque blonde posée de travers sur la tête.

— C'est Vance, affirma Tony. Je le reconnais.

La combinaison que portait Vance était déchirée. Son abdomen était écarlate et le sang s'était répandu sur la moquette. Sa poitrine était immobile. Tony n'y connaissait pas grand-chose en matière de premiers secours, mais il imaginait que les ambulanciers ne pourraient plus rien faire pour Jacko Vance.

— Elle l'a tué ? demanda Ambrose, incrédule.

— Ça m'en a tout l'air, répondit Tony.

— Tu n'es pas surpris, on dirait.

Tony se sentait sur le point d'éclater en sanglots.

— Rien ne m'a jamais surpris, venant de Vanessa. Allons écouter sa version des faits avant que la police du coin ne débarque.

Ils emboîtèrent le pas à Singh et son collègue et entrèrent dans la salle à manger où Vanessa s'était installée en bout de table.

— Tony, sers-moi un brandy, lança-t-elle. Il y a une bouteille et des verres dans le buffet.

— Je ne crois pas que vous devriez boire, dit Ambrose. Vous êtes en état de choc.

Vanessa le gratifia du regard méprisant que ses employés redoutaient tant.

— En état de choc, ça, tu parles ! C'est ma maison et mon brandy. Je ne vais pas laisser des gens comme vous me dire ce que je dois faire.

— Crois-moi, il vaut mieux la caresser dans le sens du poil, intervint Tony en ouvrant le buffet et en servant un verre à sa mère.

Il le lui apporta et demanda :

— Qu'est-ce qui s'est passé ?

— Il est entré par la porte de derrière armé d'un pied-de-biche et d'un couteau et a débarqué dans mon salon, sans la moindre gêne. Bien entendu, je l'ai reconnu.

Elle prit une gorgée de brandy et pinça les lèvres. À ce moment-là, le masque tomba, révélant l'âge et la fatigue habituellement dissimulés par les cosmétiques et une volonté de fer.

— Pour tout dire, je l'attendais.

— Vous l'attendiez ? demanda Ambrose, manifestement aussi surpris que Tony.

— Je regarde les informations, inspecteur. D'ailleurs, pourquoi ne m'a-t-on pas envoyé l'un de vos supérieurs hiérarchiques ? Il s'agit d'un meurtre, tout de même.

— L'inspecteur Ambrose n'est pas venu suite à ton coup de téléphone. Il est là parce qu'on était à la recherche de Vance.

Vanessa laissa échapper un petit rire.

— Dans ce cas, vous auriez dû arriver plus tôt, vous ne croyez pas ? rétorqua-t-elle en secouant la tête, exaspérée. J'ai regardé les informations et j'ai reconnu la maison qu'Eddie t'a laissée, à Worcester. J'étais aussi au courant de ce qui était arrivé au frère de ta petite amie.

Ambrose jeta à Tony un regard étonné.

— Ce n'est pas ma petite amie, répondit ce dernier en soupirant. Combien de fois...

Vanessa le coupa d'un geste de la main et but quelques gorgées de sa boisson.

— Ensuite il y a eu cette attaque contre son ex-femme. Je me suis dit : il a commencé fort avec un meurtre. Il ne va sûrement pas se satisfaire d'avoir tué deux chevaux de course et un garçon d'écurie dont les journalistes n'ont même pas mentionné le nom. Alors j'ai pensé qu'il pouvait être suffisamment fou pour croire que ma mort allait le faire souffrir, dit-elle en indiquant Tony. Quel crétin.

Il était impossible de savoir si l'insulte était destinée à Tony ou à Vance.

— Alors j'ai préféré prendre les devants. Je suis allée chercher un couteau dans le tiroir de la cuisine et je l'ai caché dans le canapé. Je ne l'ai pas entendu entrer. Tout à coup, je l'ai vu qui se tenait dans mon salon comme s'il était chez lui.

Elle frissonna. Tony pensa que cela faisait entièrement partie de sa mise en scène.

— Il s'est jeté sur moi avec son couteau. J'ai sorti le mien et je le lui ai planté dans le ventre. Je l'ai pris par surprise. Il m'est tombé dessus et ça n'a pas été une mince affaire de le repousser. Voilà pourquoi je suis couverte de sang, expliqua-t-elle en indiquant sa poitrine. C'était lui ou moi.

— Je comprends, répliqua Ambrose.

— Est-ce que vous allez l'arrêter ? demanda Tony.

Il n'arrivait pas à croire qu'Ambrose puisse tomber dans le panneau de sa mère.

— M'arrêter ? Tout ce que j'ai fait, c'est me défendre contre un assassin venu m'attaquer chez moi ! rétorqua-t-elle en essayant d'inspirer la pitié plutôt que de paraître scandalisée.

— C'est pour votre sécurité, répondit Ambrose. Tony a raison. Nous devons vous informer que vous avez le droit de garder le silence mais tout ce que vous direz pourra être retenu contre vous.

Vanessa regarda Tony d'un air indéfinissable. Il savait que cela signifiait qu'il allait le payer tôt ou tard. Toutefois, il savait qu'il ne la reverrait jamais et cette pensée le soulagea.

— Merci, inspecteur, dit-elle en esquissant un sourire.

Avant que quiconque puisse ajouter un mot, des voix leur parvinrent depuis le couloir. Ambrose sortit pour revenir quelques instants plus tard accompagné de deux agents de la police locale.

— J'ai demandé à ces policiers de contacter le commandant Franklin dès que possible, dit Ambrose à Tony. Ils auront besoin de ton témoignage, également. Mais pour le moment, je crois que tu ferais mieux d'y aller.

— Tu n'as plus besoin de moi ? demanda-t-il surpris.

Ambrose le regarda avec insistance comme s'il essayait de lui faire comprendre quelque chose.

— Le collègue à qui on a parlé tout à l'heure, tu te rappelles ? À la marina ? Je crois que tu ferais mieux de le contacter.

Tony finit par comprendre ce qu'il voulait dire. Il se tourna vers Vanessa.

— Tout ira bien ? lui demanda-t-il.

— Bien sûr. Ces messieurs vont s'occuper de moi.

Elle se leva et le suivit dans le couloir. Quand ils furent seuls, Tony lui dit :

— Tu t'en es toujours bien tirée avec les couteaux, maman.

— Tu devais te douter que j'étais sur sa liste. Tu aurais dû me prévenir, lui rétorqua-t-elle.

Comme personne n'était là pour la voir, elle pouvait révéler sa vraie personnalité : vengeresse, pleine de haine et sans aucune pitié.

Tony la regarda attentivement, atterré par la pensée qui venait de traverser son esprit. Il savait qu'il ne chercherait plus jamais à la revoir.

— Pourquoi aurais-je fait ça ? lui demanda-t-il en tournant les talons.

56

Il était minuit quand Tony, fatigué, arriva à Vinton Woods. En traversant le lotissement, il aperçut quelques lumières allumées. Il s'engagea deux fois dans la mauvaise direction avant de finalement trouver la bonne rue. Il avança au pas en regardant de chaque côté dans l'espoir de repérer Carol.

Il la vit, garée dans une allée, devant l'entrée d'un cul-de-sac. Il coupa le moteur et posa un instant la tête sur le volant. Il avait atteint un tel degré d'épuisement que même ses os paraissaient le faire souffrir. Il s'extirpa péniblement de son véhicule et s'approcha de la voiture de Carol, luttant pour marcher droit.

Une fois parvenu au portail, il resta planté là, bien au milieu de l'allée. Vu comme la situation était tendue entre eux, il ne pouvait pas vraiment se permettre d'ouvrir la portière passager et de s'asseoir sur le siège comme si de rien n'était.

De longues minutes s'écoulèrent avant que la porte du conducteur finisse par s'ouvrir et que Carol sorte de la voiture. Elle avait l'air hagarde, tendue.

— Ne reste pas là, tu vas nous faire repérer, lui lança-t-elle. Bon sang, monte dans la voiture !

Tony secoua la tête.

— Il ne viendra pas, Carol.

Il lut l'espoir dans ses yeux.

— Il a été arrêté ?

— Il est mort.

Elle le regarda sans rien dire pendant quelques instants qui lui parurent longs comme des minutes, partagée entre la joie et la peine.

— Qu'est-ce qui s'est passé ? finit-elle par demander en remuant à peine les lèvres.

Tony enfonça les mains dans les poches de son jean en haussant les épaules comme un adolescent mal à l'aise.

— C'est fou...

— Dis-moi ce qui s'est passé.

— Vanessa... elle l'a poignardé.

— Vanessa ? Ta mère ?

Elle avait du mal à y croire et Tony allait devoir s'habituer à dire : « Oui, c'est ma mère qui a tué Jacko Vance, le tueur en série. » Voilà qui allait lui valoir de nombreux regards incrédules. Pour l'heure, il devait lui donner la seule explication qui comptait réellement :

— Il s'est introduit chez elle. Pour la tuer. Mais elle s'était préparée. Tu te rends compte ? Cette femme incapable de la moindre empathie avait anticipé ce qu'aucun d'entre nous n'avait imaginé. Elle avait compris qu'elle figurait sur sa liste.

Il savait que sa voix était pleine d'amertume et de colère, mais il s'en fichait.

— Alors elle avait caché un couteau dans son foutu canapé, reprit-il.

— Elle l'a attaqué ?

Il se dandina d'un pied sur l'autre.

— Elle dit que c'est lui qui a voulu l'attaquer et qu'elle l'a pris par surprise. C'est la version officielle en tout cas.

Carol laissa échapper un gloussement étrange, quasiment hystérique.

— Vanessa l'a tué ? Elle l'a poignardé ?

— Oui, elle s'est améliorée depuis la dernière fois.

— Et comment vous vivez ça, docteur Hill ? demanda Carol avec une pointe de sarcasme.

— Je ne suis pas fâché que Vance soit mort, répondit-il en levant la tête pour croiser le regard de Carol. Mais je n'aurais pas été fâché si c'était lui qui l'avait tuée. Voilà la dure réalité avec laquelle je vais devoir vivre, à présent.

— Ça restera toujours plus facile que le poids que j'ai à porter, moi.

Il écarta les mains en un geste d'impuissance.

— Je suis désolé.

— Je sais. Ça ne rend pas la situation plus facile.

— Mais au moins, il est mort, maintenant. Il ne peut plus faire de dégâts. C'est terminé.

Le visage de Carol exprimait à la fois la douleur et la pitié.

— Il n'y a pas que ça qui est terminé, Tony.

Elle tourna les talons pour remonter dans la voiture. Le moteur se mit en route et les phares aveuglèrent Tony. Il s'écarta du chemin et la regarda s'éloigner sans savoir si les larmes qui lui venaient aux yeux étaient provoquées par la soudaine lumière des phares ou l'épuisement.

Remerciements

Ceci est mon vingt-cinquième roman. Pourtant, j'ai toujours besoin de demander des conseils à droite et à gauche pour faire fonctionner la machine. Comme d'habitude, certains préfèrent rester anonymes. La richesse de leur expérience ne cesse de m'impressionner et je suis heureuse qu'ils la partagent avec moi.

Carolyn Ryan m'a donné de nombreux contacts. Je la remercie, ainsi que Paul, pour m'avoir supportée pendant nos promenades avec le chien (mais sans café !). Les professeurs Sue Black et Dave Barclay m'ont fait bénéficier de leur connaissance de la police scientifique ; merci aussi au docteur Gwen Adshead qui sait parler de façon très pertinente des maladies mentales.

Je ne fais qu'écrire les livres. Mettre ces livres entre les mains des lecteurs nécessite toute une armée de gens dévoués. Merci, comme d'habitude, à tout le monde chez Gregory & Co ; à mon équipe chez Little, Brown ; à l'incomparable Anne O'Brien et à Caroline Brown qui réussirait à faire arriver tous les trains à l'heure si elle le voulait.

Et enfin, merci à mes amis et à ma famille, qui me procurent la seule chose dont j'ai réellement besoin : l'amour. Tout particulièrement à Kelly et Cameron, les meilleurs compagnons dont une femme puisse rêver.

11053

Composition
NORD COMPO

*Achevé d'imprimer en Slovaquie
par* NOVOPRINT SLK
le 4 février 2015

Dépôt légal février 2015
EAN 9782290083109
L21EPNN000320N001

ÉDITIONS J'AI LU
87, quai Panhard-et-Levassor, 75013 Paris

Diffusion France et étranger : Flammarion